寫作戲劇化教學

林怡沁◎著

序

　　寫作是語文能力的表現，舉凡日常生活當中的聽、說、讀最後都必須要統攝在「寫」的部分；況且寫作是語文能力的極大化發展，「說什麼」、「如何說」都會在寫作上呈現。但是在高中職的教學中，最受教學者重視的是寫作教學、最難執行的也是寫作教學。如何在提起學習者興趣的同時又能有效教學，是所有語文教學者最迫切要思考解決的問題。

　　教與寫，應該是相輔相成的，站在指導寫作的立場，會希望教學過程是活潑創意且適當的；而站在學習者的立場，在活潑的學習過程中更希望學得的是任何文章體裁的寫作能力。因此，透過戲劇的「身歷其境」來增強學習者的學習意願與效能，藉由與各類文章相對應的戲劇來提升寫作的成效，也就成了可以有的新蘄向，也是本書所要呈現的面向。

　　非常感謝我的指導教授——周慶華博士給予我細心又專業的指導，不厭其煩的協助且激發我有其他的、更多的想法與創意可以呈現在著作中，讓我對於寫作教學有不同的視野可以開展；感謝我的同學與朋友們不間斷的給我加油打氣，陪我度過許多疲憊但卻溫暖的日子。

　　謹以此書獻給我的父母親。

怡沁

目　次

第一章　緒論

第一節　研究動機

所謂創作的活動，包含由文學潛能到文學現實的寫作過程。（周慶華，2004a：185～189）寫作，就是人的創作活動之一，而語文能力則是寫作／創作的關鍵性指標。語文能力表達佳者，寫作就能意到筆隨，讀者也能了解作者所要傳達的思想與訊息；反過來，倘若語文能力不佳，在文句表達上也就「辭不達意」，那麼讀者對訊息的接收在猜測之餘應是一知半解、甚至不知所云了。

語文是一切學習的基礎，任何學問的獲得，莫不依賴基本語文作為媒介。語文也是一種權力，直接影響著所有的學習活動，因為任何學習中的思考、理解、表達、進而再創造等能力，均來自語文的發用，語文程度好學習自然較便利；反過來語文能力較弱對學習的進展也會有一定程度的影響。

語文學習在培育學生方面，扮演重要的角色。普遍來說，學生具有的潛能、分析能力及創造力等特質，在學習、理解、思考及創造發表的過程中，都需要良好的語文能力，方能讓共同科目或專業科目的教學活動能更有效的進行。為了激發學生在語文方面的潛能，讓學習產生更佳的效果，語文的學習與增強課程是不容忽視的。

我個人從事語文教學工作近五年，有感於學生聽、說、讀、寫能力日趨下降，探究其原因，肇始於生活體驗與寫作經驗甚少，且坊間的寫作教材多數是以小學生為對象所編寫的，對中學生而言過於簡單；而少數針對中學生寫作指導的參考書籍，多以題目、優良範文、說明等模式進行作文的討論，對生活經驗較少的學生是無法感受與理解；再者本身國語文能力不夠紮實，也許連範文都無法深入解讀的中學生，已難以產生共鳴，更遑論提升他們的寫作能力了。有感於中學生所接觸的文章不足，而目前的教

育也迫使學生必須大量汲取多元的知識以面對當前的各項升學考試，導致學生多數是「會讀而不會寫」而成為「眼高手低」者，所以嘗試來從事這項研究，希望能藉以改善此一情況。

莎士比亞（William Shakespeare）的朋友本・瓊森（Ban Joson）說：「只有詩人，而且只有第一流的詩人，才批評詩」。（朱光潛，2001：2）試想古今中外的文學批評家，或是能寫的大文豪，不也是藉著親身經歷與體驗，才能了解寫作的箇中滋味？舉凡中國的大文豪蘇軾、西方的詩聖莎士比亞莫不如此。創作自己的文章尚且如此，在閱讀他人的文章時，方能站在他人的角度，進入作者的精神世界中，一同感受作者的愛恨情仇，開口評論也就能客觀一點，讓人心服一點。古今中外的文家創作文章時都必須用心生活與體驗，方能言之成理且動人，再經一字一句的推敲修飾，才有膾炙人口的好文章，何況是現今的創作者？

對中學生，尤其是高職生而言，國文科一向不列為重點科目，只求基本的及格分數。因此，高職學生在實作的技能方面確實有相當好的技術與專業能力，卻因語文能力基礎不夠而無法將其意思真切且精確的表達清楚，其專業能力無法透過最基本且快速的溝通──「文字敘述」來發揮而令人扼腕，導致專業素養與創意的源源不絕斷送在溝通上。這樣的情況被發現了，為提升高職學生的文字寫作能力，教育部於 2010 年恢復四技二專考試的統一入學測驗須比照一般大學升學考試，加考寫作測驗，且作文分數佔二十四分（國文科總分一百分），所佔比例不低。

東大版高職國文課本第六冊第一課是荀子的〈勸學篇〉，說道：「不積跬步無以致千里，不積小流無以成江海。」又說：「騏驥一躍，不能十步；駑馬十駕，功在不舍。鍥而舍之，朽木不折；鍥而不舍，金石可鏤」。（王基倫等編，2011：8）在指導學生此篇文章時，常殷殷提醒學生，學習應當有累積的工夫並且持之以恆，方能勤能補拙，才有成功之時。轉念一想，身為教師者，在教授課程時不也應秉持這樣的精神，慢慢的提升學生在語文素養的累積，引導學生對寫作的興趣，進而培養且增進其寫作能力，才是國文教師的最大責任與成就。因此，我開始指導寫作的教學活動，一步

一步的督促學生，以成為溝通的人際高手為目標，輔以升學測驗的寫作分數作手段，鞭策學生寫作，但是成效不彰。

畢竟寫作除了生活體驗、大量文學閱讀及國語文能力等基礎的先備條件之外，尚須有「興趣」作後盾，如此一來寫作的學習才有驅動力。但在先備條件不佳且興趣不足之下，如何安排有效且有意義的寫作教學活動成為我最急於探索的重要課題。因此，我試著從學生的「親身經歷」開始引導。而要學生親身經歷，光憑教師的口頭說明與講解，畫面無法深植入學生心中，心動沒有行動會徒勞無功，所以在講解過後就要讓學生的想像飛翔——讓想像「演」出來！

「戲劇」是最快速能較靠近想像的表現方式，透過戲劇的安排與教學活動，希望可以達到最根本的「體驗」，來增強學生的想像畫面，進而能言之有物、言之成理、並且言之有味。人生經驗越豐富，事理觀察越是深入，則體驗越加深刻，情感更為沉著，也越能將思想感情表達出來且融入於篇章中。字句是我手寫我口，如此文章方能文情並茂，寫意且動人。「文學的功用是在言情、說理、敘事、繪態（狀物或描寫）……文章的體裁是詩歌重言情、論文重說理、戲劇和小說重敘事、山水人物雜記重繪態、說理文需要豐富的學識與嚴謹的思考。……青年人的想像，是指用具體的意象去思考，與成年人運用抽象概念去思考不同」。（朱光潛，2001：6～12），所以增強青年學子的想像能力，並透過練習運用文字表達，正是寫作的不二法門。而讓想像實現與體驗的方式，就是要靠「戲劇化的寫作教學」。

第二節　研究目的與方法

一、研究目的

　　倘若把研究的目的「精分」為研究本身的目的和研究者的目的,是立足於形上學的論證及理論建構的需要。目的還可以因對象不同、不同吸引行動者的方式和行動者不同意向等而有類型的區分:

　　(一)倘若從行動者的觀點來看,有行為本身的目的及行為者的目的。例如張三送一件衣料給李四,衣料是給李四做衣服用的,此乃行為本身的目的⋯⋯但張三本人可能另有用意,他的用意是要李四替他介紹工作,那麼介紹工作就是行為者的目的⋯⋯(二)倘若從對象方面考慮目的,則有行動者所欲的物自身、物的受益者及佔有物自身的行為。例如張三蓋一棟房子給他在遠地求學的女兒住,房子的建築是張三所欲的自身物,他的女兒是房子的受益者,他的女兒等房子蓋好後,搬進去住,她於是佔有那幢房子是佔有物自身的行為。(三)此外尚有近目的及遠目的;主要目的及次要目的;中間目的及最後目的。所謂「近目的」,乃是一種只為了它而不為他物的目的,如張三蓋房子,房子的蓋成是近目的;但如果張三等房子蓋好後為賣掉賺錢,此乃「遠目的」。「主要目的」乃是一種本身足夠使行動者產生行為目的;「次要目的」則是單就其本身不足夠或至少不容易使當事人產生行動,就是它對當事人的影響力非絕對的,沒有主要目的那麼大的影響⋯⋯「中間目的」顧名思義非最後的,是為達到其他目的的方法。「最後目的」本身就是目的,不是為了其他目的,也不是為達到其他目的的方法⋯⋯(曾仰如,1987:264～265)。

　　因此，本研究也一一區別研究本身目的、研究者的目的以及研究對象（行動者）和研究對象行為等，以寫作為目標劃分各個目的。

　　一套新的理論建構產生，莫不因為在處理課題時出現無法解決的問題，無論是環境、時代、人性的改變等刺激，新的理論乃由此而生，總結在解決問題的根本上。而新論點的樹立，不外從「知識經驗、規範經驗、審美經驗」中出發。倘若目的的產生肇因於有意的行為意識，那麼研究的目的就可以概括兩部分：一為研究本身的目的；二為研究者的目的。「寫作戲劇化」乃肇因於我在寫作教學活動上的反思與改進，期能用不同的教學方法與活動安排促進學生在寫作的學習意願，刺激學生的想像進而轉化成文字，所以「寫作戲劇化教學」的研究就孕育而生。

　　此研究本身是為建構一能提升學習者寫作能力的寫作教學理論，並能藉由實務經驗取得此理論的驗證。「寫作」是一個「從無到有」的產生過程，且就「寫作」一詞就代表至少三個步驟。步驟一為前備經驗：應有一定程度的閱讀累積，加上作者本身的生活經驗取得而「有感而發」；步驟二為文章內容：能將抽象的想像、觀念化為約定俗成的語言意義，選取適合的文字作表意符號，將抽象具體化；步驟三為文章修辭：豐富的內涵須有適切的文字表達，否則落入俗套或語焉不詳而導致貽笑大方，致使金玉其外、敗絮其中而喪失作者本意。

　　至於研究者的目的，則有三項：（一）研究本身目的的達成可以自我提升寫作教學的成效。（二）研究成果可以作為其他教學者改善寫作教學的借鏡。（三）研究成果可提供相關寫作教學的政策擬訂的參考。並以概念設定、命題建立、命題演繹作進程發展的架構組織來進行本理論的建構，以達研究議題的目的。

理論建構

概念設定
1.概念一：寫作戲劇化、教學。
2.概念二：新詩寫作、小說寫作、散文寫作、論說文寫作。
3.概念三：舞臺劇化教學、相聲劇化教學、故事劇場化教學、讀者劇場化教學。

命題建立
1.命題一：寫作戲劇化教學有特定意涵。
2.命題二：新詩寫作適合與舞臺劇結合教學來提升成效。
3.命題三：小說寫作適合與相聲劇結合教學來提升成效。
4.命題四：散文寫作適合與故事劇場結合教學來提升成效。
5.命題五：論說文寫作適合與讀者劇場結合教學來提升成效。
6.命題六：寫作戲劇化教學能夠經由實務經驗獲得檢證。

命題演繹
1. 演繹一：本研究的價值，可以藉為自我提升寫作教學的成效。
2. 演繹二：本研究的價值，可以作為其他教學活動者改善寫作教學的借鏡。
3. 演繹三：本研究的價值，可以提供相關寫作教學政策擬訂的參考。

圖 1-2-1　本研究的理論建構圖

二、研究方法

　　為了達到上述的目的，所得採用的相應的方法，包括現象主義方法、語義學方法、寫作教學理論、戲劇學方法、質性研究法等。茲分述如下：

（一）現象主義方法

　　現象主義方法，指的是凡是顯現於意識中或意識所及的一切事物或對象，無論它的方式如何。（周慶華，2004b：95）所以本研究所建構的寫作戲劇化教學理論，在文獻探討中針對別人相關的研究成果，就我意識所及的部分，盡力搜羅來整理、分析和批判，以便開啟新的論述途徑。而為了擴大意識與經驗，我也必須多充實及強化自我的調適能力，並依時代的風氣調整步伐努力創新，並能包容學習者的變異。如此一來，在處理此項議題時才能在有限的框架內擴大意識範圍與經驗範圍。

（二）語義學方法

　　語義學方法，是指探討語言意義的方法。語言的唯一功能是講述知識和傳遞訊息，以便於社會成員之間的合作，所以「只有當某個言語形式的意義在我們掌握的知識範圍內，我們才能準確的確定它的意義」。（利奇〔Geoffrey N. Leech〕著，李瑞華譯，1987：3）尤其寫作係由一連串的語言文字所構成，語義的使用及表達係為作者與讀者之間溝通的橋樑。

　　語義學又跟社會、句法學、語用學等有多方面的交集與層次上的互補作用：

1、語義學與社會的關係：語義學運用在社會中最常見的就是它的「酬應功能」創造的酬應交談，它是保持交際活動暢通良好的社會聯繫的一種方式，其中涵蓋了幾種不同的功能。例如「我要一杯咖啡」這一句話，同時具有訊息、表達、指示三種功能。以此為基準，將語義的酬應功能聯繫起來就成下面的對應圖：

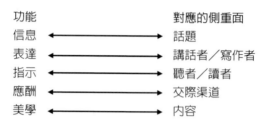

功能　　　　　　　　　　　對應的側重面
信息　◄──────────────►　話題
表達　◄──────────────►　講話者／寫作者
指示　◄──────────────►　聽者／讀者
應酬　◄──────────────►　交際渠道
美學　◄──────────────►　內容

圖 1-2-2　語義的酬應功能（資料來源：利奇著，李瑞華譯，1987：59）

2、語義學與句法學的關係：語義理論只是從屬於整個語言學理論的一個理論體系，研究語義的一個重要原因就是要能夠解釋一句話的語義描述與這句話在其他層次上的表達之間的關係，特別是與句法層次上的表達之間的關係。而最終語言是要作為透過聲音與在紙上的符號來傳達各種思想這一方式而起的作用。（利奇著，李瑞華譯，1987：252）

3、語義學和語用學的關係：語義學和語用學之間的區別，就是意義和用法之間的區別。籠統一點的說法，就是語言能力和語言行為之間的區別。（利奇著，李瑞華譯，1987：453）

綜觀以上三種語義學與社會、句法學、語用學的關係，可運用於寫作戲劇化教學理論概念的界定上：包括寫作、寫作戲劇化、寫作戲劇化教學等。

（三）寫作教學理論

寫作教學理論，主要是在建構寫作教學方法。我們知道，教學寫作的目的是為鼓勵人在認識文化之後能參與文化的創造。（周慶華，2007：92）所以針對相關寫作戲劇化教學各篇章的開展可以採用相關理論來總提方向，畢竟在具體的教學上仍必須遵守教學理論所提供方法運用的原則。以學習者的「如何學習」作考量，則可採用相關理論所提供的方法約有：第

一，講述法／成果導向教學法：此教學法是以教學者為中心，且重視的是學習者寫出的作品而不是寫作過程；第二，自然過程法／低結構性過程導向教學法：寫作活動由學習者支配，無論寫作題目或寫作形式都由學習者決定，教學者並不直接指導學習者相關的寫作技巧或修改作品的準則，整個教學活動屬於低結構性的；第三，環境法／高結構性過程導向教學法：寫作活動的設計、過程以至完成，都由教學者與學習者共同分擔，與自然過程法相同都強調寫作過程與同儕互動，不同的是環境法強調學習材料與學習活動的高結構性；第四，個別化法／輔助式成果導向教學法：是以強調個別學習者為協助對象。（張新仁，1992：23～24；周慶華，2007：98）這四種方法，以「環境法／高結構性過程導向教學法」最適合本研究運用。因為環境法在執行時，必須先由教學者選擇題材，設計教學活動，並且在簡短的解說學習內容與教導某些教學策略後，再由學習者以小組討論方式進行部分寫作過程（例如協助彼此構思寫作要點或學習寫作技巧，並根據教學者提供的評量標準而對同儕的作品提供回饋等）。

　　教學者以環境法為主，輔以其他方法教學，以提升學習者學習與創作的興趣，進而激發寫作的創意性。這就是本研究運用該寫作教學理論的取徑重點。

（四）戲劇學方法

　　戲劇學方法，是指探討戲劇的方法，對象包括戲劇的形式結構、技巧風格和舞臺特徵等。（姚一葦，2008）而創作性戲劇的定義是一種即興、非正式展演，且以過程為主的一種戲劇形式。參與者在領導者的引導下，去想像、實作並反映出人們的經驗，透過戲劇性的實作去開拓、發展、表達與交流彼此的理念與感覺。（張曉華，2007：44）將戲劇融入寫作，無非是希望透過戲劇方式引導自發性的學習意願，提高想像力的創造，及實際的創作過程快樂的學習戲劇後，延伸對文字創作的敏銳度，進而將戲劇形式中的體驗建立自我的思考概念與價值觀，促進語文的表達及寫作能力與審美的能力。

戲劇融入寫作教學中，無非是希望透過戲劇的建構來引導學習者的寫作潛力。而在建構戲劇時，必須有一套原則：

首先，建構戲劇時，不論是在真實層面或是符號層面，都應注意參與者和被演繹者的共同權利和尊嚴；至少習式與內容須配合以防製造具破壞力的影像作品，避免和減低偏見，包括等級、種族、性取向、性別等各方面的偏見。其次，應給予學生有系統的學習機會，使他們擁有足夠知識去選擇習式、內容、結構和作品所揭示的意義。再次，建構戲劇時，應考慮是否因應某組學生的整體需要和當時的限制，去引進跟故事情境有關的習式。再次，建構戲劇時，應把個人認知和人際技巧等學習融入戲劇習式的美感經驗中。再次，學生應有效利用戲劇去挑戰和改變已有態度，並表達世界觀。最後，在戲劇活動中應加入有系統的個人、小組、全組反思機會；這些機會以照顧個人和群體的需要為主，包括：探索戲劇內容中的道德、政治、社會及歷史意義；探索不同習式對故事（或對學生由此而產生的原始反應）所構成不同的效果；分析戲劇習式與內容之間的關係；挑戰個別或整體學生的假設和已有觀念，因這些觀念正是影響戲劇發展的偏見。（Jonothan Neelands & Tony Goode 著，舒志義、李慧心譯，2005：29～30）

在此原則下，我將以四種文體（新詩、小說、散文、論說文）透過四種戲劇（舞臺劇、相聲劇、故事劇場、讀者劇場）適度結合來提升學習者的寫作張力與經驗。

（五）質性研究法

質性研究特別重視參與觀察和深度訪談，以便取得相關的語文資料而形塑出一套理論知識。而質性研究的方法，乃指任何不是經由統計程序或其他量化手續而產生研究結果的方法。它可以是對人的生活、人們做的事、行為及組織運作、社會運動或人際關係的研究。（Anselm Strauss and Juliet Corbin 等著，徐宗國譯，1997）所以其模式就可以約略為「經驗→介入設計→發現／資料收集→解釋／分析→形成理論→回到經驗」。（胡幼慧主編，1996：8～10）

　　還有質性研究涉及信度（外在信度與內在信度）與效度（外在效度與內在效度）的問題。本研究在信度上採內在信度作法，就是指當研究者在研究的過程中同時運用多位的觀察員對同一現象或行為進行觀察，然後再從觀察結果的一致程度來說明研究值得信賴的程度；在效度上採內在效度作法，是指質性研究者在研究過程中所蒐集到的資料的真實程度以及研究者真正觀察到所希望觀察的。（胡幼慧主編，1996：142～147；潘淑滿，2004：92～97）

　　本研究的實務印證，就是採用上述質性研究法來進行，並以教學現場中學習者的反應與研究者的觀察等資料來驗證本理論建構的效用。

　　本研究為突破以往在高中生寫作指導這一部分，不論是學校的教學活動或是坊間書籍均採用「範文」式的講解窠臼；也為有別於傳統式語文教學方法，本研究另以基進式教學為對策。所謂基進式教學，是一種突破規範且著重在創造成分的發掘的教學模式。（周慶華，1998；2003）再以上述多種研究方法交互進行與搭配，以完成此項教學研究。而我作為研究者，本身也必須具備廣博的語文經驗、創新的洞察力、強化教學技巧並擅於營造良好的學習環境，才能達到預期效果，以為提高學習者的寫作意願及提升寫作的能力。

第三節　研究範圍及其限制

　　本研究的主旨是以如何有效進行創意的寫作戲劇化教學，來加強學習者寫作的能力和提升寫作的意願，所以將研究的範圍設定在有創意的將文類與戲劇結合。而對所選文類和戲劇的選擇原因及進行的方向作範圍與限制的交代，是為了凸顯研究主題。因此，本研究以「寫作」、「寫作戲劇化」、「寫作戲劇化教學」三大主題來劃分討論。

一、研究範圍

　　寫作在整體上可以比擬為工廠的系統化生產。可以用圖示來說明：

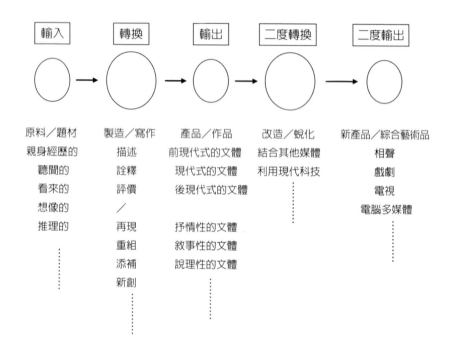

圖 1-3-1　文學寫作比擬工廠的系統化生產圖（資料來源：周慶華，2004c：5）

　　本研究則以上述為藍圖來製造差異，加入新的元素：

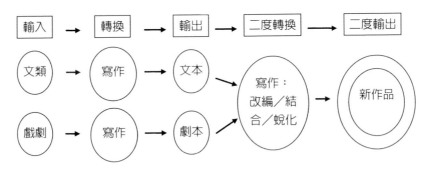

圖 1-3-2　寫作戲劇化簡圖

　　「一部作品之所以具有獨創性，是因為它每個地方都對促成作品整體的內在秩序的形成作出了自己的貢獻。因此，在這種情況下，作品的『獨創性』實際上是與『好的』一詞同義。這樣的作品的獨創性與它是否按傳統方式創作並不相關。」（福勒〔R.Flower〕著，袁德成譯，1987：190）所以本研究以此為出發點，探討寫作教學的獨創性。

（一）寫作教學觀念探討

　　寫作會將作者的想法、文化背景帶入文章中，繼而創造新文化，所以教人寫作就是為了教人參與文化的創造而免於人生的凡庸化。（周慶華，2007：92）而寫作教學者要教導寫作前，必須先涉及「如何教」的議題。而要解決此議題，也必須從「為誰寫」、「寫什麼」、「教什麼」等三方面去思考並個別定義，直到三方面都有明確的方向才能開始「寫」。此論點就以下圖表示：

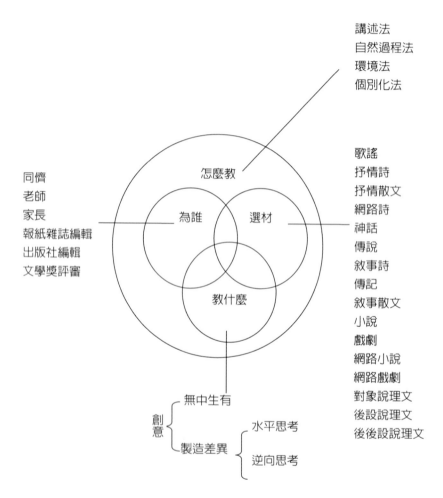

圖 1-3-3　教學前須思考涉及的議題簡圖

（二）寫作戲劇化教學理論建構與實務印證

　　第三章先為寫作作界定，由文類中選取新詩、小說、散文、論說文分別與戲劇作結合教學寫作，因為寫作是寫自己的人生經驗，而創意寫作會使經驗延伸；再者，文類與戲劇結合教學是因為戲劇的演出會涉及到很多人，倘若寫作與戲劇結合則會將前述的人生經驗不只延伸，更會擴大。

　　如前述圖 1-3-1 文學寫作比擬工廠的系統化生產圖所示，文體大致可分為抒情式、敘事式、說理式三種類型，而這只是「高度概括的文體指稱」。（周慶華，2007：113）就教學來說，此分類仍可以再細分：

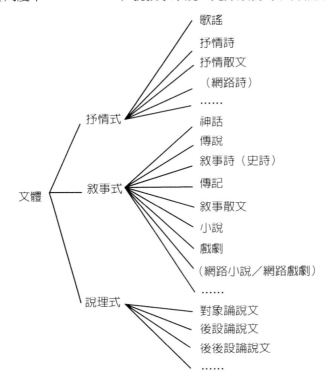

抒情式　歌謠
　　　　抒情詩
　　　　抒情散文
　　　　（網路詩）
　　　　……

文體　敘事式　神話
　　　　　　　傳說
　　　　　　　敘事詩（史詩）
　　　　　　　傳記
　　　　　　　敘事散文
　　　　　　　小說
　　　　　　　戲劇
　　　　　　　（網路小說／網路戲劇）
　　　　　　　……

　　　說理式　對象論說文
　　　　　　　後設論說文
　　　　　　　後後設論說文
　　　　　　　……

圖 1-3-4　文體教學的細分圖（資料來源：周慶華，2007：113）

　　至於本研究在文類上所以選擇抒情式的代表新詩、敘事式的代表小說、說理式的泛代表論說文及兼抒情式和敘事式的散文四種文類作研究範圍的寫作界定，除了網路文學各文類還在試驗中不取，主要是基於抒情式雖有歌謠，但普遍來說在使用上不夠廣泛，而新詩在寫作上則較廣泛且多數人比較有機會接觸；敘事式的選擇，則以立意、角色最有明確且生動表現的小說為優先考量；而說理式文體則毋庸置疑當屬論說文了；此外，也兼取抒情散文和敘事散文（合稱散文）以呼應現實流行的寫作。本研究最終目的是為提升學習者的寫作能力，在文類選擇上必須考慮學習者的學習意願、接受度以及可運用度來調整教學內容，因此以新詩、散文、小說及論說文是目前使用上較廣、內容上也可以深求的文類來進行寫作教學的提議。

　　在文類底定的前提下，本研究的第四章開始文類與戲劇結合的寫作教學理論建構。

　　第四章為新詩結合舞臺劇。抒情類文體的現代（新）文學代表當屬新詩。楊牧曾指出「新文學必須以白話文為基礎──或至少必須相當不同於──古典的層次和範圍」。（楊牧，2006：80）而新詩的寫作必需依賴豐富的想像力在虛實之間創造意象之美，最為難得。只是每個人的想像力不同，同一主題所創造出詩的氛圍也會有各種不同的想像空間，所以文字表達、意象營造越清楚，讀者（觀眾）的想像也就越一致。因此，為增強學習者在新詩想像的創造力進而提升寫作的能力，將新詩與舞臺劇場結合，透過舞臺劇多媒體運用的特性，與新詩的豐富意象創作結合表現，藉此來提升新詩寫作的能力。

　　　　美國哲學家喬治・桑塔亞那選定四月的某天結束他在哈佛大學的教學生涯。那一天，喬治在禮堂講最後一堂課的時候，一隻美麗的知更鳥停在窗臺上，不停地憨叫著。

　　　　許久，他轉向聽眾，輕輕地說：「對不起，諸位，失陪了，我與春天有個約會。」講完，便急步走了。（天舒、張濱，2007：126）

　　喬治‧桑塔亞那的這一句話，不但避開離別時的悲情，更隱含有詩意感的幽默性質，即使平常沒有機會接觸詩的人聽到這一句話應該也會會心一笑。所以本研究第四章結合新詩與舞臺劇，不也是希望學習者在舞臺劇多媒體運用的刺激下，激發出新詩的創作能力。

　　第五章小說寫作相聲劇化教學，是將敘事類的小說與相聲劇結合。小說的寫作方式是一種「對話式」的表現，人物安排與描寫本就重要，但是角色間的對話才是小說家所著墨的地方。如果小說中角色對話寫的精采，一來一往之間字字一針見血，那麼劇中人物的個性與思想自然就從對話中表露無疑，作者也就不須在人物的個性介紹上多費唇舌，因為對話自然就會流露出角色的特質與性格。可見對話就是小說畫龍點睛的地方。而小說這樣的特色與相聲劇結合，是本研究具創意的地方。

　　小說因有角色，似乎與話劇的特色不謀而合，但本研究將小說與相聲劇結合是基於此二者的表現精采與否，關鍵都在對話／臺詞。相聲劇的諧趣、生動等特色，可以讓臺詞說的更活化，將角色的特質躍然紙上；藉由相聲劇的誇張表現，讓喜處更喜、悲處更悲，可以益加強調出角色的誇張、矛盾性格。例如：在《史記‧項羽本紀》的鴻門宴中張良與劉邦、樊噲的對話：

> 　　張良：「夫秦王有虎狼之心，殺人如不能舉，刑人如恐不勝，天下皆叛之。」
> 　　劉邦：「為之奈何？」
> 　　樊噲：「大行不顧細謹，大禮不辭小讓。如今人方為刀俎，我為魚肉，何辭為？」（改自司馬遷，1979：313～314）

上述三人說話的內容，倘若僅只表現在小說中，人物間的特色可知張良的嚴謹與憂國憂民、劉邦沒有主見只坐享其成的投機和樊噲的不拘小節、顧全大局的忠心，都可以讓小說的豐富度增加。其中一來一往的「對手戲」已經很精采，但倘若是用相聲劇在角色人物上的誇大、諧趣及加上諷刺特色，必能更令人拍案叫絕，精采程度也更勝一分。

　　第六章散文寫作故事劇場化教學。散文重視的是情節的表現，反映出現實生活。「所謂反映，在敘事性文章中就是敘述；而所謂現實生活，在敘事性文章中就是以故事或事件型態呈現的」。（周慶華，2001：160）所以「『敘事』一詞始終是個界定式的用法，可以任由人為它填入（賦予）某些意涵，如在古希臘時代亞里斯多德所著《詩學》中，就首先把情節當作是敘事最重要的特徵。一個完整的故事有開頭、中間和結尾，構成一個沒有多餘因素的勻稱整體，而故事的其他特徵（人物、環境和措詞等等），都從屬於情節這個主要因素」。（同上， 161）綜合以上論證，散文既可抒情又可敘事，是一種可以敘述與表演兼行的文類，因此本研究將散文與故事劇場結合，是因為在戲劇中，故事劇場不像相聲劇詼諧趣味，也不像舞臺劇多媒體運用的豐富性，是屬於中間型戲劇；它必須半敘述半表演，達到溫馨諧和的效果，才是故事劇場的表現方式。以致散文與故事劇場的結合，正好襯托出抒情性散文的敘述及敘事性散文的表演特性，對於創作心靈的激發應有很大的「反映」表現於文章寫作中。

　　第七章論說文寫作讀者劇場化教學，是將論說文結合劇本朗誦的讀者劇場。「讀者劇場是一種口述朗讀的劇場形式，由二位或二位以上的朗讀者手持劇本，在觀眾面前以聲音表現呈現劇本內涵。朗讀者可以事先將詩、散文、新聞、故事、繪本、小說及戲劇等各種文學素材，改編為劇本型態，在練習後，不須使用戲服、布景或道具，直接以手持劇本朗讀的方式，讓觀眾藉由對劇本內涵的想像與朗讀者的聲音表情，欣賞文學劇場的表演。」（Neill Dixon. Anne Davies. Colleen Politanp 著，張文龍譯，2007：11）

　　論說文強調「只要把理說清楚」，並不重視文章意象的開發或是韻律和諧等其他修飾技巧。但如何將理說的清楚並且試圖讓讀者接受，向來都是學習者寫論說文時的瓶頸。倘若將嚴肅性質高的論說文章表現在重聲情美的讀者劇場中，透過文章改寫成劇本朗誦，試圖將「說理」打動人心，透過朗讀的聲音與姿態，加強說理的說服力；這種朗誦聲音的表達對論說文寫作應有所幫助。

　　本研究在眾多戲劇中，專指論說文與讀者劇場結合，乃因論說文的「說理」特點，用最簡單純粹的「聲音表情」去表達，除去繁複或是轉移焦點的服裝、道具或布景，讓學習者用朗誦試圖與觀眾溝通，是相對有效率的結合；再者，文章體裁眾多，論說文也可與其他戲劇結合運用，但因教學時間與空間限制，及研究者意識與經驗所及，無法將每一文類分別與每一種戲劇結合，以致「論說文」在教學活動戲劇安排上，僅選擇「讀者劇場」而不考慮其他戲劇的表現方式。

　　以上文類的選擇並分別與戲劇結合的寫作教學，將在第八章實務印證中處理並評估成效。

二、研究限制

　　文章體裁可依性質區分為抒情性文體、敘事性文體、說理性文體。抒情性文體含括歌謠、抒情詩、抒情散文、網路詩；敘事性文體含括神話、傳說、敘事詩、傳記、敘事、散文、小說、戲劇、網路小說、網路戲劇；說理性文體則是對象論說文、後設論說文、後後設論說文等。各種文類在此無法一一概括，僅挑選具代表性且顯而易見的結合戲劇來建構寫作教學的理論並加以實務印證。

（一）理論建構的限制

　　本研究在理論建構上，僅選擇四種文類分別與四種最適當、最相應的戲劇作結合。文類的選擇，乃是基於抒情、敘事、說理的文類中，無妨依便挑選普遍性且被運用較廣的文章體裁來作寫作教學的引導，其他如神話、傳說、傳記、戲劇等文體，在被使用的頻率上不高之外，它們的部分文章特性其實已經被本研究所選的四種文體所概括，所以不須再一一贅述。

　　在戲劇的選擇上，本研究僅選擇舞臺劇、相聲劇、故事劇場、讀者劇場四種，雖然仍有其他戲劇，如廣播劇、歌劇、歌舞劇、默劇、假面劇、

偶戲等，但本研究的理論必須藉由實務來印證信度與效度，教學的時間、環境、場地等限制，迫使本研究只選四種文類來相印證。另外，與本研究所選文類作結合的限制，例如新詩寫作也可與讀者劇場結合、或是小說也可與舞臺劇結合，但本研究強調除上述已說明必須是文類特性與戲劇特性的結合之外，還得考慮寫作反映出創造性／創意性的寫作，所以才有相應的四種文體與四種戲劇，其他在本研究是不討論的。這樣的理論建構搭配隨機檢證（實務印證），雖非絕對有效，但相信可以是高度有效。

　　另外，本研究在學習者的寫作能力只涉及寫作的創意性與內容的豐富性，也就是上述人生經驗的延伸與擴大，對其文章寫作的其他要素，如修辭能力、文章結構能力……等，在本研究並不涉及討論。

（二）實務印證的限制

　　本研究的教學現場設定在高職教室，得到的印證值應該是高度有效，只不過教室受限於環境與場地，無法將每一種戲劇演繹一遍；且實務印證是屬於高職教室的隨機印證，高職學習者的先備經驗（人生經驗）是可作戲劇化寫作教學的對象，對國中、國小或坊間補習班是否適用，在本研究中不予概括。

第二章　文獻探討

　　本研究旨在探討「戲劇化」對寫作教學的創意與實用性，期望對寫作教學的實施有一定程度的助益；更希望透過戲劇的演繹與體驗，將寫作教學與戲劇結合，期能建構一套可以適用於各種文類，而且能根據文類的特性選擇搭配相應的戲劇寫作教學，提升教學成效，因此本章將前人對寫作教學的研究等作相關的討論與整理，期望本研究能補足前人的不足，並能給從事寫作教學者開一扇有創意的寫作教學大門。

　　本章第一節專就「寫作教學」作相關的文獻探討；第二節則探究前人在「寫作教學戲劇化」的研究成果，以便為後續發展一套基進且具創意性的寫作戲劇化教學理論作引子。

第一節　寫作教學

　　研究寫作教學之前必須先討論「為誰」、「選材」、「教什麼」及「怎麼教」等這四個議題（詳見前章第三節），待此四個方面有定向才能開始「有效率」的進行寫作教學。至於整個文章的寫作過程，往往受下列因素所影響：「擬定的目標、擬定的計畫、文章已完成的部分、對讀者的了解、對主題的認識，以及對用字、遣詞、文法規則、標點符號和作文規範的熟練程度等等」（張新仁，1992）；而這些因素又大致可劃分為「與寫作過程有關的知識」、「與主題有關的知識」和「與寫作技巧有關的知識」三大類。（同上，1）但是論者認為探討此三大類的寫作方法，仍跳脫不出所謂「直線性」的寫作思考。倘若以寫作的過程來論，可將寫作的模式分為二種：「早期的直線模式」和「認知心理學的循環模式」。（同上）

（一）早期的直線模式

Rohman 提出寫作的三階段模式：1.寫作前；2.寫作；3.改寫。此為最被廣泛運用於寫作教學。

Legum 和 Krashen 則主張寫作過程包含四個主要成分：1.形成概念；2.作計畫；3.寫作；4.修改。

Elbow 將寫作過程分為兩階段：1.勾畫心中意念；2.將意念轉換成文字。

Britton 系將寫作階段分為：1.預備；2.醞釀；3.下筆為文。

King 的三階段主張為：1.寫作前；2.下筆為文；3.寫作後。

Applebee 持相似的三階段觀點：1.寫作前；2.寫作；3.修改。

Draper 則提出寫作的五個階段模式：1.寫作前；2.構思；3.起草為文；4.再構思；5.修改。（引自張新仁，1992：6）

早期的直線模式將寫作的開始與完成過於簡化，「對寫作各階段的描述偏重外表的寫作活動，而忽略寫作時的內在認知過程。」（張新仁，1992：6）在直線模式中，只歸類出寫作的形成與簡單的規畫，就是開始寫作→構思→下筆→再構思→修改，卻忽略寫作前的先備條件，例如主題、中心思想的建立、文字表達、外界環境（文化）刺激、想像力的承載……等，都是文章寫作時必須考慮與思考的，絕非是任何人一提起筆，就有源源不斷的思緒而文思泉湧。本研究所要探討的，正是在寫作前的先備知識的培養，讓學習者能在非制式的寫作前→構思→下筆情況之下激盪出有創意的思考，並藉由戲劇的演出，培養出寫作的基本能力：正確且清楚的表達、合乎邏輯、不落俗套、有獨到見解、能抓住且寫出文章的中心思想。

（二）認知心理學的循環模式

認知心理學的循環模式，可用 Flower 和 Hayes 所提出的寫作過程模式，它主要有三個層面：

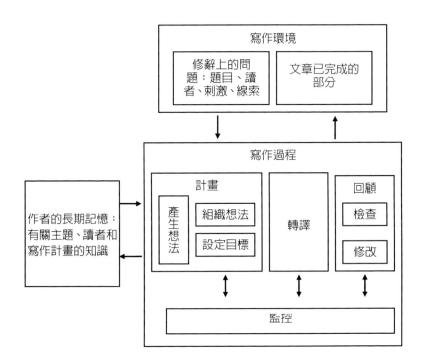

圖 2-1-1　認知導向寫作過程模式（引自張新仁，1992：7）

　　根據 Flower & Hayes 的看法，寫作可以分為「計畫」、「轉譯」、「回顧」三個主要過程，而張新仁主張這三個主要過程可以這樣解釋：

1. 計畫：過程是在「目標設定」、「產生內容」、「組織內容」。其中「目標設定」是只根據寫作目的和文章的對象，設定撰寫的方向和筆調，以引導寫作計畫的執行；而「產生內容」、「組織內容」就是內容構思與文章布局。而計畫可能發生在寫作前，也可能持續在寫作過程中，甚至也可能在草稿完成後。作者寫作計畫的行為，有時是在紙上列出要點或寫下一些字句，有時則是停頓、思考的行為。

2. 轉譯：是指正式下筆，將泉湧的文思轉換成白紙黑字，也就是俗稱的「起草」。在這一個過程中，個人工作記憶能量將會擴展到極限，因為有許多的工作需要同時考慮，如擬訂目標、擬訂計畫、內容構思、已完成的文章內容、以及用字、遣詞、文法規則、作文規範和文體結構等。

3. 回顧：這個過程在整個作文過程中扮演著極為重要的角色，目的是在隨時「檢查」寫出的內容是否符合原先的目標，並且「修改」不滿意的地方。（張新仁，1992：8）

　　從上述論述可知，寫作的過程是回環往復，不斷的溯往與修改的過程，是儘可能的將思想轉化為文字的過程；作者在寫作前、寫作的過程中，都必須不斷的轉譯與回顧。因此，寫作過程其實就像一個立體循環圖，必須能隨時的上下通達與交換。誠如 Flower & Hayes 所認為：實際的寫作過程並非順序直線進行，而是三種活動（計畫、轉譯、回顧）隨時穿梭交替進行。（引自張新仁，1992：8）譬如說，有許多細節的安排可能是在邊寫邊想的過程中進行，而非事先布局時就能考慮周詳；又如修改可發生於任何作文階段，有的是在計畫完成後立即作修正，有的是在寫作進行過程中隨時邊寫邊改，有的是在初稿完成後才作修改。此外，有些人寫作可能逐段重複使用「計畫」、「起草」、「修改」等過程。也有時候在修改階段，為了增加一段內容，另行計畫、起草和修改等等。也就是說，計畫、起草與修改都可能持續發生在整個寫作過程，同時也沒有必然的先後順序。此外，由圖 2-1-1 可看出，整個「寫作的過程」會受到「寫作環境」和「作者長期記憶」等方面的影響，包括作者心中所持的目標、文章已完成的部分、作者對讀者的了解、作者對主題的熟悉程度以及作者對寫作技巧的熟練程度等。（同上，8～9）而作者在寫作過程中，會時時刻刻受到個人的經驗與長期的累積知識，來監控他的寫作內容，而作多方的轉譯與回顧並修改。

　　這樣的理論是建立在寫作「認知心理學的循環模式」中所確定的，但是無論是「早期的直線模式」或「認知心理學的循環模式」，寫作的過程都必須依賴作者的先備知識與經驗所堆砌，才能「言之有物」，甚而「言

之有序」。但是「每個人因為成長的背景、環境還有其他接觸到的人事物的不同，對於觸發他的感受、引起他的好奇和興趣的文章或書籍，一定都不太一樣，即使是讀同一本書，從中得到的體會或感觸，也隨之而異」。（李家同，2010：123）所以本研究是要幫助學習者建立起將寫作前的「體會與感觸」轉化為文字的過程，將寫作者的內心思想透過戲劇的體驗，再「轉譯」成文字的過程。

　　寫作的「言之有物」必須建立在寫作者的知識與經驗的體會基礎上，但深入探究現今學生的寫作能力不佳往往都是因為不知道可以（要）「寫什麼」，在不知道可以（要）「寫什麼」的寫作，就等於沒有主旨，一篇文章沒有主旨，也就不知道如何下筆為文，更不用說文章的內容、修辭……所以坊間出現許多教導寫作的書籍與理論。此節將整理歸納出，目前寫作教學的方法與癥結點。

（一）大量閱讀的重要

　　廣泛推動閱讀重要性的李家同，在《大量閱讀的重要性》一書中提到一連串閱讀與寫作的關係，也就是：國文不好，數學等其他科目也一定不好→閱讀不夠，抓不到文章主旨→閱讀不夠，作文一定會不好→閱讀不夠，無法表達自己的想法→閱讀不夠，文章常會主旨不明。閱讀不足，學習任何課程都有困難，因為文字的使用，並不只是在文學上而已，我們的生活中各方面都會使用文字，也都需要閱讀文字。所以顯然的，語文是所有學科中最基礎的科目。倘若是平日在閱讀上加強練習，一定可以增強國文科的能力，也能對文章重點與內容的理解更加增進。相反的，倘若平日沒有閱讀的習慣與練習，忽然看到一篇學術性質較高或較嚴肅議題的文章，必定無法抓住文章的旨意。這也就能推論出，閱讀不夠作文能力就不佳，因為寫作文章時必須依賴閱讀的知識累積建立起文章的「中心思想」，「中心思想」就是文章好壞的核心關鍵，就如同我們說話的時候要「言之有物」。而大量閱讀就是大量練習，不但可以累積文章的理解能力，同時也訓練和培養寫作能力，因為任何的學習都是從「模仿」開始。可見閱讀、

表達與寫作,三者間是密不可分,必須要練習與累積。(李家同,2010:
24〜32)

　　語文是一種模仿和借用的過程。(李家同,2010:82)透過大量的閱
讀與模仿,學習者就能日漸積累所謂的「長期記憶」;無論是價值與觀念
的模仿再轉換為文字的借用,都是語文學習非常重要的一項過程且必須的
累積。閱讀的長期累積而為個人記憶後,自然就不會有不知道要「寫什麼」
的疑慮或缺少寫作題材的困擾。

(二)寫作機會太少

　　許多專家學者包括從事寫作教學的教師,將學生寫作能力下降的原因
歸咎於當前升學考試繁重,課程已來不及上完,自然會壓縮寫作的機會,
而結論出寫作能力的下降是「寫的太少」。此結論,我則有另一種看法。

　　寫作固然須靠長期的練習累積作文,但倘若依現今作文教學現場來
看,也就是給一個題目後要學生下筆五百字的寫作。不能做過多的講解,
以免流於內容、題材相似的填鴨式作文教學,甚至教師過多的解釋反而壓
抑學習者對題目的解讀與想像;但倘若不講解,對本身基礎就不夠的學生
來說,真的不知該從何下筆為文了。因此,此種模式的寫作練習所收成效
相當小,對學習者助益不大;而文字量的要求也會抹殺對寫作的興趣,造
成極大的壓力與排斥感。倒不如循序漸進,將寫作的內容依照學生的程度
切割,每天、每週不間斷的練習句型、短篇寫作。所謂的短篇是指每次練
習的文字以 200 到 300 字為原則,按部就班依進度完成。這樣的寫作教學
方式,確能減低學生對作文的恐懼,並且在不間斷、甚至習慣的寫作練習
中,培養出學生對寫作的題材、句式有一定程度的敏銳度和用字遣辭的流
暢性,可以加深寫作的「邏輯」深度。

　　但是此項的教學方式,只能算是寫作的某一階段,在訓練出一定程度
後,必得延伸文章的長度,加寬文章的廣度。而關鍵還是在於多寫、常寫、
不間斷的寫,如此則思考模式才能延伸,並將寫作的思考模式發展為長期
記憶思考邏輯的模式,讓寫作成為習慣,也是提升寫作的方式之一。

（三）考試引導教學的教育與學習趨勢

　　作文是顯示一個人的思維能力及文字表達能力最重要的指標，所以凡是學校招生考試、國家考試等，往往有作文一項。（陳金美，2008：327）再加上近年來學生語文表達能力有退步趨勢而備受重視，以往僅在大學學力測驗、指定科目考試中有規定寫作測驗一項，如今連四技二專入學指標考試——統一入學測驗，在 2008 年也成為國文科必須測驗的項目，就連國中升高中的基礎學力測驗也在 2009 年將寫作測驗列入計分項。為測驗學生的思維與表達能力，對於寫作題型的命題方式也以具有創意的題目命題，就是所謂的「限制式寫作」。如今學生在面對考試的寫作題型，大致上分有「限制式寫作」與「傳統式作文」二者。以下就引謝金美《閱讀與寫作》中有關限制式寫作的說法為例：

　　「限制式寫作」的名稱是 2002 年考選部編印《國家考試國文科專案研究報告》中提出的。但它自 1994 年大學入學考試學科能力測驗中就曾採用；1997 年大學聯考出現了「縮寫式」和「擴寫式」的命題，以後各種入學考試出現的頻率不低。所以稱作「限制式」，是因為這類的題目通常有較長的說明文字，而且有較多的條件限制。其題型式樣很多，條列說明如下：

1.翻譯題

　　就是要求把古典詩；詞、曲、散文翻譯成白話文。用以測知應考人對原文理解和感受的程度，也可以了解應考人運用白話文的能力。

2.修飾題

　　題目是提供一段不夠通順的文字，其中用字或有錯誤，遣詞或有不當，造句或有不通，前後文句或有銜接不上，全文顯得粗糙不夠精美，而要求應考人把它修改、潤飾，使它順暢而精鍊。它用以測知應考人的判讀、判斷和語文表達能力。

3.組合題

是提供若干詞語、拆散的詩（文）句或文章段落，讓應考人依據這些材料重新組織成文的試題，藉以測知應試人運用詞語、組織、推理的能力及相關的語文知識。此類試題還可能要求簡要說明如此組合的原因。

4.改寫題

提供一篇或一段詩文，讓應考者改變其形式或內容的試題，包括改變文體，如將詩歌改寫為散文；改變敘述人稱，如將第一人稱改為第三人稱；改變作法結構，如將分述法改為起承轉合四段論法；改變敘述方式，如將順序法改為倒敘法。此類考試可以測知應考人的閱讀、想像及寫作能力。

5.縮寫題

是根據提供的材料，在不改變基本內容和中心思想的條件下，按照一定要求，將文章縮短的一種寫作方式，重在凸顯主幹、摘出重點、著想大處。是測驗應考人分辨主要材料和次要材料的能力。例如把具體敘述改為概括敘述；把細緻的描繪改成簡單的勾勒；把論說文的論證改為扼要說明；把例子改成一言帶過。

6.擴寫題

與縮寫題相反，是以一段話或一則短文為基礎，將主旨擴大而鋪排成長篇或完整文章。它可以添枝加葉，鋪陳情節、刻畫細部，用以測知應考人理解、分析、想像、表達能力。

7.設定情境作文

是就我們所見所聞的某一現況或虛擬事件，設定一些情境，讓應考人發表議論或感想的題型。藉以測知其針對實際問題和某種事件提出觀點，加以深論，或提出解決方案加以闡述的能力。如 1999 年大學推薦甄試題

目是以大海中的魚、養在魚缸中的魚和餐桌盤子裡的魚三種不同情境，要考生發揮想像力，寫一篇三百字至四百字富於創意的短文。

8.引導式作文

就是在作文前先提供材料，有的很簡短，只有一兩句話或格言，或一首新詩。有的是一段短文或一個寓言、一則新聞、一種社會現象的描述，也有的二段短文或長至七、八段。而引文之後的題目，或採閉鎖式——題目固定；或採開放式——自定題目；或採半開放式。如「請以『○○的啟示』或『我對○○的看法』……為題，寫一篇文章。」有的甚至在題目之外還列出提綱式的指引，供考生參考。藉此測知考生的閱讀能力、類推、聯想及表達能力。如 2001 年的大學聯考，列舉琦君的〈一對金手鐲〉、畢業生以記住班號、保留制服維持母校記憶等，問考生「你透過什麼事情來保存人生中哪個部分的記憶？」要求考生以〈一個關於○○的記憶〉為題寫一篇文章。

9.文章分析

是根據題目所提供的一篇或一段文章，要求應考人從遣辭造句、氣氛營造、部局結構、風格特色等方面加以鑑賞分析，以測知應考人的理解、欣賞、分析、表達能力。例如 2000 年大考中心的學科能力測驗就以陳列的〈八通關種種〉裡的一段文字，要考生「細細咀嚼，加以鑑賞分析」，並提示由「遣辭造句」、「氣氛營造」、「文章風格」三方面綜合分析。題目要求分析的還有「人物描寫」、「空間結構」等。

10.文章評論

是在題目中提供一篇或一組文章、報導、故事等，讓應考人就其中的思想、觀點、寓意加以分析評論，用以測知其閱讀、思辨、比較、演繹等能力。它與前述「文章賞析」不同的地方是：「賞析」側重於文章寫作藝術、風格特色等的鑑賞分析；「評論」則偏重對文章思想內涵的批評討論。

11.文章整理

是在題目中提供一段或數段具有相關性的資料，要求應考人將這些資料加以整理，組織成一篇條理清楚、主題明確的文章。以測知其閱讀、歸納、整理、排序及掌握要點、剪裁繁蕪的能力。

12.仿寫題

是提供一段或一篇範文要求應考人運用自己掌握的材料，寫成類型相似的文章。仿寫的項目可以仿思想內容、組織結構、表現手法或句式、段落、修辭等，以測知應考人的閱讀、依題目類型寫作的能力。如引用徐志摩〈我所知道的康橋〉中寫騎腳踏車之樂一段文字中，用第二人稱「你」對讀者滔滔不絕的述說，使人感覺親切熱情，而要求考生仿寫以第二人稱對讀者介紹住家環境的景觀。

13.看圖作文

是提供一幅或一組圖畫，讓應考人據此來寫作。提供的圖畫可單幅，或二格、三格、四格，甚至五格以上，內容可以是詳細的全圖或只強調重點而捨棄細節的示意圖用以測知考生的觀察、聯想和表達能力。

14.應用寫作

也稱為「實用文學寫作」，是指將文學應用於日常實用性事務的寫作上，如寫作新聞、廣告、啟事、柬帖、書信、對聯、公告等，它是文學的生活化，也是生活的文學化。藉此可測知應考人語文綜合運用的能力。（謝金美，2008：327～336）

從以上十四種文章測試題型可以窺知，寫作題型的多樣與多元，已非傳統式作文的一成不變。倘若教師仍停留在傳統的寫作教學上，必定無法讓寫作教學的課程有效率。臺灣本就是升學主義掛帥，考試引導教學，但是教育政策在語文類的測試已開始偏向學生對語文資訊的分析與統整能

力,也就是學生「歸納分析」的語文能力。倘若教師只專注在課文解說、字音字形的辨識、修辭法、語法的辨析、文句解釋,甚而再補充大量的文學知識與課外閱讀篇章,這樣的教學方法確實能提升學生的記憶與理解能力,但是對於提升學生的分析、統整能力卻成效不彰。(何琦瑜、吳毓珍主編,2008:63)如此一來,會造成教師與學生在寫作教學上,目標與方法不同方向的困擾。而這種情形在臺灣的教學現場是存在且有影響的明顯問題。

在語文教學的現場,教師對學生的寫作能力有很高的期待,相對的教學目標與方法則是重要的過程,且必須教師與學習者「有志一同」才能收事半功倍的效果。針對這點,澳洲教育部在語文教育方面有以下的方法與指標可以借鑑:

表 2-1-1　語文教學現場觀察指標 CLOS:六大教學實務

參與	關注	將所有學生的注意力鎖在語文學習上
	投入	所有學生都被語文教學課程所吸引
	刺激	教師誘發學生對語文作業、概念與學習的動機
	愉悅	教師創造一個熱忱、充滿活力的語文教學情境
	一貫	學童都能了解鮮明的語文學習步驟
知識	環境	把教學環境當作語文教材使用
	目的	把學童反應判別語文教學目的被清楚傳達
	具體	課程引導至具體的語言學習,而非漫無目的的講課
	解釋	能使用適當程度的語言將語文概念與技巧清楚解釋
	範例	用範例清楚說明要求學童完成的語文作業
	融會	能用清晰的口語說法和舉例教導語文概念
編排	覺察	教師高度覺察學童對教學活動的參與狀況
	架構	課堂狀況是教師可以推斷並控制的
	彈性	能回應課堂上臨時觸發的新學習反應、機會和方向
	步調	教師創造強烈前進、不斷有進展的課程
	轉圜	在結束舊課題、進入新概念之間,提供基本轉圜的時間

支持	評估	以學童的學習成績作為語文教學的計畫依據
	建構	教師透過範例與修正，延展學童的語文學習
	回饋	教師學童適時、具體而清晰的語文學習回饋
	回應	教師分享並增強學童在課堂上的語文發表
	明確	在口語方面，使用清晰的用字語發音
	堅持	教師不斷提供新的語文學習與練習機會
區隔	挑戰	教師不斷提供學生更深的語文概念與思考
	個人化	針對學童的個別程度給予不同語文教學架構
	總括	促成所有程度的學童都能在語文學習上有所成長
	各異	在同一個教學架構下，針對團體與個人提供不同的指導
	構連	連結學童不同的社區語文文化及課堂語文教學
尊重	溫暖	語文學習傾向以正面、歡迎和邀請的態度
	融洽	以圓融態度面對不同語文、建立師生正面關係
	信賴	尊重並信賴教師解決課堂問題的能力
	公平	注重平等、包容以及重視他人的需求
	獨立	學童對自我的語文學習負起一定的責任

資料來源：何琦瑜、吳毓珍主編，2008：45

　　從上列指標中可知，語文的學習應由導師擔任領導的角色，更能在廣泛的資料中挖出合適的教材，並與學習者溝通、共鳴、互相激盪出彼此的語言火花。因此，教學者從事語文教育時，應以包容與感同身受的態度面對無垠的想像力，並試圖在不扭曲本意的前提下，帶領學習者一路往下加深加大語文的深度和廣度。

（四）制式化教學的窠臼

　　傳統式作文的寫作教學現場經常出現皺眉苦思、搔頭晃腦，再加上唉聲歎氣，讓整個寫作過程看來似乎是苦不堪言。當我們深入去細看傳統的寫作教學現場，會發現作文的教學步驟如出一轍：

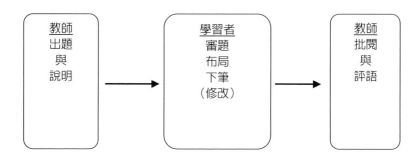

圖 2-1-2　傳統制式化寫作教學步驟

　　一堂寫作指導課程，一星期一節課，在這五十分鐘內，教師會先出題，對題目加以說明，或有再加一篇範例補充，佐以美言佳句、結構內容規畫的提示，接著就是自由發揮、振筆疾書的時間。在短短的五十分鐘內，優秀且學習能力強的學生其實要依賴老師說明的部分並不多，所以五十分鐘已足夠寫出一篇好文章，但是「中等以下的學生才更需要有效的引導，所以寫作能力的訓練必須納入課程，而成為必須達到的能力指標時，該用什麼方法進行、用什麼教材，這需要整體的規畫與研發」。（何琦瑜、吳毓珍主編，2008：71）可見在傳統的制式化教學中，教師所能發揮的功能不大且不彰。這並不代表教師的能力不足，歸根究底應從引導的方法或方式著手改變，就是引導寫作前應該要讓學習者充分了解今天寫作是為何事、為誰而寫，寫作的目標訂出來，才能開始寫作的準備作業。教師應先引導學習者在寫作構思時，能知道從自己的生活經驗去找尋材料，而這就是一項非常重要的寫作訓練。因為雖然從題目延伸出來的內容會因生活經驗的不同，或是共同經驗中截取的題材不同而內容互異，但是教師所要激起的就是學習者能針對題目所進行的經驗搜尋，接下來才能將題目的範圍固定下來，並且針對審題將題材去蕪存菁。這一個部分，就是教師與學習者互相對話的時候，因為題目本身是可以作很多提示與討論的。但這卻是我們在寫作教學現場中最缺乏的互動。（何琦瑜、吳毓珍主編，2008：72）

在深論寫作題材選取以外，寫作的關鍵能力也是學習者要寫好一篇文章必須具備的條件。《教出寫作力》中提到寫作的四個關鍵能力，有敘述能力、描寫能力、說明能力、議論能力：

第一，是「敘述」的能力。比如我們今天訪談的工作結束之後，如果是一個學生，你可以問他說：今天做了什麼事？它可以開始描述訪談的起因以及進行的過程。那個敘述的動作，就是他在反省他的經驗，他要敘述他曾經做過的事，今天所發生的事情的來龍去脈。敘述的能力是基本的能力。

第二，是「描寫」的能力。他眼睛所看到的事物，耳朵所聽到的聲音，他都可以說出很具體的東西，甚至是他的味覺或身體所感覺接觸到的東西，他都要能夠說的出來，那是描寫能力。

第三，是「說明」的能力。這是較抽象的能力，譬如怎樣操作一個機器，一個藥品包含哪些成分，怎麼樣做一個實驗的過程，這些是說明的能力。

第四，是「議論」的能力，針對一個議題，是否同意這個觀點、或不同意這個觀點，原因是什麼，都是可以辯論的，而辯論就是議論的一種能力。（何琦瑜、吳毓珍主編，2008：72～73）

透過這四種能力，讓學習者組織生活與知識材料的關鍵能力，從自己的親身經驗或是講述別人的經歷，再對外在的對象所引發出來的感覺、細部描寫……等，學習者觀察愈明確，知識也就愈充實豐富。

如此的教學與對話方式，雖然會激發學生的思考能力，讓作文不再顯得無從下筆，但仍逃脫不出制式的窠臼。國內在寫作教學面臨傳統制式教學的瓶頸，而國外在寫作教學上，所標榜的寫作方式也以多寫多閱讀為提升寫作的基本原則。近年風靡全球的教育相關著作《第 56 號教室的奇蹟》，提出在學生寫作能力的提升上所實施的教學策略有四個步驟：

步驟一：寫作之始──文法

利用每天正式上課前進行文法練習，練習文法的名詞及正確的時態。份量不多，但倘若錯誤率超過九成以上就必須重寫；倘若未能在時間內完成，就必須當成回家作業。如此一來，學生會在短時間內聚精會神專注的

完成文法練習，且一定要快而精確，否則就必須花更多的時間重寫，而且回家作業又會多一項。

步驟二、三：每週作文和每月讀書心得

每週五一篇的作業，學生被要求的短文需有一頁長且隔週繳交，作文內容必須整合個人想法成一頁長的文章。不論作文的主題是什麼，繳交的作文都必須符合文法、拼字、構句、以及組織正確等原則，這是要求學生的寫作必須是「精確的」。且每週作文能讓教師有較充裕的時間披閱並加註評語。而作文發還後，教師會選出幾篇作文，刪除作者姓名後，將批改之前的文字（包括錯的的部分）原封不動打字，在星期一發給每位學生閱讀，學習區分文章的優劣。讀書心得方面，則指定學生閱讀難易度較低但傑出的小說等書籍，提供學生自行選擇。讀書心得分為幾個小單元，每個單元都反映小說中的某個元素，包括主角、反派、衝突、故事背景、情節、高潮、結局以及主題。一步步讓學生釐清書的內容，並能寫出優秀的讀書心得。

步驟四：平裝書作者──少年創作計畫

為確保每一本作品都是出自學生之手，每週撥出二天，一次進行三十到四十五分鐘的時間讓學生創作，教室則利用學生創作時與學生討論正在進行的故事，並且在創作過程中改正文法或拼字的錯誤。在討論時，必須提醒學生故事情節的重心、角色的發展，且對故事主題不規定，例如有些老師會要求不准學生寫血腥或殘忍的故事，或是不能出現「他們醒來，發現一切都是夢」的故事結尾，故事創作的重點是要保持彈性，並且將所學應用。例如用比喻增加故事的形容度與生動感，也可以讓學生覺得創作是一件有趣的事。在創作的過程中，學生會發現他唯一可以掌控的事就是創作；他可以掌控角色、措詞、情節的轉折，並且可以試著自己繪圖、設計有創意的圖片，來增加故事書的內容。而教師在披閱的過程中，不但可以發現學生的語文寫作，更能發覺學生的心理層面，建立起師生間的溝通管

道。（雷夫・艾斯奎〔Rafe Esquith〕著，卞娜娜、陳怡君、凱恩譯，2008：86～98）

　　從以上作文的教學步驟可以知道，國外的寫作方式與國內的寫作方式差距不大。如步驟一中先從文法開始，正如國內語文教育也會先從學生的造詞、造句、修辭能力開始，並訓練學生能寫出正確的字；而步驟二、三的每週一章及每月心得報告，除了可以增進學生的閱讀能力，還能訓練其思考的組織能力，不間斷的寫作不但能增強思考判斷能力，也能提升學生在用字遣詞的精確度。歸結根由，其實也是藉由累積的工夫使寫作成為一種習慣，也能將別人的寫作轉換成自己的創作，因為在豐富的知識與練習的前提下就能將寫作的技巧與能力發揮在創作上。可見不論是國內或是國外，都一致認為必須要有豐富的閱讀增強思考、組織及歸納能力，才能在寫作上有立竿見影的效果。

　　但倘若以本國課堂而言，平日的升學考試已嚴重壓縮課程的活動安排，教師沒有太多的時間可以進行全班性的閱讀及作文批改，再加上學生閱讀的時間也被嚴重限縮，在這種可以從容思考的時間與空間實在難覓的情況之下，要如何用所剩不多的課堂時間進行寫作活動來加深學習者個人的生活經驗，以增強學習者的寫作能力，就是本研究所要開發研議的。

（五）教師的自我成長

　　教師的教學方式或方法對學習者而言是很重要的推手，教學活動安排實施得宜，可以讓寫作能力有明顯的提升，反過來則不然。很可惜的是，在本國升學主義掛帥之下，教師必須帶領學生追逐分數而身心俱疲。但是分數是一時的，對一生都有幫助的其實是寫作的能力。因為在寫作中，可以看出一人的思想觀念與思考價值，即使是人與人間的互動也都必須依賴寫作的能力，因為好的寫作能力代表的是「言有序，言有物」。

　　教師在從事寫作教學時，雖常為升學考試所苦，但仍可以發展出一套考試導向的寫作教學。誠如前面已提過，現今的作文考試題型已充滿彈性，不再只是以往的命題式作文，而學習者的寫作能力也應是各種文體都

可以寫，所以教師的文類選擇與教學更應多樣且全面。再者，國內對國文科教師所開設的進修管道，對於如何教寫作也是欠缺的。即使開設寫作教學的課程，教學方法大多較適用於國中小學童，對於高中以上程度就較少涉及。也許大家認為高中生對寫作的知識與技巧應該在國中前就養成，而認為寫作已是高中的基本能力，而這也是有關高中職教師在寫作指導的方法上極須探討的地方。

第二節　寫作教學戲劇化

　　前論已提及目前實施寫作教學的困境與瓶頸，此節則針對本研究相關的戲劇化教學的研究成果作探討。

　　將寫作教學融入戲劇成分，主要是強調寫作教學與戲劇結合期望可以激盪出三層火花：創意式的結合、多元文類與多元戲劇的結合、特定文類與特定戲劇結合的建構。而寫作是師生均備受壓力的一項課題，所以針對寫作的教材也日益增加，寫作教學方法也轉趨活潑與多樣，融入戲劇的寫作教學也時有所聞。以下就整理本國在相關寫作教學的研究著作，了解其戲劇化的作法。

表 2-2-1　寫作教學研究專論舉要

2009 年				
學校／系所	研究者	研究主題／研究對象	研究內容	研究結果與發現
臺東大學語文教育研究所	林璧玉	《創造性的場域寫作教學》學校課室、作文班、國、高中補習班等場域的寫作學習者	藉由學校課室、作文班、國、高中補習班等三種不同的教學場域：地理空間、社會空間來結合各種教學法，並	(一) 學校的場域資源最豐富，倘若善用，學校的寫作教學成效應該是最好。 (二) 在作文班，則需針

學校／系所	研究者	研究主題／研究對象	研究內容	研究結果與發現
			以抒情文、敘事文及說理文為主體，輔以創意的概念，進行創造性場域寫作教學策略。	對教材，讓學生作一系列完整的學習。 (三) 補習班場域限制較多，人數多，應在學生基本的寫作能力上，再加上有創造性的文章。
2007 年				
學校／系所	研究者	研究主題／研究對象	研究內容	研究結果與發現
臺北教育大學語文與創作學系語文教學碩士班	徐麗玲	《國小二年級感官作文教學活動》 二年級學校	國小二年級感官作文教學以低年級學童好奇心為媒介，感官體驗的活動式教學設計為主軸，教導學生充分運用視覺、聽覺、觸覺、味覺、嗅覺收集寫作材料，並運用各項寫作能力，靈巧組合出結構完整的短文。	低、中、高表現組學生寫作品質提升、作品字數增加，低表現組進步情形較為顯著，高表現組次中，中表現組較少。感官作文教學提升學生寫作能力的字我認同、提高學生個人抱負水準，增益學生作文學習興趣，提供學生有效寫作策略，能提升中表現與低表現組學生寫作時計畫與回饋能力。
2006 年				
學校／系所	研究者	研究主題／研究對象	研究內容	研究結果與發現
屏東教育大學教育科技研究所	劉佳玫	《創造思考作文教學法對國小五年級學童在寫作動機及寫作表現上的影響》 五年級學校	探討創造思考作文教學法對增進國小五年級學童寫作動機與寫作表現的效果。	接受創造性思考作文教學法的學生在寫作的整體表現，與「內容思想」、「組織架構」、「通則規範」等三個向度的立即後測及追蹤

				後測的表現都顯著優於未接受創造思考作文教學法的學生。且此教學方式受到八成以上學生的喜愛。
新竹教育大學語文學系碩士班	詹秋雲	《自然觀察融入童話寫作教學研究：以中和國小五年級學童為例》五年級學校	自然觀察融入童話寫作教學的實施成效。採取行動研究法與質性探討從事。	實地自然觀察以啓發學童的探索及啓發童話創作，觀察寫作內容與學童生活愈密切，學童參與程度愈高，參與討論更積極，寫作也愈能發揮材料特性，寫出充實的童話故事內容。
花蓮教育大學語文科教學碩士班	翁書郁	《小組討論融入作文教學實施模式之研究——以花蓮縣明恥國小三年級為例》三年級學校	以小組討論的實施模式融入作文教學當中，以期歸納出一個適合班級學生的作文教學型態。	希望藉由行動研究的歷程，試圖尋求如何將小組討論融入到作文教學當中，並探討在這研究的過程中教師與學生所產生的影響及轉變。
花蓮教育大學語文科教學碩士班	張月美	《繪本融入限制式寫作教學之行動研究》四年級學校	探討教師運用繪本榮現制式寫作進行寫作教學及寫作教學歷程的省思。	（一）繪本閱讀的樂趣可帶動學生寫作興趣。（二）繪本是提升語文程度的理想素材。（三）繪本的文本是限制式寫作模式的理想典範。（四）繪本的圖像是學生寫作依據的有效鷹架。（五）繪本閱讀與寫作教學的銜接是落實「讀寫結合」的有效途徑。

臺中教育大學語文教育學系碩士班	劉素梅	《國小三年學童實施故事結構寫作教學之研究》三年級學校	探討故事結構寫作教學對國小三年級學童寫作表現及寫作態度的影響。	在寫作表現上之「總分」、「基本技巧」、「文句表達」、「內容思想」、「組織結構」、「創意表現」等方面，故事結構寫作教學顯著優於一般寫作教學組學童。在故事結構表現的「總分」、「主旨」、「背景」、「主角」、「事情經過」、「主角反應」、「結局」等方面，故事結構寫作教學組優於一般寫作教學組學童的表現。
臺北教育大學語文教育學系碩士班	徐靜儀	《童話電子書創作教學研究──以某國小五年某班為例》五年級學校	結合童話創作與資訊融入教學概念，編製一套教學課程，並進入現場實施教學，透過教學活動，激發兒童創意，進而提升兒童童話寫作能力與興趣。	學生學習童話電子書的課程之後，對於童話創作更有信心，也提高寫作童話的興趣。
新竹教育大學語文教學碩士班	魏伶娟	《創造思考教學策略應用於童話寫作教學之研究》六年級學校	探討創造思考教學策略應用於童話寫作教學的研究，並了解學生對於在教室中進行創造思考教學及童話寫作的看法，以分析創造思考教學策略應用於童話寫作教學時的成效。	能提高學生寫作童話的動機，學生能盡情的發揮想像力，課程與學生生活經驗結合，引起學生興趣及寫作動機，教師營造自由、開放的寫作環境，允許學生任何的想法及發言。

2005 年				
學校／系所	研究者	研究主題／研究對象	研究內容	研究結果與發現
臺南大學戲劇研究所	蔡淑菁	《戲劇策略融入國小六年級寫作教學之行動研究》六年級學校	探討運用戲劇策略融入高年級寫作課程的實施現況,及戲劇策略對學生的寫作態度和寫作表現有何影響。	戲劇策略對學童寫作的學習態度有正面的影響,並發現學生的寫作表現有進步。
臺北教育大學語文教育學系碩士班	文麗芳	《國小童詩寫作教學研究──以六年級體育班為例》六年級體育班學校	探討創意童詩寫作教學的策略與歷程。	(一)課程統整內容應用結合兒童生活經驗。(二)題型引導讓兒童有效學習童詩寫作。(三)童詩題型設計影響學生寫作的表現。(四)球場練習和比賽經驗是體育班學生寫作童詩常運用的素材。(五)運用創思教學策略增進學生寫作能力。(六)合作學習與作品發表提高學生寫作動機與學習態度。(七)協同研究提升教師專業成長與研究技能。
新竹教育大學人資處語文教學碩士班	吳丹寧	《國小議論文寫作教學之探討與實踐──以臺中縣一所國小高年級為例》五年級學校	探討議論文寫作與教學的相關程度後,透過學習團隊夥伴對畫、激盪、省思,以及專家學者的協助、回饋,建構國小高年級議	教師應先了解「議論文」的本質與教學內涵,從提升學生批判思考力著手,選擇真實、適當議題,增加學生對議題敏感度讓學生對議題感動,運用有效的

			論文寫作教學方案。	討論策略,善用迷你課程或遊戲方式應強學生敘事、論證、架構等不足之能力。並能體察教學失敗的意義並揉合創造性的想法,式教學實踐、成長的新轉機。

2004 年				
學校／系所	研究者	研究主題／研究對象	研究內容	研究結果與發現
臺南大學教育學系課程與教學碩士班	楊素花	《國小六年級寫作教學運用創造思考教學策略之行動研究》六年級學校	透過創造思考教學策略之運用,設計出適合在班上實施之創造思考寫作教學方案,以解決學生在記敘文「寫人」及「敘事」方面的「語詞誤用、句型不夠豐富、內容貧乏、陳腔濫調」的問題。	學生在記敘文「寫人」方面,能具體描寫人物外貿的特徵與動作,使寫作內容便得較為豐富、獨特而多元。學生在記敘文「敘事」方面因摹寫、譬喻修辭的運用,使得文句較為生動而精采,同時,配合遊戲與組合作文的活動,也使敘事內容較具體、句型有變化。
新竹教育大學進修部語文教學碩士班	施並宏	《情境教學論在國小作文教學的實踐與省思──以竹北市光明國小三年級為例》三年級學校	探討「情境教學論」應用於國小語文領域作文教學的可行性及侷限性,以及在教學過程中可能面臨的問題與解決對策。	情境教學作文課程對學生語文表達能力及學習滿意度皆有明顯提升。情境教學作文課程對國小教師從事作文教學可提供一套科學性的系統訓練方法。

2003 年				
學校／系所	研究者	研究主題／研究對象	研究內容	研究結果與發現
臺中師範學院語文教育學系碩士班	蔡佩欣	《創思寫作教學對國小低年級學童寫作能力的影響》二年級學校	探討創思寫作教學對骨小低年級學童寫作能力的影響。	創思寫作教學對學生寫作確實有實質的幫助。能激發學生學習興趣,有助學生的文意層次中的想像力。
臺中師範學院語文教育學系碩士班	陳宜貞	《「創造思考教學」應用於國小六年級作文課程的教學研究》六年級學校	研究創思作文教學歷程中師生教與學的互動情形、教學中的種種因素與教學後的成果呈現,並探討創思作文教學方法再國小六年級作文教學上的適用性。	學生經過創思作文教學實施後,其寫作的意願大幅提升,寫作能力也逐漸增長中,但創思作文教學仍面臨在教師教學與學生學習部分的一些困難。
2002 年				
學校／系所	研究者	研究主題／研究對象	研究內容	研究結果與發現
嘉義大學國民教育研究所	曾瑞雲	《國小三年級實施看圖作文教學之行動研究》三年級學校	從國小二年級看圖說話及看圖寫短文的基礎上,延伸到看圖寫作一篇完整的文章,藉由看圖作文有計畫的教材設計下,探討三年級學童在輕鬆中學習作文的基本概念與技巧,能否提升學童作文的基本能力與寫作興趣。	看圖作文教學能使兒童自主寫作提高,寫作能力中下的學童則較不易寫作,寫作作品受圖片影響也較少,而在學童創造力與想像力方面都有較大的發揮空間,看圖作文教學較適合寫作能力較佳的學童。

屏東師範學院國民教育研究所	陳怡靜	《國小六年級學童在寫作歷程中後段認知行為之行動研究》六年級學校	透過不同寫作能力學童的比較，以了解國小六年級學童在寫作歷程中的後認知行為。	研究主要發現：（一）不同寫作能力學生在計劃階段的後認知行為（二）不同寫作能力學生在轉譯階段的後設認知行為最後，根據研究結果提出具體建議，以作為國小作文教學及未來研究的參考。
2001 年				
學校／系所	研究者	研究主題／研究對象	研究內容	研究結果與發現
花蓮師範學院國民教育研究所	許文章	《故事圖教學對國小六年級學生記敘文寫作表現與組織能力之研究》六年級學校	探討故事圖教學對國小六年級學童記敘文寫作表現與組織能力的影響。	故事圖教學與一般寫作教學對國小六年級學童的寫作表現確有顯著影響；對國小六年級學童的組織能力並不會造成顯著影響。實驗組學童的「寫作表現」與「組織能力」之間並無關聯。
1996 年				
學校／系所	研究者	研究主題／研究對象	研究內容	研究結果與發現
花蓮師範學院國民教育研究所	姜淑玲	《對話式寫作教學法對國小學童寫作策略運用與寫作表現之影響》	探討「對話式寫作教學法」的教學效果。	「對話式寫作教學法」有助於兒童的寫作表現。

　　上述資料顯示，在寫作教學已不再是一成不變，且能運用各項資訊及方法提升學生寫作意願及興趣，並增強文章的用字遣詞。但是近年的相關寫作教學方法的探究大多著墨於小學課程，且對於本研究所要探討的戲劇與寫作結合也少有相關研究。此外，還以行動研究居多，沒有一套延伸教學使效果延續及增強，導致研究告一段落，成果也就無法延續。有鑒於寫作教學是目前不論哪一個階段均備感頭痛的課程，且對於高年級的學習者有較少的教學活動設計，所以活潑的戲劇課程融入寫作教學，再加上高中職學生相較於國中小學生已累積有較多的生活經驗，對於搭配戲劇的扮演所延伸出來的寫作活動，應能更有效的提升寫作與表達能力。因此，更需要建構一套具普遍性的戲劇化寫作教學理論，來扭轉寫作教學的格局。而它的規模，則可以有三個向度：

一、創意式的結合

　　倘若把寫作比喻成工廠的製作產品，創作一篇文章的過程就可以如下：

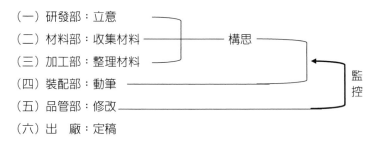

（一）研發部：立意
（二）材料部：收集材料　　　　構思
（三）加工部：整理材料
（四）裝配部：動筆
（五）品管部：修改　　　　　　　監控
（六）出　廠：定稿

圖 2-2-1　文章過程立意圖

資料來源：林保淳、殷善培、崔成宗、許華峰、黃復山、盧國屏，1997：36

　　文章的寫作正如工廠產品的製造與輸出，但是產品必須日益求新，文章也必須有新意，其中的差異除了生活經驗的累積之外，更須有不同的方式將經驗激發後轉變為文字（如無中生有或製造差異）。因此，在文意的

研發時以戲劇創意融合，再由材料部在材料收集時以戲劇的扮演經驗加以過濾、整理可使用的材料，再下筆成文，透過無數次的修改；除了修改語詞，也藉由戲劇的經驗將材料不斷生動化、構思豐富化，直至作者認為作品已臻完美為止。

　　創造性戲劇教學的目標是要透過戲劇與寫作的融合，使學習者能快樂的學習、促進學習意願、激發創造力潛能（張曉華，2007：51）：

(一) 快樂學習：創作性戲劇的教學活動採愉快又民主的方式進行，鼓勵每人儘量以自發性的表現，即興演出。教師也需參與期間，扮演角色。對參與者不形成表演的壓力，可享有快樂的學習環境。不但學生經歷快樂的學習過程，教師或領導者也共享快樂的教學成果。

(二) 促進學習意願：創作性戲劇的教學是教師或領導者有計畫與架構來進行的。如課前的準備、預告、海報等，讓學習者先了解情況、產生興趣、蒐集相關資料，以便在課程中有所表現。

(三) 激發創造力的潛能：在戲劇事件安排的各項問題中，引導參與者彼此互動合作、腦力激盪，從發現問題，界定問題、醞釀、靈感與執行的過程中，開創新的觀點，經過群體彼此影響，發現新的動能、認知與自信。從建立自己的角色定位，經肯定自己表現到開發自己的潛能，使判斷力、獨創力、思考力都能有一定的表現。

二、多元文類與多元戲劇的結合

　　一部戲劇，是設計由演員在舞臺上，當著觀眾表演一個故事。（姚一葦，2008：15）所以一部戲劇就是一個故事，文章也是如此；一篇文章，甚至可以是一個人聲的縮影。因此，透過戲劇將寫作結合，必能激盪出更精采的火花。而文章體裁有很多類、戲劇文本也各有千秋，但一個好的作者，應該是各種文類都能著墨，正如各種戲劇都能欣賞一般。因此，本研究試圖將多元文類與多元戲劇結合，藉由戲劇故事的共鳴對觀眾產生一定

的情緒效果，讓它可以引起學習者的興趣，並且能如論者所說的維持興趣到戲劇的終結。（同上，19）

三、特定文類與特定戲劇結合的建構

本研究在各種文類文章及戲劇文本的考量中，會從文章體裁的特性來找出最適合結合的戲劇文本。如：

（一）新詩與舞臺劇結合

新詩最耐人尋味的就是意象的營造，但最令人費解的也是意象的營造，所以透過具體的語音、動作將意象由抽象轉為具體的表達來呈現，對於學習者的新詩寫作的學習效果會增加。

（二）小說與相聲劇結合

角色是小說中相當重要的成分，透過小說人物角色的對白、動作、神情的描寫，可以讓小說更加生動。而相聲劇藉由諧趣的對白，可以打造製造差異的生動與諧趣，使小說與相聲劇的結合可以更加精采密合。

（三）散文與故事劇場結合

故事劇場的溫馨、諧和性，雖不似舞臺劇有誇張的對白與動作，卻能與抒情散文強調敘事性、敘事散文強調小說性等作夾敘夾白的演出。

（四）論說文與讀者劇場結合

讀者劇場的表演藉由朗誦的音韻美來打動人心，同理論說文的議論性強，更須以理說服人，但一般卻多流於僵硬刻版，所以將論說文與讀者劇場結合，透過聲音、姿態使論說文的僵硬祛除，以聲情美輔助來演繹論說文。

第三章　寫作戲劇化教學的界定

　　寫作與戲劇的結合，經過前章文獻探討將前人研究蒐集整理後，「已知是」更具有研究與探討的價值。所以本章在寫作與戲劇融合並實施之前，先就文章的體裁、學派以及戲劇的類型、特色等作相關的界定，以利爾後研究的範圍與性質的確定，避免有所偏頗。文章的體裁種類繁多，大抵上可分成三大類：敘事式文章、抒情式文章、說理式文章；同樣的，戲劇類型繁多，雖無法一一界定，也不在本研究的範圍之中，但為使本研究的架構清晰詳細，且達到預定的目標，將以文章的體裁為主，輔以相對應且能激發、延伸、擴大文章的戲劇作界定與結合。

第一節　寫作

　　有人曾以珍珠、建築和河流來比喻詩、小說和散文並分判他們的差異：「詩必須圓，小說必須嚴，而散文則比較散。若用比喻來說，那就是：詩必須像一顆珍珠那麼圓滿，那麼完整。它以光澤為其生命，然而它的光澤卻是含蓄的、深厚的；這正因為它像一顆珍珠，是久經歲月，經過無數次凝鍊與磨洗而形成的。小說就像一座建築，無論大小，它必須結構嚴密，配合緊湊，它可能有千門萬戶，深宅大院，其中又有無數人為陳設；然而一切都收斂在這個建築之內，就連一所花園，一條小徑都必須有來處，有去處，有條不紊，秩序井然。至於散文，我以為它很像一條河流，它順了墼谷，避了丘陵，凡可以流處它都流到；而流來流去還是歸入大海，就像一個人隨意散步一樣，散步完了，於是回到家裡去。這就是散文和詩與小說在體制上的不同之點」；然而「散文既然是『文』，它也不能散到漫天遍地的樣子，就是一條河，它也還有兩岸，還有源頭匯歸之處……好的散文，

它的本質是散的」；但也需具有詩的圓滿，完整如珍珠，也具有小說的嚴密，緊湊如建築」。（俞元桂主編，1984：148～150）

依上文所論，似乎散文是文章體裁中難度較高且較全面性的文體。但不論是何種文體，其實都受到文化與學派的影響。而要對寫作的文類界定，也就無法排除文化與學派所佔有的重要性了。在論述文類與學派之間的關係之前，先就三大文類中四種文章體裁（也是本研究所選定的四種文章體裁），新詩、小說、散文、論說文四類作範圍與性質的界定，再與學派結合論述。

抒情性文章的文體，泛指所有抒發「情」的文章，情感的抒發就跟人的表達方式一般，各有不同，因為情感是必須「表現」也就是「發顯於外」，但是情感的表達內容，仍需透過思想的凝鍊並蘊含，情感才能有所表現。而情感的表現方式就有：「情志」的表現，是指具道德意義的懷抱、「意涵或意蘊或意味」是指由人心省悟到的「人生密藏」中的一端或一個層面、「生命意識」的表現則指生命對其自身的存在及其存在的狀態的知覺、「意識活動」指主體對客體的意向作用、「情緒」表現指從寧靜中去回憶經驗到一事一物時的感受、「內在生命」的表現則指個人情緒及美感經驗、「主觀的內在世界」是指個人內心對外界的感受、「存在自覺」則指意識人及其所處環境的相互依存關係和要個人的自我卓越及自我實現。（周慶華，2001：124～125）總的來看，抒情性文體的抒情表現方式有情志的、意涵的、意識的、情緒的、生命的、主觀的及存在的共七種情的抒發。但不論是何種情的抒發，都是抽象的思想情感，是心靈上個人的情感蘊含，倘若不加以具體化則難以將「情」以感人。所以本研究在情感抒發的文章體裁上，選擇最具抒情文章的代表體裁──新詩，來結合外顯情感與內蘊的思想。

〈詩大序〉說：「詩者，志之所之也。在心為志，發言為詩，情動於中而形於言。」（中華書局編輯部編，1996：16）一首詩不正是心有所感而發於言，一首新詩所要述說的就是表情達意。一首詩的思想脈絡包括情志思維、以意度情的想像思維、及詩性思維。情志思維是傳統詩的美學，

藉由詩來表情達意，除可表述心中的豐富情感，也將情感透過詩的剪裁來完成創作行為，所以「新詩向來被賦予著投影詩人心靈活動的使命與責任」。（周慶華、王萬象、許文獻、簡齊儒、董恕明、須文蔚，2009：102）而詩（尤其是現代現實詩）的美與具體化向來須藉由比喻、意象與想像、觀點的轉移。例如：張健〈明信片〉「比伊的小手帕還小一半／比天空還大／說些什麼呀／風和雲都會偷看」（張健，1989：26）。「比手帕還小一半」是寫實，「比天空還大」是比喻，意指明信片雖小，卻有大作用，換句話說，雖然在旅程中匆匆數筆，卻暗藏情意的無限空間。由於旅行可能是不停的來去，伴隨著各地的風雲，因此「風和雲都會偷看」（簡政珍，2004：124），此為現實與比喻之間的轉化。至於情志思維與詩性語言，則需依賴詩人的對象而定：

表 3-1-1　以詩人對象為中心的詩性語言

詩人的對象	述敘焦點	脈絡	原理	側重
獨白的情感事物的記憶	我	感物—我 【人際→詩人→詩作】	心動感時應物 （懷古、感時、體物）	情志思維
互動的情感人際的溫暖	人	人情—我 【人際→詩人→詩作】	體察人情互動 （愛情、親情、友情）	詩性語言

資料來源：周慶華、王萬象、許文獻、簡齊儒、董恕明、須文蔚，2009：110

意象是新詩裡以想像所串接起來的物像表現，是抽象的想像與具體物像連接起來的繩索圖像。例如陳家帶的〈果實將被用來取代落日〉：

在黃昏，全城的巴士窗口

塞滿不可知的頭顱，

相對的，斜掛的落日太過龐大，

而又無能予以黃金分割，

於是大家在晚風中談論葉門政變

　　談論西班牙畫展，

　　談論第三類接觸，

　　然後空虛莫名，然後

　　隨著夜色一起陷落：頭顱們

　　突然想到晚餐桌上的果實

　　或許可以取代落日來拯救人類。

（陳家帶，1999：58～59）

詩裡以物像的原形作為接觸的基點。黃昏人們下班下課要回家，頭顱塞滿巴士的窗口。而窗外的高遠處懸掛著另一個巨大的頭顱——太陽。窗子的框架將人們的頭顱「黃金分割」，但太陽太龐大，可能跨越好幾個框架，無以分割。晚風中，人們所談論的題旨不是重點，重點是以穿越時空的題材打發時間，從政變到畫展到和外星人第三類接觸。既然言語只是消耗時間，言談也耗損一天所殘餘的精神。言語之後，「空虛莫名」隨著太陽「陷落」。人的頭顱接著想到晚餐，想到餐桌上的水果。因為同是圓形，所以取代太陽「拯救人類」。太陽帶走白日的時光，人勢必墜入黑暗。本詩藉由黃昏巴士上的景致，暗示都市生活中白日將去，精神幾近耗損的生活狀態，一種幾近虛無的狀態。（簡政珍，2004：127～128）

　　上述的分析，將事物所代表的意象轉化為人的想像，將想要表現的事物以詩的語言、心的情感來演出，所以詩要表達的情感須透過語言的深度表情，也就是須掌握「以意為主體」，以情意為中心，以「有機性」將意象組合緊密而完整的結合，以「層深性」留下言外之意的餘韻，以「聲律美」流露語詞文字的音韻節奏的美感，以「獨創性」讓詩興、想像流暢並組合。（周慶華、王萬象、許文獻、簡齊儒、董恕明、須文蔚，2009：108～109）透過這五種美感製造意象，來使詩的想像得以流動，意象得以度情。

　　透過觀點的轉移，讓詩的語言增加遐想的空間，跳出慣常的思維模式，也就更能凸顯事物的本貌。例如：張香華〈一張吸墨紙〉「我是一張吸墨紙／輕輕按捺在你寫過字的／紙上，把你留下的餘漬／吸乾」。（張香

華，1985：131～132）「吸乾餘漬」似乎是寫作人的小動作，但透過吸墨紙的口吻，這樣的動作似乎會讓作者有點小小的悵然若失。所謂餘漬，畢竟是心血透過筆墨所留下的痕跡，水跡消失，似乎也意味著某種東西的消失。（簡政珍，2004：130）透過觀點轉移，讓詩獨生不同的趣味。而該思維則需藉由情志的表達來內感外應，以情感當素材，以語言技巧來延伸，將所有外在物像囊括入作者的心志裡交織轉換再投射出來。不論表現的寫作技巧如何，目的在於「感物應事」與「抒發情志」，將一般的「理性思維」邏輯逾越「物理空間」，轉化以「感性思維」邏輯，以心理主觀情感去經驗感覺物象，以及剖現複雜的心智。（周慶華、王萬象、許文獻、簡齊儒、董恕明、須文蔚，2009：105）

小說的影響力在於它是一種敘事性的語言藝術，這種敘事是對人類社會生活的一種虛構性的描寫，因而與人的現實生活既相聯繫又有超越。（張杰、蕭映主編，2009：243）而這樣的影響力能夠喚起讀者的想像力、甚至將讀者帶進無邊際的、夢幻似的、如現實般的世界中；讀者可以藉由小說忘卻現實生活，或是將理想寄託在虛幻的小說世界中。所以恩格斯（Friedrich Von Engels）曾經如此為德國的民間小說所帶來的影響下如此的定義：「民間故事書的使命是使一個農民做完艱苦的田間勞動，在晚上拖著疲乏的身子回來的時候，得到快樂、振奮和慰藉，使他們忘卻自己的勞累，把他的磽瘠的田地變成馥郁的花園」。（里夫希茨編，1966：401）可見得小說給予人，而且是所有人得以馳騁想像與作夢的權利，還能使人透過小說的激勵與生活相關聯繫在得到慰藉之後，而有振作的勇氣。總結小說的影響力就是，讓人在虛幻的世界中，得到在現實世界中努力存活的勇氣。對此，高爾基（Maxim Gorky）對小說的魅力也有深刻的感受：

> 我記得，我在聖靈降臨這一天閱讀了福樓拜的〈一顆純樸的心〉，黃昏時分，我坐在雜物室的屋頂上，我爬到那裡去是為了避開那些節日的興高采烈的人。我完全被這篇小說迷住了，好像聾了和瞎了一樣——我面對的喧囂的春天的節日，被一個最普通的，沒有任何

功勞也沒有任何過失的村婦──一個廚娘的身姿所遮掩了。很難明白，為什麼一些我所熟悉的簡單的話，被別人放到描寫一個廚娘的「沒有趣味」的醫生的小說裡去以後，就這樣使我激動？在這裡隱藏著一種不可思議的魔術，我不是捏造，曾經有好幾次，我像野人似的，機械的把書頁對著光亮反覆細看，彷彿想從字裡行間找到猜透魔術的方法。（張杰、蕭映主編，2009：245～246）

可以合理推測，小說在情節與內容上必定有與人們生活經驗相關聯的地方，引起讀者的興趣。再者，小說中的字裡行間、用字遣辭必定要含有一定程度的寫作技巧與文字的修飾，才能讓小說的內容吸引人，而這也是小說構成最重要的因素。

　　不論小說是以題材區分為戰爭小說、愛情小說、歷史小說等，或是以結構來區分筆記小說、章回小說等，或是從創作來區分心理小說、現實主義小說、後現代主義小說等，小說的成分必定含有三種構成要素：情節、人物、衝突。而我個人以為，吸引人的小說在此三要素之外還需加上意外結局才能使小說完備。

(一) 情節：小說須具有完整且生動的故事情節。所謂的情節，是指敘事性文學作品中講述的由一個或一組人物的活動所構成的一個或一組事件。所以情節是小說的基本框架，是小說作為敘事性文學的存在方式和基本特徵。（張杰、蕭映主編，2009：252）小說的情節是必需貼近生活經驗，且能將小說中人物賦予生命的形象。而學習者在寫作時，其實都是以小說的情節模式作基本框架，因為在敘事性文體中，小說一類因為內涵成分多和組織方式不定而顯得特別複雜而多變。在整體的發展過程中，它已經逐漸變成敘事性文體的代表。也就是在思考敘事性文體的種種時，幾乎都是以小說為「模本」。（周慶華，2004c：171）所以完整的情節，不但能使小說的結構有一條縱的繩索貫串首尾使其連成一個整體，更包含所有敘事性文體的內涵。

(二) 人物：小說所塑造的人物是負有鮮明的個性與形象，方能與讀者產生共鳴，甚而是深刻的印象。例如談到歷史小說《三國演義》，小說中的內容或許無法清楚的和盤托出，但讀者一定忘不了機智忠勇的孔明、義薄雲天的關羽、多疑猜忌的曹操等；或是在提到《紅樓夢》時，絕不會忘記聰穎卻多愁癡情的林黛玉、也會記起機關算盡且耍弄奸權的王熙鳳等；都可見迷人的小說裡必定有小說中人物的魅力讓人回味無窮。還有像張愛玲筆下的《紅玫瑰與白玫瑰》，短短數語的比喻，將紅玫瑰與白玫瑰在振保心中的地位烙下了精確但也殘忍的真相，對愛情的美與冷藉由兩個女人給人最深的觸動，這就是小說中人物所帶來的震撼與心有戚戚焉：

> 振保的生命裡有兩個女人，他說的一個是他的紅玫瑰，一個是他的白玫瑰。一個是聖潔的妻，一個是熱烈的情婦——普通人向來是這樣把節烈兩個字分開來講的。
>
> 也許每一個男子全都有過這樣的兩個女人，至少兩個。娶了紅玫瑰，久而久之，紅的變成牆上的一抹蚊子血，白的還是「床前明月光」；娶了白玫瑰，白的便是衣服上沾的一粒飯黏子，紅的卻是心口上的一顆硃砂痣。（張愛玲，2001：97）

(三) 衝突：小說中所製造衝突的場面，不但可以看出作者的寫作技巧，更生動的活化了小說中的情節。作者要製造衝突的情節吸引讀者，必須「把注意力放在角色身上」。（安‧拉莫特〔Ann Lamott〕著，朱耘譯，2009：93）換句話說，小說的人物角色設定之後，就必須想這個人物會說什麼話，會做什麼事，遇到困境的反應是什麼……也就是說，必須融入自己所創作的小說裡面，將角色當作自己或是身邊的朋友，沒有一部生動的小說作者是可以置身事外的。例如《紅樓夢》為什麼可以吸引人？《紅樓夢》所以成為偉大的一部小說，因為作者很清楚的游離在真與假之間。有的時候它是賈寶玉，有的時候他不是，有時候

他比別人更殘酷的看待賈寶玉這個角色。（蔣勳，2010：145）所以後人在閱讀《紅樓夢》時總不免猜測，曹霑就是賈寶玉，或是他其實就是眼睜睜看著賈府興衰的人，賈府與曹霑必定脫不了干係。這就說明了，不論曹霑與賈府關係為何，所以有做如是觀的猜測就是小說中的衝突是生動的，造就情節的真實性，而如此生動的衝突點，必會讓人猜測是作者自身的遭遇才能讓衝突情節再現的栩栩如生。因為即使是謊言，也必須讓人信以為真，如巴爾札克（Honore' Balzac）所稱小說是「嚴厲的謊言」一樣。（張杰、蕭映主編，2009：256）可見衝突點對小說而言，有畫龍點睛的作用。

(四) 意外的結局：前面已論述的小說特質：情結、人物、衝突之外，小說最吸引人且拍案叫絕的地方，所不能忽視的就是意外結局。不論是寓言諷刺，還是愛情、社會或是生活小說，總不免將人類生活與現實社會的黑暗與光明面，藉由小說來抒發一番。如果能在結尾處神來一筆，完全顛覆讀者的想像，這樣的意外結局必能使閱讀者印象深刻，也就達到小說的高潮而使人回味且深感雋永了。例如張曉風〈一雙儷人〉寫道：

> 他們的房子很黑，而且有一種灰敗的舊塵的氣味。
>
> 「天亮了」她說。她總是躺在他的右側。
>
> 「大約是七點」他補充，「最近天冷了，要到七點天才亮。」
>
> ……
>
> 「很久了，大約有三年了。」這男的一向極有數字概念。
>
> 「我不止，我有三年半了。」女的也忽然不甘示弱的精明起來。
>
> 「是中午了。」女的說，「雖然這地方暗，可是從百葉窗，我還是看得出來——是中午了。」
>
> 「不算十分中午，」這男的有修正別人講話的習慣，「如果你數到三十，你就會聽見附近國民中學的打鐘音樂——那才是正午十二點。」

　　女的果然開始數，數到二十八下的時候，鐘聲果然響了，男的有點不以為然。「那是因為你數的速度慢了一些，要是我數，一定是準三十下。」女的十分佩服。

　　「天－黑－了。」男的和女的同時發現了，而且他們也發現對方正在同時說著同樣的話，他們同時猶豫的停下。然後再同時決定把這短句說完。

　　「聽說街上交通很亂，不出去也罷。」女的不知為什麼語氣有點幸災樂禍，「出去，難免遭人踩，弄得一身髒。」

　　「何只遭人踩，我看，難免有性命之憂。」男的補充。

　　二人又沉默了一陣。

　　「有件事，我本來不好開口問你，你跟你那口子，」黑暗中男的口氣有些遲疑，但既開了口，他也就硬著頭皮說了下去，「到底怎麼分的？」

　　「怎麼分的？」女的忽然氣憤起來，「你都忘了嗎？我的情況跟你差不多的！有一年，那是三年半以前，我跟他在街上走著走著，他不爭氣，折了腿骨，撇下我一個，過了半年，你那口子也出了事，你們兩個一起渡河，你那女人一不小心皮開肉綻，他們兩個都給送去整治了！是一起送去的！」

　　……

　　「他們兩個不會回來嗎？」

　　「要先付醫療費才行。」

　　「女主人什麼時候才會想起來去付醫療費？」

　　「也許已經想起來，也許她已經去過了──可是時間太久了，醫院不耐煩，把他們二個扔了。」

　　「什麼？扔了？那我們兩個怎麼辦？」

　　「怎麼辦？」女的發起烈性子，「不怎麼辦，我們就這樣並排躺著，躺過早晨，躺過黃昏──」

　　「我們──能不能一起出去走走，我想透口氣！」

　　　　「胡說八道，你幾曾看過有人穿兩支不同款式不同的鞋子出門？」

　　　　「有一件事，現在問你，不知算不算不禮貌，你到底叫什麼名字？」

　　　　「我叫『高跟鞋』，白種，小牛皮族，右腳。我們現在一起住在鞋櫃的第二格裡——你呢？你的名字是—」

　　　　「我叫『運動鞋』，」男的說「灰種，橡膠族，左腳——你是說，我和你，真的永遠不可以一起出去走走了嗎？」（隱地編，1991：29～33）

意外的結局，使〈一雙儷人〉應該是「一雙儷鞋」，但也因為這意外結局，使小說不只是純粹的想像，更包含了社會價值：在讀者恍然大悟時不免要省思作者所意含的社會價值觀，畢竟「作家不是美容家，不能專替人在臉上抹粉，把東施畫成西施，把惡徒寫成聖哲……傳世的小說不只是供人消愁遣悶的，而是要洗清人的罪惡，發揚人的善良；披露社會的陰暗，歌頌社會的光明。」（方祖燊，1995：157）雖然不是所有的小說都必須極具社會性，使小說讀來意含教育性、啟發性，但文學作家在作品裡總不免希望可以對世人有所影響與省思。而這也就造就小說意外結局的安排布局的重要性。

　　小說是虛構的故事，寫的是作者想像中的人物與事件。不論是西方或東方，小說就是用「故事的情節，豐富的想像、優美的文采、鋪寫描述成為感人的心靈作品」。（方祖燊，1995：3）所以小說不但是敘事性的文體，更是所有文體的綜合版，是一部戲劇活生生的躍然紙上，才能成就小說。因此，克勞福斯（Claude Fox）說：「小說是一座『袖珍劇場』，不但包含結構和角色，還包含服裝、布景，以及戲劇表演所需的一切附屬品。」（引自方祖燊，1995：12）

　　敘事性散文的寫作，是藉由文章來達到激起讀者同情（或同感）的方式是「間接」而不是「直接」的。（周慶華，2001：157）也就是相較於抒

情式的新詩或詩歌，敘事性散文必須有情更要有理，而情與理的結合除了有作者生活經驗的意義與體現，也會有對事情好惡的描寫表露。雖然企圖將想法一股腦的向讀者宣洩，卻必須以「故事」為包裝，以「事件」來蘊含，來滿足讀者的好奇與想像，也是作者藉機公開想法的語言，企圖打動讀者的心。

　　至於究竟何種文章體裁是散文？「散文的範圍極廣，它不但包括文學作品，如記敘、抒情性文章，筆記、小說、歷史、傳記文學以及有文藝性的說理文等。它也包括一般的歷史著作、學術論文及各種應用文等非文學作品。在五四運動之後，它不僅是相對於韻文而言，乃是縮小範圍而與小說、戲劇、詩歌並行的文類。」（鄭明娳，1992：1～2）可見散文大抵說來就是非韻文的作品。但進一步分析可知，即使散文範圍廣闊，仍可依敘述的語言成分或語言描述的策略不同，分為情趣小品、哲理小品、雜文、日記、書信、遊記、傳知散文、報導文學、傳記文學等。但不論何種類型，大抵仍有整體性、自成一格的典型。例如小品文會具備格局精緻、以實寫為主、意境獨到、情趣韻三要素這四個特色。（同上，43）在描寫的角度、描寫的手法、描寫的類型上都有不同處。例如日記、書信多用第人稱視角來描寫自身的經驗或已發生的事實；報導文學、傳記文學則多以第二、三人稱視角描寫環境、人物情態、心理、形象等類型的描寫。又有在敘述時，更會依描寫的內容或被描寫的主角，以針對特定對象，直接而正面進行描寫的正寫手法；描寫的內容和被描寫的客體產生間接、周邊的聯繫關係，不直接針對被描寫的對象。而以被描寫周邊的事件環境或人物進行描寫，烘襯描寫對象的側寫手法；及正寫側寫合併兼用的綜寫手法來描述事件。（鄭明娳，1989：48）

　　不論散文用何種類型、何種描寫手法來寫作，敘事性的文章在理論上可以分解為「故事」和「敘述」兩部分。前者為題材及其意義（思想情感）所繫；後者則純屬技巧，彼此可以分別予以認知。（周慶華，2001：159）下面舉一文章〈抉擇〉說明：

> 在一個村莊裡，住著一位睿智的老人，村裡有什麼疑難問題都來向
> 他請教。有一天聰明又調皮的孩子，想要故意為難那位老人。他捉
> 了一隻小鳥，握在手掌中，跑去問老人：「老爺爺，聽說您是最有
> 智慧的人，不過我卻不相信。如果您能猜出我手中的鳥是活還是死
> 的，我就相信了。」老人注視著小孩子狡點的眼睛，心中有數，如
> 果他回答小鳥是活的，小孩就會暗中加勁把小鳥捏死；如果他回答
> 是死的，小孩就會張開雙手讓小鳥飛走。老人拍了拍小孩的肩膀笑
> 著說：「這隻小鳥的死活，全取決在你了！」（何勝豐，2007：038）

上則文章裡絕大多數都可歸類為敘述部分，以平實、清楚的文字闡述並鋪
陳，從內容安排、角色對話，又是一般人平常的生活經驗，是寫實的，但
在文末睿智老人一句「這隻小鳥的死活，全取決在你了！」製造衝突情
節、意外結局與凸顯出整篇文章的意義，成就了故事的特性，也使一篇
敘事性散文結合敘述與故事。可見散文在實際上多為此二者的一體呈現且
併行使用。

　　上述三種文章體裁：新詩、小說、敘事性散文都屬於文學類的範疇，
而說理性的文章──論說文，就屬於非文學類的文體。因為它不像前三者
文體重視文學性（也就是語言修辭的雕琢），所以不須討論意象的營造、
不須考慮內容的情節曲折起伏，當然更不用雕琢韻律與敘事技巧，只要把
「理」說清楚或說透徹就行了。（周慶華，2001：207）正如說理性的文章
「用詞比較端莊、典雅、規範、嚴謹」和「句子結構比較複雜，句型變化
及擴展樣式較多」，用字的嚴謹在於說理性的文章「傾向於使用正式語體
的詞語，除非出於修辭效果上的考慮，一般不用俚俗語，忌諱『插科打諢』
的語氣，力求給人以持重感，避免流於諧謔、輕俏」，和「常常使用『大
詞』，則涵義比較抽象、概括」以及「出現非約定成俗、不合語法的、不
合邏輯的詞語是比較罕見的，除非出於作者的有意安排」；而句子結構的
複雜化則在於說理性文章「旨在解析思想、闡述論點、辯明事理、展開論
爭，因此文章內容往往比較複雜；作者在闡發自己的觀點時總是力求周

密、深入，避免疏漏。因此，文章的邏輯性往往較強，文句結構一般比較講究，一般較重修辭、重發展層次和謀篇布局。」（劉宓慶，1998：105～109）以馬丁·路德·金恩（Martin Luther King）博士為爭取黑人工作機會和自由而展開的黑人民權運動所發表的演說〈我有一個夢想〉為例：

> 朋友們，今天我要對你們說，我們不應該在絕望的谷底打滾。儘管現在與未來我們面對著重重難關，但是我仍懷抱夢想，一個深植於美國夢之中的夢想。
>
> 我有一個夢想；期待有一天，這個國家會站起來實踐獨立宣言的真諦：「我們認為真理不言而喻，那就是人人生而平等。」我期待有這麼一天，在喬治亞州的紅土山丘上，昔日主人與奴隸的孩子們能夠情同手足的共聚一堂。
>
> ……
>
> 我有一個夢想；期待有一天，在我四個孩子所住的國度之內，人們是用品格來評斷人，而非用膚色。我今天有這麼一個夢想。
>
> 我有一個夢想；期待有一天，在種族歧視最嚴重、州長至今冥頑不靈、拒絕承認聯邦法令的阿拉巴馬州——那裡的黑人小孩與白人小孩們有朝一日也能夠像兄弟姐妹那樣地手牽著手。我今天有這麼一個夢想。
>
> 我有一個夢想；期待有一天，幽谷都能被填滿，山丘都能被削平，崎嶇不平之處都能變平坦，曲折小徑也能變成筆直的道路，「上帝的榮耀必然顯現，凡有血氣者必一同看見。」
>
> 這就是我們的願望，我就是懷抱如此信念回到南方。（引自李家同，2011：170～171）

此篇雖是帶有抒情意味的演說，但是它所表達的個人觀念與人類價值，尤其是黑人與白人之間的種族和平有明確且深切的描述，清楚的表達演講者

的概念與主張，描述上是直接「說理」，思維上則具體提出自己的見解與態度，而且闡明為什麼提出這種見解。（朱艷英，1994：114）論說文應有正確的見解及有根據的論點來驗證，才有說服力，也禁得起多重考驗。其中正確的見解包括（同上：119～121）：

(一) 正確的論點：正確的論點，可以科學的反映客觀的本質和發展規律，又表現為強烈的表達健康和思想情緒和鬥爭精神。「這個國家會站起來實踐獨立宣言的真諦：『我們認為真理不言而喻，那就是人人生而平等。』」以獨立宣言的重要凸顯論點的價值與正確性，將論點客觀化，讓問題的本質精神與作者個人的思想觀念更正確也就有其說服力。

(二) 鮮明的論點：作者贊成什麼，反對什麼，清楚而明白，不可模稜兩可，似是而非。如講稿中「期待有一天，在種族歧視最嚴重、州長至今冥頑不靈、拒絕承認聯邦法令的阿拉巴馬州──那裡的黑人小孩與白人小孩們有朝一日也能夠像兄弟姐妹那樣地手牽著手。」就是金恩博士明確的表達清楚顯見的論點，也就是種族歧視所造成的社會紛爭、少數人的權利、利益鬥爭所引發的問題。

(三) 集中的論點：中心論點要單一，才能將問題集中、評深論透。「種族歧視」正是〈我有一個夢想〉全篇唯一且集中的重點，透過各種具體且美好的景象不斷論述種族之間應有的相處方式，歧視不應存在於「美國夢之中的夢想」之中。

(四) 深刻的論點：論點應從某個角度或某個意義上觸及問題的實質或要害，揭示事物之間的內在聯繫和規律。「人們是用品格來評斷人，而非用膚色。」種族之間存在許多問題，從「膚色」的角度講述美國的種族紛爭，就是切入問題的核心與實質的要點，將問題深入人心去引發思考及討論，使問題獲得重視。

(五) 新穎的論點：獨到的見解可以給人心啟發，而不是人云亦云、老生常談。演講稿中所談論到的種族歧視問題，雖非新穎且是存在美國已有一段時間的爭議、敏感話題，但因為以〈我有一個夢想〉為題，可以

減輕論說點的沉重與悲傷，將敏感的問題用期待與正面的希望來化解，使問題的談論角度不同於以往而有新處。

寫作是一種生活經驗的情感抒發，也是創意的表現，如何將已被界定的寫作，不論是結構、內涵、表現等源源不斷推陳出新，且是透過較高年級有一定生活體驗，創意卻已慢慢被侷限的學習者來發揮，就是一項值得深入探討的議題了，畢竟「創意是由兩種元素組成：一是內容；一是表現方式。什麼都可以是內容，只要能與社會互動；表現方式則可以天馬行空、海闊天空的表演。」（王偉忠、陳志鴻，2009：021～022）將內容與表現作文類與戲劇的結合，正是本研究的創見所在。

第二節　寫作戲劇化

上一節對於本研究所要討論的新詩、散文、小說、論說文等四種文類已有大致上的界定與說明，但文類的寫作及形式又非亙古不變，而是因時因地因人而有所變遷，尤其在各年代各地域中所強調的派別特色無法完全抹去不談，但又無法全面詳述，所以僅搭配本節所要談的寫作戲劇化來結合學派的特色。

就整體來說，寫作是一項參與「推移變遷」或「改造修飾」世界的活動。（周慶華，2001：75）所以文化也就或多或少的影響人類的寫作。其中縱觀文化軌跡，又可以發現寫作的推衍過程，就是寫作史。

(一) 前現代：是指現代出現以前的時代，是十八世紀以後十九世紀之前。在前現代的寫作中，最主要或較特別的是有關世界觀的建構及其運用，也就是在寫作中揣摩造物主（神或上帝）的旨意而預設目的。也就是一種由秩序邁向混亂的不斷交替，希冀建立一個有秩序的理念，認為最好的社會就是變動最少的社會。在這樣的情況之下，寫作就是要發揚造物者的想法，歌頌秩序社會的合理性，使寫作成為一個秩序的嚴密結構，也就是造物者藉由寫作者的筆來推動世界的運轉，使社

會井然有序，寫作就達到目地。此時期的寫作也為日後的寫作文化奠
定基礎。

(二) 現代：相對於前現代寫作致力於世界觀的建構及運用，現代的寫作
則偏向於將原世界觀予以演變發展，由單線的繼承變為多元的裂
變。也就是此時期的寫作是開始自由的馳騁思慮和無限延伸意志的
時期。也許受當時文化風氣、藝術養成、工業發展等世俗化浪潮的
影響，開始脫離宗教思想的箝制，倡導起理性主義、反省人在地球
上的存在與價值，強調「人」的重要與可能性。也透過興起的「媒
介」傳達與往來知識，而形成了普遍參與的現象，將現代化的思潮
與生活、寫作融合。所以現代的寫作為前現代的寫作注入一股新的
活力。

(三) 後現代：從前現代到現代寫作，經過許久的時間，而文化也幾經「推
移變遷」或「改造修飾」，所以後現代寫作就是起因於這個「等待尋
繹」空檔的發覺。後現代寫作是西方前現代寫作及後現代寫作成果的
全面性的省察和批判，也開始了「自我定位」的寫作模式。

　　資訊、電腦、經濟的蓬勃發展，使後現代的寫作從資訊的重組與再生
中「重新解構」寫作的內容與形式，而開始進行概括、辨析、詮釋和評價
等後設性的寫作，將「對人類的最主要貢獻是在人的主體性與理性的建
立」，而「以人為宇宙中心的主體性表現在個人方面是自我意識自我決定、
自我實現等自我認同的思想與實踐。」致使黑格爾、馬克斯、達爾文等大
張旗幟的提出歷史演進的原則與法則，期望能主導社會文化的發展，而建
立出新的生活方式與社會結構。後現代寫作又為文化開啟新的一頁。(周
慶華，2001：75～94)

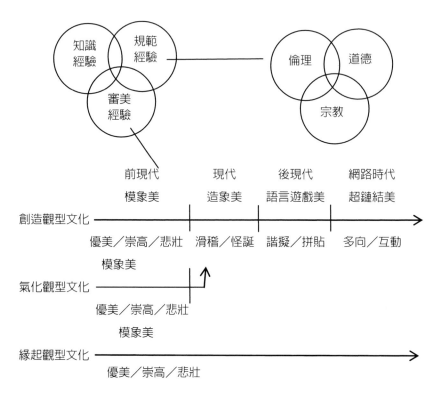

圖 3-2-1　文學的表現

資料來源：周慶華，2007：175

　　從圖中可以清楚發現，寫作的風格雖因三大文化系統而分別展現不同的「寫實」面向，但至 20 世紀後的現代、後現代寫作則有志一同的發展出新寫實的、資訊的文學寫作，也就是「創造觀型文化中的寫實主要是在模寫人／神衝突的形象的『敘事寫實』；氣化觀型文化中的寫實主要是在模寫內感外應的形象的『抒情寫實』；緣起觀型文化中的寫實主要是在模寫種種逆緣起的形象的『解離寫實』。」（周慶華，2007：175）而使寫作內容與文化「製造差異」，也正是各文化文學寫作的創意所在了。據此，而使學派與文類建立互動與關係，則以下圖表示其發展：

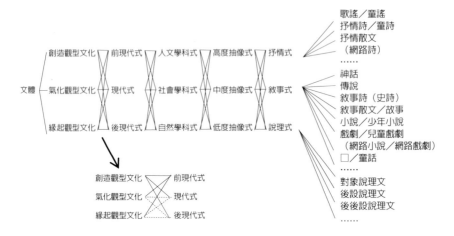

圖 3-2-2　各類型文化的文學寫作表現形式

資料來源：周慶華，2007：181

　　至於寫作戲劇化的結構是基於在寫作的內容與形式雖受文化與學派影響而互異，但藉由戲劇來引發寫作的靈感，就是「製造差異」；從戲劇的角度出發寫作則是「無中生有」了。而「製造差異」、「無中生有」就是創意，也就構成戲劇化寫作教學。

　　戲劇化寫作的建構是基於從寫作及創作者的角度思考，概括五個因素：

(一) 創作者會從戲劇中得到寫作題材的靈感。

(二) 任何作品都可被改編成劇本，例如《艋舺》、《酷馬》等作品。

(三) 寫作其實也是在寫劇本。

(四) 任何一部電影劇本都可以寫成小說，例如《春去春又來》、《海角七號》、《海上鋼琴師》。

(五) 寫作本身帶有戲劇化成分，也就是作者扮演戲劇裡其中的角色，而且在詩、小說、散文、論說文中都會有戲劇的影子。

　　由於本研究的理論建構只侷限在寫作部分，所以因素一～二就成為理論架構的基礎，因素三～五則僅參考而略過不談。因此而得出寫作戲劇化的歷程：

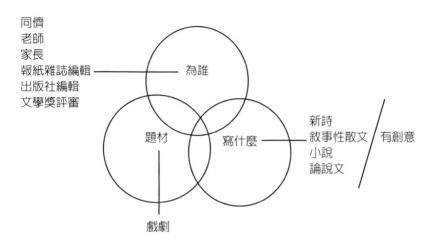

同儕
老師
家長
報紙雜誌編輯
出版社編輯
文學獎評審

為誰

題材

寫什麼

新詩
敘事性散文
小說
論說文

有創意

戲劇

圖 3-2-3　寫作戲劇化須思考涉及的議題簡圖

　　有關戲劇部分，在寫實主義或自然主義的戲劇裡，現實是可以被掌握的：仔細觀察人們的社會關係及社會現象，就不難抓到事物的核心與問題的癥結。在象徵主義或表現主義的戲劇裡，唯物的現象（就是五官可感知的現實）已不受重視，反而唯心的、非理性的現象才是關照的重點。（紀蔚然，2008：16）就戲劇的內容而言，現在的戲劇姑且將它歸類為「現代寫作」戲劇，但隨著資訊的蓬勃、網路、科技的興起與取代，在戲劇的結構上也慢慢偏往「後現代寫作」發展了。但戲劇的內容或有因文化、社會風情而異，表現的道具也隨著精緻與華麗，但在演出的形式結構上卻沒有太大的變化，不因時代、環境而改變，所以「戲劇是由歌、舞、詩三位一體的活動發展而來的，世界各國皆然。」（孫惠柱，1994：10）
　　至於戲劇的演出結構形式可概分為五類：

(一) 純戲劇式：純戲劇式的戲劇結構是由希臘的戲劇最先成熟。而不論是
希臘悲劇或喜劇，前身就是祭酒神儀式上的歌隊（chorus）唱詩，但
在內容上，大多以希臘神話傳說的英勇悲壯故事；而喜劇則以放蕩的
酒神或生活中的滑稽事件為題材（俞翔峰，2009：38），均已含有史
詩與抒情詩相結合的成分，並富有濃厚的宗教神秘色彩。雖然沒有演
員化妝或是角色的動作和衝突，較接近於現在的「曲藝」而非戲劇，
但表演形式已提供產生戲劇衝突的可能。（孫惠柱，1994：10〜20）
例如西尼卡（Xi Nika）的《伊底帕斯王》：

> 伊底帕斯（Oedipus 或 dipus，有時拼為 Oidipous 也有 Odypus）
> 是希臘神話中忒拜的國王，是國王拉伊俄斯和王后伊俄卡斯忒的兒
> 子，他在不知情的情況下，殺死了自己的父親並娶了自己的母親。
>
> 　　拉伊奧斯年輕時曾經劫走國王珀羅普斯（Pelops）的兒子克律
> 西波斯（Chrysippus），因此遭到詛咒，他的兒子伊底帕斯出生時，
> 神諭表示他會被兒子所殺死，為了逃避命運，拉伊奧斯刺穿了新生
> 兒的腳踝（oidipous 在希臘文的意思即為「腫脹的腳」），並將他丟
> 棄在野外等死。然而奉命執行的牧人心生憐憫，偷偷將嬰兒轉送給
> 科林斯（Corinth）的國王波呂波斯（Polybus），由他們當作親生兒
> 子般地扶養長大。
>
> 　　伊底帕斯長大後，因為德爾斐（Delphi）神殿的神諭說，他會
> 弒父娶母，不知道科林斯國王與王后並非自己親生父母的伊底帕
> 斯，為避免神諭成真，便離開科林斯並發誓永不再回來。伊底帕斯
> 流浪到忒拜附近時，在一個叉路上與一群陌生人發生衝突，失手殺
> 了人，其中正包括了他的親生父親。當時的底比斯被獅身人面獸史
> 芬克斯（Sphinx）所困，因為他會抓住每個路過的人，如果對方無
> 法解答他出的謎題，便將對方撕裂吞食。忒拜為了脫困，便宣布誰
> 能解開謎題，從史芬克斯口中拯救城邦的話，便可獲得王位並娶國
> 王的遺孀約卡斯塔為妻。後來正是由伊底帕斯解開了史芬克斯的謎

題，解救了底比斯／忒拜。他也繼承了王位，並在不知情的情況下娶了自己的親生母親為妻，生了兩女：分別是安提戈涅（Antigone）及伊斯墨涅（Ismene）；兩個兒子：埃忒奧克洛斯（Eteoclus）及波呂涅克斯（Polyneices）。

後來，受伊底帕斯統治的國家不斷有災禍與瘟疫，國王因此向神祇請示，想要知道為何會降下災禍。最後在先知提瑞西阿斯（Tiresias）的揭示下，伊底帕斯才知道他是拉伊奧斯的兒子，終究應驗了他之前殺父娶母的不幸命運。震驚不已的約卡斯塔羞愧地上吊自殺，而同樣悲憤不已的伊底帕斯，則刺瞎了自己的雙眼。（索發克里斯〔Sophocles〕著，胡耀恆譯，1998）

從希臘悲劇〈伊底帕斯王〉中可以發現，全劇充滿濃厚的宗教神秘，以及人類的英勇傳說卻抵擋不了神的命運安排而造化弄人，也真實呈現當時的戲劇文化特徵。

(二) 史詩式：順應著文藝復興的潮流，也吸收中世紀在民間流動演出的宗教劇的某些形式，而創造出一種全新的結構形式。可以無視時間、空間的限制，將劇作中的主人翁以奔放恣肆的自由意志來結構，完全突破希臘悲劇的規範。

有別於純戲劇式的結構，二者雖同時表現出比較統一貫串的衝突統率全劇，但表現方式卻不一致。純戲劇式因為場景較濃縮集中，衝突是表現在角色與角色之間的不斷碰撞，全劇多以你來我往的對話為主表現衝突的本身；而史詩式則由於場景的自由多變，可以像小說一樣分別更細緻的刻畫衝突的各方，較多表現在醞釀衝突以及衝突以後的心理和行為。（孫惠柱，1994：20～33）例如史詩式的代表著作：莎士比亞的《威尼斯商人》：

威尼斯商人安東尼奧（Antonio），為幫助好友巴珊尼（Bassanio）娶得美嬌娘，而與仇家——放高利貸的猶太人夏洛克（Shylock）

借錢。答應若無法還錢，就割下自己的一磅肉抵債。不料，他的商船在海上遇險，因而無法如期還款，被夏洛克告上了法庭。

一再遭對方侮辱歧視，女兒吉茜卡（Jassica）又跟羅倫佐私奔，因此夏洛克懷著深仇大恨，來到威尼斯法庭。他斬釘截鐵的拒絕和解，堅決按照借據條款，從安東尼奧身上割下一磅肉；他舉起尖刀，朝袒露胸膛的被告撲了過去，這時劇情達到扣人心絃的最高潮。

另一方面，在幽雅的貝爾蒙莊園，美麗富有的少女波西亞（Portia）發出嘆息：她的終身大事必須採決於父親生前設置的金銀鉛三個彩匣，選中正確彩匣的求婚者就是她的丈夫。波西亞被父親剝奪了婚姻自主權，為此感到苦惱。所幸她情意所鍾的巴薩尼奧選中了鉛盒，有情人終成眷屬。

以上的兩條情節線在「法庭訴訟」一幕中匯合在一起，妝扮成法學博士的波西亞在千均一髮之刻大呼「等一下！」並向夏洛克指出，借據上只說他可取安東尼奧的一磅肉，但可沒說他能拿安東尼奧的一滴血。夏洛克自然無法只割安東尼奧的肉而不令他流血，聰慧的波西亞運用機智救了丈夫好友的性命。

打贏官司後，波西亞惡作劇的向沒認出她的丈夫，討了結婚戒指作為勝訴的酬勞，等回家後再假意責怪他，引起一場喜劇性的吵嘴。最後在巴薩尼奧的恍然大悟中，本劇圓滿落幕。（莎士比亞著，方平譯，2000：150～297）

史詩式西方戲劇的演出形式雖迥異於於東方戲劇，但在內容上卻又是相仿的。如印度與中國的戲曲，雖然線索比較單一，劇情比較簡單，但同樣時空開闊，場景多變而有機整一性較差，角色常代替作者直接向觀眾說話，劇情都以衝突為基礎但往往不以面對唇槍舌戰的衝突為主要表現手段，而更著力於刻畫人物在衝突中的內心世界。（孫惠柱，1994：33）都可顯現出東方古代的長詩或長篇小說，與西方的史詩式結構在某一層次上其實是異曲同工的。

(三) 散文式：散文式戲劇的結構再現所多而鬆散的這一點繼續了對純戲劇是結構的反動，而比史詩式結構走的更遠；但在場景少而集中這一點上又是對史詩式結構的反撥，而回到了純戲劇式結構。（孫惠柱，1994：34）也就是說，散文式的戲劇結構彷彿沒有戲劇中心，是因為內容太豐富，也是劇中角色太多甚至角色間的關係是錯綜複雜，而使劇情的發展越來越鬆散，角色與衝突形成錯綜複雜難以理出頭緒的局面，終至找不到劇情的核心。「不像傳統戲劇中把各種線索集中一起並在戲劇的高潮中解決」。（同上，37）例如：契訶夫（Anton Pavlovich-Chekhov）所著的《海鷗》：

> 《海鷗》是俄國鄉下中產階級日常生活的最佳寫照。整齣戲忠實地反映著人們的苦悶與無奈，並且大量運用了象徵、停頓、暗示等技巧。故事是發生在從司法部退休的索林莊園內的生活，他的妹妹阿卡汀娜和她的情人特列戈林、姪子康斯坦丁及其愛人妮娜，以及他的僕人波琳娜、山姆拉耶夫和兩人的女兒瑪莎及她的未婚夫梅德威丹科，另外還有他的好友道恩。這些人在這個鄉下的平靜莊園裡，日復一日的生活，而這樣的生活，被記錄了下來。《海鷗》因為是「去情節統一」，所以它不像索發克里斯（Sophocles）的《伊底帕斯王》有一個「追查殺死先王兇手」的情節架構；「去人物統一」，它也不像《伊底帕斯王》整齣戲完全以伊底帕斯王為戲劇主要的核心。他的情節是多線發展，沒有一路貫穿的「動作」；而劇中人都是主角，沒有統一的中心人物。
>
> 　　法國研究契訶夫的重要學者特羅亞，對《海鷗》的成就有一段精闢的見解，他說：「這齣戲的趣味並不在於它的故事情節，因為故事相當平庸，而在劇中那些微妙的、有寓意的和令人回味的對白、情節被心理氣氛取代了。激情不是反映在動作和話音中，而是反映在內心深處，觀眾不是被劇情的變化，而是被感情的悄然發展所深吸引。」（徐稚芳，1995）。

(四) 詩式：既無完整的故事情節，也無確定的人物性格，更無連貫的邏輯
語言，使得觀眾以及不少戲劇評論家和作家都莫名奇妙，因此常被怒
罵是「對一切傳統戲劇的挑戰」，「它是一個搞蛋鬼的作品」。(孫惠柱，
1994：44) 因此而開啟了戲劇界荒謬派的風行。
其中最成功的詩式戲劇為貝克特的《等待果陀》：

> 第一幕由哀斯朵岡（Estragon）和佛拉迪米（Vladimir）兩個流
> 浪漢的對話組成，一邊語無倫次地開扯，一邊做些無聊瑣碎的動
> 作。同時間他們一直在等待一位叫做果陀的神秘人士的到來，此人
> 不斷送來各種信息，表示馬上就到，但是從來沒有出現過。後來他
> 們遇到了潑左（Pozzo）與幸運（Lucky），波卓是幸運兒的主人，
> 而幸運兒是波卓的奴隸，兩個人上場做了一番瘋癲表演就下了臺，
> 一切恢復原樣。
>
> 第二部是第一幕的簡單重複，兩個流浪漢討論了各自的命運和
> 不幸的經歷，他們想上吊，但是還是等了下去。他們只是兩個不知
> 道為何來到這個世界上的普通人；他們設想了種種站不住腳的假
> 設，認為他們的存在一定有某種意義，他們希望戈多能帶來解釋。
> （林弘志，1981：14〜163）

(五) 電影式：相較於上述的四種戲劇結構，電影式的戲劇就是將上述四種
結構的特點集於一身，而統一的就是「不受時空限制表現情節的電影
蒙太奇手法，而形成一種別具一格的戲劇結構形式」。(孫惠柱，1994：
57〜58) 電影式戲劇結構的出現，大大提升了戲劇的風潮，也將受限
的時間與空間的表現方式獲得解決。尤其在 20 世紀 80、90 年代，電
影的戲劇風潮更是吹向所有的戲劇界。例如早期的著名電影式戲劇，
由美籍華人劇作家黃哲倫（David Henry Hwang）的《蝴蝶君》所創：

> 在 M. Butterfly 中，男主角 Gallimard 認為東方女人都是害羞、
> 內向，而且有點怕外國人，認為外國男人是西洋魔鬼。M. Butterfly

裡，多是 Gallimard 獨自一人站在舞臺獨白。間或穿插了一二個角色，或是對話、或是肢體表演配合 Gallimard。時間的安排雖是倒敘的，情節卻是破碎的。有劇中劇，也有夢和現實穿插其中。Gallimard 既是說書人，也是演員，說出了他與宋琳琳的故事。

在 Gallimard 的想像中，中國是個古老的國家，藝術是其唯一的驕傲。加上 Madame Butterfly 這齣歌劇的影響，他認為中國女生潛意識裡害怕外國人，也愛慕外國人。她們喜歡被虐待；當她們說不，其實就是要。Song 看穿了 Gallimard 內心的渴望，也是一個西方人對東方女性的遐想：一個處處以夫為天，以夫的需要為需要的女人，而且又溫柔害羞，善解人意，對性方面很保守。Song 利用 Gallimard 的遐想，扮成女人二十年沒被識破。就如第三幕所示，當 Gallimard 和 Song 在法庭上對質，道出了 Gallimard 愛上的只是他的幻影。他無法面對現實，只好選擇死亡。

在表現手法上，M. Butterfly 用了很多中國京劇的方法。例如 Gallimard 先面對觀眾直接表達意見，或作前情題要及場景敘述，然後直接進入表演。還有燈光只有明暗兩種；當主角作獨白時，其他角色也在舞臺上，可是沒有臺詞，卻有動作。

最後，可能真是文化上的認知不同，中國人都知道多數的京劇女角都是反串的，而 Gallimard 卻不了解。認知的不同所造成的悲劇，相信東西雙方在看了 M. Butterfly 後彼此有更深的體會。（維基百科，2010）

最後是寫作戲劇化，「戲劇是一種表現人生的綜合藝術。」（姜龍昭，2003：3～4）戲劇的發達應該更早、也更通俗於寫作，畢竟寫作文章不論是新詩、小說、散文、論說文，大抵文章的構成的必要條件就是文字，倘若再考慮文章的內容豐富度就又涉及作者的生活經驗與閱歷程度，對大眾來說有一定的難度。但是戲劇則不然，它的表達是透過動作、背景、語言，生動且具體，對大眾來說看一齣戲遠比讀一篇文章要容易的多。而好的戲劇帶給

觀眾的衝擊感、印象與啟發也必定勝於一篇好的文章。這也就說明了戲劇不管如何演化，從舞臺劇到電影，不論表現形式為何，總能引發共鳴且廣為推行運用的道理。雖然戲劇在表現上受到許多「現實上」的限制，在演出時無法像寫作一般可以天馬行空，所以編寫劇本時就必須考慮人物的角色、環境的真實程度等。換句話說，戲劇的表現是複雜的，不如寫作單純。

因為本研究僅在於將劇本與文本間搭起適切的橋樑，重點在透過戲劇而產出文章，或將文章改寫成劇本，所以以下只就劇本的基本寫作概要及劇本為例，以印證並說明文本與劇本的互通。正如工廠的原料輸入後在場內加工製造、改造、轉換後，成為新的產品或作品（詳見圖 1-3-1），而戲劇就是輸入的原料／題材，透過轉換，也就是學習者透過戲劇的刺激進行文章的寫作，等於是將想像透過戲劇來呈現與轉換，再將戲劇的手法、感情與內涵重新詮釋、增補、創新，再輸出二度轉換，改造成文章，將想像、情感透過戲劇演飾再書寫成文，而成為新的產品也就是全新文本。本研究就是由圖 1-3-1 所架構而呈現的，經由戲劇轉換或反向寫作方式以達到並增進學習者的寫作能力（將於本章第三節中討論劇本與文本的運用及指導）：

(一) 舞臺劇（新詩）：舞臺劇有「獨幕劇」與「多幕劇」。所謂「獨幕劇」只有一幕、一景；「多幕劇」有三幕、五幕不等，景也在一景以上，有四景、五景、甚至多景。（姜龍昭，2003：352）但不論是獨幕劇或多幕劇，舞臺劇與電視劇最大的不同是，與觀眾是直接、面對面的，所以觀眾的反應也是直接而立即呈現的。這樣的差別對舞臺劇演員來說不啻是最大的專業演技挑戰；而在舞臺劇的內容上，最為精采的地方正是劇中的衝突與情節發展，也是戲劇的中心。而它的多媒體運用特徵，跟新詩的多意象表達相通，兩相結合來教學，可以激盪出更多的創意。

(二) 相聲劇（小說）：相聲劇是以人的「對話」作表現，所以以「對話」成為精髓所在。相聲的傳神必須透過演員之間的對話，可諧趣、可誇張、再搭配傳神肢體語言來表達演出的內容。與舞臺劇相較，相聲劇不需

要有布景、服裝、甚至多名的演員，只要能有精采的對話描述、清楚的咬字、再加上生動的肢體動作，必能使觀眾對表演內容一清二楚，且能在幽默中帶嘲諷，使觀者會心一笑的效果。而這跟重視對話的小說結合來教學，可以相發的地方特別多。

(三) 故事劇場（散文）：說故事可以純口述，也可以加上道具（如圖畫、器物、布偶、模型、照片、剪報、卡片、投影片、幻燈片、錄音帶、錄影帶、電子書、CD、VCD、DVD、網際網路等）的輔助，全看教學現場需要而定。（周慶華，2004c：66）而說故事可以純敘述，也可以夾雜議論，後者（夾雜議論）在某些情況下（如面對直接接受故事有障礙的聽眾或聽眾主動要求附帶解釋故事）有它的必要性，但整體上因為缺乏美感而不被看好。（何三本，1995：173～174）說故事可以單語（一個人說），也可以多語（多人合說）；以及可以劇場性，也可以非劇場性。而故事劇場就是屬於劇場性的說故事表演。

故事劇場比讀者劇場（另一個劇場性說故事的表演模式）更為口語化，敘述者的說明是由角色所分攤。因此，劇中人物有時候會以第三者的身分，用旁白或獨白來敘述一些情況。演員往往需要穿著劇裝，當敘述時其他演員可以表演啞劇動作；同時可以將歌舞、音樂作搭配演出，是較具動態的一種故事敘述戲劇表演。（張曉華，2007：243～265）

既然要提高戲劇的說服力，「聲音」變成一齣故事劇場的關鍵，所以「口語化」是故事劇場寫作成功的要務。（姜龍昭，2003：278）而散文的創作特色以半敘事半抒情為主，正好與故事劇場的演出特色相符。散文的「敘事」可藉由故事劇場的旁白來詮釋說明；散文的「抒情」正是故事劇場中角色的扮演，因為演員的對話與動作就是一種情感的抒發。將散文寫作的教學，透過故事劇場的表現讓學習者體會抒情、訓練敘述的能力，應能將所得到的個人經驗轉換成文字表達出來，進而提升寫作的水準。

(四) 讀者劇場（論說文）：讀者劇場是由兩個或兩個以上的朗讀者，作戲劇、散文或詩歌的口語表現，必要時將角色性格化、敘述、各種素材作整體組合，以發展出朗讀者和觀眾一種特殊的關係為目標。而讀者劇場的表現方式是讓演員朗讀者，從頭到尾都在舞臺或固定的區位上，以搭配少許的身體動作、簡單的姿勢及臉部表情，朗讀出所設計的部分。（張曉華，2007：243～265）

　　讀者劇場是朗讀者手持劇本在觀眾面前以聲音表情呈現劇本內涵，讓觀眾藉由對劇本內涵的想像與朗讀者的聲音表情，欣賞一場戲劇的表演。也就是讀者劇場所重視的是文學中「聽覺」的部分，朗讀者必須精練的運用他們的臉部表情、情境、態度、與動作。在讀者劇場中，唐突的肢體動作會造成不佳的表演，這會顯露出朗讀者表演缺乏選擇能力，也產生無謂的表演動作，過度的表演在讀者劇場中是一種不佳的詮釋表現。（Neill Dixon. Anne Davies. Colleen Politanp 著，張文龍譯，2007：4）所以透過讀者劇場重視「口語表達」能力的特點，讓學習者可以大聲朗讀，傾聽自己的聲音，加深印象，正是讀者劇場的魅力所在。如此則可以與論說文作結合運用，因為論說文強調的正是理路清晰、論點明確，朗讀者在朗讀時所表現的聲情美，可以將論說文的理論作更完整的詮釋。

第三節　寫作戲劇化教學

　　寫作戲劇化不是在教導學習者成為專業的演員，而是透過戲劇回憶、產生、製造及增加個人的經驗，再運用到寫作上。這樣能讓寫作的課程活動相對的活潑，引發並提高學習者的學習及寫作意願，讓課程創新、生動，更將戲劇中引發的另一種想像與戲劇的詮釋，將靈感藉由改編及寫作具體呈現出來，更能在寫作過程中擴大個人的經驗。

　　在戲劇文學中，戲劇是文學因素，對於表演和其他藝術具有規範和制約作用（朱艷英，1994：339），所以在人物、情節、場面、衝突的安排與

書寫，總是會受到舞臺的限制、演員的表演度都必須加以考慮，但是透過戲劇卻也是充分運用文學、美術、音樂和舞蹈多種藝術手段，塑造形象，反映社會生活的綜合性直觀的舞臺藝術。（同上，339）正因為戲劇是透過「身歷其境」的演出來表達「過去的經驗」並「創造未來的經驗」，不論是演出者或觀賞者都可以透過戲劇的呈現增加個人的經驗，在創作時將戲劇中得到的經驗用來刺激靈感與尋找寫作的題材，將戲劇經驗再度輸出成為個人的作品，甚至再將作品二度輸出成為另一齣「製造差異」的戲劇作品。

　　因為透過戲劇作為寫作的取材，衡量所能夠藉以發揮的，主要是從戲劇的「空白」、「斷裂」、「菁華」三者中尋找靈感，所以戲劇中情節的空白可以加以填補、情節的斷裂可以加以連接、戲劇的菁華可以加以發揮增加原戲劇的豐富度。而從「空白」、「斷裂」、「菁華」加以填補、連結與發揮改編而成「二度創作」為另一部作品，正是本研究所強調戲劇在寫作教學裡必須且重要的角色。

　　運用戲劇來進行寫作教學，是因為學習者在觀賞戲劇時所帶來附加價值相當高。寫作教學最難實行的部分就是學習者必須在時間之內創作文章。在課堂中寫作，「取材」與「選材」是教學者與學習者共同的難題。對教學者而言在課堂中的寫作題材難以尋找，對學習者來說如何在課堂中尋找合適的題材並下筆更是難題，尤其寫作又是個人經驗的積累。所以透過戲劇來進行寫作教學活動並且再創作，至少會達到以下成效：

(一) 可以培養學習者戲劇鑑賞的能力。

(二) 戲劇情節的刺激使學習者的寫作敏感度提升。

(三) 戲劇表演的多樣性能培養學習者全方位的創作能力，進而解決並改善沒有題材可以寫作的窘境。

　　因此，寫作戲劇化教學是教導學習者在寫作前釐清寫作題材、選材、為誰寫、寫什麼之外，更提供教學者應先確定教誰、教什麼、怎麼教的方法。本節的研究架構圖如下說明：

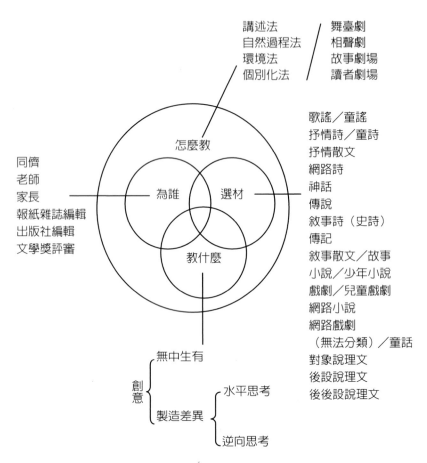

圖 3-3-1　寫作戲劇化教學前須思考涉及的議題簡圖

　　如此一來，就可以在戲劇化寫作教學的活動中，將戲劇中的情節取為創作題材或將作品改編成劇本後演出，製造差異再生產，使創作經驗延伸並豐富；況且演出時會有多媒體的運用，這樣的創作經驗又會不同於傳統的紙本寫作經驗。

　　在教學活動中，從一段空白、斷裂、菁華的戲劇取材，或將作品透過「集體創作」改編成劇本演出以及附帶進行個人創作，是一連串一氣呵成的作品產出。這時學習者所接受的就不僅是觀賞戲劇時的個人經驗，因為集體創作而會開始吸收他人的、多方不同面向的心得分享。而由演出的肢體表達延伸題材與發揮，同時也能欣賞他組的集體創作，不啻會更豐富經驗。這樣等到個人創作時必定已收集了許多的「感受經驗」，寫作起來也就有更多的資料可以輸出。

　　至於在戲劇化寫作教學的活動安排，則是戲劇、創作、表演的穿插循序漸進，進而達到寫出一篇創意作品的目標。相關戲劇化寫作教學進行流程：

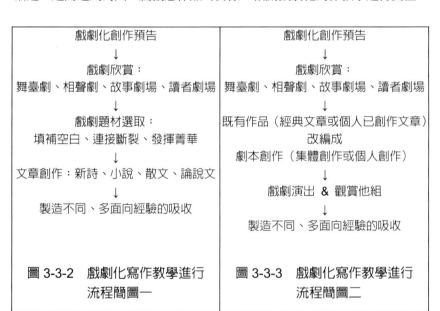

戲劇化創作預告
↓
戲劇欣賞：
舞臺劇、相聲劇、故事劇場、讀者劇場
↓
戲劇題材選取：
填補空白、連接斷裂、發揮菁華
↓
文章創作：新詩、小說、散文、論說文
↓
製造不同、多面向經驗的吸收

圖 3-3-2　戲劇化寫作教學進行
　　　　　流程簡圖一

戲劇化創作預告
↓
戲劇欣賞：
舞臺劇、相聲劇、故事劇場、讀者劇場
↓
既有作品（經典文章或個人已創作文章）
改編成
劇本創作（集體創作或個人創作）
↓
戲劇演出 & 觀賞他組
↓
製造不同、多面向經驗的吸收

圖 3-3-3　戲劇化寫作教學進行
　　　　　流程簡圖二

　　此外，戲劇與文類的挑選結合，是依據各戲劇與文類的特色來取決。如舞臺劇是透過多媒體的運用，包括服裝、道具、音樂等表現劇中人物的情感，甚至每一種媒體就代表一種意象；而新詩的美重在意象的營造，所以藉由舞臺劇多媒體的意象表達與鍛鍊，正是新詩意象營造最佳的訓練；

又如相聲劇的特色在「對話」，所以對話的生動與幽默諧趣是戲劇表現最精采的地方；而小說的生動是決定在人物對話的精采度，所以將相聲劇與小說結合。又如故事劇場的表達方式是演員的扮演與對話之外，另加旁白補充演員詮釋內心感情的不足或劇情的補充；而散文特色是半抒情半敘事，正好透過故事劇場的演員扮演詮釋抒情成分、旁白說明補足散文的敘事風格，共同營造溫馨諧趣的氛圍。又如讀者劇場則是強調聲情美，透過純粹聲音的表現來傳達情緒、傳達意旨；而論說文的重點在於論點確立與理路的清晰，才能有條不紊，達到說服的「信度」，所以透過讀者劇場的聲情美表達，必能將論說文的論點呈現更臻於完美且完整。

　　戲劇在教學上的選用可以交錯運用於各種文類中，而本研究所以選擇四種文類與四種文本相對應，乃是基於戲劇與文類的特色作結合，對於教學上的課程活動運用與學習者的直線思考模式及一連串的學習課程，必能加深學習的深度。因此，在本研究中四種戲劇特色搭配相應的四種文類，而優先選用舞臺劇、相聲劇、故事劇場及讀者劇場。

　　本研究共取四種文類與相對應的戲劇作戲劇化寫作教學的題材：

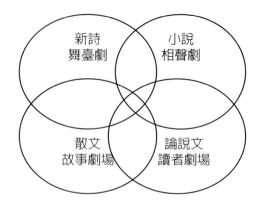

圖 3-3-4　戲劇化寫作教學戲劇與文本的結合簡圖

　　戲劇的表演方式除本研究所取的舞臺劇、相聲劇、故事劇場、讀者劇場外，還有許多戲劇，但都不便採用。

如電視劇、電影：相似於舞臺劇。但它們的演出須考慮演員、服裝、道具、背景、音樂等，除技術上的問題無法於課堂上運用外，還有它們的演出可以重來且耗時；許多場景是觀眾無法看見，如電視機的「外框」對觀賞者來說也是另一場戲劇的表演，卻難以在教室呈現。而舞臺劇除與電視劇相仿外，只要有舞臺就可以演出，在課堂上運用即興演出，對學習者而言是相對較有效益且單純的，所以本研究取舞臺劇作結合。

又如雙簧：雙簧的演出是藉由二名演員，一個說、一個演，表現方式與相聲劇的表演相似度極高卻又不似相聲劇活潑與諧趣，就不再取。

又如歌劇、舞劇、歌舞劇、假面具、默劇：它們難度高，又已不流行，對學習者來說較不易運用。

又如偶戲、廣播劇：偶戲是透過布偶表演、故事劇場則是由真人演出，相較之下由學習者親自演出在執行上較容易，也能有身歷其境的感覺；而廣播劇是透過由錄音室多人扮飾多角或一人分飾多角來呈現，在教學現場使用過於複雜，效果也不太顯著，所以但取故事劇場作戲劇化教學。

特別要強調的是：讀者劇場與故事劇場是常運用於小學課程中，讓遊戲與戲劇結合演出可以增強小學生的學習經驗，而本研究設定的學習者為高中生，在戲劇化寫作教學中使用是相對的簡單，較不具有挑戰性與經驗的創造，但所以要從讀者劇場與故事劇場中取材則是基於：

(一) 對高中生的學習者而言此題材較有新鮮感，況且寫作題材是不限對象，讀者劇場與故事劇場的運用可以將學習者的經驗回溯，趁此回味小學生活記憶。

(二) 讀者劇場與故事劇場的運用可以讓高中生學習創作兒童文學作品（如圖 3-3-1 所示），並且也有能力將兒童文學作品改編成讀者劇場與故事劇場的作品。

(三) 倘若不是創作兒童作品而是創作一般性質的文學作品，將讀者劇場與故事劇場的劇本改編可顯現多面向的寫作經驗，擴充寫作經驗的同時也是寫作新鮮感的提升與互通。

　　寫作戲劇化教學是劇本與文本的*互通*，就如坊間電影改編成文本作品，或是文本作品改編成電影劇本。本研究的戲劇化寫作教學，就是希望透過此教學活動使學習者可以自由的寫作，不論是劇本、文本，所以教學活動進行時的選材極為重要。以下就幾部精采的電影劇本、小說文本作例子，改編並運用在教學活動的「輔助」中。

(一) 劇本改編為文本：電影→小說，如《春去春又來》、《酷馬》、《艋舺》、《海角七號》等。姑且以《酷馬》為例來作「類比」改編的示範：

酷馬

　　「有任何事情，我幫的上忙的，隨時來找我。」里長伯轉身就走。

　　我記得媽媽跟我說過，不論去參加喪禮和婚禮，都不可以跟人家說「再見」兩個字。所以里長伯只是跟我媽媽點個頭，就要默默離開。

　　就在這個時候，大家同時看見了站在不遠處的糖果。

　　這一剎那，雙方都愣住了。

　　我趁機跟糖果揮手，鼓勵她勇敢走過來。她猶豫了一下，終於鼓起勇氣，慢慢走到媽媽面前。

　　「馬媽媽，我……」糖果畏縮地瞄了我一眼。我用充滿熱切的笑容鼓勵她。她深吸一口氣，轉頭跟媽媽說：「我想跟妳說聲『對不起』。酷馬他……」……（莊慧秋、王小棣、黃黎明，2010：103）

（改寫）

　　就在這個時候，大家同時看見了站在不遠處的糖果。

　　這一剎那，雙方都愣住了。

　　糖果鼓起勇氣走向馬媽媽，抬起頭堅定的，想要說些什麼，話到了嘴邊，卻又不知道該說些什麼好，也許不說會比較好。

　　馬媽媽睜著無神的眼睛定定的看著糖果，好像要看到糖果的心裡去，卻又不是看著她。忽然，沒有靈魂的污濁清明了起來，馬媽媽張開雙手，緊緊的抱住了糖果。

　　眾人包括糖果都傻了眼，沒有人相信，眼前平靜的、可以抱住害死自己兒子的兇手、到前一刻還在喃喃自語要報仇的馬媽媽，現在是怎麼回事？

　　只見馬媽媽開口說道：「酷馬，媽媽好想你！」……

(二) 文本改編為劇本：小說→電影，如《色，戒》、《父後七日》、《放牛班的春天》、《班傑明的奇幻旅程》、《環遊世界八十天》等。也姑且以《色，戒》為例，來作「類比」改編的示範：

色，戒

　　陪歡場女子買東西，他是老手了，指一旁隨侍，總使人不注意他。此刻的微笑也絲毫不帶諷刺性，不過有點悲哀。他的側影迎著檯燈，目光下視，睫毛像米色的蛾翅，歇落在瘦瘦的面頰上，在她看來是一種溫柔憐惜的神氣。

　　這個人是真愛我的，她忽然想，心下轟然一聲，若有所失。

　　太晚了。

　　店主把單據遞給他，他往身上一揣。

　　「快走，」她低聲說。

　　他臉上一呆，但是立刻明白了，跳起來奪門而出，門口雖然沒人，需要一把抓住門框，因為一踏出去馬上要抓住樓梯扶手，樓梯既窄又黑魆魆的。她聽見他連蹭帶跑，三角兩步下去，梯級上不規則的咕咚喊擦。

　　太晚了，她知道太晚了……（張愛玲，2007：40）

（改寫）

　　太晚了，她知道太晚了。現在要收手也許來不及了。

　　畢竟要他交心就她觀察這陣子來看根本是不可能的事，就算她把心、把人都交了也無法讓他的心顫一下。唉，又何必自己苦？像

　　他這樣的人陪歡場女子買東西，也是老手了，看他一點驚慌也沒有，說不定每一個紅粉知己都是送鑽戒，都是這一間店呢！

　　太晚了，真的是太晚了。

　　我的身交了、心也交了，都來不及了。

　　「別走」，她低聲說，唇邊泛起了微笑。

　　他的眼看著她，盯著她。

　　她抱著他的頭，深深的望入他再也無法闔起的眼說，「別走。」

紅，染了她一身……

　　一把精緻的小手槍在他的臉旁閃著耀眼的光芒……

藉由戲劇中的填補空白、連接斷裂、發揮菁華，可以發現寫作的題材是廣泛的，甚至可以因為不同的觀察視野擷取不同的片段來顯創意，所以一部劇本可以改寫成多部且風格不同的文本。

　　透過戲劇的演出將學習者的經驗增強並提升，而戲劇化寫作教學的活動必須是因地制宜且有教學時間的限制，所以活動的安排就必須先克服環境與時間作最有效率的處理，也就是使學習者透過戲劇化的寫作教學活動增強寫作的能力，將現有的題材再發揮。而透過戲劇的扮演，可以使學習者自行選擇所要扮演的角色，這個選項可以觀察出學習者對哪一個劇情人物最有感觸，並且將他的經驗與戲劇的人物重疊演出，加強經驗。而戲劇化的寫作教學活動，不但能使學習者在活動後增進其寫作能力，更能在活動進行中體會「合群」，因為「大多數值得一玩的遊戲都具以高度的社會性，都具有必須解決的難題——為了解決問題，個人必須與他人產生聯繫。也提供他們在少數能掌控的機會中，學習行使或接受社會責任。」（史波琳〔Viola Spolin〕著，區曼玲譯，1998：2）

第四章　新詩寫作舞臺劇化教學

　　將戲劇活動運用在教學上，最主要的目標是要藉著戲劇的參與及演出創造經驗，進而在寫作時能將戲劇的活動參與及體驗轉換成文字創作的靈感與經驗，增進也刺激學習者在文字寫作上的創意。所以戲劇活動融入寫作教學，只是藉由戲劇的內容與形式來增進學習者的反應，並不需要非常逼真的演技或專業的舞臺效果。也因為戲劇演出是在教室而非一般的舞臺，而將教室當作戲劇演出的舞臺，能刺激學習者在戲劇演出時所要製造的情境；此外，必須藉由學習者本身的語言表達及肢體動作來呈現，以致更能刺激學習者的思考進而達到提升寫作能力的教學目標且由戲劇來豐富學習者的心靈與思考。

　　本章所談的，是將戲劇與寫作實際結合來教學，透過戲劇的欣賞，發現戲劇中的空白、斷裂與菁華處，再由小組改編劇本，以填補空白、連接斷裂、延伸發揮菁華等三個方向擇一選取題材改編成劇本並演出。學習者本身是演員也是觀眾，藉由各小組間的創作討論與分享，來實現寫作教學的活潑化作用，更能帶給學習者更深的體驗與創意，進而在文字創作上有所表現。

第一節　舞臺劇的特性

　　戲劇就是將故事「演」出來。而因為演故事與說故事的不同就在於，故事既然需要演也就是要表現出來，那麼舞臺就是最基本的條件，再加上演員、道具、服裝、燈光、音樂……等場景營造與意境表達，所構成的複雜度與豐富度就與說故事或寫故事不同。而演故事也就是舞臺劇所有的組成成分以及成分整體的性質，就必須接受舞臺和觀眾的考驗，於是而有「結構性」的問題產生。（周慶華，2007，70）

　　而「舞臺劇相對於連戲劇、電視劇、電影等最大的不同點就在於舞臺劇的表演空間受到限制，因此，舞臺劇的呈現方式是在既定的一個舞臺空間，換句話說，舞臺劇就不能像電影一樣海闊天空的任意揮灑與分場。」（黃英雄，2003：51）由此可以推測，舞臺劇表演的本質與電視、電影沒有太大的差別，但是因為舞臺劇將時間、空間都壓縮在一個舞臺上，所以時常呈現出一幕一景的的表演形式。但也正因為「舞臺劇是以「壓縮」來呈現，所以編劇就必須在故事大綱中尋找故事的焦點即發生的地點……所以舞臺劇的佈景設計往往就成了「拼裝意象」了」（同上，52）雖然本章在新詩寫作舞臺劇化教學中所策重的僅只是藉由舞臺劇的形式、多媒體演出的呈現來刺激並加深學習者的寫作經驗，並希冀學習者在新詩寫作能力提升時也能學習舞臺劇劇本的寫作，但相較於演出用的劇本，如分場、分鏡、時間安排、人物佈局……等尚有不小的差距，因為本研究在舞臺劇的劇本要求只是要提供學習者演出的摘要與小組意見與演出的整合，大抵仍是即興演出，對於劇本的分工與寫作則無法有太高深的要求。

　　戲劇的表現方式，倘若以成分來分類，大致上有喜劇、悲劇、正劇、通俗劇、諷刺劇、鬧劇、音樂劇、諧擬劇、浪漫劇、荒謬劇、音樂劇、社會劇……等；倘若以戲劇風格來分則可以概括自然主義、劇場主義、寫實主義、表現主義、古典主義、新古典主義、浪漫主義……等。（Robert L. Lee著，葉子啟譯，2001：85～95）但以上都是站在西方戲劇的角度作分類歸納。西方有戲劇；東方尤其是中方的戲劇表現也相當出色。

　　戲劇在中方與西方長期以來都有不相同的演出形式。「一部戲劇，是設計由演員在舞臺上，當著觀眾表演一個故事」（姚一葦，1997：15），這裡所指的是西方戲劇表演情況。西方戲劇的起源必須追溯至公元前五百年的希臘悲劇。而希臘早期的戲劇則與詩歌有密切的關係，也就是西方戲劇最早的形式是以唱歌跳舞的混合體——詩歌開始孕育而成。而最早的西方戲劇題材大多以舞蹈歌詠迎賀歲神，內容也會涉及各類鬥爭、死亡和超越死亡的身後事等，再用祭祀形式表現出來。由此可知，希臘人的祭典與戲劇活動有直接的關係。而希臘的祭典中表現的戲劇動作可歸納為結婚慶典

的喜劇形式及表達死亡痛苦、犧牲而至重生的歷程所形成的悲劇。（陸潤棠，1998：33～34）由此可以推測，西方戲劇源頭的希臘悲劇或喜劇，其形式與內容是無法跳脫神祇的歌頌讚美與凡人的犧牲奉獻，象徵善良潔淨的特徵形式與邪惡的消滅，不啻是西方戲劇對神祇的崇拜與敬仰。

　　一個事件的結果與發展及起源必定有相當緊密的連結。既然西方戲劇的形式內容起源宗教的崇拜（直至今日的西方戲劇仍受到此一因素的影響而發展），那麼中方的戲劇？王國維在《宋元戲曲考》中指出中國戲劇是來自宗教性的巫舞，而「靈巫之為職或偓寋以象神，或婆娑以樂神，蓋後世戲劇之萌芽已有存焉。」可見中方最早的戲劇活動也跟源於鬼神的敬畏而形成社會風氣乃至於戲劇表現形式——融合歌唱與舞蹈，所以才有「戲曲者，謂以歌舞演故事也」（王國維，1969：59）；「（戲曲是）以詩歌為本質，密切配合音樂、舞蹈加上雜技，而以講唱文學的敘述的象徵方式，透過俳優以代言體搬演而表現出來的綜合藝術」（曾永義，1986：7），這說的就是中方戲曲的情形是以戲及歌曲相輔相成的表現方式。而中方傳統戲劇當然也就包括六朝歌舞劇、隋唐五代的參軍戲……等科白戲，宋金等朝代的諸宮調、傀儡戲、皮影戲……等，元明傳奇、雜劇、崑曲……等。（周慶華，2004c：209）

　　但是直至二〇世紀初期，中國開始倡導新文化運動，實則行仿效西方人的生活方式，將西方戲劇也一併帶入中國，使得中國傳統戲劇逐漸凋零甚而沒落，如今所演出的戲劇形式多數是以西方戲劇為主。（周慶華，2004b：209～210）因此，底下本研究所談的有關戲劇種類與風格表現，也都是以西方戲劇為模本。

　　雖然中方與西方戲劇的起源都受到宗教祭祀的影響，但是中國戲劇正如上一段所提到，在二〇世紀初因為政治經濟的動盪，文學、戲劇……等均受到西方的影響，產生了新文學；而隨著新文學的建立，戲劇方面也有了「文明戲」。新的戲劇表達形式是一種以口語對白為主的戲劇，故亦有「話劇」的稱謂，表示有別於傳統戲曲的唱做唸打的表達形式。除了用日常語言表達工具之外，「話劇」是仿效西方現代戲劇，把一劇分成數幕，

劇本有詳細的舞臺布景說明，務使全劇的演出能對觀眾傳達一種觀念或社會問題。（陸潤棠，1998：45）西方戲劇的傳入除了是社會變遷所造成，也就是時代所趨，但其實也是中國當時知識分子對傳統戲曲形式的不滿。不論原因為何，現今所見的戲劇表現形式確實以西方戲劇形式較為盛行且較為國人接受度較高，也較為熟悉；反觀中國傳統戲劇形式已漸漸式微，甚至淪為知識分子或專業人士附庸風雅的戲劇鑑賞了。也因此，本研究在教學中所使用的戲劇演出形式就只取較具西方戲劇形式的舞臺劇、相聲劇、故事劇場與讀者劇場了。

　　但不論中方戲劇或是西方戲劇，戲劇的表現方式都是以敘事體為主。正因有此一特性，致使本研究能將戲劇與寫作結合，進而進行活動教學。

　　舞臺劇就是演故事。演故事在劇場化的過程中，是「表演」而不是「口述」。（周慶華，2004b：67）而現在大家較為熟悉的舞臺劇形式就是西方的「話劇」；也有人認為它是綜合藝術，不能再受敘事體的制約：

> 戲劇並非詩歌，甚至戲劇詩的說法也難以成立；同時戲劇和散文也有區別，只有在特殊情況下，散文才具有戲劇的特性。……比如在小說中，「行動」這一術語是指人物所經歷的生活旅程和參與的戰鬥；而在戲劇中，上述的意義就退居次要的地位。戲劇中的「行動」主要指演員們在舞臺上的行為和動作。在《麥克佩斯》的劇本中添上一幅蘇格蘭地圖將無裨於事；因為麥克佩斯實際上並未從格拉密斯征戰到福爾斯，他只不過在舞臺上出場和退場而已。戲劇的效果就取決於演員，也取決於觀眾。即使是同一戲班用同一程式演出同一戲劇，有時效果也會相差甚大。這種差異在很大程度上取決於不同的觀眾，與取決於演員對這些不同觀眾做出的不同反應。戲劇和繪畫或印在紙上的詩歌不同，它不是恆定不變的批評對象，而且也沒有所謂「心靈中的理想舞臺」。對於戲劇來說，實際演出的重要性是它本身固有的。因此，在某次演出時，《李爾王》可能是一篇相當抽象的關於自然本性的說教；而在下一次演出時它則可能是一

場以沉默告終的驚天地泣鬼神的悲劇。（福勒〔R.Fowler〕著，袁德成譯，1987：74～75）

上述這一段話說明舞臺劇第一個不可忽視的特色，也就是觀眾與演員、與劇本之間的互動性，而非只是單純的演出或者是藉由演出敘述事件的發生。劇作家編寫劇本時必須考慮到觀眾的反應；而導演執導一齣舞臺劇時，更須考慮到觀眾接收的程度；至於演員演出時，更需要用觀眾可以理解的語言與肢體動作，因為「觀眾的在場是戲劇的必要條件。」（高行健、方梓勳 2010：74）劇作家只能考慮到觀眾在場，寫戲的時候就會設想到大致的表演；寫戲時的場景就在想像中預演，編劇者就是這場戲第一個演員，而且應當是一位非常嚴格且挑剔的觀眾。如果這場戲無法讓編劇者自己信服，這齣戲也就失去了它的價值；因此劇作家自己就是最好的觀眾，確實打動劇作家的戲也才能打動觀眾。但是演出時觀眾的反應卻是編劇者無法控制的，而且每天的觀眾不同，演出時的反應也就不一樣，這時演員就相當重要了。舞臺上的演員會根據劇場中的反應調節自己的表演，演員的臺詞必須有劇中人物的臺詞，以劇中人物的身分說話；也得以演員的身分評說，而且是以不同的語調、不同的層次來表現。（同上，72～77）這也就正好呼應到，不論是寫一齣戲、演一齣戲，都必需要能打動自己、將自己當作旁觀者，才能真實的感受戲劇進而欣賞戲劇；寫作又何嘗不是如此？一篇好的文章不論是何種體裁，在感動讀者、說服讀者之前，必定是能感動作者自己的，作者同時也是讀者，才能在論述主觀意識的同時又能客觀的體驗與感受，忘掉自己。再者，戲劇的演出也是一場幻覺的製造，所以「戲劇的產生必須建構於意志的衝突和完整動作的發展。但是觀眾的情緒反應與此相關，情緒反應也必須是由於意志衝突的發展或動作的發展而產生。」（姚一葦，2008：145）所謂的幻覺是指，當觀眾進入同一的幻覺之後，他們把自己與劇中的男女英雄相貼合，而忘了自己。此時他們正經驗男女英雄的經驗，劇中人的情感便一一反應在觀眾的身上。他們緊張，觀眾也跟著緊張；他們化險為夷，觀眾也隨著釋然於懷。劇中人物所

經歷各式各種的情感，都一一在觀眾身上體現。（同上，146）因此，一齣戲劇的演出眼中必需要有觀眾，並能感染觀眾，使觀眾在欣賞演出同實體與經歷劇中人物的經驗，不啻是欣賞戲劇所帶來的另一種人生經驗的滿足，更可以填補空白、連接斷裂並發揮菁華了。

所以不論是製造何種「幻覺」給觀眾，都能製造、延伸觀眾的人生經驗，而有依幻覺性質與程度所發展的戲劇分類：

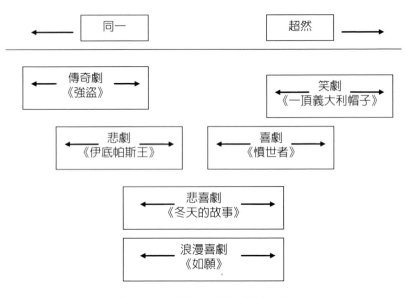

圖 4-1-1　依據幻覺的戲劇分類

資料來源：姚一葦，2008：149

縱然現在的戲劇演出常常是難以歸類，也就是喜劇中摻雜有悲劇的成分，或是不會讓人想笑的喜劇；不會讓人同情的悲劇等混合式的戲劇，都是現代戲劇中較常見的。這是戲劇的創意、當然也可以解釋為戲劇的時代變遷而導致的「混變」。但不論是採用哪一種「幻覺」，戲劇的演出應當是由導演一個人來決定。也就是說，戲劇演出，尤其是舞臺劇的演出，都應

該製造出同一種氛圍，如此舞臺劇的幻覺才有一致性。舞臺劇藉由導演、演員、舞臺、服裝、燈光、音樂、道具……等共同製造出一種幻覺供觀眾欣賞，「導演不一定自己設計舞臺或燈光，但整個概念必要出自一個人的頭腦，否則會形成幻覺的迫害，無法建造幻覺的統一。」（姚一葦，2008：165）誠如前述所提，觀眾在整齣戲佔有相當重要的地位，戲劇演出的每一個效果與意象都是觀眾可以填補空白、連接斷裂與發揮菁華的細節；何況戲劇的演出是繁複的，更需要有細節的一致與幻覺的統一，如此才能將舞臺上的演員、燈光、音樂、服裝等氛圍力量感染給觀眾，如此也才能真正使觀眾體現劇中人物的情感，提升人生經驗。

談論舞臺劇的內容部分後，再來談談舞臺劇的形式等技術層面。

「演故事終究是要在舞臺上實踐的，它的所有組成成分以及該成分整體的性質，都得接受舞臺和觀眾的考驗，於是而有『結構』的問題產生。」（周慶華，2007：70）而一般舞臺劇有「敘事性結構」和「劇場性結構」的區分。前者是以各種可能的方式（純戲劇式、史詩式、散文式、詩式、電影式）來呈現故事，不論是一個故事、多個故事、緊湊的、零碎的故事。後者則只類似如今電影的表現方式，是有框架的、受劇場性制約的結構。舞臺劇結構的運用不管是敘事性或是劇場性，都跳脫不出在舞臺上的演出。而舞臺形式和表演區位以「鏡框式舞臺」最為常見，它的特點就在於「由兩棟獨立的建築所組合而成的，水平的那一棟可以容納觀眾席，而垂直的那一棟則容納舞臺。這兩棟建築連接處是一個開放的空間，觀眾可以透過這個開放空間看到舞臺。而這個開放空間叫做舞臺鏡框。」（Robert L. Lee 著，葉子啟譯，2001：3）而此類的鏡框式舞臺又可概分為圓形劇場、兩面劇場、三面劇場、單面劇場，其中以單面劇場可以較廣泛的被使用，舉凡教室、舞臺、開放性空間等。

一齣戲的演出，上述所論的戲劇表現方式即使經過時間漫長的演變與空間的轉換，如今再去想像古今戲劇的呈現，排除思想內容的不同、演員的語言及舞臺布置外，現在的戲劇演出應能較為「唱作俱佳」，其原因就是科技的時代所帶來的多媒體運用。細查今天的舞臺劇表演，在燈光、音

效、背景、布幕轉換、有更高技術的精緻度之外，為配合舞臺劇演出的真實性，在必要的時候添加了相應的街景影像投射；逼真的戰爭演出時的爆破場面；音樂型態播放因時代背景不同有不同的區別層次；演員說話的聲音；表情可以透過科技的輔助使觀眾更能感受到劇中人物的呈現，讓觀眾不受舞臺大小、觀眾席距離舞臺遠近……等因素影響舞臺劇欣賞的品質，這些多媒體的科技運用，是古時戲劇演出時無法做到的。而多媒體的科技運用除能幫助戲劇呈現、觀眾欣賞之外，還能將其保存、推廣，使戲劇的演出藉由多媒體的運用能普及化，隨後所帶來的就是人人都可以有廣泛的機會欣賞戲劇；反過來說也會有機會自己當演員，將自己的人生經驗或與戲劇相應的生命歷程與感受演出來。再者，多媒體的運用，在語言表現上、傳達上有更豐富的創新詞彙，使戲劇不單單只是受限於目前有的詞彙、語氣、形式來表達，更能創造出更多層次、意想不到的語言及表演，使人人都是劇作家、人人都是演員、人人都是觀眾。

　　至於一齣好的戲劇，再加上多媒體真是如虎添翼了；於是現今更多的「改編」也就紛紛出籠了。因為多媒體的使用，最常見的改編類型有將舞臺劇改編成電影；將電影搬上舞臺劇；純劇本改編成舞臺劇……等，莫不都是藉由多媒體使想像成真。但是戲劇和電影雖然都是表演的綜合藝術，其實仍會有差別。因為倘若要說「戲劇是表演的藝術，那麼電影則是導演的藝術。」（高行健、方梓勳，2010：143）因為電影中鏡頭的運用是最重要的環節，所以可以透過鏡頭將演員拉的很近，臉上細緻的表情也看的一清二楚。所以任何一個人在鏡頭前都可以成為電影演員，因為觀眾看不到鏡頭以外的東西。但是戲劇演員則不同，因為舞臺上所講究的在電影裡通通不要，而戲劇演員必須十分真實將戲劇情感的張力、表現力與感染力直接傳達給觀眾的，無法重來，這一點也是多媒體愛莫能助的。因此舞臺劇演員是由演員來說故事；而電影演員則是用鏡頭來說故事，異同處就顯而易見的了。但拋開戲劇的感染力，從戲劇演出、傳達與效果三者來看，都可知道多媒體的運用對於戲劇的傳達增添了更多層次及更豐富的視野與想像空間。

第二節　新詩寫作與舞臺劇的結合

　　從舞臺劇演出的內容、演出形式、演員與觀眾、編劇者與觀眾、演出舞臺……等，其實都在顯示出「戲劇的場景必須表現在舞臺上，因此演出所能營造的幻覺效果便會受到許多限制。」（姚一葦，2008：20）但是戲劇的呈現除受限於上述所摘要論敘之外，最大的影響在於時代社會的改變所造成的思想的變遷，而出現前現代、現代及後現代的劇作。

　　前現代派的劇作，因社會時代尚未從宗教狂熱、神祇的崇尚中脫離出來，再者社會秩序的黑暗，所以前現代派的劇作多數呈現在對世界觀的建構及運用，也就是希冀在劇作中揣摩造物主（神或上帝）的旨意並預設目的，而且由於「真理是存在於戲劇格式中」。（俞翔峰，2009：159）以致前現代派的戲劇作品有創新群眾與鬼魂使用魅力的悲劇作品；也有推崇細膩的、對白激發情緒的愛情喜劇，型態多是寫實主意發展的一個重要過程。前現代派劇作如法國劇作家博墨樹（Pierre Augustin Caron de Beaumarchais）最著名的劇作《費加洛三部曲》中的第二部《費加洛的婚禮》，「運用新古典主義的形式表達啟蒙思想」。（同上，157）

　　以博墨樹的《費加洛的婚禮》為例：

　　劇情大綱：十七世紀中葉，西班牙塞維亞近郊。

　　第一幕

　　　　今天晚上，費加洛（Figaro，男中低音或男低音）將和蘇姍娜（Susanna，女高音）結婚，婚禮就在他們的主人阿爾瑪維瓦伯爵（Count Almaviva，男中音）家裡舉行。這個時候，兩個人正在他們的新房裡忙碌，蘇姍娜坐在鏡子前面梳妝打扮，而一旁的費加洛則苦思冥想如何安排伯爵送的大床。

　　費加洛打量著房間的每一個角落，比劃著適合放置新床的位置。蘇珊娜轉頭叫他看看自己裝扮得是否得體。見費加洛不置一詞，蘇珊娜便對他說老爺把這間離他臥室不遠的屋子給他倆很值得懷疑，他們要當心。說完，蘇珊娜被人叫了出去。費加洛想著如果老爺真的不懷好意的話，他也有辦法對付。

　　外面，巴爾托洛醫生（Bartolo，男低音）和他的女管家瑪賽琳娜（Marcellina，女高音）來了，她拿出一張字據，上面寫著：我借了您的錢，如無力償還，便和您結婚，費加洛。這老女人很喜歡費加洛，聽說他今晚要結婚，所以著急的想請醫生幫忙，以此為理由來阻止。醫生曾是羅西娜的監護人，以前由於費加洛的干預使他在無奈之中把羅西娜嫁給了伯爵，所以一直懷恨在心，眼看著報仇的機會來了，感到非常痛快，答應瑪賽琳娜的請求後便立刻離開去辦理。
……

　　此時，童僕凱魯比諾（Cherubino，次女高音）愁眉苦臉的來找蘇珊娜，他說老爺看到他和園丁的女兒巴巴麗娜（Barbarina，女高音）昨天晚上幽會很憤怒，並要把他趕走。現在他正為這事擔心，希望能找女主人幫他求情。凱魯比諾處於情竇初開的年齡，一看見女人就不知所措，蘇珊娜安慰他。

　　正說著，伯爵來了，凱魯比諾嚇的藏在一條被單下。不知情伯爵以為只有蘇珊娜一個人在屋裡，便放肆的向她求愛。突然門外傳來了音樂教師巴西利奧（Don Basilio，男低音）的聲音，伯爵急忙也躲起來。

　　巴西利奧喜歡在人背後議論，他興奮得說著伯爵夫人羅西娜（Rosina，女高音）與凱魯比諾之間有點是非。藏在椅子後面的伯爵聽得氣憤，跳出來大罵凱魯比諾，沒想到他一邊說一邊隨手提起被單，當他看到凱魯比諾的時候簡直要發瘋了。

　　就在這時，費加洛與一大群農民湧進房間。人們捧著鮮花大聲讚揚伯爵廢除家奴結婚時主人享有的「初夜權」。當著眾人，伯爵

　　尷尬地表示這是他應該的。於是可憐的凱魯比諾成了出氣桶，伯爵
罰他去當兵。看到凱魯比諾喪氣的樣子，費加洛則鼓勵他，要他放
下愛情，勇敢的到戰場上去開創遠大前程。（聶珍釗主編，2000：
72～85）

　　「現代戲劇在人生過程中，經常擷取某一片段，即是「生活的切面」。也許可以說它所擷取的，是人生中比較重要的某一部分。」（姚一葦，2008：100）因此，不同的戲劇在不同的人生過程中擷取了不同的段落，當然也就會有不同的結束方式。也就是現代派的戲劇作品較能從生活經驗中尋找題材，再加上現代派適逢工業革命經濟起飛，所以能將劇作大膽的從神祇尊崇轉移到人的身上，將實際的人生搬演到舞臺上作呈現或延展，將生命的喜怒哀樂寄託在戲劇中，所以現代派戲劇也可概稱為最新寫實戲劇了。如：

　　海鷗（第一幕）契訶夫
　　梅德威丹科：你為什麼老是穿黑色的衣服？
　　瑪莎：我在為我的生活服喪，我不快樂。
　　梅德威丹科：為什麼？（思考）我不懂……你很健康，你的父親雖
　　　　　　　　然談不上有錢，但也算得上是寬裕的了。我的生活可
　　　　　　　　要比你苦多了，我一個月才賺二十三個盧布，這中間
　　　　　　　　還要扣除一些當作退休基金，但是我就不會想為自己
　　　　　　　　的生活服喪。

　　（他們坐了下來）

　　瑪莎：這不是錢的問題，乞丐也可能快樂啊！
　　梅德威丹科：是的，這是理論，但實際情況是這樣，我、我母親、
　　　　　　　　兩個妹妹、一個弟弟——全部依賴這區區二十三個盧
　　　　　　　　布過活，人總要吃要喝，不是嗎？也要茶要糖？還要
　　　　　　　　煙草？要做到收支平衡可真不容易。
　　瑪莎：（望向舞臺）表演快開始了。

梅德威丹科：是的，妮娜·扎瑞希娜雅要表演，寫這齣戲的人是康
　　　　　斯坦丁·加甫利洛維區，他們正在談戀愛，今天他們
　　　　　兩人的靈魂將要交融在一起，從事一樁藝術意象的創
　　　　　造，可是我們的靈魂可尚未真正有所接觸呢！我愛
　　　　　你，我每天必須外出，我覺得悲哀，我每天要走六哩
　　　　　路來這裡，然後要走六哩路回去，換來的只是你的冷
　　　　　漠而已。這可以理解，我沒有財產，又有一個大家庭
　　　　　要供養……誰願意嫁給一個連吃飯都成問題的人？

瑪莎：無稽之談，（吸一把鼻煙）你的愛讓我覺得感動，可是我無
　　　法回報，就是這樣。（把鼻煙盒遞給他）試一點。

梅德威丹科：我不喜歡這個。（停頓）

瑪莎：空氣很悶，今晚可能會有暴風雨。你總是喜歡談道理和談金
　　　錢，你認為天底下最不幸的事情就是貧窮，我卻不如此認
　　　為，我覺得去當乞丐，穿得衣衫襤褸會比……算了，這你不
　　　會懂得……

　　　（契訶夫〔Anton Chekhov〕著，劉森堯譯，2000：5～7）

從契訶夫《海鷗》的節錄中就可以窺見其現代派作品的新寫實精神，以小人物平日的生活常態、對話、苦惱、爭論來呈現一般人的生活經驗，再佐以有關生命價值觀的探索與討論，為寫實的戲劇再加上人文的精神色彩。

　　「後現代藝術展現一種新的漫不經心、新的詼諧，以及新的混成風格。」（史帝文·貝斯特〔Steven Best〕、道格拉斯·凱爾納〔Douglas Kellner〕著，朱元鴻等譯，1994：31）所以在西方「後現代派」或是「後現代劇場」是完全不同於前現代派與現代派的戲劇形式，後現代劇場最大特徵是將「時間與語言的片片斷斷，呈現支離破碎的現象，往往又找不到主導的統一結構或主題；再加上多軌道的「劇場整體呈現」──導演形式、演員表現、布景、音樂、燈光等劇場因素彼此牴觸、時而又彼此相交而又分散，整體呈現拒斥單一的中心或整體性的意義。因此，後現代作品是開放的結

局，或是根本沒有結局。以致有人評論後現代作品像流行歌曲、像麥當勞速食。」（黃美序，1997：24）。可見後現代派的戲劇作品是多義性的，已呈現作品多層次、多方面的豐富意義。

以屏風表演班在 1992 年主演、李國修所執導的《莎姆雷特》中可窺見後現代戲劇解構、新的詼諧、片段支離的過程：

> 《莎姆雷特》為改編自莎士比亞悲劇《哈姆雷特》的一部戲中戲，但卻不依原《哈》劇的場景順序呈現（更加入許多當代臺灣的生活與文化情境）。劇中演員排演的是莎士比亞的劇情、翻譯語言、高貴人物的感情；但我們卻看到一批凡夫俗子的生活、語言和內心世界。李國修巧妙的把兩部戲碼並置、對立、顛倒，演出現代人的悲（喜）劇。

> 若說莎士比亞和他的劇作《哈姆雷特》是跨越東西方過去未來時空的經典的代名詞；那麼李國修、屏風劇團乃至於《莎姆雷特》卻可能是數個世代臺灣人們的集體記憶。在這部劇作中，李國修實驗、示範的，不僅是顛覆、拆解於重構經典的魔術般喜劇場面調度技法；亦是一種動機──是對「戲如人生」或「人生如戲」悲喜交纏情境的傾聽、理解與對話，更是這個過程裡荒謬失控與孤絕空落之覺悟的演練。

> 就結果來看，《莎姆雷特》終於成功地改編了莎士比亞悲劇《哈姆雷特》成為一部充滿驚奇與幽默效果的戲中戲（或：戲中戲中戲）──但更可說是參與本劇的演員們經歷種種意外→失控→危機處理→意外→失控→危機處理→意外→失控……諸般情境的情緒起落循環之戲劇與人生難以區隔分辨的即興真實演出。

> 然而，由於演員明爭暗奪演出角色、互相勾心鬥角設計彼此，使得許多看似巧合的意外，不論起因是演員間的私人嫌隙、感情糾紛甚至債務煩惱等等，一直造成排演中斷、演出進行受干擾，甚至使得演員們如哈姆雷特王子一樣，近乎崩潰瘋狂！

　　　風屏劇團在混亂中一路咬牙苦撐，終於到了最後關頭！但場面仍
然無可挽救地開始失控……（話劇《莎姆雷特》——劇情簡介，2011）

在上述有關前現代派、現代派、後現代派的說明與舉例，可概述西方戲劇
會出現此三個派別，乃源於其文化系統不同於中方的文化系統而有的歸結。

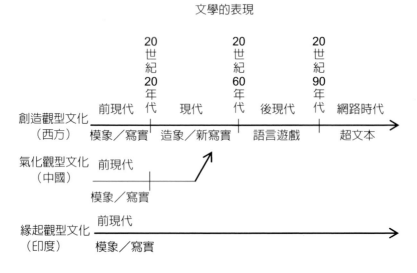

圖 4-2-1　文化系統與文學表現

資料來源：周慶華，2004b：175

　　　戲劇依時間變遷的演變發展而出現四個學派，但倘若將中方新詩依西
方學派，是否可以歸類四個學派並相應？相應的新詩與舞臺劇又該如何結
合？進而將新詩寫作與舞臺劇相結合？

　　「詩是詩人透過文字觀照人生。」（簡政珍，2004：1）從這一句話裡
頭可以大膽推測，臺灣的現代詩是關注在個人的人生、進而關心社會性
的。中國詩人背負著許多的包袱和苦難，所以詩作往往透露著憂國憂民、
傷春悲秋、甚至引以為自己的生命價值與使命。如今的現代詩人依舊拋不

開這道枷鎖，倒不如說是道德教條下的使命而有今天的現代詩成型。臺灣的詩在二十世紀七〇、八〇年代開始關注現實的問題，也就是開始處理有關地域、時空、思鄉的作品，將臺灣的情境入詩，從晦澀的角落也好或是在飄渺的現實入詩，對臺灣詩人是題材上的一大突破，雖然當時的臺灣在經濟上、社會上的發展開始有所謂人性的傷痛及代價，但是將寫實入詩，書寫一些傷痛和疤痕，文字開始成為歷史發展的紀錄；再加上大陸來臺的詩人遠眺隔海的家鄉，將望鄉的心情在詩作中打轉、在時空中排迴旋盪，讓詩的語言可以綿延歷史，吟哦傷痛。（同上，8～9）如：

鄉愁四韻　　余光中

給我一瓢長江水啊長江水

　酒一樣的長江水

　醉酒的滋味

　是鄉愁的滋味

給我一瓢長江水啊長江水

……

給我一朵臘梅香啊臘梅香

　母親一樣的臘梅香

　母親的芬芳

　是鄉土的芬芳

給我一朵臘梅香啊臘梅香

（余光中，2006，271）

這首〈鄉愁四韻〉，可以看出當時代詩人對家鄉的遙望與思念，但仍只是個人的直接感嘆藉由詩來說明，寫實的成分不高，因為它所藉來推測詩人心中的家鄉是想像的，無法親眼看見，所以只能在心中吶喊；反觀大陸來臺詩人面對現實的生活環境，跟著環境成長與變化，雖然帶有一點諷刺的味道，但仍是鮮明的一幅圖像，寫實性成分就相當高，畢竟是親眼所見、親身感受的。如：

黃昏八行　　向明

信義路那端的落日
緩緩墜下如一大枚金幣
眼看摔碎在世貿中心那些稜角上時
四野車聲嘩然

（向明，1988）

此時期的現代詩，姑且就歸類在與戲劇前現代派相應的文類。

其後的現代詩。除繼續對現實的關懷與情緒抒解外，還添加了對社會與生活環境的關懷。例如：

中山北路　　杜十三

有人在你繁華的臉上
開闢了一種風景
在妳陡峭的胸口
建築了一種公路
開著喜美車
歡歡喜喜的
沿著你性感的大腿
北上

（杜十三，1986）

文字雖然有部分情緒直接的敘述，但整體的感受，已將七〇年代對社會的悲苦控訴提升成一種隱喻。以女體比喻中山北路，「繁華的臉上」、「陡峭的胸口」、「性感的大腿」戲謔嘲諷都市的景觀，沿著大腿北上，更是隱約暗諷開車的方向，以性器官的所在地作為指標。詩行以迂迴的比喻表達詩中人身心的感受，而不作激情的控訴。與七〇年代詩相較，雖仍有直接的情緒的描寫，但已收斂很多，代表另一種寫實風格的興起。(簡政珍，2004：13)

現代詩雖無發明確一一分解歸類為何種學派，但就其詩的表面來看，仍可有大致上的區別及演變。茲以三首詩作說明比較：

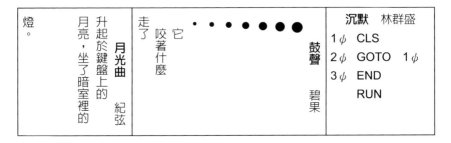

圖 4-2-2　〈月光〉、〈鼓聲〉、〈沉默〉對比圖

　　這就表面來說，可以理解為「在紀弦的〈月光曲〉裡，所隱喻月亮的『燈』這個意象是語言，寫實性十足；到了碧果的〈鼓聲〉，意象變成了圖像（由圓黑點來象徵人無妨對鼓聲的幾何新美感〔鼓聲原為『爆裂』狀，線在改以幾何中最美的『原形』列序，則無異在引誘讀者重蘊審美感興〕），則新寫實味濃；再到林群盛的〈沉默〉，意象全部符號化了，儼然是語言遊戲的極端表現。（周慶華、王萬象、許文獻、簡齊儒、董恕明，須文蔚，2009：21）以此推論，倘若戲劇演進有前現代派、現代派、後現代派，那麼新詩也可綜論為寫實性的前現代派、新寫實性的現代派及語言遊戲為主的後現代派，依此歸納將新詩與舞臺劇結合，作為取材、改寫、改編的結合。

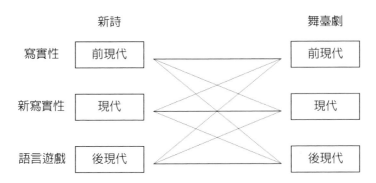

圖 4-2-3　新詩寫作與舞臺劇結合的跨系統學派演變
（─性質相同；……跨學派（彈性）結合）

　　新詩與舞臺劇的結合，考量的因素是新詩強調的是豐富的意象美，所以寫詩、賞詩都要從意象美的角度來欣賞；而戲劇中又以舞臺劇演出所呈現的意象美感最多元，也就是舞臺劇在沒有旁白說明之下必須將戲劇的情感張力表現出來，且所用到的器材最多，從布景、道具、服裝、音樂、燈光……這麼多的條件共同營造出來正是多重「意象」所在，與詩人所要營造的意象美感，包含思想美、感情美、意象美、想像美……等不謀而合，所以將新詩與舞臺劇作結合是相較為適切的。再者，新詩與舞臺劇的結合是兩層的：第一層是形式上的結合，也就是上述所指新詩與舞臺劇結合的原因，性質相近；第二層則為實質的結合。新詩與舞臺劇實質的結合在於新詩的寫作倘若從舞臺劇取材，無非是必須從舞臺劇中的凸顯劇中的部分空白、情節的斷裂、情節中的精華，再加以填補空白、連接斷裂、提升菁華。填補、連接與提升的方式可以運用舞臺劇多媒體的特色，如臺詞的雙關語言、服裝的安排、音樂的象徵、布景的隱喻……來匯整成新詩的意象。另一個實質結合，是要透過填補空白、連接斷裂、提升菁華後，增進個人的人生經驗，將自己或他人的新詩作品改編成舞臺劇，是新詩不只是新詩、舞臺劇不只是舞臺劇，而形成文本、劇本融合後的二度加工與轉換（詳如圖 1-3-1 與 1-3-2）。

　　此外，實質的結合仍必須搭配形式的結合，這也是最高層次、最難的結合，必須要精密考慮文章的布局與安排且花費很長的時間練習、改寫才能做到。倘若只有實質的結合而忽略形式的結合，那麼只能達到一般性新詩寫作效果的提升，而無法照顧到學派的發展，也就無法思考系統差異，以及無法因應文化系統差異所帶來的調適的問題。所以此一理論需一一克服，且是做得到的，但是在實際教學上無法達成。無法達到形式與實質的新詩寫作與舞臺劇的結合原因，有下列三點：

(一) 教學時數的限制：學校課程教學上有其他課程安排，且有節數限制，無法花費很長的時間作詳細的教學活動安排與學派介紹和認識，在沒有完成此一教學活動的前提下進行寫作活動，就無法有效。

(二) 教學課程的限制：寫作戲劇化的結合，教學者需花費很長時間羅列並編排相關教材，新詩與舞臺劇的材料選擇更要相應明顯，這需要一整套的教學材料及課程規畫，由淺入深。對於專門的、進階的寫作指導班確實有空間與時間進行，但在學校課程中恐窒礙難行。

(三) 學習者的限制：此套完整的課程規畫，在題材上不但必須了解中西方戲劇發展與類型，對中西方文化系統、甚至跨文化系統，都要通盤了解、全面掌握才能有效的吸收。但考量到本研究實施的對象是高職二年級學生，以其既有的知識與先備條件恐無法全面吸收理解，更遑論還要再進行改編與寫作，如此會造成極大的壓力，非本研究所樂見。

　　所以本研究在新詩寫作與舞臺劇結合部分，在學派發展與跨文化系統僅說明帶過，不作深入的探討研析，僅就相對照的學派作形式上的結合，並以較符合學習者年齡的現代派作相應的實質結合，也就是以現代派的新詩結合現代派的舞臺劇。

第三節　新詩寫作舞臺劇化教學方向

　　準備演出一齣即興劇。初次嘗試即興的舞臺劇必須先認清下列的詞彙：人物、時間、地點、獨立行為、目標、衝突、進場、人已在場上、道具。

　　先決定你們（演員）是什麼樣的人物（who）。也就是為兩個角色指關係（兄弟、母女、老闆員工、鄰居、夫妻……幾乎所有的關係都可以，只要演員在舞臺上的角色不是毫無共通處的陌生人）。但是只有指定關係是不夠的，必須給予關係提供一些細節。例如多大年紀、相處的方式、為了什麼是吵架？他們結婚多久？感情如何？……等這些關係都必須要精準。接下來要決定這場戲是發生在什麼時間（when），時間也必須要精準，是某年某月某日？或是聖誕節的前一天？這都會影響情節發展的前因及過程，更攸關演員演出時所使用的語言、肢體動作、道具、服裝……等，

就像 1569 年、1939 年或是 1989 年的人和反應是不同的。這場戲是發生在什麼地點（where）？說的精準一點，如果是在客廳，那麼房子位在哪裡？近郊、市中心、鄉下？它是一棟房子還是公寓？它的大小、新舊、在哪一個地區、哪一個國家、冰天雪地或是炎熱酷暑？都必須要決定清楚。一切都抵定，就準備開演了。即興劇必須各司其職，當幕一拉開，已經就定位的演員（已在場上）在做什麼？這是已在場上的演員要決定的一個獨立行為，同時等待進場的演員跟他對話。同樣的，進場的演員必須決定一個目標，代表你進場的原因或理由，最好是緊急的、重要的。不論是已在場上或進場的演員，都必須全力投入，且不准使用想像的道具。道具是舞臺上演員使用的物品（通常都小小的）。撲克牌、手提箱、電話、瓶花、火柴盒，這些都是道具。（Robert L. Lee 著，葉子啟譯，2001：33～37）

　　現在，舞臺上有特定的角色、在一個特定的地點、一個特定的時間裡，分別有同樣或不同的目標或衝突，正準備要發生。

　　當學習者對舞臺劇已有充分了解後，接著必須大略解釋何為新詩，也就是必須對於新詩的架構，在形式上、內容上作基本的介紹。「人在情感旺盛時難免需喊叫幾聲以發洩心中之氣（不管悲或喜），而當情感不得盡量發洩，卻是一種不快、甚至是一種痛苦，於是我們編成幾句和諧的語言，把當時的情感納在裡頭，朗吟或低唱，在吟唱的當下懷著歡快的情感的，就更覺暢適無比；而懷著哀慟的情感的也覺得把哀痛吐出來了。所以即使不是自己來編，也往往要吟唱一些現成的詩歌，其實都是謂著發洩情感的緣故。」（夏丏尊、葉聖陶，2011：179～180）所以情是詩的本質，沒有情就不叫詩了。「抒情詩純粹洋溢著一股情感，這情感必須用具體的語言和合適的節奏才表現的出來。」而「抒情詩所寫的是作者對事物的主觀情懷，敘事詩所寫的是事物本身的變遷和進展。」（同上，183）但不論是敘事詩或是抒情詩，就如前所提過的，都要有「情」的成分在裡頭；但是「情」卻是抽象的，任何一個人來看，對於情感的詮釋都是不同的，要將情感一點一滴都不漏的傳達，就必須將抽象轉化為具體。再加上一意象的營造，一首好詩，猶如讀者在讀詩時，腦中是上演著這首詩的戲。如此，詩才是詩。

　　依據前章已談過的教學流程，在一整套的教學過程中，必須按部就班，讓學習者能確實掌握每一個細節，戲劇化寫作教學進行流程（詳見圖3-1-1、3-1-2）可以有二個教學活動進行的方向。

　　教學活動一：舞臺劇→新詩。

　　步驟一：戲劇欣賞。透過教學者所選定的戲劇作深入欣賞，學習者以小組為單位共同欣賞，並且在欣賞舞臺劇的同時要設法從舞臺劇中取材。汲取的方向可以有三個，就是舞臺劇中的「空白、斷裂、菁華」。

　　步驟二：小組進行集體創作，將舞臺劇中所選定的題材進行討論並創作。待小組創作完畢後進行發表。透過小組討論可讓各小組成員發現同一齣戲，每人所經驗的、印象深刻的都不同，並能在小組創作時集結每個人所發現的成分，加以協調、排列成為新的作品，再進行舞臺劇演出。舞臺劇的演出相當複雜，包括：（一）道具：學習者必須在最短的時間內將身邊的物品隨機取用、裝飾，成為演員演出時所使用的道具；而觀賞者在藉由演員表演時可以推測出這項道具的真實「面目」是什麼。（二）服裝：小組成員必須依其所創作的角色作服裝穿著上的區別，例如將外套當圍裙、用窗簾當裙子、用繩子當領帶……等發揮創意與巧思。（三）音效：利用教室裡的視聽器材、網際網路搜尋，可以在短時間尋找到需要的音樂並利用多媒體播放出來，再加上教室前方平日教師授課所佔的地方是講臺現在當然就叫做舞臺，並利用單槍投影出需要的時空背景。（四）燈光：以日光燈開關作明滅設計，或是將窗簾拉上變成夜晚的暗景甚至利用人手一支的手機當作手電筒、投射燈……等。（五）導演與演員：導演作原則性的安排與重點提示，演員的臺詞則需臨機應變、即興演出。此一步驟，雖然執行時會讓成員感到手忙腳亂，但卻也因為必須找出身邊物品作演出相關道具且即興演出，更能將方才所欣賞的影片內容、及小組討論後的新作品，一同激發學習者的創意與思考；對於觀賞者而言，在欣賞他組的表演時，也能刺激其想像空間與感受能力，並相互檢討。

步驟三：個別創作。從戲劇欣賞到集體創作並發表，學習者在過程中必能獲得許多新的經驗，即使對於新詩或人生體驗較少的學習者而言，都能在教學活動過程中有新的體驗，而這就是寫作戲劇化教學的最重要的目標之一：提升人生體驗，進而提升寫作能力。因此由學習者經由集體創作中去重組或衍生新的文章（新詩），必能再將「經驗」深植腦海並轉化為文字。

既然要學習寫文章，自然希望是任何文章都能學習；寫作教學者，自然期待學習者透過教學活動後，對於任何文體都能游刃有餘，所以教學活動依所針對的方向是將舞臺劇轉化為新詩；而教學活動二則是反轉，將新詩轉化為舞臺劇。

教學活動二：新詩→舞臺劇。

步驟一：以小組為單位，討論選定新詩作品，此一首新詩可以是小組成員的共同創作、某一成員個人的作品或是現成的、某位詩人的作品。

步驟二：集體創作將新詩所富涵的意象、內容改編為舞臺劇劇本並發表演出。

步驟三：各小組互相欣賞彼此的作品並討論優、缺點。

步驟四：個別改編新詩作品為劇本，由小組所創作的劇本中再重組或衍生新的舞臺劇劇本。

依教學活動一，實際操作將舞臺劇改編成新詩。

暗戀桃花源

【人物】

《暗戀》	《桃花源》
江濱柳	老陶
雲之凡	春花
江太太	袁老闆
護士	

【時間、地點】

二十世紀九〇年前後的臺，臺北的一個空劇場舞臺上。依臺上演出的戲中戲，場景分別是上海 1948、臺北 1990，晉太元年間想像中的武陵和桃花源。

暗戀桃花源〔1〕

　　　　　【從劇場的黑暗中傳出江濱柳高唱〈追尋〉一曲的聲音。】

江濱柳　【唱】「你是晴空的流雲、你是子夜的流星……」

　　　　　【燈光漸漸亮起，舞臺背景是抗戰後的上海夜景。夜深，但大都會的燈在背景中微微閃動。】

　　　　　【江濱柳和雲之凡這一對年輕的情侶坐在舞臺前方一組外灘公園的鞦韆上，輕輕的搖盪。江濱柳穿著四〇年代的西裝，雲之凡穿著白色的旗袍，頭上留著兩條辮子。】

　　　　　【江續唱】「……一片深情緊緊鎖著我的心、一線光明時時照耀著我的心……」

雲之凡　【望著週遭的景緻】好安靜。從來沒有見過這麼安靜的上海。感覺上，整個上海只剩下我們兩個人。

　　　　剛剛那一場雨下得真舒服。【坐回自己的位子，輕盪著鞦韆】空氣裡有一股說不出來的味道。

江濱柳　【續唱】「……我哪能忍的住喲、我哪能再等待喲，我要，我要追尋，我要，我要追尋……」

雲之凡　【向前指】濱柳，你看那水裡的燈——好像……

江濱柳　【停止一直在亨著的歌，細看】好像夢中的景象。

雲之凡　好像一切都停止了。

江濱柳　一切是停止了

　　　　　【作詩般】這夜晚也停止了。

　　　　月亮也停止了。

　　　　街燈、鞦韆、你和我，一切都停止了。

　　　　【沉默】

　　　　【雲之凡感到一陣涼風】

　雲之凡　天氣真的變涼了！

　　　　【江起身，關切的將自己身上的西裝外套拿下，披在雲的

　　　身上】

　　　　　　　　　　……（賴聲川，1999：101～104）

現代派新詩改寫一：連接斷裂

　　　　　　止

　停止了

　一切好像都停止了，風和雨

　你和我　的心

　都停止了

　都停止了嗎

　風和雨　停了

　但是你和我的心？

　恐怕是停下來了

　至少，我對你的思念

　停不了

暗戀桃花源〔10〕

　　　　【燈光亮起。四〇年代白光的「我是浮萍一片片」老歌

　　　聲起，壓縮在左舞臺是《暗戀》病房道具——病床，點

　　　滴架、矮櫃、輪椅、椅子等；右舞臺是空的】

　　　　【因為《暗戀》在後方的白色天幕已經被《桃花源》的

　　　桃花林山水畫所擋住，因此《暗戀》的幻燈片就直接投

　　　射到《桃花源》的山水布景上，重疊著。繪景師仍努力

　　　在畫滿背景上那空缺的一塊】

【老年的江濱柳躺在病床上，靜聽著白光的老歌】

歌聲「我是浮萍一片片，飄盪在人生的大海……」

……

【護士以一貫的職業忙碌步伐從病房門進來，但進門後稍微對了一下，因為所有的關係位置都被壓縮了】

護士　你醒了？【聽見歌曲】怎麼又再聽這支歌？我跟你講過多少次，不要聽這支歌！每次聽了心情就不好。關掉好了！【欲關掉錄音機】

江濱柳　不要！這歌好聽。

護士　　有什麼好聽？我聽了那麼多遍還不知道她在唱什麼！

【護士關錄音機。江濱柳呆躺著】

你看你，每一次聽這首歌，你就這個樣子！【罵】你不能老想那一件事情。你算算看，從你登報那一天起，都已經——【扳著手指頭算】五天了。你還在等她？我看不必了！第一天雲小姐沒有來，到第二天我就知道她鐵定是不會來的！再說，雲小姐在不在這個世界上都不知道，你幹嘛這樣？

【江濱柳眼光注視遙遠的方向。護士望他一眼，心中又不忍】

……

【江太太推門進來，同樣盡力適應所有新的位置】

【《桃》組的人同時穿著白袍古裝，搬著大小石塊道具，由翼幕往臺上來，開始布置舞臺的右半。】

江太太　【邊說《暗戀》的臺詞，但注意力被《桃花源》那一半的活動遷走】你們這個醫院也真是的！天天催著我去繳錢，【拍江】我們病人躺在這兒又不會跑掉……

　　　　【《桃》組的人在左邊商討著道具如何被縮小一半的範圍內陳設】
　　　　我剛才去繳錢，那個小姐又說要下班了要結帳了，又要我明天去繳，我每天就在這個醫院裡⋯⋯
　　　　【飾「老陶」的演員踱著步子，計量道具的間隔。江太太瞄他一眼。】
　　　　⋯⋯走來走去，走來走去。
　　　　⋯⋯
　　　　【江太太望《桃》組】⋯⋯這醫院好奇怪喲！
　　　　【桃花片落下。】

老陶　　　【《桃》劇的臺詞】這地方真好！⋯⋯芳草鮮美！
　　　　⋯⋯

老陶　　　落英繽紛。【嘆氣】
白袍女子　【一貫的溫柔】幹嘛嘆氣，這裡不是很好嗎？
老陶　　　是很好，但是在這兒並沒有得到我真正想要得到的。
　　　　⋯⋯

白袍女子　【對陶】怎麼了？來我們這裡這麼久了，沒看你不高興過！
　　　　【《暗》組的人在左舞臺重整就位，重接一次臺詞。此時兩組的人，一左一右，同臺演出】
護士　　　【關收音機動作，對江！】你看你，每一次聽這首歌，你就這個樣子！
老陶　　　【對白袍女子】我想家！
護士　　　【對江】你不能老想那一件事情。
白袍女子　【對陶】你已經來了這麼久，回去幹嘛？
護士　　　【對江】你算算看，從你登報那一天起，都已經⋯⋯【扳著手指頭算】
老陶　　　【對白袍女子】多久了？
護士　　　【對江】——五天了！

白袍女子　　【對陶】好久了！

　　　　　　【護士和白袍女子護看一眼】

護　士　　　【對江】你還在等她？我看不必了！

老　陶　　　【對白袍女子】我怕她還在等我。

白袍女子　　【對陶】她不一定想來！

護　士　　　【對江】……第一天雲小姐沒有來，到第二天我就知道
　　　　　　她鐵定是不會來的！

老　陶　　　【對白袍女子】不！她會來！

　　　　　　【兩組的人停頓，互看一眼。】

白袍女子　　【對陶】她可能把你給忘了！

護　士　　　【對江】……再說，雲小姐在不在這個世界上都不知
　　　　　　道，你幹嘛這樣？

老　陶　　　【對白袍女子】你怎麼可以這麼講？

護士、白袍女子【同時說出，巧合】對不起……我不是那個意思！

　　　　　　【臺上全愣】

　　　　　　……

白袍男子　　哪一個意思？

老　陶　　　大哥！

白袍男子　　【溫柔的】你們在說什麼呀？

白袍女子　　他以為我說他「那個」了，其實如果他真的「那個」了，
　　　　　　才可能會那個什麼嘛！

白袍男子　　【聰明白了】哦──！不要回去嗎？過去那邊幹什麼？

　　　　　　【瞄著左邊】你現在過去會干擾到他們的生活！

　　　　　　【護士小姐情緒穩定下來，在右方又重新起《暗戀》接
　　　　　　下來的臺詞】

護　士　　　【對江】我是說，說不定雲小姐真的來的話，事情反而
　　　　　　會更麻煩。

老　陶　　　【對白袍男子】這話怎麼說？

護士	【對江】因為你可能會更難過！……
老陶	【答護士的話】不會！
	……
白袍男子	不要回去了！你回去想得到什麼？我想你是……
	【白袍男子順著情緒一轉身，見江欲勾輪椅】你是【順嘴說】你抓不到！
	【白袍男子發現自己接錯臺詞，立即給自己一嘴巴子。這一巴掌打醒了出神的江太太和護士。二人連忙去扶江上輪椅】
江太太	【對江】你要下來，你就說嘛！
老陶	【接回自己的戲】我還能說什麼？
白袍男子	【對陶】沒有事，最好不要回去！
江濱柳	【對江太太】沒你的事，你回去吧！
江太太	【對江】我回去幹什麼？【推江往前走】
老陶	【對白袍男子】我想回去看看我就死心了！
江濱柳	【對江太太】沒你的事，你回去！
	【輪椅已經停在老陶和白袍男子中間】
白袍男子	【對陶，但邊瞄輪椅上的江濱柳】回去會惹事，不要回去！
江濱柳	【對江太太，但邊瞄白袍男子】你回去吧！
	【江太太、老陶互瞄。】
江太太	我……
老陶	我……
白袍男子	【語氣由柔和改為兇悍，半對江濱柳】你不要回去！
江濱柳	【對白袍男子】回去吧！
白袍男子	【對江】回去就回不來了！
	……
江濱柳	【指白袍男子】你快回去吧！
白袍男子	【指江的鼻子】我警告你不許回去！

江濱柳　　【揮手】你混蛋！趕快回去！

白袍男子　【大喊】我看他媽的誰敢動！

《暗戀》導演　【從側臺狂吼，聲音】停——！

白袍男子　不要再停了！

……（賴聲川，1999：172～177）

現代派新詩改寫二：發揮菁華

如果

走來走去　可以消去

癡　這個字

如果

聽來聽去　白光　老歌

特殊的聲帶　帶走

如果

時間　空間　一幕幕　眼前

盪過去

如果你還在等我

如果我也在期待你的等　你的癡

如何我現在依然形單影隻

多久了

多久到連巧合也　等不到你

有人說你是我的麻煩

我只承認你讓我難過

一巴掌　讓我出神的靈魂拉回現實

掌上一抹暗紅

回去嗎　可以一起重回

無憂無慮的兩小無猜青春年華和

幸福的笑容

如果　我願

就能有如果

我願意天天祈禱　天天期待　巧合的出現

帶你

帶我

一起會去

如果　可以

再一次重溫

哪怕是舊夢啊

暗戀桃花源〔13〕

　　　　　【跟第十場一樣，護士關掉錄音機，回頭教訓江】

護士　　你看你，每一次聽這首歌，你就這個樣子！【罵】你不
　　　　能老想那一件事情。你算算看，從你登報那一天起，都
　　　　已經——【扳著手指頭算】五天了。你還在等她？我看
　　　　不必了！第一天雲小姐沒有來，到第二天我就知道她鐵
　　　　定是不會來的！再說，雲小姐在不在這個世界上都不知
　　　　道，你幹嘛這樣？

　　　　　……

江濱柳　你不要來，你不要來，誰都不要來，好不好？讓我一個
　　　　人安安靜靜的坐一坐，好不好？用不著在這陪我！

　　　　　【將自己把輪椅轉到一旁去】

江太太　我……

江濱柳　【暴躁的】你讓我靜一靜行不行？

　　　　　【江太太無奈的站到一旁，束手無策。護士在一旁也不
　　　　知如何插手】

　　　　　【沉默】

　　　　　【敲門聲，三人驚】

【停頓】

【護士去開門。門開，老年的雲之凡站在那裡，穿著整齊、體面，手裡提著一袋禮盒。她老了，但仍然保有當年的一種光采，她頭髮短了、白了，駝著背，不大自然的站在門口】

雲之凡　　　【輕聲】請問……有沒有一位……江濱柳先生？

【護士回頭望著尷尬的江先生、江太太。】

【江呆望著雲】

【江太太看著雲，不由自主的走到江身後，雙手緊握在江身上】

【護士呆滯的請雲入。雲站在門口，看著江】

【沉默】

護士　　　　江太太，我現在陪你去把錢繳了吧！

江太太　　　我可以明天去繳！我……【想一想】好。

【江太太拿著皮包，無言的從雲身旁過去。護士、江太太從門下】

【江和雲面對面，江坐輪椅，雲站著，沉默】

【《暗戀》導演不由自主的站到舞臺後方，忍不住近看他自己劇本的高潮，也就是自己親身經歷而未完成的事件的結尾】

雲之凡　　　【打破沉默】我是看到報紙來的。

江濱柳　　　【指椅子】坐！

【沉默】

雲之凡　　　我帶了點水果給你。

【雲把水果禮盒放地上，坐在江太太平時作的椅子上。兩人隔著房間對看】

【沉默】

你的身體是……

　　　　　　　【江不語，一直望著雲】

江濱柳　　　我不知道你一直在臺北。

雲之凡　　　我也不知道……

　　　　　　　【沉默。雲看到江身上的毛背心】

　　　　　　　【指？】這毛衣是……？

江濱柳　　　【微笑】這些年天冷了，我一直穿在身上。

　　　　　　　【沉默。】

雲之凡　　　三十八年……【慢慢回想】我重慶的大哥、大嫂就決定
　　　　　　　把我帶出來。我們從滇緬公路到泰國……經過河內到香
　　　　　　　港。過了兩年我們就到臺灣，就住下來了。

　　　　　　　【沉默】

江濱柳　　　什麼時候看到報紙的？

雲之凡　　　啊？

江濱柳　　　什麼時候看到報紙的？

雲之凡　　　今……【停頓，更正】登的那天就看到了。

　　　　　　　【沉默】

江濱柳　　　妳身體好嗎？

雲之凡　　　還好。去年動了一個手術。沒什麼，年紀大了。我前年
　　　　　　　做了外婆了。

江濱柳　　　我記得你留兩條辮子……

雲之凡　　　結婚第二年就剪了。好久了。

　　　　　　　【沉默】

　　　　　　　你住在什麼地方？

江濱柳　　　我一直住在景美。

　　　　　　　【停頓】

雲之凡　　　我本來住在永和。後來搬到天母。

江濱柳　　　我前幾年搬到民生社區去。

　　　　　　　【長沉默】

　　　　　　　　【感傷的】好大的上海，我們還能在一起，想不到……
　　　　　　　　小小的台北把我們給難倒了。
　　　　　　　　【沉默。雲之凡看看手錶】

雲之凡　　　我該走了。我兒子還在下面等我。

　　　　　　　　【雲慢慢起身，往門口緩緩走去。開門，正要出去】

江濱柳　　　之凡……

　　　　　　　　【雲停住，背對著江】

這些年　　　你有沒有想過我？

　　　　　　　　【長沉默】

　　　　　　　　【雲一直在門口站著，終於轉身，低頭，感性的道出心
　　　　　　　　中的感受】

雲之凡　　　我寫了好多信到上海去……好多信……

　　　　　　　　【停頓】

後來我大哥說：「不能再等了。【停頓】再等……就要老了。」

　　　　　　　　【長沉默】

　　　　　　　　【抬頭看江】我先生人很好。他真的很好。

　　　　　　　　【江默默的伸出手來】

　　　　　　　　【雲望著江，然後慢慢走到江輪椅前面，輕輕的拉著江
　　　　　　　　的手】

　　　　　　　　【長沉默。兩人手握得緊緊的】

　　　　　　　　【雲放開江的手，抬起頭來】

　　　　　　　　【輕輕的】我真的要走了。

　　　　　　　　【雲慢慢走出病房門，下。江在輪椅上，呆看前方】

　　　　　　　　　　　　　　……（賴聲川，1999：194～198）

現代派新詩改寫三：填補空白

填不了的白

沉默的氣流　漂盪在兩人之間

凍結

微笑　眼波　酒窩

只是要掩飾空氣中的沉默和

不熟

是誰說凡事可以重來　只要你願意

又是誰說　天下無難事只怕有心人

偏偏飄盪在兩人之間的

五分鐘　共鳴

十分鐘　耳鳴

十五分鐘　無鳴

兩人之間的糾葛　早已劃下句點

心有不甘

又怎鬥的過老天　老命　和　運呢

填滿　漂蕩兩人間的空

用白補起來

無奈

早已填夠了黑黃紅

白的位置

去天邊找找吧

也許還能尋得一點

一點白來填滿

終究

填不了滿

也填不了白

第五章　小說寫作相聲劇化教學

　　「戲劇（Theatre）是參與者一同分享的直接經驗。他們想像自己是另一些人，在另一個空間、另一段時間裡進行某種活動。」（Jonothan Neelands & Tony Goode 著，舒志義、李慧心譯，2005：22）這也就是本研究想藉由戲劇的欣賞、創作、演出、分享進而達到學習者的經驗增強寫作的創作能力的用意所在。因為戲劇所能詮釋的是人類的思想和行為意義，並將此表現出來的過程；再者，戲劇也能透過藝術的象徵手法、譬喻的手段、白描的鋪陳來展示人間的愛恨情仇、事件與事件的糾葛。而戲劇的教學與參與更能對「個人的意義和有用的戲劇活動足以讓每一個人無限的廣其種族、階級、性別、年齡和能力等文化包容性。」（同上）所以讓學習者從自身的經驗出發建構戲劇的經驗，建立其有效的批判能力去判斷戲劇的作用；激發創造能力去將想像具體化、文字化，將人生經驗擴充的同時也增進其表達闡述的能力。

　　在第四章中，透過新詩寫作與舞臺劇化的結合，先提升學習者創造或營造意象的能力，也透過多媒體的聲光影視刺激其想像與創造。接者本章所要探討的是，透過相聲劇的特性或功能，提升學習者從口語表達到「對白」寫作的能力。

第一節　相聲劇的特性

　　「說話」是人類的基本能力；「說對的話」是人類的權力；「說好的話」就是人類的創意，俗稱叫做「幽默感」。

　　「『相聲』是專有名詞，是逗趣風格的表演藝術；廣義的相聲是『相』與『聲』，可借為說明表演藝術必須同時兼具的『視覺』特性及『聽覺』

特性。」（馮翊綱，2000：26）「相聲劇是以相聲表演為中軸，以戲劇衝突為輔助，以幽默搞笑為特點的表演形式。不能武斷地說相聲劇就是相聲，或者說相聲劇就是戲劇，它應該是基於二者之上的不同的表演形式。」（維基百科，2011）所以以廣義的觀點定義相聲，其實就是指稱透過聲音（聲）與臉部的表情（相）所結合的表演藝術。所以「相聲藝人常說：『相聲是相貌之「相」，聲音之「聲」把相聲藝術看成是以模擬型態和聲音為主要特點的一種技藝。』相聲經歷了『像生』──『象聲』──『相聲』的發展。」（何三本，1997：211）早期的相聲，事實上就是一種口技，在《青稗類鈔》中指出：

> 口技為百戲之一種，或謂之曰口戲，能同時為各種音響或數人聲口或鳥獸叫喚，以悅座客，俗謂之隔壁戲，又曰肖聲，又曰相聲，曰象聲，曰像聲。（何三本，1997：211）
>
> 相聲一詞，古作像生，原指模擬別人的言行，後發展成為象聲。象聲又稱隔壁象聲。相聲起源於華北地區的民間說唱曲藝，在明朝即已盛行。（維基百科，2011）

相聲相較於舞臺劇，有更多的表現方式與內容較具備中國傳統戲曲的成分在裡面。倘若要說舞臺劇就是西方話劇的演變並且成熟的作品，那麼依此類推我們可以大膽的定義相聲劇就是中國傳統說唱藝術的變形。相較於舞臺劇，相聲劇沒有華麗的背景、道具、服裝、甚至聲光效果可吸引觀眾，所依靠的正是相聲劇最吸引人的「對白」，也就是相聲劇演員的臺詞。但在沒有其他的表演形式作輔助單靠演員的對白撐場，就可知相聲劇的對白必須是諧趣的、精采的；藉由相聲劇演員的說詞讓所講故事的主角或配角活靈活現，就有賴相聲劇演員的說話更為活化。說到此，正可顯現出中、西方戲劇表演形式的差別。第四章已就西方戲劇──舞臺劇作來源及演變以致成形的介紹，而本章則要藉相聲劇說明中國說唱藝術的發展與對比。

　　由上述可知，相聲屬於說唱藝術的一種。所謂說唱藝術，是指在表演形式中有說有唱，在中國由來已久，並且由最初的一人的單口相聲表演演變而為多人的群口相聲。而從相聲相關記載中可知中國最早的相聲藝人為清朝張三祿；並且相聲的臺詞所以受到迴響尤其是受到市井小民的喜愛，就在於其主要內容是以「笑話」等諧趣成分高的口說藝術來吸引觀眾，致使說唱藝術之一的相聲藝術成為通俗的、甚至於被批評為不入流的演出內容與形式。直至二十世紀八〇年代部分的相聲演員將相聲內容作了改變，如將較為暗示性的情色字眼，或是挖苦成分居多的刻薄話……等不適合的段子刪去，呈現一種雖有戲謔、諷刺但又富含幽默、風趣、讓聽者能會心一笑、心有同感的內容，相聲才快速的普及，成為全民性的相聲藝術演出。再加上，「相聲的流行的一個原因是因為它是一種以聲音為主的藝術，適合以被普及的無線廣播作為主要媒體。」（維基百科，2011）再加上，諷刺性相聲在諷刺舊社會、舊時代、舊政府的內容，常會是生活在社會基層的百姓，在艱苦的生活環境中對生命、對環境、對遭遇……等種種不滿藉由相聲演員的口獲得紓解，其實也是對生命的悲鳴與苦笑進而苦中作樂。此後的相聲形式與內容也逐漸有所變革，發展出如彈唱相聲、相聲劇等，成為大眾娛樂的主角。

　　在臺灣，相聲的發展與興盛，必須歸功於頗負盛名的魏龍豪和吳兆南兩位大師。他們從最初的相聲廣播節目的推廣，慢慢的搬至舞臺演出，造就一批新的、傑出的相聲演員，在內容上添加了許多較為當世人所接受的對白與形式，也試圖將中西古今融會貫通，成為名副其實的相聲劇，也增加其演出的豐富性。但不論相聲劇由說唱藝術到彈唱相聲以致於今天的相聲劇，相聲劇最終的本質——諧趣的對白，是不變的。

　　舞臺劇的演出從布景、燈光、音樂、服裝、道具、演員……等缺一不可，往往一齣舞臺劇不管幕前幕後的工作人員，動員的人次真的是「浩浩蕩蕩」一句才可以形容。但相較於舞臺劇演出的複雜與多元，相聲相形之下就簡單許多；甚至倘若要仔細分辨構成相聲的成分，其實就只有劇本和演員了。前述已提過，一齣精采的相聲劇必定有、也只要有諧趣的對白就

可以了；但倘若再細分相聲劇的種類，大致上還可區分為三類：以人數分、以功能分、以時代分。

（一）以人數分

1. 單口相聲：長篇單口相聲，通常分為數次表演，類似於評書（也稱為說書、講古，有的搭以摺扇或醒木在手作輔助，使手的姿勢動作較受到注意）。由一個演員表演，是說笑話的鋪張發展，對口相聲的原始雛形。題材須有生動曲折的情節、引人發笑的故事，才能收到跌宕起伏、諧趣橫生、娓娓動聽。

2. 對口相聲：由甲（逗）乙（捧）兩個演員合說。兩人既要產生深刻的、揭示主題的矛盾，互相問答或爭辯；甲的「說」需要乙的烘托，才能簡明托出主題，講出生動的故事，才能刻畫出生動的人物，達到滑稽風趣，「逗」出笑來。

3. 群口相聲：是由甲「逗」乙「捧」丙「逆縫」三人表演。每個人模擬一個有特殊性格的人物。對物的看法各執一詞，或甲、乙各執一詞，丙在中間調和，形象的反應具體人物和具體事件。（何三本，1997：215～218）

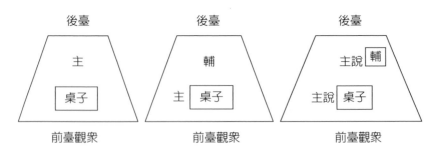

圖 5-1-1　相聲表演演員位置圖

資料來源：何三本，1997：215～218

（二）以內容功能分

1. 諷刺型相聲：可以諷刺自己或者別人，如侯寶林的《夜行記》就在諷刺不守交通規則的人。
2. 歌頌型相聲：主要在中國，通常要配合政府的方針、政策，如馬季的《新〈桃花源記〉》。
3. 娛樂型相聲：如《愛情歌曲》之類。

（三）以時代分

1. 傳統相聲：泛指清末民初時期的中國傳統相聲的形式與內容。
2. 新相聲：指稱二十世紀八〇年代時期的諷刺、戲謔性的相聲，也就是相較於傳統相聲更進一步現代的發展。在穿著上以西裝代替傳統相聲的長袍馬褂；也多了一點諧趣與笑料。
3. 當代相聲：指近代如李國修、李立群執導與主演的表演工作坊；馮翊綱、宋少卿成立的相聲瓦舍……等所推出的內容與形式的當代相聲劇。

　　相聲劇類型不論是以人數、以功能或以時代作區隔，在觀看各類相聲作品後，仍可以發現相聲劇的兩大特性：

　　第一，相聲劇本身的特性：以諧趣、戲謔、諷刺、幽默的口語對白拉近劇本本身與觀眾的距離，彼此呼應、紓解進而提升共通的語言與溝通觀念。倘若以太過嚴肅或說教的方式進行則未免僵硬而淪為口號，一般人的接受度應該不高，說服力與成效也就不言可喻。

　　第二，相聲劇能將較抽象的情感透過語言表達作文句整體上的規畫與述說，意思就是將編劇者在「自己的經驗範圍以內，對於一事、一物或一理、一情，有話告訴大家，才寫出文章（相聲劇本）來代替語言，裡頭所寫的當然就是作者的話了。」（夏丏尊、葉聖陶，2011：21）如果太過抽象，形同過於文言的表達，自然無法較口語再摻雜一點趣味性的語言使人清楚並受到說服。也就是說，相聲劇的對白表現較為繁複，例如文言的「衣」倘若用口語表達可以成為「衣服」、「衣裳」、「衣著」；又如文言的「道」

口語就不能含糊使用，必須分辨是「道德」還是「道理」或是「道路」。（同上，18～19）相聲劇就像口語般，必須詳細、清楚更要加上趣味、詼諧性，才是相聲劇諧趣的對白。這一特點也正是本研究取來與小說寫作相結合的主因，因為不是所有的戲劇都適合與寫作結合運用。

> 相聲藝術的基本特點在於，相聲屬於「說」的藝術，屬於「以詞敘事」的說唱藝術，有別於戲劇角色扮演的戲劇藝術。再者，相聲是「笑」的藝術，以笑為武器來揭露矛盾，塑造人物，評價生活。因此，說和笑構成了相聲藝術的基本輪廓，是具有喜劇風格的語言藝術。「說」奠定了相聲藝術的表現方式；「笑」奠定了相聲藝術的精神，不論多麼汙黑、矛盾，盡在笑聲諷刺中。（何三本，1997：213）

相聲藝術講究的是說、學、逗、唱為相聲演員的四大基本功。這說、學、逗、唱的表現，更能將相聲劇的口語對白及諧趣部分加以提升：

> 說，是相聲的基本功，要說的清楚，說的入理，說的讓人百聽不厭。說人、說事、說理、說情、說笑話、故事、燈謎、繞口令、無時無地、無事無處不靠說，表演者需下工夫，練習語言節奏，矯正發音，才能入門。
>
> 學，學人言、鳥語、市聲，舉凡天上飛的，地上跑的，水中游的，對人性、人生的摹擬。是相聲的表演技巧，任何人物的語言及神態，還有各種動物也不能遺落。表演者除了語言訓練外，儀態表情也很重要，平時敏銳的觀察力是表演者不可或缺的能力。
>
> 逗，是相聲幽默的風格，插科打諢，抓哏逗趣，通過你來我往，舌劍唇槍，似是而非的錯誤邏輯，抖落揭發天下的瘡疤，掌握笑料，逗樂觀眾，相聲的最基本效果就是笑果。
>
> 唱，是相聲的表演功夫，像不像，三分樣。表情、聲音、動作、態度的整體音樂性。模擬誰像誰，才是「唱」的真諦。（馮翊綱，2000：34）

相聲是以「說」為表演的核心，說故事、說明前因後果、討論都是基本的演出形式；而「說」是四種因素中居於統領地位，是相聲藝術的基礎，確立了相聲演員與觀眾情感交流的表現方式，是其他三種因素的黏合劑。（何三本，1997：214）就此推論一名相聲演員的基本功（說、學、逗、唱），其實都是在二個基礎下才成立的：口齒清晰、注意觀眾反應。相聲演員要說（練）好相聲的第一步，是要口齒清晰。說的話標準了，說的話可以讓人聽清楚了，發音正確了，才是相聲的第一步。接著演員在演出時不能單只背劇本，一味的「說相聲」而已；在說的當下應該注意的是觀眾的反應，並且隨著觀眾的反應調整說的速度和節奏，畢竟節奏和速度掌控了內容的精采度。劇本的精采不代表可以說得精采，因為鋪陳過多觀眾情緒散了，再有趣的「點」也無法「逗」觀眾發笑；相同的，鋪陳不夠、速度不夠緊湊，觀眾還沒弄懂「笑點在哪」，當然也就笑不出來了。可見身為一名相聲演員必須要能掌握、甚至掌控觀眾的情緒，所意味的就是要將觀眾放在第一位了。

根據當代相聲演員宋少卿認為「相聲的本質就是諷刺，因為諷刺才會有趣」。（受訪於東風衛視「娛樂@東風」節目）畢竟相聲是種說唱藝術的表演，歸根究底乃為了吸引觀眾。正如前章所提過「戲劇最不能忽視的就是觀眾」，而觀眾到劇院去聽相聲又想聽到些什麼？其實就是「生活經驗」。相聲的內容所以會產生共鳴，就是因為它將市井小民的生活經驗搬上舞臺。哪怕只是一件小事、或是每個家庭都在上演的親情倫理、每個人天天都需要面對的友情、愛情……都是你我身邊每天發生的小事，但是相聲將我們的生活經驗放大，甚至小題大做，讓我們發現其實生活一點都不苦悶，也就是相聲可以把我們每一天所發生的是講的很有趣。因此，相聲的內容必須與觀眾的反應接軌，如此才能產生共鳴、演員與觀眾才有互動。這也使得每一場的相聲內容與節奏，多多少少都摻雜即興的演出，原因就在於進場的觀眾不同，來自的地方與風俗民情自然有差異，所以相聲演員必須不斷的調整、更改演出的速度與內容，如此相聲演出才會有共鳴；諷刺才能讓觀眾「聽懂」，聽懂了才會「到味」。

　　以下就以節錄相聲瓦舍作品——〈惡鄰依依〉相聲劇本中的諧趣、諷刺特性來說明：

【段子二】妃子

……

馮翊綱：依依媽媽的大姊。

宋少卿：阿姨。

馮翊綱：也就是依依的大姨媽。

……

馮翊綱：西北方有一個貴族是個老帥哥，想要和依依約會。

宋少卿：老帥哥？

馮翊綱：依依答應了，沒想到約會到一半，大姨媽跑來了。

宋少卿：大……

馮翊綱：老帥哥沒有得逞。

宋少卿：這……

馮翊綱：後來西南方有一個貴族，是個中帥哥，也想和依依約會。

宋少卿：中帥哥？

馮翊綱：依依答應了，沒想到約會到一半，大姨媽又跑來了。

宋少卿：這麼巧？

馮翊綱：又後來，東南方有一個貴族，是個小帥哥，又想和依依約會。

宋少卿：約會到一半，大姨媽又來了。每個月都會來一次的是吧。

……

（馮翊綱，2010：44～46）

這一段子沒有艱澀的語彙或過於修飾的詞語，彷彿是二個朋友在聊天時，即便是你我也會說出的話，讓觀眾很容易聽懂，但是透過段子一開始的鋪陳和暗示性的雙關語（像「大姨媽」的雙關）引聽眾遐想，最後點破也替觀眾說出心中的疑惑。這正是相聲不知不覺引人發笑的地方；再加上三次

相似的話一直出現（要跟依依約會的老帥哥→中帥哥→小帥哥），善用了語詞「重複」的特性，其實站在人的思想邏輯來看，「重複」就是最好笑的地方。而將「重複」發揮的最淋漓盡致的就是世界三大喜劇演員之一的小查爾斯‧史賓賽‧查理‧卓別林爵士，KBE（Sir Charles Spencer Charlie Chaplin Jr.）。

【段子四】奶子

……

宋少卿：一個沒腦子的女人，就是最完美的女人。

馮翊綱：你欠揍了你。

宋少卿：由於是全人類唯一的一個，所以取名叫「一」。

馮翊綱：太單調了？

宋少卿：那叫「依依」。

……

宋少卿：給依依穿上比基尼胸罩，左邊綠的、右邊藍的。

馮翊綱：不得罪人。

宋少卿：每次進入房間的人數作總量控管，每個人就可以穩穩的看十秒鐘。

馮翊綱：時間比較充裕。

宋少卿：順利實施三個月之後，加碼！每個人在看同時，可以順便捏一把！

……

宋少卿：藍色通道排隊的人太多了。

馮翊綱：怎麼辦？

宋少卿：把那些吃太多的、腰太肥的、腿太粗或者是戴假髮的、看起來不討喜的……

馮翊綱：啊？

宋少卿：拿黑油來！

馮翊綱：幹嘛？

宋少卿：把他抹黑！排除在隊伍之外。

馮翊綱：這樣排除的呀？

宋少卿：綠色通道排隊的人也太多了。

馮翊綱：同樣的情況。

宋少卿：把那些錢太多的、錢太少的，或者是有錢不分給大家用
　　　　的、說話口音不討喜的……

馮翊綱：這……

宋少卿：拿黃油來！

馮翊綱：用黃油啊？

宋少卿：把他染黃！也排除在隊伍之外。

……

宋少卿：還是有那些很難抹黑、很難抹黃的人擋在路上，討厭！

馮翊綱：討什麼厭？人家能選上，就換人捏捏看啊！

……

馮翊綱：我很好奇，大家爭著捏，依依，她本人作何感想？

宋少卿：沒有感想。依依的臉上完全看不出表情，好像置身事外，
　　　　任憑藍色的手、綠色的手，在她身上胡捏亂摳。

馮翊綱：她怎麼可以沒有意見？她至少為自己說兩句話嘛！

……

宋少卿：現在，全人類剩下最後一個女孩子，最後一個依依，既不
　　　　是妓女也不是貴族，她沒有身分、沒有羞恥心、沒有情緒、
　　　　沒有腦子！全人類只剩下最後一對大奶子！每個人在乎
　　　　的只是排隊，捏四下，確定沒有人愛她！還有什麼好說
　　　　的？（馮翊綱，2010：95〜101）

這一段子的諷刺性相當高。用藍色、綠色、黑色、黃色……等顏色分別暗
喻、代指什麼，只要是臺灣人都會聽的懂，這就可以猜測的出寫劇本的、
聽戲的都是臺灣人，因為這裡所指的、諷刺的正是臺灣政治的特色與生

態，即使不願意承認卻也是臺灣的文化。而段子中所指的「依依」到底是誰？這就是因人而異的指稱了，但答案應該是脫離不了臺灣這塊土地或泛指臺灣這塊土地上臺灣的老百姓了。為什麼能大膽作如此臆測？因為我就是臺灣的市井小民，而這齣戲所指的、所謾罵的、諷刺的，是臺灣政府、臺灣政客、也諷刺臺灣百姓如你我了。這就呼應了上述所提到的相聲會用諧擬的、戲謔的、諷刺的語言將你我生活周遭的小事報不平，除了要替觀眾抒發一口怨氣，其實也是要敲醒將義務與權力給沉睡的你我了。觀眾被諷刺了！但是卻聽進去了！這就是相聲的本質與吸引人的地方。

　　綜論相聲語言的表達，在諧趣、戲謔、諷刺的風格中，也以通俗易懂、豐富精采、生動活潑、節奏明快、用詞精練、修辭詳細、及塑造鮮明而具體的形象為語言特色。本研究係藉由相聲獨有的特色與風格來增進學習者的寫作經驗與創造力，並非要訓練專業的相聲演員，希冀相聲的特色引起共鳴乃至提升寫作經驗與趣味。

第二節　小說寫作與相聲劇的結合

　　「抒情詩直接描繪靜態的人生本質，但較少涉及時間演變的過程。戲劇關注的是人生矛盾，透過場面衝突和角色訴懷來傳人生的本質，只有敘事文展示的是一個綿延不斷的經驗流中的人生本質。」（浦安迪〔Andrew H. Plaks〕著，1996：7）而講故事和聽故事是人類的本能，亞里士多德說敘述最根本的特點就是情節，他認為好的故事一定要有開頭、中間和結局。所謂的情節指的就是將事件依據因果關係設計成一個故事，也把作者與讀者共同設計到情節裡去，如此情節才會產生意義。用另一個角度看，情節就是以敘述設計出來的。（卡勒〔Jonathan Culler〕著，李平譯，1998：89～91）「敘述也稱敘事，是指處理時間序列裡的一系列事件；也就是故事的寫作技巧的總稱……而敘述（narration）指動作或活動，是動詞或表示動作的名詞；（narrative）則主要指被敘述出來的東西，是一種事實而非活

動⋯⋯但不論敘述或敘事，都只是在處理時間序列裡的一系列事件，不能也無法忽略『敘述』所要敘述的對象。」（周慶華，2002：99～100）這也就說明小說、故事情節中的結構脫離不了情節、人物（衝突與意外結局於第三節詳述）；而情節（也有人稱為結構）的發展對小說而言是必要的。因為情節在小說中具有引領人物或由人物帶領的重要性，所以有的小說裡面發生了很多事情，可是這些事情之間沒有必然關係，這樣的小說所以可以貫串起來，依靠的就是他的主人公，而不是動作的連絡（人物帶領情節）；有的則是在全體的結構中，連很細微的地方都要考慮到，人物和事件都要安置得宜；對話當中，也要注意到它可以惹起的後果（情節引領人物）。（洪炎秋，1995：146～147）如果情節是小說葉，人物就是小說的枝幹，必須撐搭起所有的情節和事件，所以人物的對白、對談就是人物個性、情緒的刻畫及展現。換句話說，要描寫人物的時候就是利用「對談」：

> 對談原是戲劇中最主要的要素就在小說裡面，也能夠表現很大的作用，因為人和人的交涉，無論是在任何情形之下，幾乎都要依靠語言來作工具，所以具體的把人生的事象表現出來的小說，自然沒有法子忽略對談。對談的主要的功能，在於顯示人物的心理和性格，在於使結構具體化，所以對談在小說裡面，佔著描寫的重要部分。對談所用的語詞⋯⋯不但要使它不和說話的人物的性格發生矛盾，還要注意它是否適合於說話的人的年齡、性別、職業和教養這一類的差別。就是同一個人，在喜、怒、哀、樂各種不同的心境之下，所用的語氣、語彙，以及說話的樣式，都不會相同，這種地方也是小說家要留意的。小說中所用的對話，第一要「自然」；其次要「恰當」；最後要「富有劇趣」。（洪炎秋，1995：149～150）

這也就是何以在許多的戲劇類型裡面，本研究將小說與相聲劇作結合的原因。因為小說的表現主要以敘述及對白為主，而敘述與對白最恰當的比例是 3：1。也就是小說在敘述與對白的書寫比例應是敘述性比對白性多一

點；它是要配合讀者閱讀時的注意力，也就是讀者閱讀小說中敘述性的寫作方式不免會依小說描述的畫面想像與構圖（也能在心中配合情節高潮迭起的節奏）；倘若圖（敘述）畫好了，再添加一點色彩也就是對白，則讀者的注意力必能集中，因為對白能將讀者拉入小說中成為角色的一分子（即使是旁觀者也無礙）；況且創意性的對白往往也是最讓讀者拍案叫絕、甚至能激發讀者思考的地方，可說是小說畫龍點睛之處。再者，對白是小說中人物的對話，代替作者敘述一個角色，也可以說是介紹角色自己，因為舉凡人的個性、學經歷、涵養……等，莫不從小說對白也就是小說人物口中窺見端倪，讓讀者參與在小說中而非置身事外，對於小說所要抒發的觀念與情懷定也有較大的說服力。

至於小說的對白形式則不脫四類：

(一)○○○「……」

此類寫作上是站在全知觀點作描述。所謂的全知觀點，就是指作者站在作者（說書）的立場來敘述小說內容。先用詞語或閒話或楔子作小說的開頭，如「某某年間、某某地方、有一個人、姓甚名甚……」，後再將故事主題敘說出來，描述故事中每一個人物的言語行動、心理狀態，以及他們所經歷的種種事件、種種環境。作者好像處於超然的地位，超乎眾生，超越時空，無所不在，無所不知。（方祖燊，1995：310～311）也就是說，作者倘若以全知觀點描述小說，則會在小說中全透露小說角色的心理狀態，因為通常他人的心理狀態都是想像或是臆測才能窺之一二，而全知觀點的寫作手法則可以讓讀者對於小說中的人物所思所想都能瞭若指掌；也就是敘述主體能夠知道他所創造的每一個人物的每一件事情，從外貌到內心，從言行到思想。因此，他表現情節的時候，可以直接訴諸讀者，也可以藉人物的心理活動而表達出來。在敘述事件的時候，敘述主體不僅知道過去，而且還能預知未來。他可以引領讀者到任何空間任何時間中去。（周慶華，2002：175）透過作者直接加以描述，即使是讀者想像不到或是看不到的都能加以說明。全知觀點的小說描述方式可以讓讀者對於作者的小說作品一清二楚，但是倘若全部都採用全知觀點寫作方式，則會讓讀者失

去閱讀小說的臆測感；也會讓讀者彷彿是站在小說之外閱讀小說而缺少了空白可以填補想像、少了斷裂可以刺激銜接，也就喪失了閱讀小說時的想像力刺激與參與感了。如《紅樓夢》第二十回：

> ……大家側耳聽了一聽，林黛玉先笑道：「這是你媽媽和襲人叫嚷呢.那襲人也罷了，你媽媽再要認真排場他，可見老背晦了。」
>
> 　寶玉忙要趕過來，寶釵忙一把拉住道：「你別和你媽媽吵才是，他老糊塗了，倒要讓他一步為是。」寶玉道：「我知道了。」說畢走來，只見李嬤嬤拄著拐棍，在當地罵襲人：「忘了本的小娼婦！我抬舉起你來，這會子我來了，你大模大樣的躺在炕上，見我來也不理一理.一心只想裝狐媚子哄寶玉，哄的寶玉不理我，聽你們的話。你不過是幾兩臭銀子買來的毛丫頭，這屋裡你就作耗，如何使得！好不好拉出去配一個小子，看你還妖精似的哄寶玉不哄！」襲人先只道李嬤嬤不過為他躺著生氣，少不得分辨說：「病了，才出汗，蒙著頭，原沒看見你老人家」等語。後來只管聽他說「哄寶玉」，「裝狐媚」，又說「配小子」等，由不得又愧又委屈，禁不住哭起來。
>
> 　寶玉雖聽了這些話，也不好怎樣，少不得替襲人分辨病了吃藥等話，又說：「你不信，只問別的丫頭們。」李嬤嬤聽了這話，益發氣起來了，說道：「你只護著那起狐狸，那裡認得我了，叫我問誰去？誰不幫著你呢，誰不是襲人拿下馬來的！我都知道那些事。我只和你在老太太，太太跟前去講了.把你奶了這麼大，到如今吃不著奶了，把我丟在一旁，逞著丫頭們要我的強。一面說，一面也哭起來。彼時黛玉、寶釵等也走過來勸說：「媽媽你老人家擔待他們一點子就完了。」李嬤嬤見他二人來了，便拉住訴委屈……可巧鳳姐正在上房算完輸贏賬，聽得後面聲嚷，知是李嬤嬤老病發了，……便連忙趕過來，拉了李嬤嬤，笑道：「好媽媽，別生氣.大節下老太太才喜歡了一日，你是個老人家，別人高聲，你還要管

他們呢，難道你反不知道規矩，在這裡嚷起來，叫老太太生氣不成？你只說誰不好，我替你打他。我家裡燒的滾熱的野雞，快來跟我吃酒去」。一面說，一面拉著走……（馮其庸等，2000：315～316）

從這一小段出場人物林黛玉、賈寶玉、薛寶釵、李嬤嬤、襲人、巧鳳姐等六人，其中四人忙著勸和所講述的話，勸架、安慰、互相警告的，都顯示出作者站在一個全知觀點將人物的個性透過語言與應對，事件的過去、現在、未來作了相當清楚的描述。讀者可以藉著作者的筆想像出場景與人物的表情動作，甚至讀者沒有想到的也都一併敘述完了。

(二)「……」○○○

(三)「……」○○○「……」

(四)「……」

　　此三類寫作則是以限制觀點與旁知觀點作描述。限制與旁知觀點又分第一人稱觀點（敘述者是主角）、第一人稱觀點（敘述者是配角）、第二人稱觀點與第三人稱觀點。

　　限制觀點是全知觀點的另外一面，它讓敘述者有所「限制」（即使這個限制是刻意創造的），相對的就給讀者製造了更多的想像空間。再加上限制觀點的敘述主體保留了小說中主角的敘述個性，可以拉近讀者與作者的閱讀距離，使敘述著眼在人物主體的心理屏幕上再間接反映於客觀屏幕上，透過同一角度來觀察世界，如此限制觀點的敘述不僅是在閱讀小說而是在體驗人生了。運用旁知觀點所寫的作品較其他的敘述模式有較高的「客觀性」，也是作者和讀者一起創造的。（周慶華，2002：176～177）因為旁知觀點將小說的空白部分調到最高，使讀者在閱讀時能以自己的人生經歷或美感經驗透過小說中的人物得到思考並將思考具體投射到小說的角色上，也就是以旁知觀點將自己的想像與創意獲得滿足並將小說中的空白獲得填補。如《二十年目睹之怪現象》

符老爺和符老太太對坐在上面，那一個討飯的老頭兒坐在下面，兩口子正罵那老頭呢！那老頭低著頭哭，只不作聲。符老太太罵得很

出奇……符老爺道：……無論是粥是飯，有得喫喫點，安分守己也罷了；今天嫌粥了，明天嫌飯了，你可知道要喫的好，喝的好，穿的好，是要自己本事掙來的呢！」那老頭道：「可憐我並不求好吃好喝，只求一點鹹菜罷了。」符老爺聽了，便直跳起來，說到：「今日要鹹菜，明日便要鹹肉，後日便要雞鵝魚鴨，再過些時，便燕窩魚翅都要起來了。我是個沒補缺的窮官兒，供應不起。」說到那裡，拍桌子打板發得大罵……（吳趼人著，王孝廉等主編，1984：82～83）

上面所舉例的文本，在寫作形式上沒有明顯的差異（這可能是因為中國傳統小說的寫作方式多以○○○「……」方式來陳述），但其實仍可以察覺上段對於要飯的老頭、符老爺的個性與形象的描寫是空白的，需要讀者自行去填補與想像，作者沒有對事件會發生的作預測，因為這樣的事件可以有很多不同的情形發生。但因此也給了讀者豐富的想像與推測空間；如果最後結局不如讀者所想像的，就造成了「意外的結局」，這也會是一部小說最精采的成分了。

　　小說可以運用全知觀點、限制觀點及旁知觀點來寫作，這會影響小說寫作的敘述觀點及敘述層面。小說是記敘體為主，是散文中的各種技巧都要運用進去，因為小說作者不只是描敘鋪述人物與事件也常在作品中說明道理，發揮議論，抒寫情思，描繪景物，甚至各種應用文字也屢見於小說之中……小說與戲劇的關係是密切的。克勞福特（Marian Crowford）說：「小說就是一座『袖珍劇場』，不但包含結構和角色，還包含服裝、布景，以及戲劇表演所需的一切附屬品。」不過小說對於人物微妙的心理描寫，卻遠比戲劇自由。由此可知小說是綜合性的文學，就像電影是一種綜合性的藝術一樣。（引自方祖燊，1995：12）有鑑於此，既然預備將文本與戲劇結合，那麼以小說的綜合性文學的特點來看，所搭配的戲劇應該選擇舞臺劇或電影（因為都包含了情節、人物、布景、服裝……一切戲劇所需的附屬品），但是本研究以小說的最大特點也是小說中最重要的成分──對白來尋找相應的戲劇也就是相聲劇了。相聲劇演出形式類似宋朝時期最盛

行的說書，是口技的一種，是結合聲音與表情的戲劇演出，演出時演員也僅依賴聲音、表情來說學逗唱，可見相聲的吸引人之處，也是說學逗唱等技巧的基礎；而它所倚賴的就是精采的對白劇本。相聲劇的精采處就是吸引人的對白，而小說的精采處也是以天外飛來一筆的對白讓它有一針見血的驚人情節。因此，將小說與相聲劇作結合所考量的，正是取這二者的相同處——精采的對白。精采的對白夾有滑稽、怪誕的諷刺意味，更甚者夾入了一點語言遊戲，所以小說與相聲劇的結合乃專取二者諧趣的部分作實質的結合。

　　本節小說與相聲劇的結合，也可區分為前現代派、現代派、後現代派的小說與相聲劇分別作結合論述，而有下圖的小說寫作與相聲劇結合的跨系統學派演變。只是本研究同樣只著墨在現代派小說與現代派相聲劇的結合，乃因考量前現代派與現代派的小說風格與相聲演出相近，對於學習者來說無法明確區分，也就是學習者本身的先備知識還無法處理現在的問題；再者教學時間的限制，使本研究無法一一實現前現代派、現代派及後現代派小說與相聲劇的結合教學活動。況且教學題材的選擇也有主觀的詮釋、學習者的意識及目前可蒐集的資料……等，使三者學派的分別結合較窒礙難行。所以本研究僅針對現代派小說與現代派相聲劇作相應的結合與運用：

圖 5-2-1　小說寫作與相聲劇結合的跨系統學派演變
（—性質相同；……跨學派（彈性）結合）

前現代小說必須具備：

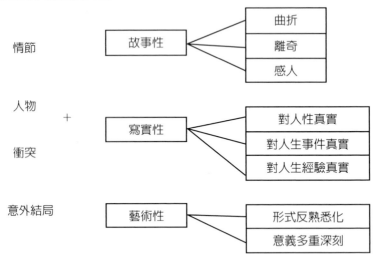

圖 5-2-2　前現代小說必須具備的條件

資料來源：周慶華，2008：192

現代小說必須具備：

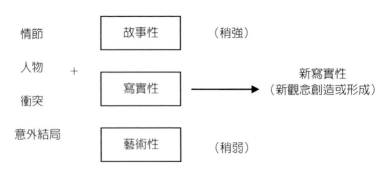

圖 5-2-3　現代小說必須具備的條件

資料來源：周慶華，2008：192

後現代小說必須具備：

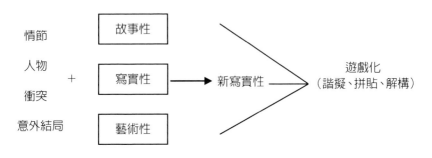

圖 5-2-4　後現代小說必須具備的條件

資料來源：周慶華，2008：192

　　現代派小說與現代派相聲劇的結合，可以有兩種形式：一為形式上的結合；二為實質上的結合。形式上的結合，也就是上述所指小說與相聲劇結合的原因，因為特點都在精采的對白而造成的滑稽與諧趣，構成性質相近而結合；實質上的結合，則在於小說的寫作倘若從相聲劇取材，無非是要從相聲劇中去凸顯空白的想像、情節的斷裂、情節中的菁華，再加以填補空白、連接斷裂、提升菁華。

　　此外，實質上的結合仍必須搭配形式上的結合，這也是最高層次、最難的結合，必須要精密考慮文章的布局與安排且花費很長的時間練習、改寫才能做到。倘若只有實質上的結合而忽略形式上的結合，那麼它只能達到一般性小說寫作效果的提升，而無法照顧到學派的發展，也就無法思考文化系統差異所帶來的調適的問題。所以此一理論需一一克服，而且是做得到的，但是在實際教學上無法達成。無法達到形式與實質的小說寫作與相聲劇的結合原因，有下列三點：

(一) 教學時數的限制：學校課程教學上有其他課程安排，且有節數限制，無法花費很長的時間作詳細的教學活動安排與學派介紹和認識；在沒有完成此一教學活動的前提下進行寫作活動，就無法有效。

(二) 教學課程的限制：寫作戲劇化的結合，教學者需花費很長時間羅列並編排相關教材，小說與相聲劇的材料選擇更要相應明顯，這需要一整套的教學材料及課程規畫，由淺入深。對於專門的、進階的寫作指導班確實有空間與時間進行，但在學校課程中恐窒礙難行。

(三) 學習者的限制：此套完整的課程規畫，在題材上不但必須了解中西方戲劇發展與類型，對中西方文化系統、甚至跨文化系統，都要通盤了解、全面掌握才能有效的吸收。但考量到本研究實施的對象是高職二年級學生，以其既有的知識與先備條件恐無法全面吸收理解，更遑論還要再進行改編與寫作，如此會造成極大的壓力，非本研究所樂見。

現代派的小說拋開舊社會的箝制、舊文學的壓抑，擺脫了政治的緊箍咒，讓文學回歸文學，開始一番不同的見解與思想。但文學家對於鄉土情懷、社會關懷卻是不變的。現代派小說家可分為三期：

第一期：以魯迅的《狂人日記》為代表，題材廣闊，充分反映當時的社會問題，把傳統中國人自卑又狂大的民族特性發揮的淋漓盡致；而此時的現實主義思想、保守社會逐漸轉為開放的掙扎與教育問題，都是當時小說家所關心的。

第二期：開啟了中國以幽默風趣的語言來敘事和刻畫人物的模式，以老舍《駱駝祥子》為代表作，以中國式的詼諧口吻生動的刻畫小市民的生活與形象。

第三期：此時期充分表現戰後、日本殖民後的思想觀。例如錢鍾書的《圍城》，將他熟悉的地方、熟悉的社會階層取材組合成為故事情節，有事時也有捏造的諷刺小說；張愛玲的《傾城之戀》、《金鎖記》以女性的視角、女性的思維和表達技巧敘述當年十里洋場、沒落的官家小姐、沒落的家庭生活，刻畫人性的弱點和醜惡；蕭紅的《呼蘭河傳》寫日本人入侵前後，東北農村人民的困苦生活，同情、關注被欺壓的婦女……等。（朱榮智，2004：143～148）

茲選取現代派小說說明空白、斷裂與菁華處。如賴和〈一桿稱仔〉

……

這一天近午，一下級巡警，巡視到他擔前，目光注視到他擔上的生菜，他就殷勤地問：「大人（日據下臺灣人對日本警察的尊稱），要什麼不要？」

「汝的貨色比較新鮮。」巡警說。

得參接著又說：「是，城市的人，總比鄉下人享用，不是上等東西，是不合脾胃的。」

「花菜賣多少錢？」巡警問。

「大人要的，不用問價，肯要我的東西，就算運氣好。」參說。他就擇幾莖好的，用稻草貫著，恭敬地獻給他。

「不，稱稱看！」巡警幾番推辭著說誠實的參，亦就掛上「稱仔」稱一稱說：「大人，真客氣啦！才一斤十四兩。」本來，經過稱稱過，就算買賣，就是有錢的交關（交易），不是白要，亦不能說是贈與。

「不錯吧？」巡警說。

「不錯，本有兩斤足，因是大人要的……」參說。這句話是平常買賣的口吻，不是贈送的表示。

「稱仔不好罷，兩斤就兩斤。何須打扣？」巡警變色說。

「不，還新新呢！」參泰然點頭回答。

「拿過來！」巡警赫怒了。

……

「不去嗎？」巡警怒斥著。「不去？畜牲！」噗的一聲，巡警把「稱仔」打斷擲棄，隨抽出胸前的小帳子（小記事本），把參的名姓、住處，記下。氣憤憤地，回警署去……（梅家玲、郝譽翔主編，2002：25～26）

上面所舉賴和〈一桿稱仔〉中埋藏了兩個小說的斷裂處，在巡警一接近秦得參的桿稱前詢問價錢，就埋伏了第一個供讀者聯想的斷裂處。因為

中國人日出而作、日落而息，更遑論公務在身的巡警，又在市集巡視一定是執勤中，而且能讓秦得參見一眼就忙喊「大人」，可以知道此位巡警必是著制服，大白天的巡警著制服到市集買菜嗎？顯然斷裂的地方應是巡警著制服要到市場巡視兼要菜了。但作者賴和沒有把巡警的目的說明白，讓讀者透過秦得參與巡警的對白來將小說的斷裂銜接起來。如果這一點讀者沒有知覺並將斷裂銜接起來，在第二個斷裂伏筆──「『不去嗎？』巡警怒斥著。『不去？畜牲！』噗的一聲，巡警把『稱仔』打斷擲棄，隨抽出胸前的小帳子（小記事本），把參的名姓、住處，記下。氣憤憤地，回警署去。」可能就回頭去思考巡警震怒的原因了。畢竟向百姓要東西本就不對，所以巡警理當認為他的出現，生意人一定會明白他的目的，教秦得參「稱稱看」也只是客套的表面功夫；暗示秦得參是不是秤仔壞了、不必打扣，都只是巡警的手段。誰知秦得參這個半路出家的生意人不懂，也就老實的「稱稱看」，難怪巡警會生氣了，又埋下另一個情節的伏筆。同文又有一段：

> ……「沒有錢就坐監三天，有沒有？」官。
>
> 「沒有錢！」參說……
>
> 「還未曾出門，就聽到這消息，我趕緊到衙門去，在那兒繳去三塊，現在還不夠。」妻子回答他說。
>
> 「唔！」參恍然地發出這一聲就拿出早上賺到的三塊錢，給他妻子說：「我挑擔子回去，當舖怕要關閉了，快一些去，取出就回來罷。」
>
> 「圍過爐」，孩子們因明早要絕早起來「開正」各以睡下，在做他們幸福的夢。參尚在室內踱來踱去。經過他妻子幾次的催促，他總沒有聽見似的，心裡只在想，總覺有一種，不明瞭的悲哀，只不住漏出幾聲歎息，「人不像個人，畜牲，誰願意做。這是什麼世間？活著倒不若死了快樂。」他喃喃的獨語著，忽又回憶到母親死時，快樂的容貌，他已懷抱最後的覺悟。

元旦，參的家裡。忽嘩然發生一陣叫喊、哀鳴、啼哭。隨後，又聽著說：「什麼都沒有嗎？」「只『銀紙』（冥鏹）備辦在，別的什麼都沒有。」

同時，市上亦盛傳著，一個夜巡的警吏，被殺在道上……（梅家玲、郝譽翔主編，2002：29～30）

小說令人玩味處，就是將情節空白讓讀者逕自去填補與想像。在賴和〈一桿稱仔〉的尾聲中，只看到秦得參沒有在監牢裡度過除夕夜，本該讓人慶幸又鬆一口氣的同時，只見秦得參滿腹心事、喃喃自語，甚至懷抱覺悟，讀者會深知：不妙！緊接著在元旦本該充滿笑聲歡樂生的家庭「忽嘩然發生一陣叫喊、哀鳴、啼哭。」又「只『銀紙』（冥鏹）備辦在，別的什麼都沒有。」最後「市上亦盛傳著，一個夜巡的警吏，被殺在道上。」留下了一長串的空白，既沒說秦得參怎麼了，也沒說死在市集的夜巡警吏就是找秦得參麻煩的巡警，更沒明說那位夜巡警力的死是否與秦得參有關。也許秦得參在除夕夜越想越氣憤，在心情無法抒解下決定結束沒有尊嚴的人類生活而選擇自殺；而另一位夜巡警吏的死也只是「盛傳」罷了，沒有誰可以證實，是作者故作驚悚有意留下線索。也或許秦得參真的是越想越氣憤，更加氣憤那位巡警的刻意刁難，一時氣憤難解而衝出門找巡警理論一言不和而憤下殺手……都是讀者可以自行填補的空白，更是小說中留下空白迫使讀者去思考與臆測，也是作者期待讀者創作小說的期待了。又如：魯迅〈狂人日記〉

「大哥，我有話告訴你。」
……
「大哥，大約當初野蠻的人，都吃過一點人。後來因為心思不同，有的不吃人了，一味要好，便變了人，變了真的人。有的卻還吃，──也同蟲子一樣，有的變了魚鳥猴子。一直變到人。有的不要好，至今還是蟲子。這吃人的人比不吃人的人，何等慚愧。怕比蟲子的慚愧猴子，還差的很遠很遠。

易牙蒸了他兒子，給桀紂吃，還是一直從前的事。誰曉得從盤古開闢天地以來，一直吃易牙的兒子；從易牙的兒子，一直吃到徐錫林；從徐錫林，又一直吃到狼子村捉住的人。去年城裡殺了犯人，還有一個生癆病的人，用饅頭沾血舐。

他們要吃我，你一個人，原也無法可想；然而又何必去入夥。吃人的人，什麼事做不出。他們會吃我，也會吃你，一夥裡面，也會自吃……」

……我認識他們是一夥，都是吃人的人。可是也曉得他們心思很不一樣，一種是以為從來如此，應該吃的；一種是知道不該吃，可是仍然要吃，又怕別人說破他，所以聽了我的話，越發氣憤不過，可是抿著嘴冷笑。

這時候，大哥也忽然顯出兇相，高聲喝道：「都出去！瘋子有什麼好看！」

……

不能想了。

四千年來時時吃人的地方，今天才明白，我也在其中混了多年；大哥正管著家務，妹子恰恰死了，他未必不和在飯菜裡，暗暗給我們吃。

我未必無意之中，不吃了我妹子的幾片肉，現在也輪到我自己……有了四千年吃人履歷的我，當初雖然不知道，現在明白，難見真的人……（魯迅，2010：28〜31）

魯迅的小說一向被視為五四後現代小說的經典之作，尤其以〈狂人日記〉為代表。〈狂人日記〉中藉由一個狂人（或有稱瘋子）的口來批評當時中國社會的迂腐：「禮教吃人」。即使是在現今的社會，也都不會讓一個狂人滔滔不絕的發表長篇大論，更遑論這個狂人又以諷刺的語氣明爭暗諷，將中國引以為傲的四千年文化批判的一文不值、甚至是導致中國衰敗或人民痛苦的罪魁禍首。可見小說的菁華之處，即使只有一個主角滔滔不絕長篇大論，也能引人入勝聽的、看的都入迷了。

　　上述以賴和的〈一桿稱仔〉及魯迅〈狂人日記〉說明現代派小說中的空白、斷裂與菁華；而相聲劇大多以諷刺性的、滑稽怪誕進而轉化為語言遊戲的現代派相聲劇是顯而易見的，現在所觀察到的相聲劇也以此類為主且廣受歡迎，這無非是相聲劇的諷刺性與諧趣姓使觀眾在觀賞相聲劇時將生活經驗造成的壓力累積獲得紓解。而本研究試圖將小說的對白與相聲劇的諷刺與諧趣加以融合，產生趣味。

　　以上述賴和〈一桿稱仔〉斷裂處改編為相聲劇本：

秦得參：大人，要買菜嗎？新鮮呢！

巡警：　恩……你賣的菜確實比較新鮮。

秦得參：是啊，大人，城市人吃的若不是上等的是吃不合胃口的。

巡警：　那這花菜怎麼賣？

秦得參：大人，您要我賣的菜這是我天大的幸運啊，怎敢跟您報價收錢啊！

巡警：　不，按規矩還是得稱稱看啊，否則怎知你怎麼做生意的？

秦得參：唉！大人，別這麼說，我幫您挑最好的，挪，才一斤十四兩呢！您很客氣啦！

巡警：　啊！才一斤四兩，你的秤沒問題吧！

秦得參：當然啊，大人，本來是兩斤的，我便宜算您了，這可是大人要才有的……

巡警：　哼！你這傢伙做生意不老實，兩斤變一斤四兩，定是你動了什麼手腳，我大人可缺那幾塊錢嗎？

秦得參：大人啊，我的秤是新的，您可別冤枉我啊，要不，這菜我不算您錢了。

巡警：　哼，刁民，你以為我說秤有問題是在跟你要菜啊？這裡可是市場，一堆人眼睛睜睜看著，別賴了我的清譽。秤沒收！

秦得參：不不不……大人，小的不會講話剛剛一急又說太快，我的意思是，謝謝大人提醒我，教我作生意，人家說學東西都

要繳學費的，大人教了我，我沒有錢，只好拿這一點菜謝謝大人指教。

巡警：　恩……學費當然要拿，不然其他人還以為你佔了大人便宜對你生意的名聲也有影響，我們是父母官，不為你們為誰？不過這秤嘛……依規定還是要沒收，明天再來找我……

以上述賴和〈一桿稱仔〉空白處改編為相聲劇本：

法官：　沒有錢可是要坐牢的。

秦得參：小的沒錢，又是冤枉的。

法官：　巡警的報告不會錯的，你不要死不認罪還要我贓我們巡警啊！

秦得參：大人，小的真的是冤枉的，而且真的沒錢，你關好了。

……

妻子：　還好家裡還有一點首飾，把它當了還可以保你出來，下次別跟那些大人們挑戰，他們都是官官相護，我們小老百姓是佔不了便宜的。

秦得參：哼！官是人，我們就不是人，是畜牲嗎？官要面子，我們就活該倒楣要去給他們磕頭？老子沒錢，是苦了孩子們跟你，不過我的面子我要去掙回來。

巡警：　唉！是誰在那裡說大話？喔……就是那個偷斤減兩又小氣的賣菜的。

秦得參：大人，你這樣說就不對了，我作生意也是老老實實的，今天就是我沒錢才出來賺那一點辛苦錢，你也要來糟蹋！

巡警：　耶！怎麼，你賣菜會偷斤減兩，這會也減到你的腦子去了！也不想想你是誰啊，一個賣菜的，要面子做什麼？能賣嗎？

秦得參：大人，你再這樣說，我對你不客氣了。

巡警：　怎麼，你又能怎樣？你人跟你的名一樣，一輩子就是「真慘」，這是註定的。還想跟我鬥，回去用你的秤去秤一秤你的斤兩再來吧！

秦得參：大人……你……

以上述魯迅〈狂人日記〉菁華處改編為相聲劇本：

狂人：大哥，每個人都是野蠻人來的，誰沒吃過？

大哥：我沒吃人啊！

狂人：大哥，您別不承認啊！這個家裡、這個社會，都處都是人吃人啊！沒準，說不定你們趁我不醒人事的時候也偷餵了我幾口人肉。

大哥：在胡思亂想什麼。

狂人：大哥，我知道現下你們準備要吃我了，你們一夥的。

大哥，上次有得癆病人去沾行刑的犯人的血吃，他好了沒有？

大哥，我的肉你們吃了會長命百歲？

大哥，吃人的人已經吃了四千年了，什麼時候才要太平？

大哥，如果把我吃完了，接下來你們要吃什麼？

大哥，說不定等你們把人吃完了，接下來你們就自己吃自己了。

大哥：好了，你安心養病，醫生會來看看你。

第三節　小說寫作相聲劇化教學的方向

中國的小說在二千年前就有了，只是當時小說被定義為如莊子所說「飾小說以干縣令，其於大達也亦遠矣」而不足以被重視。而在西洋的小說史上，則是以寫實小說開始引領風騷。（洪炎秋，1995：156～157）但

無論是中國或是西方，中國將小說歸類為巷議街談，西洋的小說也是道聽塗說；但時至今日，小說與戲劇從遠古的不入流演變至今的大眾文化，可以推測小說與戲劇實屬於綜合文學與綜合藝術的內涵。

　　中國小說從最初的起源——神話作開端，神話的產生時期都是在先民的知識水準普遍低落，對大自然所帶給人的種種威脅，以及生活環境所面對的諸多困難，先民卻無能為力，先民內心的困惑無法解釋與克服時，則將希望寄託給一個英雄，他是人格化的神，超乎常人的能力與智慧，是最完美的人。（朱國能，2003：31）此種推論是中西皆然，因此中國有大禹治水、盤古開天；西方有宙斯、哈姆雷特。即使先民所賦予的形象是人，卻也是完美的人形；期待英雄帶來希望與美好的同時，也寄望自己會是那一個英雄。所以中國小說經歷先秦的神話傳說寓言故事→魏晉南北朝筆記小說→唐朝變文、傳奇→宋朝話本→元朝雜劇→明清章回小說；當中情節安排、人物的衝突、小說的結局等，早期以歷史、神鬼的描述表達對大自然的崇敬，直至後期以人生的歷程及愛恨情仇探索人生的無常，說明了小說的衝突與結局與當朝社會文化的風氣及人民的知識水準有非常顯著的關係。因此，小說內容才會從神鬼化而為人；同樣的，西方小說與戲劇也是從最初的敬神與巫師，漸轉為在神與人之間探索徘徊，希冀超越又被神給主宰的命運說，漸至對人生的柴米油鹽與情愛觀的啟發，都在證明中西方小說的發展必定朝人民的生活經驗與省思前進。小說情節如此，小說中的人物也如此，衝突更是我們生活中的大小事。但如果小說與戲劇的情節、人物、衝突都讓讀者猜個八九不離十，這樣的文學藝術自然沒有吸引人的地方，所以就要加入「意外的結局」。

　　例如張愛玲的《傾城之戀》中，白流蘇的背景與遭遇和其人物性格確實不討喜，尤其是在明擺著是媒人要撮合范柳原與七小姐寶絡，卻被流蘇給弄糊了，不知道相親的是寶絡還是白流蘇了，但在謾罵她的同時又不禁為其坎坷的人生以致變態的心理予以同情。這一衝突點，埋下讀者對白流蘇的怨（當然也是寶絡的落寞之情轉嫁到讀者身上，因為人總是同情失敗者）。倘若依著中國的循環的因果報應論，那麼可以想見白流蘇的下場必

定不會太好。然而，縱使經歷的戰爭、艱困的環境，白流蘇與范柳原到底是過來了，甚至是圓滿的收場。倘若撇開張愛玲這名女性作家對於「男女之間的小事情，也因為時代的糾纏，反更能衍出生命中的蒼涼啟示」不談，其實也是張愛玲所製造的意外結局，給自以為苦命宿命糾纏的女子一條活生生的機會，也給作者、讀者在小說中給各自一個機會吧！如廖玉麟〈人椅〉：

> 秀貞女士是一位聞名的偵探小說家，在社會各階層中，擁有許多忠實讀者。她今天在檢閱來信中，被一封由「陳醜」寄來的信吸引。

> 信的內容是：恕我冒昧，寄上此信，我是先天性畸形兒，出生時就缺耳歪嘴，六歲時母親又因病去世。現在我已長大成人，靠造椅子維生。半個月前，您向良友家具行訂造的辦公用大型沙發椅，就是我的傑作。我自幼失去母愛，因生來醜陋，從來沒人喜歡我。但我仍不免時時刻刻，盼望有一天能享受片刻的母愛。

> 當時您來訂造椅子時，就觸動我的靈感，將大沙發椅內部，製造成能藏一個人的空間及座位，並裝上出入的秘門，然後我就隨沙發椅送到貴府，成為一個不速之客。平時您在寫稿時，我就與您在一起，宛如依偎在母親的懷抱。我在裡面攜有乾糧和水瓶，並帶一大型冰袋為便急之用。您離開後，深夜我就跑出來找一點現成的食物充飢。雖事先未徵得您的同意，但我終於能實現夢寐以求的願望特寫此信，敬致虔成之謝意。我現在已離開……

> 我的真名叫陳弘毅，是良友家具行行東的長子，平常喜愛閱讀偵探小說，是您小說的忠實讀者。最近想應徵一家雜誌社的徵稿，假如以上述故事作為小說題材，您認為是否適合？敬請批評指教。
> （陸正鋒等，1979：62～63）

上則短篇小說從頭至尾以描述方式平鋪出整個故事情節，沒有辛辣的文字、陰森的氛圍或暴躁的語氣，讀來卻不禁使人毛骨悚然，幸好最後真相大白跌破一竿子人等的眼鏡，正是小說當中意外結局的致命吸引力。

　　小說與戲劇用意外的結局來製造驚奇，倒也可以沒有結局。因為「『只有謎面，沒有謎底』，注重過程的實質意義，讓作品高懸在未決的擺盪中，留下不定的空白，形成『沒有結局就是最好的結局』。沒有引爆真相的滿足，卻調動讀者更寬的想像空間。」（張春榮，1999：143）如 Ivan Turgnev〈乞丐〉：

> 　　當我走過街上的時候，有一個年老的乞丐忽然拉住我的袖口。啊！那含著淚水的充滿血絲的眼睛，蒼白的嘴唇，襤褸不堪的衣服，化膿的傷口；是何等痛切的窮困所吞蝕的人兒呀！他把紅腫而骯髒的手伸向我。呻吟著，囁嚅著，用含混的語氣乞求施捨。
>
> 　　我找遍了所有的口袋，可是找不到皮包，也找不到手錶，甚至於連一條手帕也沒有……可是那乞丐仍然不斷的顫抖著乾癟的手等待著。
>
> 　　我驀然感到一陣困惑，一陣羞澀。於是伸手將那隻骯髒的顫抖的手緊緊地握住……
>
> 　　「請你不要見怪，我真的什麼都沒有。」
>
> 　　乞丐以那充血的眼光定定地凝視我，蒼白的嘴唇浮上微微的笑容，也將我發冷的手指緊緊地握住。
>
> 　　「先生，可別這麼說。」他低語：「這也是件令人感謝的施捨啊！」
>
> 　　而我似乎也感到從他那兒獲得了不少贈與。（陸正鋒等，1979：145～146）

這一則極短篇小說由二個人物（乞丐與先生）構成的一個情節，以小衝突（乞丐要錢但是先生沒錢）使讀者期待要不到錢的乞丐會有什麼反應來達到小說的意外結局，沒想到乞丐的一句話化解了那位先生身上沒錢的尷尬，讓乞丐找到臺階，更因一句哲理意味濃厚的話讓讀者獲得啟發。這篇小說似乎沒有結局，因為結局隱含著耐人尋味的聯想及省思。

　　現在對於小說的構成與相聲劇的構成與二者以諧趣、滑稽甚至諷刺的觀點作結合後，接著則要說明二者融合的教學課程及教學活動設計的方向。

　　講故事要求表演技巧的應用。由於講故事，不僅要用動聽的語言，敘述故事情節，還要運用不同的語氣、語調，來摹聲與表情動作，把故事中的人物、環境、氛圍、繪聲繪影的表現出來……講故事也可以夾敘夾議的方式進行，穿插議論，或暫且不表，說一些個人觀點……故事內容可以虛構，想像性高；也可以寫實，表現現實生活……所以講故事不能用讀模式，更不能用背文章的形式進行；必要深刻理解內容，發揮口語的通俗性、生動性和形象化的特點，做到講得順口，聽的順耳的地步。再加上戲劇性強，所以講故事可以分含蓄和誇張兩種。含蓄的，動作小、語調適中，表情收斂些；誇張的，動作幅度大，語調、表情也比較火爆些。但不管是含蓄的還是誇張的，講故事，眼睛一定要發亮，有神，不可散光；不然聽眾本來很有精神聽，也受影響，萎靡不振。講述時，眼神要有一據點，不可茫無目標，飄上飄下。視象也要具體，敢與聽眾眼光交流，達到吸力的作用。這樣聽眾才會感到受尊重、有親切感，而產生溝通交際作用，收到講故事的預期效果。（黃瑞枝，1997：139～140）

　　倘若說相聲就是講相聲並不盡然，但本質是一樣的，而在第二節中已針對小說與相聲劇的空白、斷裂及菁華處作了詳細的分析及說明，於本節的小說寫作與相聲劇化教學的方向中要作實際的改寫；而這可以將小說中的空白、斷裂、菁華改編成相聲劇本，當然也無妨將相聲劇中的空白、斷裂、菁華改編成小說。因為寫作教學無疑是希望學習者透過教學活動後，能寫出各種文類或各種文體，所以將以相聲劇本取材以填補空白、銜接斷裂、發揮菁華為主的方式進行小說寫作相聲劇化的教學活動。

教學活動一：相聲劇→小說。

　　步驟一：戲劇欣賞。透過本次所選定的戲劇——《記得當時那個小》作深入欣賞，學習者以小組為單位共同欣賞，並且在欣賞相聲劇的同時要

設法從相聲劇中的內容中取材。汲取的方向可以有三個，就是相聲劇中的「空白、斷裂、菁華」。

步驟二：小組進行集體創作，將相聲劇中所選定的題材進行討論並創作。待小組創作完畢後進行發表。透過小組討論可讓各小組成員發現同一齣戲，每人所經驗的、印象深刻的都不同，並能在小組創作時集結每個人所發現的成分，加以協調、排列成為新的作品，再進行相聲劇演出。相聲劇的演出不像舞臺劇複雜，所以僅要求學習者以相應的服裝。因為學習者作相聲劇演出時多以群口相聲或雙口相聲為多，一來可以增加學習者的膽量，當然此年紀的學習者較無法獨挑大樑光靠一個人完成等同於獨腳戲的單口相聲；再者，相聲的演出對於初學者而言，倘若以群口相聲來表現，可以考驗學生的即興創作能力。同儕間的壓力也是一種助力，舞臺上有多一點人，在聲音的表情上也會有較豐富的表現。接著，正式演出。學習者在短時間進行小組取材、討論並編寫相聲劇本。方才所欣賞的影片內容就是小組討論的一大助力，藉著相聲劇中的段子、身段、手勢等，讓學習者一同激發創意與思考也能現學現賣，模仿功力唯妙唯肖；而對於觀賞者而言，在欣賞他組的表演時，也能刺激其想像空間與感受能力，並相互檢討追加該組的段子內容。

步驟三：個別創作。從戲劇欣賞到集體創作並發表，學習者在過程中必能獲得許多新的經驗，即使對於小說或人生體驗較少的學習者而言，也可以在教學活動過程中有新的體驗，甚至將回憶重新喚起，進而發現自己對生活的漠不關心。而這就是寫作戲劇化教學的最重要的目標之一：提升並增強人生體驗，進而增進寫作能力。因此，由學習者經由集體創作中去重組或衍生新的文章（小說），必能再將「經驗」深植腦海並轉化為文字；何況小說是學習者最有興趣的閱讀作品，倘若能在完成一連串的教學活動後寫作一篇小說，對於學習者的成就感與寫作興趣必能加深且加廣。

既然要學習寫文章，自然希望是任何文章都能學習；寫作教學者，自然期待學習者透過教學活動後，對於任何文體都能游刃有餘，所以教學活

動依所針對的方向是將相聲劇轉化為小說；而教學活動二則是將小說轉化為相聲劇。

教學活動二：小說→相聲劇。

步驟一：以小組為單位，討論選定小說作品它可以是小組成員的共同創作、某一成員個人的作品或是現成的小說的作品；不限定是中方，受歡迎的翻譯小說也可。

步驟二：集體創作將小說中的人物、情節、衝突與意外結局討論融會貫通後，將內容改寫為相聲劇劇本並發表演出。

步驟三：各小組互相欣賞彼此的作品並討論優、缺點。

步驟四：個別改編小說作品為劇本，由小組所創作的劇本中再重組或衍生新的相聲劇本。

依教學活動一，實際操作將相聲劇中空白、斷裂、菁華改編成小說。如《兩光康樂隊》：

> 馮翊綱：前幾天熱，不想吃正餐，我多吃水果。
>
> 宋少卿：很好啊。
>
> 馮翊綱：「不懂」、「不懂」。
>
> 宋少卿：什麼不懂不懂？
>
> 馮翊綱：屁說，「不懂」、「不懂」。
>
> 宋少卿：這是屁聲阿！
>
> 馮翊綱：屁「不懂」，就好辦了，等於判決「驅逐出境」，第二天的排泄就會非常順暢。
>
> 宋少卿：是這個意思。
>
> 馮翊綱：如果屁說「不要不要」！
>
> 宋少卿：「不要」？

馮翊綱：當心囉！我吃進了他不喜歡的東西，像什麼烤肉啊、牛排啊、生魚片啊……在肚子裡就會遭到拘留、盤問，導致第二天的排泄不順暢。

宋少卿：誰叫你吃那些不好消化的？

馮翊綱：如果屁說「不行不行」！

宋少卿：「不行」。

馮翊綱：那就糟了！不管我吃了什麼，在肚子裡面會反覆的遭到羞辱、刑求、毆打、蹂躪。一整晚我就別睡了。

……

馮翊綱：還有一種屁，更加耐人尋味。

宋少卿：什麼屁？

馮翊綱：「不」……

宋少卿：這屁都剩下一個字了，「不」……

馮翊綱：屁，表達出一種憂鬱的、曖昧的、文學性的反諷，對於吃進肚子裡的東西不置可否，故意忽略。那麼接下來的幾天，我也不會太好受。

宋少卿：為什麼？

馮翊綱：因為便秘了……（馮翊綱，2010：115～117）

改寫成小說——填補空白：

　　小美已經一個月沒有見到男朋友小明了。因為小明總是安撫她說他工作很忙，為了要存兩個人的結婚基金他要更加努力賺錢，一起經營一個溫馨幸福的家庭生活。

　　可是小美已經忍不住了，今天是他的生日，她現在馬上就要見到小明，她要告訴小明她有多幸福，為一個能這麼愛她的人，她決定要一起努力才行，為了將來。小美帶著期待的心情已經抵達小明的公司，她，一定要見到小明，小美衝向小明的部門……

　　她腦中已經不下十遍的想著小明見到他驚訝的表情，她定要好好的取笑他一番。

　　辦公室好安靜，小美想，今天是週休假期，小明竟然還要加班？小美放低急切得腳步聲的音量，推開貼有小明親切微笑照片的大門並且掏出信用卡說：「我要小明。」

　　小姐遞給小美一張收據，標示：

　　「居家小明：一個月 2000 元；浪子小明：一個月 3000 元；溫柔小明：一個月 5000 元；調情小明：一個月 6000 元。」

又另一段：

馮翊綱：「屁股」我有見過很大的，「屁很大」這是什麼文法？

宋少卿：你是教書教久了是不是？這是時下的流行用語，這麼說，也是為了娛樂觀眾嘛。

……

馮翊綱：……當我們提到您的存款？

宋少卿：「傷很大」。

馮翊綱：您的貸款？

宋少卿：「洞很大」。

馮翊綱：您的股票？

宋少卿：「虧很大」。

馮翊綱：您的總統？

宋少卿：「殺很大」。

馮翊綱：您喜歡的那個總統？

宋少卿：他……「頭很大」……

馮翊綱：是是是……

宋少卿：相對的，一個東西被強調了「大」，必然就襯托出另一個東西「小」。

馮翊綱：舉個例子？

宋少卿：水溝邊的老鼠「大」。

馮翊綱：「鼠很大」。

宋少卿：附近的貓，必然很小。

馮翊綱：有道理，「貓很小」。

宋少卿：有人養狗，放到街上亂咬人。

馮翊綱：「狗很大」。

宋少卿：主人非常不負責任！

馮翊綱：「人很小」。

宋少卿：小偷，肆無忌憚，說偷就偷，膽子很大。

馮翊綱：「偷很大」。

宋少卿：官府必然無能。

馮翊綱：「官很小」。

宋少卿：現在這個社會，不管一個人的實力為何，只要炒紅了就好。

馮翊綱：「紅很大」。

宋少卿：整個社會的正義感、道德感，就越來越小。

馮翊綱：（故意捲舌）「德兒很小」……（馮翊綱，2010：119～121）

改寫成小說——銜接斷裂：

　　這一刻她覺得有人捏住她的脖子，一句話也說不出來，但是腦中卻覺得五雷轟頂……

　　眼前是一群人七嘴八舌、比手畫腳，各各像張牙舞爪的怪獸像她撲來，她不知道能不能過的了這一關。

甲說：「妳要怎麼賠償我的損失？」

乙說：「你都沒有想過配套措施嗎？」

丙說：「你要我怎麼辦，你敢負責嗎？」

丁說：「你害我身心受創，我要申請國賠。」

戊說：「你害我填不上北一女中，你要賠我。」

己說：「我差點就能上建中，你擠壓到我的名額。」

　　她只能嘴上陪著笑安撫眼前的怪獸，一句話都不能為自己辯白，幸好耳邊傳來：「部長，時間到了，車子已經在外面等了。」

　　她上車，正想鬆一口氣時，前座的祕書向她報告：「部長，下一個行程是監察院，監委想詢問您有關今年基測分發的方案是否有行政疏失。總統剛來電說他不想再因為明明不關他的事，他卻得被人民責罵，總統交代，就讓建中跟北一女中開分校，就有名額給那些考不上的學生了……」

又另一段：

……

宋少卿：唯獨我們陸光二隊，驕傲孤獨地屹立在臺中。

馮翊綱：神氣什麼？

宋少卿：步行距離十分鐘以內……

馮翊綱：嗯？

宋少卿：便可輕鬆抵達金錢豹。

馮翊綱：哪裡？

宋少卿：正所謂「蛇鼠一窩，藏污納垢」……

馮翊綱：啊！

宋少卿：不是……「臥虎藏龍」啊！

……

宋少卿：還好！入伍的時候，我在士官隊受過訓，是正規的教育班
　　　　長，所以藝工隊長官們派給我一份神聖的工作。

馮翊綱：你還能執行什麼神聖的任務？

宋少卿：幫弟兄們寫自傳。

馮翊綱：什麼時代了，沒有文盲了，自己寫就好了，幹嘛還要你幫？

……

宋少卿：您可真不知人間疾苦呀！阿兵哥雖然不是文盲，但是寫出
　　　　來的自傳，辭不達意、錯字連篇，寫出來的東西沒人看得
　　　　懂，所以需要班長的輔導。

馮翊綱：最近基測的成績出來了，同分的話要比作文分數，作文好
　　　　是很重要的。

宋少卿：好比當時，我們隊上有一個阿兵哥，是一位僑生，國語還
　　　　好，寫字根本不行，我得幫忙。

馮翊綱：這情有可原。

宋少卿：（廣東口音）「報告班長，革命尚未成功，同志仍須努力！」

馮翊綱：這是誰？

宋少卿：「我主張『和平奮鬥救中國』，幫我寫下來呀，將來出書
　　　　的時候，絕對可以賣到你老母個撲街呀……」

……

宋少卿：這個阿兵哥家境不錯，他在金錢豹開了個包廂。

馮翊綱：幹嘛？

宋少卿：請我在包廂裡……

馮翊綱：幹什麼？

宋少卿：幫他寫自傳。

馮翊綱：那是個寫自傳的地方嗎？

宋少卿：還有一個阿兵哥，在國外留學，待太久了，中文生疏了，
　　　　我也得幫忙。

馮翊綱：這也情有可原。

宋少卿：（浙江口音）「報告班長，今天不做，明天就要後悔的呀！」

馮翊綱：這位是？

宋少卿：「經過」……

……

宋少卿：還有一個阿兵哥，是三級貧民戶出生……

馮翊綱：你要說誰？

宋少卿：因為偷了伙房加菜特別費，被抓起來關禁閉。

……

宋少卿：這個阿兵哥正經的自傳寫不好，卻在禁閉室裡寫了好多的信。

馮翊綱：對。

宋少卿：（讀信）「親愛的 Honey」……

馮翊綱：寫給狗的？

宋少卿：亂講，他叫她「Honey」，一定是寫給他馬子的。

馮翊綱：你又知道了。

宋少卿：「我沒有偷錢。」

馮翊綱：不承認？

宋少卿：「我只是拿來用，給妳買吃的。」

馮翊綱：轉移焦點？

宋少卿：「現在你也走了，用不到了。」

馮翊綱：她沒有走。

宋少卿：「走了。」

馮翊綱：她馬子好好的，沒有走。

宋少卿：「她兵變，搬去高雄了。」

馮翊綱：啊。

宋少卿：「難道阿兵哥錯了嗎？」

馮翊綱：你說？

……

宋少卿：後來在金錢豹……

馮翊綱：你跟他去金錢豹？

宋少卿：我自己！一個人在包廂裡好好反省。

馮翊綱：那是個反省的地方嗎？

宋少卿：你不懂，雖然只是一個小小的包廂，一旦被賦予了意義，
　　　　就變得重要了……當兵期間，隊上許多重大的決定，都是
　　　　在金錢豹的包廂裡。

馮翊綱：您高興就好。

宋少卿：我想……我幹嘛管別人的事？當兵兩年，「速」的一聲就
　　　　過去了一年半……（馮翊綱，2010：178～185）

改寫成小說——提升菁華：

　　一日，中華民國（臺灣）的歷屆總統齊聚天堂名為「中國中山堂」的議事廳，爭辯自己在人民心中的地位。

　　蔣中正搶先說：「我解救了臺灣無數個苦難的同胞，把他們帶到了美麗之島臺灣，所以百姓們為了紀念我，每個縣市都有中正路，天天都會提到我。而且我為了全中國人的尊嚴，漢賊不兩立退出聯合國，就算我不在人間，我老婆依然備受禮遇，我的子孫都享有崇高的地位。」

　　孫中山說：「這都是一己之私，你也好意思拿出來講。你想想，他們給我國父的稱號，不但有中山路又有中山堂，還把我的事蹟拍成電影，而且我從頭到尾都不用露臉，就有一大票小跟班為我出生入死，因為我可是全中國的希望，我有注意這部電影票房很好，所以我一定才是最受人民愛戴而且懷念的政治人物。」

　　蔣經國：「唉呀，我們那麼努力得到了什麼？子孫還嫌累贅！我們的豐功偉業早已跟著我們被埋葬了，如今你看電視新聞、綜藝節目、報紙頭版，哪一個卸任總統可以像他一樣一樣永遠是鎂光燈的焦點？留給家人無止盡的榮華富貴？子孫還可以延續他的名聲投身政界？」

　　孫中山：「唉，這樣犧牲小我完成的大我，值得！」

第六章　散文寫作故事劇場化教學

　　中國古文運動的首倡者——韓愈推行古文運動時主張「文以載道」，乃有鑒於唐朝文風受魏晉六朝頹靡駢文的風氣所影響，文風雖修辭駢麗卻華而不實。一朝的文風身受當朝的社會風氣所致，在一個政治黑暗、社會動盪、正義公理不彰的時代，人民的生活必定艱困、言論就不被重視，不幸的話言語更會惹來殺身之禍，所以文人為諷刺政府也嘲諷自己的無力之餘，只好以縱酒、狂妄、浪蕩等文字語言著文來平撫自己苦悶的情緒，悲觀遁世。但唐朝是另一個時代的開端，人民在知識上與生活環境上已較魏晉六朝有更高的水準，人民對政府、對人民必定有更高的期待，此時的文章倘若只是文人用來紓解情緒，發乎於情，卻沒有教育啟發的功能，未免就可惜了文人的筆，所以韓愈與歐陽脩均認為文章是「窮而後工」、「不平則鳴」的功能。「窮而後工」是指文人在文章創作上的「抒情」功能；「不平則鳴」則是個人窮困愁思、社會仁義、國家興亡串聯起來的啟發功能，而這也是古文創作也是任何文章創作最基本的根源。

　　古文的盛行時至今日依舊不墜，古文就是今天我們所寫的散文，可以抒情、可以敘事。胡適對文中國的文學與韓愈主張互有相輔，尤其在五四運動時，胡適提出文學改良「應從八事入手：一曰言之有物、二曰不摹仿古人、三曰需講求文法、四曰不作無病之呻吟、五曰務去爛調套語、六曰不用典、七曰不講對仗、八曰不避俗句俗語。」（梁實秋，2002：65）可以知道不論時代如何演變，文學的創作所強調的鑑古創新是亙古不變的道理，而文章創作講求的是文人在情感抒發之餘更應關懷回饋社會。

　　文章的類型，可以概分為詩、小說、散文、論說文；其中又以散文的寫作可以既深又廣、夾敘夾議，可敘事可言情可論說，可說是較自由的文章類型。所以本章以散文寫作教學作目標，輔以故事劇場創發學習者的表達力與學習力，進行散文寫作故事劇場化教學的探討。

第一節　故事劇場的特性

　　「敘事性的活動習式，是強調戲劇的故事發展來看看『下一步』將有什麼發生。」（Jonothan Neelands & Tony Goode 著，舒志義、李慧心譯，2005：56）所以在設計戲劇寫作教學活動時應注意：

(一) 需要知悉戲劇情境的內容：戲劇提供想像的處境，讓大家一同理解空間、時間、人物和其他處境有關的資訊，這些對參與的素質有極其重要的影響。

(二) 需要培養興趣去追尋「下一步」是什麼：戲劇跟故事和電影一樣，是一種敘述體，其故事情節能產生好奇心和躍躍欲試的感覺，去參與演出或觀賞。

(三) 需要創作符號層面的作品，並能加以辨識：戲劇提供機會，透過創作符號、含混訊息、意象，看穿表面的故事情節，以結集、投射、擷取戲劇經驗中的菁華。

(四) 需要反思戲劇經驗中浮現的意義和主題：戲劇是一面鏡子，讓演出者和觀眾者反省自己，反省跟別人的關係。

(五) 需要選擇表達形式：強調參與者漸漸明白不同習式的需求和用途，然後共同協商選擇習式。心理上，學生需要感到自在、安全，才能在習式中冒險參與。教師經常需要跟參與者協商決定所採用的習式，以求在誘導、啟發參與者和控制、掌握活動情況兩者之間。（Jonothan Neelands & Tony Goode 著，舒志義、李慧心譯，2005：57）

　　上述五點說明安排戲劇教學活動時所要考量到學習者的心理與知識層面上，並為達到戲劇教學的有效性，共同選擇戲劇習式進行演出。但對本研究而言，上述一到四點是必須的，只有第五點中提到由師生共同選定戲劇習式在本研究中上無法實行。因為本研究的寫作戲劇化教學針對各種文體與各類型的戲劇做特色的分析比較後，發現倘若能將相應的也就是文

本與劇本特色相應的話，對於寫作戲劇化教學有更大的幫助與成效，所以以本章所要相應的散文文本與兒童劇場劇本，就在於散文夾敘夾議、能抒情能敘事的特性與兒童劇場中對白、口白、動作、聲音、表情的搭配，呈現溫馨的小品風格，對於學習者而言會有更加的學習成效；而二者的相應特色搭配，也能提升其生活經驗及寫作表達能力。

　　故事劇場是由廣播劇搬上大舞臺的延伸，是廣播劇的進階體。所謂的廣播劇，指的是廣播演員只能透過聲音（對白）加上口白說明，單純的用聲音與觀眾溝通，所以在題材選擇方面必須是「用耳朵聽」便可以了解的故事題材。而廣播劇的故事是要發生在幕後，因位觀眾在意的是聲音，也只聽得到聲音，如果劇中要出現關門、開門、移動椅子、按鈴、風呼嘯聲……等，都需要有特定的人發出所需要的聲音，而出現口技、音效的演員。（史波琳　（Viola Spolin）著，區曼玲譯，1998：143～144）所以進行廣播劇時應事先討論並分配演出所負責的工作。而廣播劇的聽眾在欣賞廣播劇的同時，也須在腦中描繪出故事發生的人物與經過，像是聽眾目睹整個事件一般；所以為了使聽眾在聽廣播劇的同時也能清晰的描繪故事畫面、空間布局，除了人聲之外更要製造配合故事情節的音效。因此綜論廣播劇，就是能使聽眾用耳朵來體驗故事。

　　但是戲劇演出的形式是會依著時代與科技而有所不同，所以廣播劇的存在是為因應當時的科技發展成形，就如同為使還無法讀文字的幼兒能聽故事而出現了幼兒的視聽教材。同理在今天，廣播劇早已走出錄音室的小格局，站在舞臺上，不變的仍是溫馨的小品故事、口技音效、演員的對白及口白說明，與舞臺劇的演出形式相類似。雖然沒有舞臺劇較繁複的道具及多媒體的聲光效果及意象營造，但是溫馨、輕鬆的小故事及口白的說明解釋，讓觀眾可以將所聽的故事情節、所看的故事畫面與腦中描繪出來的畫面互相結合，使觀眾可以更清楚的明白故事的發展經過。每一個動作經過聲音的潤飾與口白的說明與故事情節的串聯，都是讓觀眾對於戲劇演出的內容與形式有深入的了解。

故事劇場由廣播劇演變而來，內容也以說故事為主，營造溫馨的戲劇氛圍。而將故事劇場搬到教室中進行，主要考量有：

(一) 喚起童心：學習者是生長於資訊蓬勃、網路興起的二十世紀八〇世代，時時接受聲光效果的刺激，在思想更加早熟的情況下也許就忘了年輕時的天真與純真。所以透過故事劇場溫馨的小品故事喚醒被深埋的童心，也能將其童稚的經驗一併喚醒。因為生命經驗是連接的、延續性的，如果漏了任何一段，哪怕只是一小段的遺漏都會讓學習者有虛無之感，所以透過故事劇場的教學活動連結生命的歷程，將經驗連續、將生命體驗延伸，領悟單純的重要並重塑。

(二) 激發學習者創作兒童作品：所謂兒童作品，或有稱為幼兒文學，是希望 1.透過書中的聽、看、感覺，去探索世界的機會。2.也能歡娛幼兒的聽覺和視覺，以滋養他們的心靈和感情；以新的角度去觀察熟悉的世界。3.在趣味中傳播良好的道德和態度。4.運用語言、圖畫，增進對世間的審美觀念，讓幼兒對人世社會的行事和秩序有個了解。5.透過幼兒文學，讓幼兒知道同的文化和種族。（何三本，2003：11）基於這五種所賦予兒童作品的使命感與責任，學習者幼年時必定也是在學校、家庭之外的兒童作品獲得許多的知識，所以更能搭建起學習者童年與青年的一條線，從童稚的回憶中激發其創作的內涵。

(三) 穩固學習者的寫作技巧：兒童作品已由社會賦予的責任與使命所框限住，所以創作兒童作品時有三大特質：

1. 題材廣泛，主題單純，篇幅短小。
2. 脈絡清晰，情節生動，故事性強。
3. 敘事為主，口語化，趣味橫生。（何三本，2003：126～127）

此三項特質是寫作學習的基本課題，也是寫作者在下筆前必須構思的問題，它可以增加學習者再次複習其創作技巧的紮根練習。

　　「『創作性戲劇』是一種即興、非正式展演，且以過程為主的一種戲劇形式。」（張曉華，2007：44）所以寫作戲劇化教學就是在此一本質之下，希望學習者在教學者的引導下，從戲劇演出活動的過程中去想像、去

刺激、去連結、去提升生命的經驗。因為「透過戲劇性的實作去開拓、發展、表達與交流彼此的理念與感覺。在創作性戲劇中，每組學生以即興演出之動作與對話，發展出適宜的內容。而所採用的戲劇的素材，是在經驗範圍之內，產生出形式和意義……參與創作性戲劇有開拓語言與交流能力、解決問題、技能與創造力、提升積極的自我概念、社會認知、同理心、價值與態度觀的建立。」（同上，44）

　　故事劇場就是在說一則或許多則故事，觀眾也大多是兒童，所以演員說話的速度不能太快、各種物品所發出的聲音要真實、旁白的口白說明要詳細並貫串整齣故事劇，將演員無法演出的動作或過程串連起來；更有甚者，演動物就要有動物的裝扮、演樹就要像樹，畢竟兒童的想像力尚在發展中，仍必須給一點具體的形象來刺激想像力，當然更不能有任何有礙兒童身心的暴力與衝突場面的限制。所以讓青少年來編演一齣故事劇場，不啻也是一種觀念的導正與澄清，並且使其能藉此分辨「適宜」的話、「適宜」的場景。

　　人最終都必須回歸最初的自己，每個人也都是在學習中不斷的去找尋、發現自己，所以透過故事劇場找回童稚單純的心，進而發揮故事劇場的溫馨感，再輔以聲音表情的演出及聲音的音效製造來刺激創造力，就是本研究歸結故事劇場與散文結合的原因與特色。

第二節　散文寫作與故事劇場的結合

　　在各種文體中，散文最為方便，它可以不受拘束，儘量發揮自己心裡面所想說的話。他不但可以用來議論，用來敘述，用來描寫，還可以用來抒情。抒情的散文，目的在於動人，大都富有藝術性，自然可以視為文學作品；就連議論、敘述、或描寫的散文，如果它寫得相當藝術，也未嘗不可以當作文學作品來玩賞。所以中國古來把許多經、史、子、集裡面的文章挑選出來當作文學作品來欣賞，就是從這個點出發。同樣的，西方將散

文定義為「運用淵博的學識和深刻的體察,以一種幽默的態度和輕鬆的筆調,把他們對於人生各方面所看到的,趣味的表達出來;因此更使散文成為一種極其耐人尋味又最適合於這個忙碌的世界所需要的文體。這種文體可長可短,亦莊亦諧,無論是哲學、政治、社會、教育、藝術、宗教、旅行、遊戲……只要是作者對它確有所見,都可以用散文表現出來。」(洪炎秋,1995:189)而「普通文章的寫作都依據著語言的自然腔調。現在我們所寫的語體文,紙面的文字幾乎同口頭的語言完全一致,固然不用說了。即使我們寫文言,大體也還是依據著語言的自然腔調,不過詞彙的選用和造句的小節目不同而已。這樣寫下來的文章統稱為散文。」(夏丏尊、葉聖陶,2011:116)所以散文在所有文章寫作當中所涵蓋、可以概括的範圍是最廣的;也可以定義是「我手寫我口」的基本文類。當然寫作及口語表達二者的用字和語言必然會有一點的修飾、潤飾,但相較於其他文類而言,散文的自然度及敘事度都是最親近生活經驗,人人都可以自由發揮的。但是正因為散文的寫作形式相對的自由,致使散文、小說、戲劇容易混為一談、攪和一起,這就是大眾對散文的「誤解」了。

　　散文又可再細分為抒情散文和敘事散文。倘若要將敘事散文作簡單的定義,則可以解釋為「不是透過借景抒情、托物言志或者對事物直接抒發情感來表達作者的思想情感的;而是以寫人記事為主的散文正如抒情散文是以抒情為主一樣,它主要是透過對人物或事件(完整的)某些片段的描述來表達作者對生活的認識和感受。」(朱艷英,1994:293)雖然抒情散文大抵仍是作者的抒情之作,但對本研究而言,抒情式散文的抒情性遠比不上詩的抒情性高,而抒情散文也必須是依一個人、一件事或一個物(景)所觸發的抒情之作,它的抒情成分、抒情過程、抒情的原因和啟發仍需用文字「敘事」出來。因此在本研究中自然將抒情式文章歸類為「詩」,而散文就屬敘事性的文體了。所以如此歸類的原因,是在於本研究的文類寫作必須以其文類特質與相映的戲劇作結合教學,既然有戲劇成分就必須要考慮演出的形式,而敘事性也就是散文式的文類是最廣也最常運用於各種戲劇中,以致於既然抒情式文類代表是「詩」,就以最具有意象美的舞臺

劇來結合演出並呈現是較適合的；相對的，敘事性散文是可以雜揉且融會在各類戲劇中，但歸根究底仍是敘述為主。所以將散文與相應的中間型戲劇，也就是「邊敘述邊表演」的戲劇——故事劇場作結合。

　　寫作時必須先從題材去尋找，散文寫作相較於其他文類，在題材上與表達上沒有特定的模式或限制，但是在「任意性」強的情況下，在題材的選擇與寫作上仍然可以歸類有「一類是寫實性的；一類是想像性的。前者是作者憑生活經驗的創作，題材的來源，來自日常生活中所見所聞的事，然後採擇其中值得敘述的，介紹給別人知道；後者是作者憑想像的創作，不一定是真實的事，但它的來源，來自於作者心靈的構思和玄想，創造出一些動人的場面和場景。」（方祖燊，1975：125）因此，根據前述所說的從寫實性與想像性二者來選取題材的話，散文題材應該偏屬於寫實性居多，因為想像性的題材就是沒有限定題材，用在小說或戲劇應該更為適合；而敘事性散文題材在「自歷性」或「聽聞性」還是得維持。即使必須將自歷或聽聞加以再現、重組、添補和新創，但總不能像小說或戲劇那樣可以天馬行空或化幻怪誕。（周慶華，2001：176）因此，散文的題材與寫作雖然可以自由，但也不是無止盡的自由或沒有限制，仍須以寫實的所見所聞作題材的涵括，而這就涉及到散文寫作的方式了。至於寫敘事性散文，則有三個原則：

　　第一要清：所謂「清」，就是要把記事的場面和情節交代清楚。文章中，人物活動的地點、時間，便構成了場面；每一場面，事情的進展和變化，便構成了情節。然後情節一個個接連著，將事情的經過交代清楚。如林文月〈父親〉：

> 　　病床上方的小燈照射在父親的臉上。父親沉沉的睡著。他的右鼻孔內插著一條細細的塑膠管。糊狀的食物，便是通過這條管子送達胃裡，每四小時定量供給。護士勉強在他的左手大拇指找到一條小血管，將滴入鹽水與消炎劑的針頭用一木板固定，以免因為搖動而針頭掉落。床的另一端下方有一隻玻璃壺，盛著導尿管引出的小便。

在病房這一盞微弱的燈光下，父親已經臥睡了整整四年。起初
只因為腹瀉急診就醫，詎料多年的糖尿病引起併發症，導致血管阻
塞，病情越形嚴重，左足逐漸壞死。醫生們會診的結果，骨科大夫
宣布：除非鋸除左腿，不則父親的性命難保；不過對於九十高齡病
患施行如此重大的手術，危險性也十分大，所以醫生要我們做子女
的慎重考慮。

四年前的暮春黃昏，我們兄弟姐妹在一起，作極困難而痛苦的
商議……

……入院不及兩個月，我們的父親失去雙腿換回一條命……

而今，我的父親只剩下膝蓋以上的軀體，不能行動，不能飲食，
不能言語，看不見的病魔還正一寸寸地嚙食他衰老的肉身吧……

有時不期然而遇見來巡視的主治大夫。以前，他仔細為我講解
父親的病況與治療方式；其後，我們漫談著一些死生問題及形上哲
學；最近，他往往只是悲憫的陪我望著病床上止餘上半身的父親，
口中喃喃說：「怎麼辦？怎麼辦？」……（瘂弦，1994：2～3）

上述文章很清楚的描述一個女兒對父親的不捨與牽掛。從形式上看來，似
乎只是很單純客觀的描述父親生病時的原因、治療過程及治療後的情形，
但一件事情也就有了因果關係。文章通篇沒有解釋說明作者的心境，好像
是以站在旁觀者的立場「敘事」——敘述一件父親住院的事件，所以正符
合上述所說「散文要清」的定義。而住院的前因後果（都是事件發展）串
連起來就構成了情節。作者雖然沒有交代情緒的起伏、對情節發展的個人
想法，但是藉由詳細的事件過程描述，讀者也就真正的可以體會到作者的
心情，這也是這篇文章感人的地方。在林文月的〈父親〉中，全篇用敘事
的手法描繪一個情節，似乎是一篇敘事性的散文，但其情節描繪所透露出
來的內涵，卻又可以概括抒情的部分，以致讓讀者閱讀出這是一篇了「一
個女兒對父親的不捨」。

　　第二要冷：所謂「冷」，就是記事要冷靜、客觀。在構思上，能別出心裁；在取材上，能獨具慧眼，然後把握事物的重要和特色，加以客觀的描述。如於梨華〈為了下一代〉：

　　　　他坐在我對面，默默無言。

　　　　那年我回上海，他父親來看我，把他帶了來，一個修長文靜又有點靦腆的青年……

　　　　「我畢生最大的遺憾，倒還不是離開臺灣，而是把他帶了回來，才三歲。我受罪，是自取，他受罪，比刀割我心還痛。老天見憐，他倒爭氣，文革後還是考進了大學；目前在研究院。百無一用，只會讀書。現在來求妳，拉他一把，帶到美國，我這老頭，死也瞑目。」……「姑」年輕人侷促不安地叫了一聲……

　　　　兩年後我為他籌畫助教金。他來時我去灰狗站接他，他囁嚅地說：「姑，不知要怎麼感謝妳才好。」「自己人不要說這種話，只要你安心讀書，拿到學位後回國幫著建設。」他詫異地望了我一眼，欲言又止。

　　　　費了一番周折，把他安頓好，總算盡了我這個「姑」的心，也放了心。誰知沒過多久，再校園碰見他同系的中國留學生，說：「他們一家子都來了，妻子、兒女。」

　　　　我大吃一驚，八千一年的助教金，怎麼維持一家口的生活……雖然心裡著惱，仍是本著幫人幫到底的宗旨為他妻子找到學校餐廳打雜的工作……

　　　　快放暑假，我正在捉摸不知他的成績是否達到下一年的助教金時，他的系主任通知我：三門課、三門不及格，只好請他走路……

　　　　他來看我的時候是半年以後的事。辦公室門外怯怯的敲門聲，顯然不是我的學生，開門一看是他。削瘦了，蒼老了，不再靦腆，而是惶恐了，盡在他忐忑不安的眼神中。無言片刻後，他才說：「不是我不能讀書，實在是過了讀書的年齡。讀得慢，忘得快。請你諒解。」

　　　　「我不能了解的是為什麼你急不過地把家小接出來。現在怎麼
　　辦？聽說你在一家小旅館餐室打雜？那畢竟不是長久之計。為什麼
　　不回去？回去還有工作。」

　　　　「為了下一代。」

　　　　他難道沒有看到電視上，洛杉磯黑白黃大混殺之日，那個韓國
　　女孩泣不成聲地問為什麼、為什麼我們生命財產毫無保障的鏡頭？
　　（瘂弦，1994：20～23）

　　這篇於梨華的〈為了下一代〉與上篇林文月的〈父親〉在結構上是相似的，
都是以多件事情串聯而成一個情節，同樣以描述一個遠方親人要藉助作者
力量移民美國的經過。但是此篇的寫作筆法相較於上一篇又多了一點「冷」
的意味。從作者接到難題——到美國讀研究所→協助安插教職→半年後再
見的蒼老、生活困頓→說明為了「下一代」。這個「冷」不是對人情之間
的冷漠，而是作者所要描述的是中國人處心積慮想為下一代爭取一個好的
開始、好的環境，卻忘記了這是一個不平等的環境，對自己國家民族的不
認同。常理對於這樣的題材，在寫作上難免會有議論的成分在裡面；有了
議論的成分在自然文字上就多了許多「理」，而「理」難免就有一點「冷」
的味道。所以作者在題材選擇上，以客觀的事件來敘述事情的發生，讓讀
者可以在冷靜的文字當中體會作者所要表達的意思；更甚者就因為作者以
「冷」的筆法寫作，才能讓讀者沉浸在客觀、清晰的情節條理中。

　　第三要簡潔：所謂「簡潔」，就是記事要洗鍊，其實任何文章都要求
簡潔，不蕪雜、不累贅，有秩序、有條理，懂得如何剪接、割愛。如王鼎
鈞〈難題〉：

　　　　人人都知道 1949 那幾年中國大陸上發生了什麼事。那時我剛
　　剛成年，顛沛流離，北湖南越何止千里，雖未受胯下之辱，確曾乞
　　食漂母。81 年後，中國大陸逐步開放，我寫信尋找當年幫助我的人，
　　費時兩年，寫信一百多封，驚動七省二十九縣市的僑辦，終於一一
　　查出下落。

四十年來大陸「天翻地覆」於前,「史無前例」於後,人的生活狀況和居住地址變化很大,但「舊人」大都存活,與我所想像不同……

抗戰後期,我們流亡學生很得一位老師照應,「天翻地覆」以後,這位老師劫數難逃,判了刑,坐了牢,下鄉勞改,妻離子散,都是應有之義。等我千辛萬苦得到他一張照片,他老人家七十多歲了,雖然不常理髮刮臉,但在鬚髮掩遮不到處可見他是健康而樂觀的,是心平氣和順天安命的,這是老人家數年動心忍性修煉出來的道行,被我這無知妄作的人一下子給他破壞了!他以後每年都有寄照片來,儘管衣履一新,背景也繁花似錦,他老人家當初那坦然的笑容、堅定的眼神卻無影無蹤,代之以「往事只堪哀」的淒苦。我的罪過真難解難贖!

這位老師寫給我的信,總是「明明白白一張,簡簡單單幾行」,但我猜得出他人家吃也吃不下、睡也睡不好,他必須重新締造內心的平衡,這件事比種田伐樹要困難得多……

據說,林黛玉本是一棵草,幸得神瑛侍者汲水灌溉。後來神瑛侍者做了賈寶玉,這棵草就化身林黛玉前來報恩,結果使寶玉受情感折磨,直接間接促成寶玉的棄家出走。

據說,許仙救過一條蛇,蛇化身白素貞來和許仙戀愛,以報答他的救命之恩。結果許仙死去活來,不能過平常的家庭生活,而且鬧出水漫金山那樣的大災禍,不知淹死多少老百姓。

說《紅樓夢》和《白蛇傳》的思想骨架受佛家影響……佛家講道固然勝過儒,講人道也未必有遜色。如此看來,「報恩人少負恩多」也有其光明面,那些為天下不義丈夫所辜負的人就化盡胸中塊壘了吧。(瘂弦,1994:172~174)

在王鼎鈞的〈難題〉裡,看見對人世的變化際遇的無奈之餘只好以佛教論點歸結自我安慰。在這裡所以舉此例作範本,是因為中國小說與散文中對

於人生的感慨都是一樣的。這必須要追溯於中國思想總是逃離不了佛教輪迴觀的浸染，對於人的渺小與悲哀只好化作一句「佛說」來自我安慰。所以中國文章中要找到有關佛道思想的題材相當多；對於人世，不管是九流十家或是佛書經典，都有不少的題材可以旁徵博引，大抒心中對於人世的看法。但是作者只用《紅樓夢》、《白蛇傳》兩個例子來印證，敘述也是點到為止，不啻是文章的一種洗煉與剪裁得宜。剪裁一向是作者最為難的地方，倘若剪裁太多，讀者對於所述事一知半解，而作者也有話沒講完、沒講清楚的遺憾；倘若剪裁太少，讓作者知無不言的言而無盡的抒發胸中的意思而造成長篇大論，恐怕讀者就要避之唯恐不及了。所以此篇在剪裁上，讓讀者可以從老師所承受的難題中意會出作者對老師的心疼、自責與試圖安慰的心情，在可意會處戛然而止，是一種藝術，也是一種惆悵的美感。

　　可見就敘事性散文的三大原則，不難推敲出散文的特質是非詩也非小說的形式的。而在思考敘事散文寫作時，也有三項原則要先加以探討：第一是「彈性」，它是指這種散文對於各種文體各種語氣能夠兼容並包和無間的高度適應力。文體和語氣變化多姿，散文的彈性當然愈大；彈性愈大則發展的可能性愈大，不至於訊趨僵化……第二是「密度」，它是指這種散文在一定的篇幅中，滿足讀者對於美感要求的分量；分量愈重，當然密度愈大。一般的散文作者，或因懶惰，或因平庸，往往不能維持足夠的密度。以致於一篇文章既無奇句也無新意……第三是「質料」，這是一般散文作者從未考慮的因素。它是指構成全篇散文的個別的字或詞的品質。這種品質幾乎在先天上就決定了一篇散文的趣味甚至境界的高低。譬如岩石，有的是高貴的大理石，有的是普通的砂石，優劣立判。同樣寫一雙眼睛，有的作家說「她的瞳中溢出一顆哀怨」；有的作家說「她的秋波暗彈一滴淚珠」，意思差不多，但是文字的觸覺有細膩和粗俗之分。一件製成品，無論做工多細，如果質地低劣，總不值錢。對於文字特別敏感的作家，必然有他自己專用的辭彙；他衣服是定作的，不是現成的。（何寄澎主編，1993：109～111）這也就呼應了上述所說「散文寫作的方式的清、冷、簡」的進階。當散文的題材與文字到一定水準後，接著就要注重散文的內涵

了。而散文的題材、文字與內涵，是「三者合一」缺一不可。因此，要成就一篇精采的散文，首先必須符合散文的寫作式樣——敘述的本質；再來慢慢的添加敘事性的內涵，而敘事性的內涵又需倚賴題材的選擇和剪裁，再運用文字表現出來。

　　上面有關散文尤其是敘事性散文的論述後，在本節中試為將散文與故事劇場作結合。主要原因就在於散文的寫作式樣就是敘事，且是藉由敘事與對話的交錯使用也就是「夾敘夾白」的特色，有了近似小說但又不同於小說的敘述文體；而故事劇場的表演方式就是「邊敘述邊表演」。因為故事劇場主要是表演給兒童觀賞，所以單就表演中無法表演的部分，例如飛簷走壁、時空轉換、情節穿插、演員性別錯置、景物換置……等，倘若沒有講述出來兒童恐難理解情節的轉換，也就「看不懂」故事。因此，藉由演員的表演「對話」與旁白的描述「敘述」，就可以將無法演出的部分敘述清楚，使得故事劇場的特性就跟散文不謀而合。倘若要做劇本、文本改寫、錯置或是進行教學活動，就可以讓學習者很快的清楚狀況與活動過程。

　　至於觀察目前所謂「兒童劇場」或「故事劇場」等的相關性劇團愈發獲得重視，如九歌兒童劇團、紙風車劇團、方圓劇團、魔奇劇團……等，在兒童戲劇或是故事劇場的推展上，不論是演出的內容或演出形式是日趨成熟而豐富；且它們的「舞臺劇」形式（也是廣播劇變形的故事劇場形式）也日漸多樣，尤其在演出內容的編排上，除了原創性的故事編寫外，也慢慢的加入了改寫（編）的戲劇。例如由「鞋子劇團」演出的《年獸來了》的題材，就出自於中國民間傳說故事為藍本而改編；又如《小李子不是大騙子》則是由黃春明改編自《桃花源記》。（曾西霸主編，2000：24）可見兒童性質高的故事劇場在劇本上也能有多樣、多元及創意的表現。而故事劇場（兒童劇場）的「創作大致上是可以獨立完成的，當然過程極其複雜，有時也會相對產生『集體創作』的模式，集體創作的最大獲益是腦力激盪、集思廣益，尤其是不同環節的劇場工作者（例如除了編劇以外的導演和演員等人員），經常可以共同形塑非凡的故事內容或演出形式，如九歌劇團的《獵人・東郭・狼》及紙風車劇團的《武松打虎》，都是這種產物，不

同於純粹的個人創作。」（同上，28）不正可印證「三個臭皮匠，勝過一個諸葛亮」的道理，至於個人的戲劇創作自然有其全知的、深的、一致性的敘事觀點，對兒童劇場而言是相當重要的因素；但是集體創作最高的價值就在於「創意性」發揮，從不一樣的觀點、不同的敘事手法作不同的演出形式也無不可。所以故事劇場的演出內容，不論是個人創作、集體創作、原創劇本或改編劇本，都必須要呼應前章不斷強調的「戲劇的演出要有觀眾」的觀念。而故事劇場的主要觀眾就是兒童；無奈的是從編劇、到演到演員都是成人在掌控一切。當然就更應該將自己回歸童稚時期的純真，以兒童可以接受的語言，編寫、表演一齣兒童可以「看懂」的兒童戲劇──故事劇場的基本。

　　但是每一時期的文類與戲劇，都會有相呼應的時代特徵。前章的新詩與舞臺劇結合及小說與相聲劇結合，都是以現代派的結合為主；至於彈性結合也是可以的，這主要是站在學習者的立場所作的。但是考慮到本章的結合是散文與故事劇場，而散文就是以寫實性為其特色，題材選擇上也會較多元，倘若仍以現代派作為主要結合，恐有混淆的疑慮且就變成了跨學派的文類與戲劇結合（因為散文屬於寫實性的敘述文體，是相近於寫實性的前現代派；而現代派的新寫實性就較無法與散文作徹底或綿密的結合），況且現代派重視的新寫實與後現代的虛構、文字遊戲，對學習者來說較無法從親身經歷當中取得。因為是虛構的，所以也就有無法經歷的部分。因此本章將跳脫以現代派為主的文類與戲劇結合，改從前現代派著眼。

　　相對的，在故事劇場中為了讓兒童了解戲劇的語言與內容，在對話上與敘述上仍是以寫實性為主。所謂的寫實性，指的就是親身經歷的生活故事，可以讓兒童透過戲劇演出生活故事來體驗或學習不同的生命經驗，所以在相應的戲劇上就不適用現代派的寫實性或語言遊戲的後現代派戲劇了。以致本章的故事劇場題材也就以前現代派的寫實性為主，雖然它們一樣可以跨學派連結：

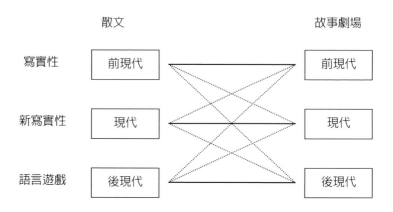

圖 6-2-1　散文寫作與故事劇場結合的跨系統學派演變
（—性質相同；……跨學派（彈性）結合）

　　換句話說，前述所指的為呼應散文與故事劇場的本質而選取前現代派的作品與戲劇作相應的結合，但倘若是站在學習者的立場來看，學習寫作當然是以任何派別的文章都能寫作與閱讀，所以在散文寫作與故事劇場結合中，在適當的時間與課程安排之下依然可以有現代派與後現代派的結合。只是本章為使學習者較快進入文章寫作與戲劇化結合的課程，就「自顧自」的決定以前現代散文寫作與故事劇場的結合教學了。

　　現代派散文與現代派故事劇的結合分成二種形式：一為形式上的結合；二為實質上的結合。第一層是形式上的結合，也就是上述所指散文與故事劇結合的原因，因為特點都在夾敘夾白所構成的溫馨情節或小品類型，構成的性質相近所以互相結合；第二層則為實質的結合。散文與故事劇實質的結合在於散文的寫作倘若從故事劇場取材，無非也是必須從故事劇場中去凸顯空白的想像、情節的斷裂、情節中的菁華，再加以填補空白、連接斷裂、提升菁華。

　　此外，實質的結合仍必須搭配形式的結合。這也是最高層次、最難的結合，必須要精密考慮文章的布局與安排且花費很長的時間練習、改寫才能做到。倘若只有實質的結合而忽略形式的結合，那麼只能達到一般性散

文寫作效果的提升，而無法顧及到學派的發展，也就無法思考文化系統差異所帶來的調適的問題。所以本理論關於散文與故事劇場結合，且由前現代、現代、後現代分別相應文本與劇本在課堂上實施教學，以增加、提升經驗，是可以一一被克服而且是可以做到的，但是在實際教學上無法達成。無法達到形式與實質的散文寫作與故事劇的結合原因，也有下列三點：

(一) 教學時數的限制：學校課程教學上有其他課程安排，且有節數限制，無法花費很長的時間作詳細的教學活動安排與學派介紹和認識。在沒有完成此一教學活動的前提下進行寫作活動，就無法有效。

(二) 教學課程的限制：寫作戲劇化的結合，教學者需花費很長時間羅列並編排相關教材，散文與故事劇的材料選擇更要相應明顯。因此，在本章中散文與故事劇場的結合就遇到了難題。因為前面已提過故事劇場的主要觀眾是兒童，但是本研究的主要學習者是高職二年級學生，倘若以故事劇場作為主要戲劇來與散文結合，恐會讓學習者對戲劇內容感到幼稚造成反感；且學習者在散文寫作的寫實性方面，已具備有一定的「人生經驗」可供作題材，倘若以現有的故事劇場而想要去呼應其散文的創作，恐怕也很難達成共鳴。所以在實施散文與故事劇場結合時，就必須要有一整套的教學材料及課程規畫，由淺入深編排，甚至必須由教學者自行編撰創造（因為坊間確難選取相應且合適的題材）。但倘若散文寫作如同第一節中所述，主要是為喚醒學習者的幼年回憶也就是喚起童心，那麼坊間現有的戲劇就能發揮此功效。對於專門的、進階的寫作指導班確實有空間與時間進行，但在學校課程中就窒礙難行。

(三) 學習者的限制：此套完整的課程規畫，在題材上不但必須了解中西方戲劇發展與類型，對中西方文化系統、甚至跨文化系統，都要通盤了解、全面掌握才能有效的吸收。但考量到本研究實施的對象是高職二年級學生，以其既有的知識與先備條件恐無法全面吸收理解，更遑論還要再進行改編與寫作。如此會造成極大的壓力，非本研究所樂見。所以不採用彈性的跨派別實施教學，原因就在於此。

茲選取前現代派散文三篇，說明空白、斷裂與菁華處並改編故事劇本。
填補空白，以琦君〈髻〉為例：

　　母親年輕的時候，一把青絲梳一條又粗又長的辮子，白天盤成
了一個螺絲似的尖髻兒，高高地翹起在後腦，晚上就放下來掛在背
後。我睡覺時挨著母親的肩膀，手指頭繞著她的長髮梢玩兒，雙妹
牌生髮油的香氣混和著油垢味直薰我的鼻子。有點兒難聞，卻有一
份母親陪伴著我的安全感，我就呼呼地睡著了。

　　每年的七月初七，母親才痛痛快快地洗一次頭。鄉下人的規
矩，平常日子可不能洗頭。如洗了頭，髒水流到陰間，閻王要把它
儲存起來，等你死以後去喝，只有七月初七洗的頭，髒水才流向東
海去。所以一到七月七，家家戶戶的女人都要有一大半天披頭散
髮……可是母親烏油油的柔髮卻像一匹緞子似的垂在肩頭，微風吹
來，一綹綹的短髮不時拂著她白嫩的面頰。她瞇起眼睛，用手背攏
一下，一會兒又飄過來了。她是近視眼，瞇縫眼兒的時候格外的俏
麗。我心裡在想，如果爸爸在家，看見媽媽這一頭烏亮的頭髮，一
定會上街買一對亮晶晶的水鑽髮夾給她，要她戴上。媽媽一定是戴
上了一會兒就不好意思地摘下來。那麼這一對水鑽夾子，不久就會
變成我扮新娘的「頭面」了。

　　父親不久回來了，沒有買水鑽髮夾，卻帶回一位姨娘。她的
皮膚好細好白，一頭如雲的柔髮比母親的還要烏，還要亮。兩鬢
像蟬翼似的遮住一半耳朵，梳向後面，挽一個大大的橫愛司髻，
像一隻大蝙蝠撲蓋著她後半個頭。她送母親一對翡翠耳環。母親
只把它收在抽屜裡從來不戴，也不讓我玩，我想大概是她捨不得
戴吧……母親就請她的朋友張伯母給她梳了個鮑魚頭。在當時，
鮑魚頭是老太太梳的，母親才過三十歲，卻要打扮成老太太，姨
娘看了只是抿嘴兒笑，父親就直皺眉頭。我悄悄地問她：「媽，你
為什麼不也梳個橫愛司髻，戴上姨娘送你的翡翠耳環？」母親沉

著臉說：「你媽是鄉下人，那兒配梳那種摩登的頭，戴那講究的耳環？」……

　　母親不能常常麻煩張伯母，自己梳出來的鮑魚頭又緊，跟原先的螺絲髻相差有限，別說父親，連我看了都不順眼。那時姨娘已請了個包梳頭的劉嫂。劉嫂頭上插一根大紅簪子，一雙大腳鴨子，托著個又矮又胖的身體，走起路來氣喘呼呼的。她每天早上十點鐘來，給姨娘梳各式各樣的頭，什麼鳳凰髻、羽扇髻、同心髻、燕尾髻，常常換樣子，襯托著姨娘細潔的肌膚，嬝嬝婷婷的水蛇腰兒，越發引得父親笑瞇了眼。劉嫂勸母親說：「大太太，你也梳個時髦點的式樣嘛。」母親搖搖頭，響也不響，她噘起厚嘴唇走了。母親不久也由張伯母介紹了一個包梳頭陳嫂。她年紀比劉嫂大，一張黃黃的大扁臉，嘴裡兩顆閃亮的金牙老露在外面，一看就是個愛說話的女人。她一邊梳一邊嘰哩呱啦地從趙老太爺的大少奶奶，說到李參謀長的三姨太，母親像個悶葫蘆似的一句也不搭腔，我卻聽得津津有味。有時劉嫂與陳嫂一起來了，母親和姨娘就在廊前背對著背同時梳頭。只聽姨娘和劉嫂有說有笑，這邊母親只是閉目養神……

　　從那以後，我就墊著矮凳替母親梳頭，梳那最簡單的鮑魚頭。我點起腳尖，從鏡子裡望著母親。她的臉容已不像在鄉下廚房裡忙來忙去時那麼豐潤亮麗了，她的眼睛停在鏡子裡，望著自己出神，不再是瞇縫眼兒的笑了。我手中捏著母親的頭髮，一綹綹地梳理，可是我已懂得，一把小小黃楊木梳，再也理不清母親心中的愁緒。因為在走廊的那一邊，不時飄來父親和姨娘琅琅的笑語聲。

　　我長大出外讀書以後，寒暑假回家，偶然給母親梳頭，頭髮捏在手心，總覺得愈來愈少。想起幼年時，每年七月初七看母親烏亮的柔髮飄在兩肩，她臉上快樂的神情，心裡不禁一陣陣酸楚。母親見我回來，愁苦的臉上卻不時展開笑容。無論如何，母女相依的時光總是最最幸福的……（琦君，1969：31～36）

這篇琦君的〈髻〉中，以母親烏溜的黑髮當作母親青春的記憶也是琦君童年的回憶，但是美麗的頭髮卻留不住父親的心，姨娘的出現搶走了父親及幸福的家，此後母親的心中只有琦君，隨著歲月的流逝，烏溜的秀髮變成花白的青絲。這裡面影含著好多小琦君仰望母親愁容時，許多說不出口的話；即使是安慰母親的話，或是母親自我安慰的話，都飽含了許多空白的片斷。因此，以下就本篇第三、四、五段的空白處改編為故事劇本作空白的填補。

旁白：媽媽自己梳的鮑魚頭像老太太似的，跟姨娘的美麗一比，真是差多了，害得爸爸對媽媽的髮型直皺眉，琦君趕緊告訴媽媽去……

琦君：媽媽，您要不要換個髮型呢

母親：（停下手邊工作看著琦君說）為什麼呢？妳覺得不好看哪？

琦君：才不是！

母親：那怎麼突然要媽媽換髮型？（摸摸琦君的頭髮說）

琦君：媽媽梳的髮型沒有姨娘漂亮。

母親：（笑容一愣，轉趨皺眉、哀傷）媽媽年級大了，本來就不漂亮啊！（繼續忙著手邊的工作）

琦君：才不！媽媽很美。

母親：媽媽是鄉下人，不配去梳那種摩登的頭，戴那講究的耳環。

琦君：為什麼？

母親：（聲音愈說愈低）而且就算梳了摩登的頭，戴了講究的耳環，他就會回來了嗎？

琦君：你看，這下爸爸都不來了。

母親：不來！不來好！（音量突然變大）

琦君：媽……不然以後我來幫妳梳頭吧！

旁白：此後，琦君每天早上起床第一件事，就是搬一張小板凳站上去，替母親梳頭。那時候，姨娘走已請了個包梳頭劉嫂，每

> 天來替姨娘各式各樣的頭，有鳳凰髻、羽扇髻、同心髻、燕
> 尾髻，常常換樣子，襯托著姨娘細潔的肌膚，嬝嬝婷婷的水
> 蛇腰兒，父親更是笑瞇了眼，走廊長傳來父親跟姨娘開心的
> 笑聲，母親也就更少說話了。

琦君：媽媽，我也去學梳各式各樣的頭吧，這樣爸爸就會來了。

母親：傻孩子，我要他來做什麼呀？

琦君：爸爸本來就應該陪著媽媽的。

母親：我有你就好了，要他陪做什麼？（說話聲音轉低，低頭）

琦君：不，媽媽，如果我也幫妳梳漂亮的頭，爸爸就會來了，因為
　　　爸爸天天去姨娘那，就是要看看姨娘今天梳什麼頭。

母親：唉……傻孩子，（望向遠方）這不是梳頭的問題。

琦君：那是什麼問題，你告訴我。

母親：……唉。

衘接斷裂，以余光中〈重遊西班牙〉為例：

> 重遊西班牙，在地中海古港的巴塞隆納一連住了八天。開會之
> 餘，喜逢當地的聖喬治節兼玫瑰節，仰瞻了高地設計的哥德式兼現
> 代風的聖家大教堂，看了兩場佛拉曼戈舞，一場鬥牛，印象都很深
> 刻。七年前初遊該城，是在盛夏，一來太熱，二來只住了兩晚，不
> 曾全心投入。但是這次重遊，卻深深愛上了這海港。

> 一連八天的豔陽，對旅客真是慷慨的神恩。偏是四月下旬，空
> 氣裡有淡淡的樹味和草香，還有一些些海的氣息，令人有輕舉遠颺
> 的幻覺。這海港，在北歐人看來已經是溫柔的南國了，其實緯度不
> 低，相當於我國的瀋陽，所以中午雖然溫暖而不燠燥，早晚卻降到
> 攝氏十三、四度，有如高雄的深冬……尤其是寂寞的腳步。兩側的
> 高窗和露臺，總有幾盆鮮花映照著天藍。有些巷子還有拱門拱舉著
> 橋屋，更別致動人。有的人家，古典的鐵門上還銜著銅環，誘人敲

叭。走在這樣的深巷裏，幽靜而又神秘，真教人發思古之情，就算是迷路吧，最多是誤入中世紀而已。反倒是走穿了，不幸又回到沒有傳說的當代。

　　最令我安慰的，是我所住的哥倫布旅館，隔著多鴿的廣場，與古老的巴塞隆納大教堂（Catedral de Barcelona）巍巍相對。那是一座典型的哥德式教堂，但是石壁潔淨，塔影在莊嚴之中透出纖秀，而更可喜的是還有一座鐘樓，每過一刻鐘就要把光陰敲入歷史。每日清早，悠緩的鐘聲把我輕輕地搖醒；同時，清澈的金曦也上了我落地窗外的陽臺。

　　……

　　越過廣場，走進大教堂，立刻就把全世界關在門外了。我是大教堂的崇拜者，對巍峨與肅靜的崇拜超過了對神。幾乎我從不拒絕一座大教堂的召喚，總忍不住要步入中世紀去，探個究竟。每當外面的陽光一下子穿透了玻璃彩窗，我總是驚喜地仰起面去，接受一瞬間壯麗的天啟。（E散文網站──余光中，2008）

　　在余光中的〈重遊西班牙〉中，看似是作者對再重遊西班牙的雀躍和歡喜，沒有思國懷鄉、思古惜今的幽情，只是藉著他所走過的街道，描述天氣、描述街景、說明他的所見所聞，沒有「所感」，所以整篇文章是街景的描述，暫且就被歸類到遊記去了。但是再去品味文章的「隙縫處」又發現許許多多的斷裂，要給讀者自行去銜接；銜接上了，才能就由作者的「漫遊」在腦中描繪出作者所見、所記、所愛的、西班牙一景。所以以下就本篇的斷裂處改編為故事劇本作斷裂的銜接。

　　旁白：艷陽高照、只有微風，小魚在水裡假裝悠游著，卻在也耐不
　　　　　住炎熱，抬頭對天空說……
　　小魚：夏天，你好熱。這樣我就不能四處遊玩了。
　　夏天：遊玩？你天天都在泡水裡，還會感受到我的熱力四射嗎？
　　　　　（笑的有點得意）

小魚：對呀，我跟著爸爸媽媽帶我到西班牙是要來避暑的，哪知道你也跟來了，弄得這裡也跟臺灣一樣熱。

夏天：沒辦法呀，不熱怎麼叫夏天啊？

風：　呼～呼～小魚，我已經很努力的替你消暑了喔。（努力的向小魚吹風）

小魚：還是風哥哥最好了。（撒嬌）

夏天：好好好……（轉移話題）小魚今天準備到哪裡逛逛？

小魚：（拿出一本書，書名是「重遊西班牙」）我決定照著這本書的介紹去探險。

夏天：好，我跟你去。

風：　我也要去。

小魚：一起走吧！我看看（認真的盯著書瞧）第一站是地中海古海港的巴塞隆納。

夏天：那要怎麼去？

小魚：海港，會有什麼？

旁白：小朋友，海港會有什麼？

風：　（搶著回答）有船、有魚，還有……

夏天：唉呀，這我們都知道阿，小魚的意思是說，要找海港的特色當線索，不然我們怎麼去海港，問小朋友。說不定他們知道。

小魚：啊！（拍手）我想到了，海港會有海的味道。

夏天：對！海的味道。

風：　什麼是海的味道？

夏天：虧你天天在天空跑來跑去，你竟然不知道海是什麼味道？問小魚啊。

小魚：海的味道會鹹鹹的；還會有海浪的聲音，所以我們就聞聞看、聽聽看好了。

……

發揮菁華，以朱自清〈背影〉為例：

　　我與父親不相見已有二年餘了，我最不能忘記的是他的背影。那年冬天，祖母死了，父親的差使也交卸了，正是禍不單行的日子，我從北京到徐州，打算跟著父親奔喪回家。到徐州見著父親，看見滿院狼籍的東西，又想起祖母，不禁簌簌地流下眼淚。父親說：「事已如此，不必難過，好在天無絕人之路！」

　　回家變賣典質，父親還了虧空；又借錢辦了喪事。這些日子，家中光景很是慘淡，一半為了喪事，一半為了父親賦閒。喪事完畢，父親要到南京謀事，我也要回到北京唸書，我們便同行。

　　到南京時，有朋友約去遊逛，勾留了一日；第二日上午便須渡江到浦口，下午上車北去。父親因為事忙，本已說定不送我，叫旅館裡一個熟識的茶房陪我同去。他再三囑咐茶房，甚是仔細。但他終於不放心，怕茶房不妥貼；頗躊躇了一會。其實我那年已二十歲，北京已來往過兩三次，是沒有什麼要緊的了。他躊躇了一會，終於決定還是自己送我去。我兩三回勸他不必去；他只說：「不要緊，他們去不好！」

　　我們過了江，進了車站。我買票，他忙著照看行李。行李太多了，得向腳夫行些小費，才可過去。他便又忙著和他們講價錢。我那時真是聰明過分，總覺他說話不大漂亮，非自己插嘴不可。但他終於講定了價錢；就送我上車。他給我揀定了靠車門的一張椅子；我將他給我做的紫毛大衣鋪好坐位。他囑我路上小心，夜裡要警醒些，不要受涼。又囑託茶房好好照應我。我心裡暗笑他的迂；他們只認得錢，託他們直是白託！而且我這樣大年紀的人，難道還不能料理自己麼？唉，我現在想想，那時真是太聰明了。

　　我說道：「爸，你走吧！」他往車外看了看，說：「我買幾個橘子去。你就在此地，不要走動。」我看那邊月臺的柵欄外有幾個賣東西的等著顧客。走到那邊月臺，須穿過鐵道，須跳下去又爬上去。父親是一個胖子，走過去自然要費事些。我本來要去的，他不肯，只好讓他去。我看見他戴著黑布小帽，穿著黑布大馬褂，深青布棉

袍，蹣跚地走到鐵道邊，慢慢探身下去，尚不大難。可是他穿過鐵道，要爬上那邊月臺，就不容易了。他用兩手攀著上面，兩腳再向上縮；他肥胖的身子向左微傾，顯出努力的樣子。這時我看見他的背影，我的淚很快地流下來了。我趕緊拭乾了淚，怕他看見，也怕別人看見。我再向外看時，他已抱了朱紅的橘子往回走了。過鐵道時，他先將橘子散放在地上，自己慢慢爬下，再抱起橘子走。到這邊時，我趕緊去攙他。他和我走到車上，將橘子一股腦兒放在我的皮大衣上。於是撲撲衣上的泥土，心裡很輕鬆似的，過一會說：「我走了，到那邊來信！」我望著他走出去。他走了幾步，回過頭看見我，說：「進去吧，裡邊沒人。」等他的背影混入來來往往的人裡，再找不著了，我便進來坐下，我的眼淚又來了……（朱自清，2002：38～40）

朱自清的〈背影〉是散文經典之一，也是為人所熟悉的代表作。其中最讓人所津津樂道與感動的情節，就在父親替朱自清買橘子的描述，是用父親所親身經歷、朱自清親眼所見的事件串起寫實的情節，是動態的敘述，也是旁觀的體驗，卻是最溫馨感動人的地方。因此，以下就本篇的菁華處改編為故事劇本作菁華的發揮。

旁白：　父親把朱自清的行李座位都安頓好了，爸爸想說點什麼，又想到剛剛一路上，都說完了，張開的嘴隨即闔上。兩個人尷尬的看了一眼……

父親：　我去買橘子，你在這等一下。

朱自清：不用了，火車要開了。

父親：　沒關係，很快，我馬上回來。

旁白：　朱自清看著爸爸胖胖的身影，慢慢的、有點吃力的走到鐵道邊，慢慢的探下身子，可是等他穿過鐵道要爬上月臺，哇……月臺好高。朱自清看著自己的爸爸用兩手攀著上

面，兩腳再向上縮；他肥胖的身子向左微傾，好像努力的
樣子。

朱自清：（喃喃自語）爸……（眼淚很快地流下來了）

旁白：　　朱自清趕緊擦乾眼淚繼續望著父親的背影，只見爸爸已抱
　　　　　了朱紅的橘子往回走了。過鐵道時，他先將橘子散放在地
　　　　　上，自己慢慢爬下，再抱起橘子走。到這邊時，朱自清趕
　　　　　緊去攙扶他。爸爸將橘子一股腦兒放在朱自清的皮大衣
　　　　　上，然後拍拍衣上的泥土，說……

父親：　　我走了，記得寫信，自己多注意身子。

旁白：　　朱自清又望著爸爸走出去。他走了幾步，回過頭，看著兒
　　　　　子說：

朱自清：進去吧

旁白：　　朱自清的眼淚又流下來了……

第三節　散文寫作故事劇場化教學的方向

　　「散文是一切文體的基礎。詩有許多暗示、散文明白如話；小說的人
物對話是特色，散文則多自言自語的獨白；散文家把作品直接呈現給讀
者，劇作家寫成劇本，交給演員，由演員來表演給讀者看。散文不論是形
式或內容，是最自由的文類。」（朱榮智，2004：245）既然散文在寫作形
式與內容上相較於其他文體，都是較隨心所欲，不受格律、體裁導致的限
制，因此我們就可以大致的將散文歸類在容易寫、每個人都能寫的自由文
體了。倘若再從上述的話繼續推論下來，也就可以摸索出散文的題材也必
定是真實的，每天都會發生在你我周遭的生活經驗。因為，倘若將四類文
體（新詩、小說、散文、論說文）作分析歸納會發現，新詩的畫面是想像
的世界（因為新詩強調意象的營造與美感）；小說是編造的故事（因為小
說僅是作者依自己部分的人生經驗去創造出來的）；戲劇是虛構的、經過

修飾的表演藝術（因為戲劇的演出內容，多半會是作者無法達到的希望的寄託，有更多是要有誇大效果的）；那麼散文與新詩、小說、戲劇相比較，是最真人真事的寫實創作。因為散文所描述的內容，都會是我們對生活的所見、所思、所感，是作者將自己的生活經驗、人生價值觀，且由他對事物的觀察、對生活的體驗，經過整理潤飾剪裁後，再透過筆書寫出來。例如朱自清的〈背影〉中，所寫的就是朱自清本人的父親，所感的是當下朱自清對父親的關愛表現透過背影所體會到的認知和感動；又如余光中的〈重遊西班牙〉，也是作者本人再舊地重遊的感動與風俗人文的欣賞，是作者用自己的眼見、耳聽，心有觸動後，再用自己的手筆真實的記錄下來；再如琦君的〈髻〉，是藉由髻對琦君的意義也就是母親的象徵，抒發母親的情感與琦君眼中的母親為家庭的犧牲與中國傳統婦女在家庭中所必須要扮演的角色……這些散文作品都是真實的呈現一個散文作家對人情事物的關懷、感受與體驗，不管散文的主要目的是抒情、記敘、敘事……都是真實的人性與真實的人生經驗。

又如果說「散文是一切文類的基礎，就像素描是一切繪畫的基礎。散文的特色，就在一個『散』字，『散』就是拘束少，可以自由」（朱榮智，2004：227），那麼散文就可以無所不包、天南地北，以致散文是「文無定法」、「真實世界」與「題材廣泛」。所謂的「文無定法」，是指散文的寫作形式沒有規則、沒有格式，因此如遊記、日記、雜記……等，都是散文的形式。當然它在結構上與遣詞修辭上仍需要經過一番的潤飾與布局；但相較於小說、新詩……等文體，它在形式上已經簡單許多。而「真實世界」，就是上面所提的散文內容必定是作者的真實人生，是以自己的觀感去體會的；而且散文中的描述大多也是作者自己的主觀意識與態度，描述的就是自己，無關對錯與是非，就只是作者個人的情感表現與生命經驗的歷程罷了。至於「題材廣泛」，就是指散文的題材不設限，舉凡記事、寫景、抒情都概括在散文的題材中，只要是作者的所見、所聞、所思、所感都能在剪裁後成為一篇散文。也因此，散文在「形式散、內容廣」的特質下難免就會有「流水賬」的疑慮。這類流水賬式的散文，以遊記、日記最為常見，

從一早的起床、出發、行程一的景物與人物、行程二的活動與吃喝玩樂，最後快樂的回家……這類流水賬式的散文不但沒有記敘清楚對景物的觀察與描繪，更沒有將經歷的真實與感動描繪出來，充其量也只不過是由記下一日的流程罷了。所以縱使散文可以不拘形式、不限題材，但倘若沒有將所見所聞加以剪裁，尋覓出美感與值得鋪敘處；倘若也沒有將所思所感加以內化而抒發，那麼它只好淪為「辭溢乎情」了。這也就是散文仍必須在結構剪裁與內容敘述上要有所安排的緣故。而寫作者在散文創作中，倘若沒有真切的感受或是根本沒能感受，那麼就是忘了寫作文章的方向，沒有將文章帶往目標前進，只是自顧自的喃喃自語，而這就會涉及到文章是「為誰而寫」的探討了。因為散文是作者真實性情的抒發，任何時刻的情緒和反應都會不同，也就可能同一個問題會有許多不同的答案，因此「寫在當下，就反映當時心中的想法、情緒和環境。不同的回答並無真偽之分，他們都是真是的。」（那妲莉‧高柏〔Natalie Goldberg〕著，韓良憶譯，2002：200）只是寫作的時間、空間與「人世間」的感受不同而已，所以為喚起學習者將自己的真實經歷、所聽所感用文字記錄下來時，不是只有流水賬，而能從生活中哪怕只是一件細碎的瑣事，都能從生活的體驗中得到對生命的觀察、探索與啟發。而這就是本節所要談的，散文寫作與故事劇場的結合教學方向。

至於要與散文相結合的故事劇場，目前發展較蓬勃的是「九歌兒童劇場」，可以參考。而關於故事劇場的劇本與演出重點就在於「『故事劇場』的作品結合創造性戲劇活動，讓觀眾不只是戲劇的欣賞者，更是戲劇的參與者，引導觀眾自然走進劇中情境，展現孩子無限的想像力與創造力。」（關於九歌，2011）所以故事劇場中所結合的創意性，雖然在形式上與內容上的演出也是沒有設限的，所以在記敘與表演交錯演出時，能夠帶給觀眾更多的互動與觀察之外，卻也能將戲劇的天馬行空「框」在一個範圍內。因為故事劇場的表演方式是邊敘述邊表演，所以演出者在盡情演出之餘，倘若劇本中有無法演出的困難度，或為演出時間限制而必須割捨的部分，就能用敘述的方式加以補足填滿；而也因為「敘述」的方式可以將許多不

可能化為可能，例如要演飛天遁地或飛簷走壁的情節或空間轉換、時間匆匆經過……等，都可以「一言以蔽之」的敘述出來，更可以將斷裂的動作與情節銜接起來。因此，故事劇場在演出的過程中，藉由敘述、表演與彼此的互動，已經將情節的空白、斷裂與菁華加以填補、斷裂與發揮，所以天馬行空的幻想也就被框限住了，觀眾只能在觀賞與互動中去觀察、體驗並製造經驗。這也就是本章一直強調的寫實性，並將散文與故事劇場相結合的原因了。

在第二節中將散文的空白、斷裂及菁華處作了詳細的分析說明及改寫成故事劇場，而故事劇場在空白、斷裂處則不像散文地特意鋪陳，原因就在於故事劇場的觀眾是兒童，而演出形式是夾敘夾白的，必須也比較有機會在舞臺上就能將空白、斷裂加以填滿與銜接，將菁華發揮，所以在本節的散文寫作與故事劇場教學方向中要作實際的改寫。在第二節已經將散文中的空白、斷裂、菁華改編成故事劇本，當然也無妨試著將故事劇場中的空白、斷裂、菁華改編成劇本，但因為寫作教學無疑是希望學習者透過教學活動後，能寫出各種文類或各種文體，所以將從故事劇場劇本取材以發揮菁華為主的方式（填補空白、銜接斷裂不分是較有難度的，原因已於上述說明），並試圖進行散文寫作故事劇場的教學活動。

教學活動一：故事劇場→散文。

步驟一：戲劇欣賞。選定戲劇——九歌兒童劇團的《小李子不是大騙子》作欣賞，因本齣戲劇是黃春明取材自陶淵明的〈桃花源記〉改編而來，而在 2009 新課綱的高職課本中（三民書局版）同樣有〈桃花源記〉的課文，且是重點課程，再加上在「新詩與舞臺劇化結合教學」時，也已欣賞過由賴聲川執導的《暗戀桃花源》舞臺劇，正好可以讓學習者發現體會同一篇文本可以有不同的詮釋方式與感受，進而加強對生活的觀察與敏銳度。欣賞戲劇時，學習者以小組為單位共同欣賞，並且在欣賞故事劇場的同時要設法從相聲劇中的內容中取材。汲取的方向可以有三個，就是「空白、斷裂、菁華」。

　　步驟二：小組進行集體創作，將相聲劇中所選定的題材進行討論並創作。待小組創作完畢後進行故事劇場的演出。透過小組討論可讓各小組成員發現從一齣戲當中，每人所回憶的、經歷的都不同，並能在小組創作時集結每個人所在意的成分，加以協調、編排成為新的作品，並加入自己的人生經驗，以及進行故事劇場的演出。故事劇場對學習者來說，相對於相聲劇與舞臺劇是較容易發揮的。因為在演出時無法做到的表演，能有旁白的敘述輔助，單純的表演與敘述方式，不像舞臺劇的意象演出、也較不用挖空心思想諧趣的對白，只要能將小組討論所結合的生活經驗後加以詮釋、真實的演出，觀眾（也是同班同學，有相類似的生命經驗）就能輕易的了解演出的內容。而即興演出與創作能力，在舞臺上因為小組成員間的相互協助、補足不足、空白、斷裂的部分，在表情與動作上都有較自然且溫馨又逗趣的表現，而方才所欣賞的影片內容就是小組演出時的腦力激盪了。所以安排學習者從戲劇中取材討論再演出，並從他組的演出時，都能激發學習者的創意與思考，現學現賣；而對於觀賞者而言，在欣賞他組的表演時，也能刺激其對事物的感受能力與仔細的觀察，並相互檢討以充實內容。

　　步驟三：個別創作。從戲劇欣賞到集體創作並發表，學習者在過程中必能喚起許多童年時的精力，也會獲得許多新的經驗，即使對於生活總是漫不經心、人生體驗也較少的學習者而言，也可以在教學活動過程中有新的體驗。而這就是寫作戲劇化教學的最重要的目標：在提升並增強人生體驗，進而增進寫作能力。因此，由學習者經由集體創作中去重組、衍生或回憶而產出新的文章（散文），必能再將「經驗」深植腦海並轉化為文字；也就是散文就是作者的經驗表達，何況散文是學習者較能自由發揮、也是最常接觸的文章形式，倘若能在完成一連串的教學活動後寫作，對於學習者的成就感、觀察感受力與寫作興趣必能加深且加廣。

　　故事劇場劇本改編成散文的教學實作，以《小李子不是大騙子》作改寫範例（發揮菁華）：

……

小李子：爺爺——我要回家！

回聲（旁白）：我要回家！

小李子：糟了，我來到沒有人煙的地方了。

……

旁白：……小孩子看見了小李子都嚇一跳，小李子見了他們也嚇一跳。隨後他們都指著對方笑起來；因為在他們看來，對方都穿了奇裝異服。

馬風：這位兄弟，你是從哪裡來的？你穿的是什麼衫呀？（笑，同伴也笑）

小李子：你們穿的衣服才好笑哪！

馬玉：怎們會？我們這裡的人，都是這樣穿的，才不奇怪！

小李子：我們那裡的人都像我這樣穿的，才不奇怪！

馬風、馬玉、韓燕：（同時笑著說）好奇怪唷！

馬風：兄弟，你剛剛說你們那裡，那裡到底是哪裡？

小李子：武——陵——

馬風一夥：武——陵——沒聽說過。

小李子：那你們這裡又是哪裡呀？

馬玉：桃花源啊！你沒看到桃花開得像霧一樣。

小李子：桃花源？沒聽說過。（心不在焉）我，我管不了那麼多，我要回家，我肚子餓了，我一天沒吃了。

馬風：小兄弟，你還沒吃飯呀，跟我們回村子裡去吃。

小李子：不行，不行，我家裡爺爺還生病哪，我得回去照顧他老人家。

馬玉：你家還有其他人嗎？

小李子：沒有，只有我和爺爺。不行，我已經出來一天了。我要回家！（急著想找哪個山洞再鑽回去）唉！剛才我鑽進來的那個山洞？

馬風：我們這裡沒有什麼山洞啊！

……

馬風：小兄弟，我們不會騙你的，這裡的人沒有到過外面，外面的
　　　人，想一想也只有你第一次闖進來我們的桃花源。對了，到
　　　底你是怎麼進來的？

小李子：就是我說的那個小山洞啊！可是現在那個山洞不見了。我
　　　　要回家，我爺爺還生病哪，我要回家照顧爺爺。

馬風：請不要急，這樣好了。你跟我們回到村子。那裡有一位無歲
　　　長老，他什麼事情都知道，我帶你去問他吧！我想他一定能
　　　幫你的忙的。

小李子：我不能等，請你快一點帶我去找無歲長老吧！

……

旁白：爺爺一肩扛著長竿，一手拿著船桅從左手邊，疲憊的走出
　　　來……四、五個村人從後面趕過來。

村人甲：老伯伯，（攔住爺爺）你要休息一下，你已經找了四、五
　　　　天沒吃沒睡了。

爺爺：（無力的掙扎）不，我要找到我的小李子，我要……（哭泣）
　　　我要找到小李子。

……

旁白：馬風他們和無歲長老列在村口的牌樓下，像小李送別。除了
　　　小李子身上揹的，放在跟前的還有幾包禮物。

小李子：（感激的）可打擾大家好多天了，真不好意思。這些天來，
　　　　大家不但不以為我是一個窮家的小孩，反而像對待貴賓，
　　　　這樣招待我，我……我內心十分過意不去……

無歲長老：小李子，你不必客氣，其實這幾天，因為你來，給我們
　　　　　桃花源帶來從未有過的新鮮日子，讓我們大家高興得不
　　　　　得了。（向大家）你們說是不是啊？

眾人：對，對！

馬風：小李子，我們都很喜歡你，愛你。

馬玉：那你就留下來好不好？

小李子：（感動的）謝謝，謝謝。

（音樂起）

小李子：（唱）啊——叫我怎麼謝謝，謝謝大家好呢

　　　　　　　啊——叫我怎麼謝謝，謝謝大家好呢

　　　　　　　我說一千個謝謝也沒有辦法表達我的心

　　　　　　　我說一萬個謝謝也一樣表達不了我的意

馬風：（唱）啊——小李子，我親愛的朋友，你想一想

　　　　　　如果你覺得桃花源的地方比你們的武陵好

　　　　　　小李子，不要回去，留下來跟我們一起

……

小李子：（唱）啊——我是多麼地多麼地想留在這裡

　　　　　　　但是只有武陵那個地方，才有我的爺爺

　　　　　　　也只有武陵的地方，才有陪我長大的武陵江

無歲長老：（白）呵呵呵——小李是一個令人欽佩的小兄弟。

　　　　　　（唱）我們世上無雙的桃花源都比不上爺爺重要

　　　　　　　　　我們美如仙境的桃花源也比不上武陵江

無歲長老：（白）我明白了，小李子回家的意志，已經很堅定，既

　　　　　　然我們留不住他，就該好好歡送他，讓他回去向他的爺

　　　　　　爺盡他的孝心才是。（轉向小李子）我說小李子，你過

　　　　　　來。既然已經下定決心要回去，我們也不會為難你，不

　　　　　　過你知道，你這一出去，永遠就無法再來囉……（林文

　　　　　　寶，2000，462～470）

故事劇本菁華改編成散文：

　　　　我想我再也回不去了，那個夢想中的桃花源。

　　　　走在久違的街道上，記憶中的小學母校仍然矗立在街道旁，進

　　了校門口，記憶中的那棵大榕樹依然更茁壯了，「嗨」我舉起手跟

大榕樹打聲招呼，「真是好久不見了。」再往前走，眼前是一排教室，臀部坐在小小的椅子上、手放在小小的桌子上，桌上還留有不知道是哪位頑皮的孩子寫下的「勿忘筆中人」，啊……跟他的字跡好像呢！黑板上是上完課擦拭的痕跡，老師的辦公桌上有一落作業簿，啊……我好像也很久沒有寫過「作業」了。

　　我站起身，看到了運動場，急急的走了過去。以前記得的紅磚的跑道，老是讓我的褲子沾的紅紅的，一不小心膝蓋就跌的血流如注，強忍著眼淚給護士老師消毒包紮，然後再回到運動場，倔強的說「不痛」我還要再跑一圈。

　　是啊，再讓我跑一圈吧！我想站起身，好好的跑一跑，讓風在髮梢、在耳邊的吹拂；想讓雙腿感受奔馳的快感，心動就行動吧！下一秒，風沒有在我的髮梢、在耳邊的吹拂，雙腿也沒有奔馳的感受，不，連跨出一步的機會都沒有，我只聽到一個年輕人的聲音在我耳邊迴盪：「快來大家，奶奶跌倒了。」

　　我笑著，嘗到了一點苦苦的、鹹鹹的滋味，是啊，我回不去了，哪怕青春歲月再美好，我都回不去了呀。

在《小李子不是大騙子》中，就像無歲長老說的小李子終究沒有再回到桃花源，但是他卻找到了桃花源，因為有在乎的人、有愛你的人的地方，就是桃花源。人往往期待並尋找美好的世界，卻忽視了其實最真貴的往往都在身邊而已。同樣的，在改寫的散文中，老人同樣期待再回到過去，所以她由兒孫帶著回到了自己的家鄉，去尋找生命中最初也最真的記憶，期待再尋回美好的曾經：青春年華或年輕貌美甚或只是那顆童貞的心。但是回不去了，任何人都回不去了；只能在所擁有的、現在的生命中，把握現在而已。

　　既然要學習寫文章，自然希望是任何文章都能學習；寫作教學者，也期待學習者透過教學活動後，對於任何文體都能游刃有餘。所以教學活動依所針對的方向是將故事劇場轉化為散文；而教學活動二則是將散文轉化為故事劇場。

教學活動二：散文→故事劇場。

步驟一：以小組為單位，討論選定散文作品，此篇散文可以是小組成員的共同創作、某一成員個人的作品或是現成的散文的作品。

步驟二：集體創作，將散文作品的敘事、抒情、過程編排與學習者的生活經驗結合討論後，將內容改寫為故事劇場劇本並發表演出。

步驟三：各小組互相欣賞彼此的作品並討論優、缺點，以期相互學習檢討與改進。

步驟四：個別將由小組所創作的故事劇本，再重組、衍生或觸發新的感受或經驗，再進行散文創作。

散文改編成故事劇場劇本的教學實作，以簡媜〈美麗的繭〉作改寫範例（銜接斷裂）：

> 讓世界擁有它的腳步，讓我保有我的繭。當潰爛已極的心靈再不想做一絲一毫的思索時，就讓我靜靜回到我的繭內，以回憶為睡榻，以悲哀為覆被，這是我唯一的美麗。
>
> 曾經，每一度春光驚訝著我赤熱的心腸。怎麼回事啊？它們開得多美！我沒有忘記自己睜在花前的喜悅。大自然一花一草生長的韻律，教給我再生的秘密。像花朵對於季節的忠實，我聽到杜鵑顫微微的傾訴。每一度春天之後，我更忠實於我所深愛的。
>
> 如今，彷彿春已缺席。突然想起，只是一陣冷寒在心裡，三月春風似剪刀啊！
>
> ⋯⋯
>
> 我含笑地躺下，攤著偷回來的記憶，一一檢點。也許，是知道自己的時間不多，也許，很宿命地直覺到終要被遣回，當我進入那片繽紛的世界，便急著把人生的滋味一一嚐遍。很認真，也很死心塌地。一衣一衫，都還有笑聲，還有芬馨。我是要仔細收藏的，畢竟得來不易，在最貼心的衣袋裡，有我最珍惜的名字，我仍要每天

喚幾次，感覺那一絲溫暖。它們全曾真心真意待著我。如今在這方黑暗的角落，懷抱著它們入睡，已是我唯一能做的報答。

夠了，我含笑地躺下，這些已夠我做一個美麗的繭。

每天，總有一些聲音在拉扯我，拉我離開心獄，再去找一個新的世界，一切重新再來。她們比我還珍惜我，她們千方百計要找那把鎖解我的手銬腳鐐，那把鎖早已被我遺失。我甘願自裁，也甘願遺失。

對一個疲憊的人，所有光明正大的話都像一個個彩色的泡沫。對一個薄弱的生命，又怎能命它去鑄堅強的字句？如果死亡是唯一能做的，那麼就認它的性子吧！這是慷慨。

強迫一隻蛹去破繭，讓牠落在蜘蛛的網裡，是否就是仁慈？

所有的鳥兒都以為，把魚舉在空中是一種善舉。

有時，很傻地暗示自己，走同樣的路，買一模一樣的花，聽熟悉的聲音，遙望那扇窗，想像小小的燈還亮著，一衣一衫妝扮自己，以為這樣，便可以回到那已逝去的世界，至少至少，閉上眼，感覺自己真的在繽紛之中。

如果，有醒不了的夢，我一定去做；

如果，有走不完的路，我一定去走；

如果，有變不了的愛，我一定去求。

如果，如果什麼都沒有，那就讓我回到宿命的泥土！這二十年的美好，都是善意的謊言，我帶著最美麗的部分，一起化作春泥。

可是，連死也不是卑微的人所能大膽妄求的。時間像一個無聊的守獄者，不停地對我玩著黑白牌理。空間像一座大石磨，慢慢地磨，非得把人身上的血脂壓榨竭盡，連最後一滴血水也滴下時，才肯俐落地扔掉。世界能亙古地擁有不亂的步伐，自然有一套殘忍的守則與過濾的方式。生活是一個劊子手，刀刃上沒有明天。

面對臨暮的黃昏，想著過去。一張張可愛的臉孔，一朵朵笑聲……一分一秒年華……一些黎明，一些黑夜……一次無限溫柔生

的奧妙，一次無限狠毒死的要脅。被深愛過，也深愛過。認真地哭過，也認真地求生，認真地在愛。如今？……人世一遭，不是要來學認真地恨，而是要來領受我該得的一份愛。

在我活著的第二十個年頭，我領受了這份贈禮，我多麼興奮地去解開漂亮的結，祈禱是美麗與高貴的禮物。當一對碰碎了的晶瑩琉璃在我顫抖的手中，我能怎樣？認真地流淚，然後？然後怎樣？回到黑暗的空間，然後又怎樣？認真地滿足。

當鐵柵的聲音落下，我曉得，我再也無法出去。

趁生命最後的餘光，再仔仔細細檢視一點一滴。把鮮明生動的日子裝進，把熟悉的面孔，熟悉的一言一語裝進，把生活的扉頁，撕下那頁最重最鍾愛的，也一併裝入，自己要一遍又一遍地再讀。把自己也最後裝入，甘心在二十歲，收拾一切燦爛的結束。把微笑還給昨天，把孤單回給自己。

讓懂的人懂

讓不懂的人不懂

讓世界是世界

我甘心是我的繭。（游喚、張鴻聲、徐華中編，1998：145～148）

散文改編成故事劇本已銜接斷裂：

△幕啟。播放鳥叫蟬鳴、流水潺潺聲及輕風徐徐吹過的森林聲音。

△舞臺上有樹、花、草、小河流，其中在一棵最大的樹下有一個大繭。

旁白：在美麗森林裡，動物們都是美麗的，有翩翩起舞的蝴蝶（蝴蝶飛過）、靈活的蜻蜓（蜻蜓點水）、盔甲閃閃發光的獨角仙（獨角仙爬出來）、成群的飛鳥（群鳥飛過）、雪白的貓頭鷹，更有茂盛的大樹、盛開的花朵。

旁白：但是卻有一個他們都沒看過的繭，出現在森林。大家都很好奇，圍了過去。誰都不知道它是什麼，也沒有人敢碰它。

紅蝴蝶：唉呀……這個白白的是什麼東西啊？

花蝴蝶：唉呀……你別大聲嚷嚷，問一問就知道了。老蜻蜓，你知道這是什麼嗎？

老蜻蜓：我不知道，美麗森林從來沒有出現這白白的東西啊

少蜻蜓：不知道可不可以吃？（做流口水樣子）

老蜻蜓：唉呀……你什麼都想吃，當心吃來路不明的東西，會吃壞肚子。

獨角仙：我們在這瞎猜，倒不如去問問聰明的貓頭鷹。如果他敢傷害森林的話，我的角是絕對不會饒了它。

黑鳥兒：別急，別急，說不定他會變出跟我一樣可愛的娃娃。

黃鳥兒：唉呀……又再亂猜了……哪一次有猜中過？

獨角仙：好了好了，我們不要再猜了，天也快黑了，貓頭鷹應該醒了，我們去找他來替我們解開謎題吧！（大家一起往同一方向移動）

旁白：沒多久，貓頭鷹跟著大家一起來到的大樹下。

紅蝴蝶：快快……貓頭鷹大師，這裡這裡……

花蝴蝶：是啊是啊……快來瞧瞧這是什麼怪東西。

老蜻蜓：唉呀，大家安靜點，讓開點，不然貓頭鷹大事要怎麼瞧啊？

旁白：貓頭鷹大師將臉湊近白色的繭看了又看，聞一聞、又用翅膀敲了一敲……

貓頭鷹：嗯……

少蜻蜓：貓頭鷹大師，您快說說，這是什麼？對我們的美麗森林會不會有傷害？

貓頭鷹：嗯……

獨角仙：貓頭鷹大師，您也快說說，我們都快急死了……

貓頭鷹：嗯……這就是書上說得蠶繭啊，原來是長這個樣子的……原來……

黑鳥兒：大師，您說什麼？它叫什麼？

黃鳥兒：大師說它叫蠶繭。那……蠶繭是什麼啊？是什麼動物的繭啊？

黑鳥兒：就是蠶的繭啊。不過，我們有吃過蠶這種動物嗎……

貓頭鷹：大家不要慌，等他出來我們就知道了，這段時間大家要提高警覺啊。

旁白：有一天，蠶繭動了一下，又動了一下……反應快的蜻蜓第一個看到，趕忙飛過去，不過不敢太靠近。

少蜻蜓：大家快來看，它在動了。

老蜻蜓：唉呀……你小聲一點，小心會被認出來喔。

紅蝴蝶：啊……真的動了，會不會是跟我們一樣美麗的蝴蝶？

花蝴蝶：不……應該不可能，我們的繭可不是白的。

老蜻蜓：對呀，只要是漂亮的，就好了。

少蜻蜓：老蜻蜓放心，我們美麗森林都只會有美麗動物。

獨角仙：小聲一點，好像要出來了。

黑鳥兒：放心，我們美麗森林一定要是美麗的動物才能住這裡。

黃鳥兒：不過像蝴蝶他們會結繭，等到破繭而出，一定是很漂亮的。

貓頭鷹：嗯……

旁白：繭終於被咬開，所有的動物都靠近白色的繭，想看清楚那是什麼。結果看到一個小小的身體硬擠出來，這時……

紅蝴蝶：啊……好醜喔！那是什麼？

花蝴蝶：啊……天啊，他全身也都是白白的，身體好圓又短……哈哈……翅膀好小喔……ㄟ……你會飛嗎？

老蜻蜓：唉呀……這是哪來的生物，長的真奇怪。

黑鳥兒：小黃鳥，咱們應該沒吃過這種東西吧，看起來不太可口。

黃鳥兒：拜託……可是我們飛過了那麼多地方，都沒看過從繭跑出來的蟲子這麼醜啊？

少蜻蜓：說不定他不是蟲。

獨角仙：那是什麼（舉起大螯準備攻擊）。

貓頭鷹：啊……那是蛾。

黑鳥兒：什麼是蛾？

……

旁白：小娥從繭出來後沒多久，就發現美麗森林的動物都不喜歡它。蝴蝶笑她又肥又醜、蜻蜓笑她翅膀很短不會飛、小鳥說她沒有用、獨角仙說它不跟軟弱的動物交朋友……不受歡迎的小娥好難過。就算它已經從繭出來了，但是她還是天天都窩在她又小又窄的白繭裡面。

旁白：一天，小娥出外覓食。

黃鳥兒：ㄟ……你看，是小娥耶。

黑鳥兒：看起來一點都不好吃，又不會飛，只會在路上走，看起來好笨。

紅蝴蝶：唉呀……這不是小娥嗎，太陽這麼大怎麼不用翅膀飛，啊……我忘記你不會飛……哈哈哈……

花蝴蝶：你害我們很丟臉耶，我們雖然結繭以前也醜醜的，不過等到我們破繭而出就變成很漂亮的蝴蝶，看我們優雅的飛、看我們美麗的翅膀，你？你怎麼還是那麼醜？不會飛就算了，你也不採蜜嗎？你到底會什麼？

……

旁白：被奚落一番的小娥好難過，但是她一句話也無法反駁，因為她也不知道她自己為什麼要來到這個世界上，她也不知道她會什麼。她開始討厭自己。

旁白：一天，有人來到白繭前了。

老蜻蜓：小娥……小娥……

小娥：（從白繭探出頭來）什麼事？

老蜻蜓：怎麼辦，小娥，怎麼辦？

小娥：老蜻蜓，你怎麼了？

老蜻蜓：少蜻蜓不小心掉進螞蟻的舊洞穴裡頭，卡住了，出不來。

小娥：（語氣驚慌）那怎麼辦？

老蜻蜓：我去找大家幫忙，可是鳥兒們忙著覓食，不願意幫我；蝴蝶說會弄髒他們美麗的翅膀，拒絕我；貓頭鷹也還在睡大頭覺，迷迷糊糊的；只有獨角仙肯幫忙，可是他太大了，進不去，我想來想去，就只能拜託你了。

小娥：（馬上從繭裡頭鑽出來）好，我去，在哪裡？

旁白：小娥馬上跟著老蜻蜓要去救少蜻蜓。遠遠就聽到……

獨角仙：ㄟ……少蜻蜓，撐著點啊，別昏過去了。

老蜻蜓：來了來了……

獨角仙：（看著小娥說）小娥，你現在要進去螞蟻洞裡，放心，螞蟻都搬家了……

旁白：小娥很認真的聽獨角仙解說。

獨角仙：……還好你的身體可以攢進洞裡，進去以後要記得走過的路，少蜻蜓就在最裡頭的地底下。

小娥：（點點頭）放心，我是白色的，你們在外頭可以看得到我，等我找到少蜻蜓，我會拉著他，聽你們的聲音找出來的路。（眼神堅定的說）

獨角仙：（拍拍小娥）嗯，就全靠你了。

老蜻蜓：（老淚縱橫）小娥，拜託你了。

旁白：於是小娥縮緊小翅膀，慢慢的進到螞蟻洞穴裡。……（沒有任何聲音）只聽到風依然徐徐的吹，但是時間一分一秒的過去，老蜻蜓和獨角仙急得滿頭大汗，焦急的等待。又過了一會……

小娥：ㄟ……獨角仙，我找到少蜻蜓了。我要出來了。

獨角仙：（狂奔到洞口呼喊）小娥……小娥……聽我的聲音拉著少蜻蜓慢慢出來。

老蜻蜓：小娥啊……少蜻蜓還活著吧？

小娥：……（過一會才有聲音傳來說）少蜻蜓沒事，我讓他拉著我的右腳，我拉著他慢慢爬上去，告訴我要怎麼走。

獨角仙：好，我聽見你了，快循著我的聲音爬上來……

老蜻蜓：少蜻蜓……小娥……（一邊哭，一邊喃喃自語）

旁白：又過了一會。

獨角仙：ㄟ……我看到小娥白白的身體了，不過好像又灰灰的……髒髒的……

老蜻蜓：（撲到洞口）小娥……少蜻蜓……

旁白：獨角仙一直焦急的發出聲音引導小娥……沒多久，小娥灰頭土臉的將臉鑽出了洞口，緊接著是身體，小小的翅膀還是緊縮著，接著……

老蜻蜓：小娥……少蜻蜓……（與獨角仙合力的將小娥從洞裡拉了出來，接著少蜻蜓也出現了）

獨角仙：快快快……

少蜻蜓：老蜻蜓……我沒事，我肚子餓了。

旁白：終於，小娥成功的將少蜻蜓帶出了恐怖的洞，老蜻蜓抱著少蜻蜓，不住的跟小娥道謝，獨角仙拍拍小娥說……

獨角仙：小娥，沒想到你這麼勇敢，我很佩服你的勇氣。

旁白：小娥拖著疲累的身體，酸痛的腳回到她的白繭。窩在白繭裡的小娥笑了，她發現，雖然他沒有尖尖的嘴會覓食；也沒有大大的漂亮翅膀、更沒有堅硬的身體，但是她覺得自己是最漂亮的，她喜歡這樣的自己。小娥躲在自己小小的繭裡面，開心的笑了。

在簡媜的〈美麗的繭〉中，是藉由繭來比喻人生，就像每個人都被自己的繭（人生、命運給困住了），但是最終我們可以在自在的滿足中，即使受到束縛、即使天生「命定」，也能保有自己，認真對待自己的生命過程，去愛、去夢。（游喚、張鴻聲、徐華中編，1998：151）所以在將此篇改編

成故事劇場時，仍須考慮到故事劇場的觀眾是兒童。現今社會中的兒童在面對龐大的課業壓力、同儕競爭壓力、備受期望的壓力時，難免會不禁的問自己，而有我是為誰而活的疑慮：對自己的存在價值，不管是容貌、身材、夢想……等不免就會質疑自己的存在意義與價值。可惜的是，多數的人都不滿意自己。所以藉由蠶寶寶的蛻化成娥來比喻，多數人以為只要經過一番努力就會破繭而出，世界一切都會變的美好，但是也會有即使破繭而出仍是「醜小鴨」的考驗與命定。所以在生命的歷程中，不斷的自怨自艾對命定的事實並沒有幫助，更不會有任何改變，倒不如藉由故事劇場中的小娥，自己去接受命定的事實，而後認真對待自己的命運才是最重要的。簡媜的〈美麗的繭〉是一個成年人對自己生命的省思，但這樣的省思往往不是兒童或是青少年可以明瞭的；而透過戲劇的敘述與演出，即使是尚未經歷或感受「命中注定」的學習者，卻都能從劇裡探索出一絲生命存在的意義與價值。

教學活動三：廣告欣賞→改編成故事劇場→演出→散文。

　　本研究寫作戲劇化教學的對象是高職二年級學生，所以在新詩寫作舞臺劇化與小說寫作相聲劇化兩階段中的戲劇，對學習對象來說是一種新的刺激與高層次的經驗激發，但是到本章的散文寫作故事劇場化就遇到了選材上的瓶頸。因為故事劇場的主要對象是兒童，倘若仍依前二章的寫作教學方向來作教學活動，則無法找到相應且適合的題材，所以在本節的散文寫作故事劇場化教學方向中，教學活動的安排尤其是在選材上必須作改變。也就是倘若此寫作戲劇化課程的學習者是較高年級的中學生，在戲劇與文章相應的選材上就必須有所變更。所以本節新增了教學活動三，也就是試圖將廣告取代故事劇場的內容。

　　步驟一：教師選定適合的題材──好的廣告。因為散文的特色是生活經驗的寫實性、是作者自己的生命歷程，所以在廣告的選取上，應以可以貼近學習者經驗的廣告作題材，如親子、同儕、校園……等，都是適合的；再者，廣告的片長雖短卻精緻，一個畫面一點就能讓觀賞者了然於心，所

以好的廣告確實可以成為寫作的教學題材。在觀賞廣告時，同樣以組為單位，並從廣告中選取題材，尤其是空白、斷裂與菁華處。

　　步驟二：播放五至十分鐘的故事劇場，在此教學活動中，播放故事劇場的目的只是為了讓學習者知道故事劇場的表演方式。

　　步驟三：小組討論並集體創作故事劇場及演出。在演出的過程中，能將方才所觀賞的廣告內化及昇華為臺詞並結合生活經驗，使戲劇的內容更加豐富；再加上故事劇場的夾敘夾白更可以讓學習者在演出時，不需要擔心演的不真實或演技不好、道具不夠的問題。因為可以由旁白來輔助說明，讓觀眾「看懂」，尤其是「內心戲」，在演出時也就不必擔心只是自說自話，這一點讓學習者在即興演出時可以大膽的表現出來。

　　步驟四：各小組互相欣賞彼此的作品並討論優、缺點，以期相互學習檢討與改進。

　　步驟五：個別創作散文。經由廣告的刺激與故事劇場的回憶，可以喚起學習者幼年時的記憶或是生活經驗，將所接收到的訊息與回憶加以重組、衍生，也能觸發新的感受或經驗，進行散文創作。

　　廣告改編成故事劇場劇本後，再改編為散文的教學實作，以 Nissan 汽車廣告作改寫範例（填補空白）：

Nissan 汽車廣告：

　　　　一個在職場上事業有成的女生，打電話回家給爸爸，因為工作太忙，這星期不回家看他了。講電話的同時，回憶起小時候，總是爸爸騎腳踏車載她回家，小女孩坐在腳踏車後座，緊抱著爸爸的腰，父女倆在黃昏的餘暉下一起回家。即使女孩長大了，小學生、國中生、高中生，爸爸始終堅持載她回家，即使升上大學到外地唸書，假日做火車回家，下火車後總可以看見爸爸已經等在火車站外頭要載她回家。

　　這次，女生在次打電話回家說，她買車了，她要回家，爸爸不用去接她。當車抵達火車站時，爸爸依然已經在那裡等她，等她一起回家。

改編為故事劇本：

> 旁白：學校下課的鐘聲響了，小朋友一個個校門。
>
> 女兒：爸爸……爸爸……
>
> 旁白：遠晚的，爸爸就看自己可愛的小女兒向他奔跑過來。
>
> 爸爸：（愛憐的摸摸她的頭）今天上課有沒有乖啊？
>
> 女兒：有！（天真又開心的笑著對爸爸說）
>
> 爸爸：很乖，我們去吃冰……
>
> 旁白：時間過得好快，漸漸的，女孩已經長大，是一個高中女生了。
> 放學時間，學生一個個走出校門，只見女兒低著頭，慢慢的
> 走到爸爸身邊。
>
> 女兒：（哀怨的眼神、生氣的語調）不是跟你說不要來接我嗎？
>
> 爸爸：這麼晚了，爸爸不放心你一個人回家啊。
>
> 女兒：吼……你這樣我很丟臉耶。快走啦！
>
> 爸爸：上車啊，我們一起回家。（坐在腳踏車上說著）
>
> 女兒：不要，我今天要跟朋友出去，晚上我會自己回家。（說完就
> 走）
>
> 旁白：爸爸無奈的看著女兒的背影出神。
> 指針指著晚上十點，爸爸坐在門口的矮凳上抽著菸。
> 遠方傳來機車呼嘯的聲音，由遠而近。
>
> 女兒：（脫下安全帽交給朋友笑著說）謝謝你送我回來，再見囉。
>
> 旁白：摩托車再次呼嘯離開。
>
> 女兒：（轉身面對爸爸，笑容就不見了）我回來了。
>
> 爸爸：現在才回來啊，現在都很晚了，晚餐有沒有吃，載你回來的
> 是誰……
>
> 女兒：吼，你很囉唆耶，我已經是大人了，想要什麼時候回來就什
> 麼時候回來，你不用管。天天都去校門口，根本不是真心要

　　載我回家，也不是心疼我要走路，根本是要堵我，害我被同
　　學笑我是小孩子，不能這樣又不能那樣，煩死了……

「啪」！爸爸甩了女兒一巴掌，深深的看了她，轉身進屋。

旁白：女兒摀著臉，看著爸爸的背影、花白的頭髮，留下了兩行
　　　眼淚……

改編為散文：

　　不知道從什麼時候開始，就沒有牽過爸爸的手了。

　　記得小時候，爸爸工作很忙，為了我們這些小蘿蔔頭，常常得
兼兩份差。早上騎著腳踏車去賣早餐時，我們在呼呼大睡；等到我
們放學回家，被媽媽趕上床睡覺後，爸爸帶著一身疲憊，從工作崗
位上回家。往往都只能在黑暗中半睡半醒間，感受到爸爸的大手溫
暖的摸著我的額頭，替我蓋上踢掉的被子，拍拍我的背。

　　我們最喜歡的就是一個月一次的星期日，爸爸總是一左一右牽
著我們姐妹的手，帶著我們到公園玩，爸爸總是自願讓我們騎在背
上，弄得我和妹妹為了搶「特等席」而吵架，爸爸本來想勸架，卻
又擺不平我們姐妹倆，弄到最後連媽媽都埋怨爸爸自己的女兒都沒
辦法。雖然最後，我們還是開開心心的牽著爸爸的手，一起回家。

　　最喜歡爸爸的手，又大又溫暖，是我們的天，可以替我們擺平
所有的大小事，沒有什麼事是爸爸的手處理不了的。爸爸的手，就
是我們家的支柱。

　　我望著全家的照片，看著照片中我們姐妹倆，即使連拍照也緊
緊抓住爸爸的手，這一瞬間，我突然好想念爸爸，尤其一人隻身在
異鄉求學的時候算一算，我已經兩年沒有回臺灣，已經兩年沒有回
家，也已經兩年沒有看到爸爸。不要再拖了，看著地上已經打包好
的行李，桌上躺著已經劃位的機票，等下星期的博士論文通過，就
可以回家了，回家後要做的第一件事，就是緊緊握住爸爸那雙溫暖
的手，不要再放開了。

第七章　論說文寫作讀者劇場化教學

　　「寫文章跟說話是一回事。用嘴說話叫做說話，用筆說話叫做寫文章。嘴裡說的是一串包含著種種意思的聲音，筆下寫的是一串包含種種意思的文字，那些文字就代表說話時候的那些聲音。只要說的、寫的沒錯，他人聽了聲音看了文字同樣能夠了解我說話的意思，效果是一樣的。」（夏丏尊、葉聖陶，2009：109）顧名思議，寫作對「會說話」的人類而言，是一項天性，會說話的人其就應該會寫文章，因為說話與寫文章的差別就只在於「表現形式」的不同（一種用嘴說話；一種用筆說話）。

　　至於戲劇的意義，則是要將文章轉化成另一種形式表現出來。所以說話、寫作、戲劇三者的本質都是一樣的，差別就僅是「表現形式」的互異而已。而創造性戲劇的目標，則在於要（一）建立自我概念與價值觀；（二）要增進思考、想像及創作能力；（三）運用肢體動作、促進身心健康；（四）促進表達、交流及互助合作的關係；（五）培養解決問題的技能；（六）增進審美能力。（張曉華，2007：48）而本研究將戲劇與寫作結合的最重要目標就是要藉由戲劇的運用，增進思考、想像能力之外，更能提升生活經驗，期以這六個目標可以讓學習者快樂的學習，激發創意的潛能。

　　寫作對許多中學生來說是一項苦差事，但是正如上面所述，寫作其實就是在說話；既然學習者是能順暢表達語言能力的人，寫作就不應該成為學習的障礙。寫作能力佳，對表達與思考能力都是一項利器。因此要提升中學生寫作能力前，必須先了解中學生厭惡寫作的原因。當深究原因後會發現，中學生的寫作能力低落與厭惡寫作的原因是一體兩面的。倘若先排除科技發展網路的發達致使中學生打字比寫字的機會多的原因後，就會明白中學生不喜歡寫作的原因就是對生活是採取較「冷漠」的態度。因為對生活及周遭的不在意以及在快速的時代中過於講求效率（或答案），使中

學生放棄思考的機會、觀察的機會，因此而讓許多珍貴的人生經驗給淡忘或忽視。

　　所以寫作時不知該如何下筆的很大因素，其實就是經驗的不足。體驗不足，可以透過戲劇來嘗試甚至深入，而且在靜態的寫作課程中加入一點動態的演出、肢體的語言來帶動腦袋的思考；更甚者團體的分享與交流，不啻也是一種經驗訊息的傳遞、互換與交流溝通。我想在經過這一連串的肢體演出、腦袋思考與言語表達……等一連串的活動後，必定能讓學習者在這中間找到寫作的樂趣、情緒的抒發以及群體活動所帶來的同儕信任與成就感。這都是本研究——寫作教學戲劇化最大的目標與帶來的效益。

第一節　讀者劇場的特性

　　讀者劇場就是「將故事或一段富含情節內容，以聲音表情豐富的變化表演出來一段戲劇，稱為讀者劇場」。而讀者劇場最大特色為「讀者依故事的情節、人物個性用不同角色的發聲，將故事呈現出來」。（Neill Dixon. Anne Davies. Colleen Politanp 著，張文龍譯，2007：15）依此類推，「口語詮釋是讀者劇場的核心。讀者利用聲音表情詮釋劇本，讓聽者觀眾有如身歷其境。」（同上）因為同樣一句話，可以用很多方式表達，而不同的表達方式、語調、抑揚頓挫、音調高低……等，都會使同樣內容的話有不同的情緒和「表示」。可見讀者劇場所強調的口語詮釋就是在強調聲音表情的「聲情美」的部分。

　　「『朗讀』，顧名思義，朗就是響亮的聲音；讀就是正確的唸。朗讀，就是用標準的國語，作正確、流利，有感情的把文章唸出來，要求吐字清晰、不唸錯、不丟字、不添字、不顛倒、不重複、不跳行、不遺漏、上下連貫；也就是用有規則的國語，樸實自然的，恰如其分的，富有感情變化的把文章讀出來。」（何三本，1997：143）因此，如果說文本（文字）是無聲的語言，那麼朗讀就是把無聲的語言轉化為有聲的文字。朗讀也是一

種語言表達能力，因為同一篇文章每個人都會用不同的情感來閱讀，閱讀後的心得感想也就不盡相同。其原因何在？這或多或少都會涉及到每個讀者的生命經驗或價值觀，但是倘若讀者透過朗讀方式傳遞文本給沒有閱讀過的聽眾，則聽眾的情緒起伏與文章的領會必然會有差異。因為讀者在朗讀前，必定需要先將文本作一番的閱讀吸收並且進入文本作品的感情思想中，所以對於文本已經有一番的解讀與認知後再朗讀出來傳達給聽眾，其中已富含有個人對作品詮釋的了解與思考，透過聲音傳達，就變成是讀者與作品情感思想的融會與交流後的新產物。不會只有作品的感情，也不會只是讀者的思想，而是二者合而為一的整體了。因此朗讀是語言表達能力的關鍵，就在於讀者運用聲音的表現將對作品的理解與感受傳達給聽眾。

　　至於「『朗誦』，朗是明亮、清澈的意思，誦是合乎節奏的背誦方法。所以朗誦可以稱為是文學、歌唱（音樂）、舞蹈三者的結合。進一步說：朗誦者運用聲音，將文章內的思想、感情表達出來，是屬於訴諸聽覺的藝術。」（何三本，1997：177～178）因此，倘若要分辨朗讀與朗誦的不同，就在於朗讀是是憑藉著對文本的理解後再以聲音詮釋文本的思想情感；而朗誦不但是對文本的理解與詮釋，更加入了歌唱、節奏、韻律、臉部表情、手勢與身體的肢體語言……等搭配的舞蹈動作，所以朗誦者是對於文學作品的理解與分析能力之外又多了感受能力的敏銳度，是一種藝術表演。因此，朗誦者在表演時，必須要聲情並茂以打動聽眾心絃，甚至還需運用音樂、舞蹈、表情、眼神來完成的藝術表現形式。

　　因此，朗誦者在不改變朗誦題材字詞或架構的原基礎上，憑著朗誦技巧，以朗誦者的情感意念，透過聲音、肢體進行第二次在創作。所以在朗誦的表現形式上就出現有：

(一) 單人獨誦：一個人登臺的朗誦。多半運用朗誦者自己的語言節奏、聲音高低來區別夾議部分和人物語言。表演形式則透過朗誦者聲音的粗、細、尖、啞、清、濁、輕、重，語言節奏的長、短、急、緩、神態、表情、手勢動作，以及其他語言特徵，如：結巴、大舌頭、咳嗽、方言等來區別人物。

(二) 雙人朗誦：由兩個人朗誦一篇作品。由二人齊誦、或二人對誦、或二人混合朗誦。對誦時，依文章的性質而定，一人朗誦夾敘夾議部分，另一人朗誦人物對白部分；或各自朗誦不同人物的語言。

(三) 多人朗誦：一篇作品由幾個人朗誦。既可以一齊朗誦，又可以分角色朗誦，或組合式朗誦。其中組合式朗誦是指一般散文或詩歌，依內容的需要，將朗誦者分成男（女）高音、男（女）中音、男（女）低音、男女高音合誦……等，這樣的朗誦形式，便於表達文章內在的思想情感，隊形也可依聲音組合的需要而組合在一起呈現不同的隊形變化。

(四) 集體朗誦：集體朗誦其實就是朗誦和齊誦的合體。可以互相帶動、互相補充、互相呼應、互為強弱、互為接續。領誦要負擔有深刻的思想感情部分，齊誦部分是強調氣勢、氣魄或共同思想。齊誦要求整齊，節奏不要變化太大，字句不宜太長。演出時應以詮釋一完整文章的內容，不宜分得太零碎，否則聽眾不容易聽出完整的意思。

(五) 配樂朗誦：配上音樂朗誦，可以渲染氣氛、烘托場景、幫助銜接、強化情感和表現感情變化，把聽眾帶進作品的情境中去。配樂要根據朗誦題材尋找適合的音樂。

(六) 化妝朗誦：部分敘事詩或敘事文裡有人物出現，在人物角色分配確定後，可以化妝穿上人物的服裝來進行朗誦，有助於朗誦作品中主題的詮釋。（何三本，2007：180～184）

　　從上述朗讀與朗誦的表演形式和定義中，可以窺見朗讀就是單純的聲音表現；但是朗誦卻是藝術成分高且含有較朗讀複雜的要件在，所以可以證實我們所認知的朗誦方式，就是讀者劇場的演出形式，都是「以聲音表情豐富的變化搭配肢體語言來表演的一段戲劇」。

　　可見讀者劇場強調的是運用口語朗讀劇本中的角色，強調口語表達的部分。是「想像力」的劇場，可以藉此了解周遭的世界，創造自己的劇本，大聲的朗讀劇本臺詞，知道自己為何演出，不但自得其樂，也使觀眾感染這份喜悅。因此，讀者劇場是給學習者一個目標，讓他們知道創作的理由、閱讀的原因，營造出一個快樂的「想像空間」，也跟別人在獨特的世界裡

　　分享自己學到的一切。讀者劇場妙在能成功的催化觀眾的想像力，就像默讀能激發讀者敏銳的想像力一樣。（Neill Dixon. Anne Davies. Colleen Politanp 著，張文龍譯，2007：1～2）所以讀者劇場的運用能激勵學習者，在口語表達的內容；表達方式、語調；想像力與現實世界的結合運用，無疑是一種「創意的方式」來增強學習者的寫作意願及能力。

　　讀者劇場的演出，在此將準備工作與建立依先後順序條列。

(一) 口語表達練習：口語表達是讀者劇場表演的「唯一」且「重要」的方式，更要以「美聲」來朗誦，表達句子或劇本的「聲情美」。因此必須先練習句子的「抑揚頓挫」。例如：

> Jan（憤怒的）：早跟他說了，我不去！
>
> Julie（不願張揚）：我們的說法一致。
>
> ○○（出乎意料）：唉呀！沒想到你也來滑雪。
>
> ○○（渴望的）：要是他再給我塊生日蛋糕該有多好？
>
> ○○（大吼大叫）：滾出去，別再回來了，聽見沒有？
>
> ○○（受到驚嚇）：是誰？誰在那兒？別靠近我……不要過來……
> 　　　　　　　　　不要。
>
> ○○（耳語）：意外的驚喜是什麼？你可以告訴我，我不會說出去。
>
> ○○（安靜，隱隱藏藏的聲音）：安靜……我們最好確認一下。
>
> ○○（熱切的）：你是說，現在輪到我了嗎？
>
> ○○（狂亂與憂慮）：我不是故意要傷害她的，她是我最要好的朋友。
>
> ○○（狂亂愉快）：我贏了！我贏了！我得了第一名。
>
> ○○（緊張的）：我告訴你，我們要被追了，來吧！我們快離開，
> 　　　　　　　　這裡太危險了。
>
> 　　……（Neill Dixon. Anne Davies. Colleen Politanp 著，
> 　　　　　　　　　　　張文龍譯，2007：16～17）

　　這樣的句子就是讀者劇場演員所達到的劇本所呈現的方式，對演員與導演來說是劇情情節所呈現的情境安排，讓演員可以揣摩角色的情緒。所以讀者劇場演員在演出前必須能將情感透過聲音貼切的表達出來，清楚的呈現各種情緒。這樣的訓練不但可以豐富學習者的聲音表情，也能讓學習者在演出時運用自如自己的聲音，並知道在角色表現情緒時，說話的節奏、語調、音量。

(二) 撰寫劇本：讀者劇場無疑也是一種表演藝術，甚或接近中國的口傳說唱藝術，所以演出前必須提供演員劇本。而在前面已提過，讀者劇場的目標之一是要讓學習者知道自己為什麼要演出、且為何而演出，所以劇本可以是 1.現有出版的讀者劇場劇本；2.文學素材（現成故事文本）的改編；3.自己創作。當然，首先要決定劇本的主題。主題建立可以從學習者的生活中選取；同時必須要構思劇本上的角色分配、導演、敘述者、道具……等的安排，讓學習者試著創作自己的話。登臺表演時說的就是自己創作、習慣的、自己的話。尤其讀者劇本中有敘述與對白部分，讓創作劇本的角色或敘述者的定位都會相當清楚。例如〈祖父的記憶〉：

> 敘述者 1：早過了晚飯的時間，祖父仍然是繼續回憶著。
>
> 祖父：嗯，你祖母現烤的食物，是讓我們度過那個寒冬重要的東西。
>
> 敘述者 1：他回憶著。
>
> 祖母：但即使在家烘烤也有危險性。
>
> 敘述者 2：祖母繼續說道。
>
> 祖母：有一天下午，我烘烤著派……
>
> 祖父：然後她用完葡萄乾。
>
> 敘述者 1：祖父插話。
>
> 敘述者 1：祖父到鄰居家借一些葡萄乾。
>
> 祖母：再出發前他穿起保暖的大衣。
>
> 敘述者 2：當祖母回憶時，她顫抖著。

祖父：完全沒錯！

敘述者1：祖父回答著。

祖父：她站在門口，對我揮別。

敘述者1：祖父訴說著他是怎樣離開跟如何說的。

祖父：當然，我不加思索地轉身與她吻別。

敘述者1：祖父想的並不是何時吻她。

敘述者2：由於天氣酷寒。

全體：有多酷寒？

祖母：那麼冷，那吻都凝結了。

……（Neill Dixon. Anne Davies. Colleen Politanp 著，
張文龍譯，2007：58～59）

(三) 演出：讀者劇場的演出就如上述所提是簡單的，不需要結合服裝、道具、布景。讀者劇場的表演者僅需以簡單、平易的方式，跟自己的角色溝通。而讀者劇場演員的站列位置，大致上可以有數種的排列位置，不論演員三人、四人、或五人以上，都能依情節角色的位置作同一序列或前後交錯位置等方式作演出時位置的排列。演員不需走動，位置確定後就不須再改變。演員朗誦時，除須配合劇本情節作聲音表情、臉部表情，手勢動作外，還可以依現在講述者的位置配合燈光效果，讓眾可以很快抓到目前「發聲」的演員位置。

　　讀者劇場在準備與演出部分相較於其他的戲劇是單純的，隨時隨地都可以實行。而且在學習者來說，對於讀者劇場的表演是不陌生的，因為在其年幼時，或多或少都會親身經歷或觀賞讀者劇場的經驗；它對兒童來說也是較容易表演、策畫與看懂的戲劇。所以讀者劇場在本章的使用，除聲情美的表現之外，也可以喚起學習者兒童時期的回憶。而一般人傳遞訊息的方式也不外乎說話，倘若能藉由讀者劇場演出所講究的聲音表情、手勢儀態及表演形式來訓練「正確的語音、清楚的咬字及自然得體的態勢語」（黃瑞枝，1997：272），不啻也是另一種口語表達及儀態訓練。

第二節　論說文寫作與讀者劇場的結合

　　「非文學統稱為說理性文章（有的稱為論說文或議論文或論述文或說明文）；它不像文學需額外加工（如開發意象、諧和韻律和善用敘事技巧之類），只要把『理』說清楚或說透徹就行了。」（周慶華，2001：207）也就是說，論說文只著重在說「理」，只要理說的通順、合乎邏輯並且能夠說服讀者，就是一篇成功的論說文了。因此，如果把所有的文章全攏絡一起，再分成兩大類（就像文學與非文學的分類般），那麼我們也可以把文章分成知的文章和情的文章。「知的文章和情的文章，如果用圖畫來比擬，前者猶如用器畫，而後者猶如自在畫。用器畫所要求的是精密與正確，要達到這樣的地步，唯有對於當前事物作客觀的剖析。自在畫所要求的是生動與神化，要達到這樣的地步，必須對於當前事物作客觀的體會。十個人對同一事物畫用器畫，只要剖析的不錯，畫成的十幅畫就完全一樣。十個人對同一事物畫自在畫，彼此的體會未必一致，畫成的十幅畫就大有差別。用器畫家以純理智的眼光去看事物，把個人的情感擱在一旁，所以剖析相同，成績也相同。自在畫家透過個人的情感去看事物，一切都給染上了個人情感色彩，所以體會各別，成績也各別。」（夏丏尊、葉聖陶，2011：165～166）以致於我們可以大膽推測，論說文是作者對於事物的評論或是對於事理的說明，目的都是在教讀者要相信、理解後服從，也是作者針對某一件事物發表說明自己的看法和意見。

　　所以論說文的寫作方式就不同於其他文體的寫作內容與形式；而它所具備的條件也不大相同。因為說理性的文章「用詞比較端莊、典雅、規範、嚴謹」，是「傾向於使用正式語體的詞語，除非出於修辭效果上的考慮，一般不用俚俗語，忌諱『插科打諢』的語氣，力求給人以持重感，避免流於諧謔、輕俏，並且常常使用『大詞』，即涵義比較抽象、概括，對於出現非約定俗成、不合語法的、不合邏輯的詞語是比較罕見的，除非出於作

者有意安排。」；另外說理性文章在「句子結構比較複雜，句型變化及擴展樣式較多」，則係指「旨在解析思想、闡述論點、辨明事理、展開論爭，因此文章內容往往比較複雜；作者在闡發自己的觀點時總是力求周密、深入，避免疏漏。因此文章的邏輯性較強，文章結構一般比較講究，一般較重修辭、重發展層次和謀篇布局。」（劉宓慶，1998：105～109）因此，作知的文章：第一，自然要求觀察和認識精密與正確，這個是根本條件。第二，對於所謂消極修辭的工夫要充分注意。作情的文章，不但要記錄事物，表示意思，並且要傳達出作者的情感。為達到這個目的起見，就得放棄尋常的描述手法，而致力於描寫工夫（描寫就是種種積極修辭方法的適當的應用）。（夏丏尊、葉聖陶，2011：166）

　　總括說理性的文章是藉說理而跟讀者對話，以便可以獲得讀者的「服從」，也才能使寫作者的權力意志得以遂行，而世界也可望獲致「推移變遷」或「改造修飾」。（周慶華，2001：208）至於說理性文章要如何說理，就必需涉及到描述、詮釋與評價三個層次。描述是對事物的敘述與描寫，也就是提供了詮釋的素材；詮釋則能在描述的事物裡找出關聯性，包含表面的語意及及非表面的語意，由作者詮釋後才能讓語言或事件之間的意涵與關聯性結合；最後再由作者「借題發揮」加以分析評論，並以能「說服」讀者為目標進行評價。說理性的論說文章，說到底無非是一種觀念的溝通而已。所以在說理性的文章中，會窺見作者的理解或主張或是二者兼有。所謂的「理解」，指的是有些道理被作者給悟了出來，明白的懂了；而所謂主張是在說明某一些事情是非做不可、某一些道理必須如此理解才對，這二者會差異在作者「態度」的問題上。（夏丏尊、葉聖陶，2011：141）如在論說文中的理解，就只是作者表明了對某一件事的描述與詮釋，讀者倘若有質疑也無礙於作者的「理解」，因為理解是冷靜的、平和的態度；但倘若出現了主張，這態度就是激動的，是作者非要讀者明白這個主張並且貫徹主張才可以的（也就是在文章裡頭除了對事件的描述、詮釋後還有相當的評價）。但不論是理解還是主張，都是作者對事件的詮釋，再依據詮釋予以描述或評價。可見在論說文寫作中，詮釋關涉作者對這件事情的看法、觀感與「態度」了。

至於關於對說理性文體較普遍及淺顯的定義與說明，則有以下的論點：

（一）定義

1、說明文：客觀的解釋或說明事物、事理，作者不作任何批評或主張，其目的在讓讀者清清楚楚的了解他所知道的一切事實。

2、議論文：

（1）作者主觀的表達自己對人、事、物的看法，或批評他人所提過的論點，其目的在使讀者相信他所說的道理是最權威，也是最正確的。

（2）屬於論說文範疇的文章，純粹說明的說明文或純粹議論的議論文，都不常見，通常是說明中有議論，議論中有說明。至於比例的輕重，視作者對題目的立意來決定。

3、論說文：將說明文和議論文合併使用，使二者互為表裡，形成說明中有議論，議論中有說明的文體。我們稱這種合併使用的文體為「論說文」。

（二）功能

1、論人：就古今中外的知名人物，從他們的個性、思想、才學、修養、言行、優缺點，以及對當時和後代的影響等方面，去表達自己的看法或提出評論。

2、論事：針對某件重大或眾人所熟悉的事情，提出自己的見解和主張，或就其優缺點加以批判和評斷。

3、論物：從各種不同的角度來探討「物」的特性和用途，並就其利弊與得失加以評論。

（三）要素

1、論點：又稱論題。作者就其想要論述的問題，開宗明義的提出自己的看法和主張。就文章的結構而言，論點就是文章的開頭，也是「起承轉合」裡的「起」。

2、 論據：用來說明或支持論點的理由或材料；一般都先議論再舉例說明。就結構而言，論據就是文章的主要內容，也是「承」和「轉」。

3、 論證：用論據來證明論點，並以強而有力的推理過程使讀者信服。就結構而言，論證是文章的結論，也是「合」。(臺北教育入口網，2011)

以上關於論說文的定義與功能，接下來要試圖將論說文與讀者劇場作結合。因為論說文的主要功能是在說理，而說理要能深入人心、使人信服達到加強的效果，就必須要能打動讀者，而讀者劇場表演的方式正是強調「聲情美」的表現，所以將二者結合是相對相應的文類與戲劇。但在結合之前，仍需要回歸到寫作的基本面，也就是寫作前須涉及的的三大層面：「寫什麼」、「為誰寫」、「怎麼寫」中的「為誰寫」來探析。論說文最主要的功能是要藉由文字與讀者溝通對話，進而使讀者理解作者的理解，所以就必須要考慮到準備要論說（表演）的對象是誰的問題，而這也就涉及到對象論說文、後設論說文及後後設論說文的層級了。

(一) 對象說理文：是針對已經存在的語言現象或以語言形式存在的事物而說理所形成的作品。因此，對象說理文的寫作有一些基本規範，包括避免「矛盾、不相干、循環論證」和合於「邏輯規律」等等。「矛盾、不相干、循環論證」的避免就是要使文章能取信於人，作有效的推論。而「邏輯規律」的存在，則是為了確保說理時的推論有效性與可靠性。

(二) 後設說理文：是針對對象說理文而說理所形成的作品。如果說對象說理文是在處理本體／論理真理的「追求」問題，那麼後設說理文就是在處理所追求本體／論理真理的「確實性」或「可靠性」問題。換句話說，後設說理文是在反思對象說理文所說理是否確實或可靠。

(三) 後後設對象說理文：是針對後設對象說理文而說理所形成的作品。如果說後設說理文是在處理對象說理文所追求的本體／論理真理的「確實性」和「可靠性」問題，那麼後後設說理文就是在處理所追求本體

／論理真理的「確實性」和「可靠性」本身的「確實性」和「可靠性」問題。也就是說，它是「第二層次」的反省、分辨以及規範性的作品。這樣的說理文，比較能夠顯現「批判力」的地方，是在方法論的反省與建構。（周慶華，2001：215～230）有鑑於此，本節在論說文與讀者劇場相結合的地方，就必須要針對論說文寫作與讀者劇場表演的對象（觀眾）、文本及劇本作性質相同與跨學派的結合。

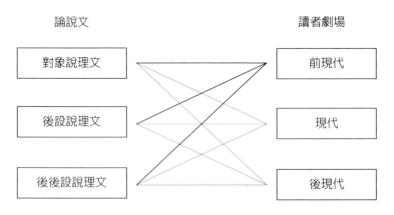

圖 7-2-1　論說文寫作與讀者劇場結合的跨系統學派演變
（—性質相同；……跨學派（彈性）結合）

　　論說文的論說方式是以「夾敘夾議」作為論述形式，所以作者針對某一事件不斷的描述、詮釋、評價與論述，就會有不斷循環舊議題新論點的反思出現。因此，在論說文與讀者劇場結合上，對象說理文的事件描述的寫實性與前現代的寫實性是相結合的。可惜的是，在讀者劇場中僅有前現代派的寫實性劇本。這必須歸因於讀者劇場是以朗誦的形式作表演，較難開展出現代派與後現代派的內容與形式。而寫實性不論是在前現代、現代或後現代當中都是可以有的，所以將對象說理文、後設說理文、後後設說理文都可以涵蓋在前現代讀者劇場之中。而理論上，倘若讀者劇場能順利

開展出現代與後現代派之後，仍舊可以依圖 7-2-1 所示作論說文與讀者劇場的結合運用。

　　對象說理文與前現代派讀者劇場的結合分成二種形式：一為形式上的結合；二為實質上的結合。第一層是形式上的結合，也就是上述所指論說文與讀者劇場結合的原因，因為特點都在「夾敘夾議」所構成的說明、溝通、辯論的論述類型，構成的性質相當，所以取材來相互結合；第二層則為實質的結合，論說文與讀者劇場實質的結合在於論說文的寫作倘若從讀者劇場取材，無非也是要從讀者劇場中去凸顯空白、發現斷裂、闡述菁華，再加以填補、連接與提升。

　　此外，實質的結合仍必須搭配形式的結合。這也是最高層次、最難的結合，必須要精密考慮文章的布局與安排且花費很長的時間練習、改寫才能做到。倘若只有實質的結合而忽略形式的結合，那麼只能達到一般性論說文寫作效果的提升，而無法顧及到學派的發展，也就無法思考文化系統差異所帶來的調適的問題。所以依此類推，將論說文（對象論說文、後設說理文、後後設說理文）與戲劇學派（前現代派讀者劇場、現代派讀者劇場、後現代派讀者劇場）相互結合在理論上是可以被克服而且是可以做到的，但是在目前的讀者劇場劇本作品中及實際教學上卻無法達成。無法達到形式與實質的論說文寫作與讀者劇場的結合原因，有下列三點：

(一) 教學時數的限制：學校課程教學上有其他課程安排，且有節數限制，無法花費很長的時間作詳細的教學活動安排與學派介紹和認識，在沒有完成此一教學活動的前提下進行寫作活動，就無法有效。

(二) 教學課程的限制：寫作戲劇化的結合，教學者需花費很長時間羅列並編排相關教材，論說文與讀者劇場的材料選擇更要相應明顯。因此，在本章中論說文與讀者劇場的結合就遇到了難題。因為讀者劇場的表現形式、內容，演員及觀眾都是以是兒童為主，其主要目的是要促進兒童的口語表達能力與想像能力，但是本研究的主要學習者是高職二年級學生，倘若以原本或現有的讀者劇場作為主要戲劇劇本來與論說文結合，恐會讓學習者對戲劇內容感到過於簡單甚至幼稚造成反效

果；而學習者在論說文寫作的寫實性方面，包括價值觀、思考層面，都已具備有一定的「正向、價值」等人生經驗或經歷可作為題材，所以倘若以現有的讀者劇場去呼應中學生論說文的創作，恐怕很難達成共鳴；再者，以現有的讀者劇場劇本也僅發展出前現代派也就是寫實性的作品，尚未有現代派的新寫實性或後現代派的語言遊戲等讀者劇場劇本作品可供運用，因此在實施論說文與讀者劇場結合時，就必須要有一整套的教學材料及課程規畫，由淺入深編排，甚至必須由教學者自行編撰創造（因為坊間確難選取相應且合適的題材）。但倘若論說文寫作如同第一節中所述，可以喚醒學習者的幼年回憶也就是喚起童心，那麼坊間現有的戲劇就能發揮此功效。對於專門的、進階的寫作指導班確實有空間與時間進行，但在學校課程中就窒礙難行。

(三) 學習者的限制：此套完整的課程規畫，在題材上不但必須了解文本發展的類型，對中西方文化系統、甚至跨文化系統，都要通盤了解、全面掌握才能有效的吸收。但考量到本研究實施的對象是高職二年級學生，以其既有的知識與先備條件仍無法全面理解涵蓋，更遑論還要再進行改編與寫作，如此會造成極大的壓力，非本研究所樂見，所以不採用彈性的跨派別實施教學原因就在於此。

　　至於論說文與讀者劇場結合使用的功效就在於改編、演出、寫作的交互運用。而改編方式有（一）改寫：將讀者劇場劇本加上辯論的成分，成為批判性強的後設論說文或後後設論說文。（二）創作：從改編後演出的讀者劇場中，去喚醒舊經驗、增加新經驗，再加入新的創意，融會而成新的論說文文本。

　　本節選取並節錄三篇文言文，乃是因為前現代派的語體式論說文大多是散文與論說夾雜的論說文，而非單純的論說文，適巧在高職國文課本中對於學習的態度及人生待人處世的原則……等都有相當篇幅的論說文，所以就擇取論說文三篇，說明空白、斷裂與菁華處並改編讀者劇場劇本，因為簡單的替讀者劇場下定義，讀者劇場是將文章改編成劇本朗誦的。

　　以屈原〈漁父〉為例，填補空白及改編為讀者劇場：

……

漁父曰：「聖人不凝滯於物，而能與世推移。世人皆濁，何不淈其泥而揚其波？眾人皆醉，何不餔其糟而歠其醨？何故深思高舉，自令放為？」屈原曰：「吾聞之，新沐者必彈冠，新浴者必振衣；安能以身之察察，受物之汶汶者乎？寧赴湘流，葬於江魚之腹中；安能以皓皓之白，而蒙世俗之塵埃乎？」

漁父莞爾而笑，鼓枻而去，乃歌曰：「滄浪之水清兮，可以濯吾纓；滄浪之水濁兮，可以濯吾足。」遂去，不復與言。（王雲五主編、王逸注：1965：89～90）

填補空白改編為讀者劇場：

敘述者：（美聲、直敘）一個天氣晴朗萬里無雲的好天氣，漁父架著小船在捕魚。

漁父：（開心）天氣真好，我今天一定可以大豐收。

敘述者：不一會，當漁夫遠遠的看到有一個人，在河岸邊走來……走去。他趕緊將船靠了過去。一看……

漁父：（驚訝）唉呀……這不是三閭大夫，屈原嗎？

敘述者：漁父於是高喊著……

漁父：（高喊）屈原大夫，您怎麼在這裡呀？

屈原：（哀傷的）這個國家變了，國君變了、臣子變了、連老百姓都變了。（驕傲）楚國每一個人都是渾濁的，只有我清清白白；楚國每一個人都醉生夢死，只有我是清醒的，所以被流放的，（哀傷）是我。

漁父：我聽說，一個聖人是不會執著在某一件事上的。（勸告）既然每一個人都是渾濁的，您也就想辦法讓自己變得渾濁；既然大家都昏醉了，您也就是眼不見為淨，跟著裝昏。這個道理，您應該明白的。

屈原：（生氣）哼！但是我聽說的是，人剛洗完頭髮時，必定會將
　　　帽子上的灰塵抖掉再戴上；當您剛洗完澡，全身乾乾淨淨準
　　　備穿上衣服時，必定會將衣服上看不見的細小灰塵，為什麼
　　　要這樣做？

敘述者：（附和著）為什麼？

漁父：（疑惑）為什麼？

屈原：（高聲驕傲、固執）因為我們乾淨的身體怎麼可以忍受沾上
　　　一丁點的塵埃？要我同流合污、與世推移，（堅定的）我做
　　　不到。

敘述者：聽完屈原的話之後，漁父微微的笑了，並且把船划走，邊
　　　　划邊說……

漁父：滄浪的河水啊，如果你是乾淨的，我就用來洗我的帽帶；滄
　　　浪的河水啊，如果你是渾濁的，我就用來洗我的腳，不管你
　　　是清澈的還是渾濁的，我都必須要跟你同在，因為我不能也
　　　無法離開你。滄浪之水阿，你是人世間，我愛恨交加卻無法
　　　遠離的人世間，我怎敢跟你做對？我說了，他這個傻瓜是不
　　　想明白的。

敘述者：屈原出神的凝視著遠去的漁父出神，他知道他該怎麼做了。

屈原：（哀傷、低沉）唉……這個人世，已經沒有我的容身之處了嗎？

敘述者：屈原說完，縱身一躍。滾滾的滄浪之水，很快的將屈原的
　　　　身影給淹沒了。

在屈原的〈漁父〉原文中，藉由漁父和屈原的對話，論說身為「人」最為
難的地方。屈原以一個儒家思想的傳達者說明為人處世是「士可殺不可辱」
的堅持清白、固守原則，不隨俗同流合污；反觀漁父的處世觀是隨俗浮沉，
以能在世俗的紅塵上悠遊。屈原對漁父的勸告當然明白，只是其清高的人
格是不容受到一點的污濁；漁父當然也可以猜測以屈原的做人原則必不容
於世，對於屈原的下一步也能了然於心，但是屈原不說、漁父也就不忍戳

破。通篇〈漁父〉中留下許多空白，不管是漁父的出世與屈原的厭世都沒有點明，所以在讀者劇場中，藉由漁父對天的高呼屈原的傻與屈原的自問，將原文中的空白作填補。

以荀子〈勸學〉為例，銜接斷裂及改編為讀者劇場：

> 　　君子曰：學不可以已。青、取之於藍，而青於藍……故不登高山，不知天之高也；不臨深谿，不知地之厚也；不聞先王之遺言，不知學問之大也。干、越、夷、貉之子，生而同聲，長而異俗，教使之然也。
> 　　……
> 　　南方有鳥焉，名曰蒙鳩，以羽為巢，而編之以髮，繫之葦苕，風至苕折，卵破子死。巢非不完也，所繫者然也。西方有木焉，名曰射干，莖長四寸，生於高山之上，而臨百仞之淵，木莖非能長也，所立者然也。蓬生麻中，不扶而直；白沙在涅，與之俱黑。蘭槐之根是為芷，其漸之滫，君子不近，庶人不服。其質非不美也，所漸者然也。故君子居必擇鄉，遊必就士，所以防邪辟而近中正也。
> 　　……故不積蹞步，無以致千里；不積小流，無以成江海。騏驥一躍，不能十步；駑馬十駕，功在不舍。鍥而舍之，朽木不折；鍥而不舍，金石可鏤。螾無爪牙之利，筋骨之強，上食埃土，下飲黃泉，用心一也。蟹八跪而二螯，非蛇蟺之穴，無可寄託者，用心躁也。……
> （熊公哲著譯，1988：1～17）

銜接斷裂改編為讀者劇場

　　敘述者1：（嘆氣）學習是一件很累人的事。
　　敘述者2：（驚訝）怎麼可以這麼說，每個人活著就是要學習。
　　學生1：所以君子說：青出於藍更勝於藍。
　　學生2：老師如果是藍，我們學生就是青。
　　老師1：這一句話就是希望學生在經過老師的教導後，實力能夠在老師之上。

敘述者 1：但是我們到底為什麼一定要學習？

學生 1：你知道中國人、白種人、黃種人、非種人、匈奴人……他們出生時跟我們都是一樣的。

敘述者 2：（驚訝）怎麼可能？

學生 2：是一樣的，因為不管我們身在何處、不管我們是什麼膚色，我們出生的第一件事，就是……

敘述者 1：（急切）是什麼？

學生 1：哭啊！

學生 2：而且我們的哭聲是一樣的，都是哇哇大哭。

敘述者 1：但是我們長大以後，他們講的話我就聽不懂？

敘述者 2：而且我們的文化、風俗都不同。

學生 1：因為學得東西不一樣。

學生 2：因為所接受的知識。

老師 1：就是教的東西、學習的東西都不一樣。

敘述者 1：但是學習也要有方法。

敘述者 2：對，否則只是像無頭蒼蠅一樣亂竄。

學生 1：所以要找適合學習的環境。

學生 2：適合學習的同學。

學生 1：適合學習的地方可以學到正確的東西。

學生 2：適合學習的同學可以一起努力和打氣。

老師 1：所以環境對一個人的影響是非常大的。

敘述者 1：有了好的環境就可以學到對的東西。

敘述者 2：有好的環境就可以學得又快又有效率嗎？

學生 1：學習依靠的是累積的工夫，勤能補拙。

學生 2：學習的越多次表示累積的越多，學問自然就越好。

老師 1：所以靜心學習、多學幾遍，學問自然就是你的。

荀子的〈勸學〉說明作學問的環境、態度影響學習的成效，所以在讀者劇場的〈勸學〉中，用一問一答來論述學習的重要與成效，從大到小；從學習對一個人的影響到學習的方法與環境，來論說學習的重要與態度，並能將荀子〈勸學〉中理論的斷裂處連接起來。

以韓愈的〈師說〉為例，發揮菁華改編為讀者劇場：

> 古之學者必有師。師者，所以傳道、受業、解惑也。人非生而知之者，孰能無惑？惑而不從師，其為惑也終不解矣！
>
> 生乎吾前，其聞道也，固先乎吾，吾從而師之；生乎吾後，其聞道也，亦先乎吾，吾從而師之。吾師道也，夫庸知其年之先後生於吾乎？是故無貴、無賤、無長、無少，道之所存，師之所存也……
>
> 聖人無常師。孔子師郯子、萇弘、師襄、老聃。郯子之徒，其賢不如孔子。孔子曰三人行必有我師，是故弟子不必不如師，師不必賢於弟子，聞道有先後，術業有專攻，如是而已……（張培恒等編，1992：87～92）

發揮菁華改編為讀者劇場

> 敘述者1：在每個人的一生中，都要學習。
> 敘述者2：所以有一句話叫活到老學到老。
> 敘述者1：學習就須要老師教導。
> 敘述者2：老師？要老師作什麼？
> 學生1：老師，就是要傳道、授業、解惑。
> 學生2：傳道就是教導我們待人處世的道理。
> 學生1：授業就是要教授我們知識與學問。
> 學生2：解惑就是要幫助我們解決所遇到的問題。
> 敘述者1：（疑惑）老師的年紀一定要比我們大？
> 學生1：不，不是只有年紀大的人才能當我們的老師。

敘述者 2：那誰才能是我們的老師？

學生 2：只要是他知道的道理而我們是不知道，他就有資格成為我們的老師。

敘述者 1：所以我們要跟誰學習？

敘述者 2：誰才能當我們的老師？

學生 1：學生 2：老師，無關年紀大小、無關身分貴賤，道理所在的地方就是老師所在的地方。

敘述者 1：但是，最近已經很少人「尊師重道」了。

敘述者 2：是因為他們都沒有疑惑？

學生 1：不，是他們認為跟老師學習感到很丟臉。

學生 2：因為要問問題就是不會，不會就是丟臉。

敘述者 1：所以都不用老師就會明白道理了？

敘述者 2：所以現在的人都比聖人還要厲害了？

敘述者 1：所以孔子是聖人。

敘述者 2：孔子有老師嗎？

學生 1：有的，孔子會跟很多人學習。

學生 2：孔子曾經問禮於老子。

學生 1：孔子也曾經跟師襄學琴。

學生 2：他們的聰明智慧都比不上孔子的。

敘述者 1：那為什麼要跟他們學習？又要稱他們為老師？

敘述者 2：不會就是丟臉。

學生 1：因為，他知道的我不知道，他就可以當我的老師。

學生 2：因為，聞道有先後，術業有專攻。

學生 1、學生 2：因為三人行則必有我師。

韓愈的〈師說〉中以闡明從師問學的重要，來諷刺唐朝恥於相師的世風。所以將其菁華的片段改寫入讀者劇場的劇本中，並加入了諷刺的意味來凸顯〈師說〉中的諷刺性論說。讓讀者劇場中敘述者問問題由學生（站在學

生的角度）來回答問題，使〈師說〉不是韓愈單方面的論述，而是學生自己來論說老師在學習中的重要性，藉此增加論說的說服力。

第三節　論說文寫作讀者劇場化教學的方向

論說性的文章就是藉著說理而跟讀者對話，以便使讀者信服作者的論點，因此論說文在寫作形式上可以總括：「論說文包括『議論文』和『說明文』兩種。『議論文』重點在議論，一方面提出自己的主張，一方面批評別人的看法；『說明文』是解說事物的意義、性質，讓人得到對事物的理解。所以議論的目的是為了說服別人，當然必須提出客觀的事實加以說明。而說明的目的，是為了使讀者了解事物的真相，也難免會有議論，才能使人信服。」（朱榮智，2004：230）因此，倘若要藉著論說文來行使作者的「權力意志」，就必需要有說明和議論的能力。文章倘若再細分歸納就不難發現，文章的組成其實是包含了「記」、「敘」、「說」、「論」。（夏丏尊、葉聖陶，2011：24）實際上一篇文章的形成，必定會包含二者或二者以上的性質。所以第三章所敘的散文，就會包含有「記」和「敘」的成分在裡頭，因此形成「夾敘夾白」的特色；同樣的，本章的論說文必然也會包括「說」和「論」的部分，如果論說是針對一件事件的論說，那麼還會再增加「敘」的部分來描述詮釋事件，再加以說明議論。

相對的，如果說論說文是要藉由描述詮釋、說明及議論來說服讀者，那麼就表示這項的理論是有「反對者」的。真理，既然是真理，就是不容質疑、也不會受到質疑的理論，自然不需要再加以論說來增強真理的力量（也可以說是多此一舉），就如「人的一生必定會經歷生老病死」，這是一項真理，自然無可「異議」，也就不需要重新主張或大發議論；相對的，論說的形成必定是對於某一事件的判斷不同或意見不一致，才有需要多作論說加以「辯駁」。就如「殺人要償命」這一句話，既不是真理也處處破綻，也就會出現正、反兩方從不同角度判斷的「爭辯」了。也因此，論說

文的論說形式發展出「立論」及「駁論」。「立論」是作者自己提出一個判斷來描述,是對於「一般世間判斷的抗議」;而「駁論」則是針對別人的判斷來施行駁斥,對於某一人(對某一件事)的判斷不以為然而加以駁論。(夏丏尊、葉聖陶,2011:199)當論說文在寫作時,不論是立論或是駁論,不免都會摻雜個人主觀意識或情感,對於論說文而言,論說文的判斷或論點本來就會涉及個人的主觀意識,所以更需要正論、反論兼而有之的根據論點「據理力爭」以達到認同;是站在「理」的角度上去審核論辯,有憑有據,才是論說文的寫作基礎。

根據沙爾利‧史羅伊爾指出:「讀者劇場是戲劇化文學極低的舞臺詮釋,可以在任何空間舉行。沒有布景、服裝與背臺詞的限制,它可從戲劇、詩、故事、情景、主題或表達意念上去作創作表現。事實上,讀者劇場是語言藝術課程的附屬,能使學習者經歷聽、讀、說、寫的過程。」(張曉華,2007:260)更何況讀者劇場的戲劇表現,只是要讓演員(朗讀者)再搭配少許的身體動作、簡單的姿勢和臉部表情,朗讀出所設計的各個部分。因此朗讀者必須熟知原作者的本意、不同的性格特徵,傳遞出各種不同的角色。(同上)。可見讀者劇場是透過簡單的肢體語言及聲音的表現來傳達所要傳達的訊息,演員更必須精確的知道劇作家(作者)的本意來加以闡述,經過演員的詮釋表現出來,所以演員的聲音情感是完全相符於作者的意思,且對於作者的意思能認同。如此一來,聲音與情感的表現才能「動人」,畢竟要能打動別人的文章,要先打動自己。而以論說文的「論辯」立場來與讀者劇場結合,就是基於說「理」要打動人心才有效益,否則也只是紙上談兵。而讀者劇場的朗誦方式,將論理憑藉著聲音且是優美的、抑揚頓挫的說理來打動人心,為說服力的力量增強許多。這也就是論說文選用讀者劇場相互結合的原因。

至於讀者劇場本是屬於兒童性質的戲劇表演,不論是觀眾、演員都是兒童。但是論說文是一種對於價值判斷爭辯性的文章,倘若是運用在兒童身上,會呈現一種較「激進」式的兒童文學;倘若是運用在較高年級的中學生身上,則會出現「辯論式」的朗讀效果,進而激發出寫作的題材與辯

駁的論點，在寫作與思考上較容易達到創意性的思考與跳躍式的即興朗誦演出，也許能在「製造差異」中激發出「無中生有」的想像力。當然，前提必須是論點明確，而不是「詭辯」或「狡辯」。但倘若提到以中學生的水準，可以用辯論的方式來與論說文相結合，本研究不採用的原因就在於，本研究是要藉由戲劇的特性來與文類（文本）作相應的結合，憑藉著戲劇的演出來增加學習者的經驗、激發學習者的想像力，而辯論的方式並不屬於戲劇的表現方式；再者，雖然論說文是要「據理」而「辯駁」、「力爭」的文體，但是說服點仍是在說理而非「辯」，所以讀者劇場「聲情美」的表現特色來與論說文相結合，是能在創意的戲劇演出中，同時又能激發論說文論點的創造的戲劇形式。

　　在本章第二節論說文與讀者劇場結合中，已詳述出藉由讀者劇場劇本中的空白、斷裂、菁華加以填補、銜接、發揮來尋找論說文的寫作題材，而且已經有實際的創作與改編，將論說文改寫成讀者劇場。因此，本節將試著以讀者劇場的空白、斷裂、菁華改編成論說文。但因為讀者劇場的劇本仍是以敘事性的劇本為主，所以在本節的改寫上就必須將敘事性的讀者劇場劇本改寫成論說性的讀者劇場劇本，再從論說性的讀者劇場劇本尋找空白、斷裂、菁華加以改寫相應的論說文。而寫作教學無疑是希望學習者透過教學活動後，能寫出各種文類或各種文體，所以將從讀者劇場劇本取材以填補空白、銜接斷裂及發揮菁華為主的方式來進行論說文寫作讀者劇場化的教學活動。

教學活動一：讀者劇場→論說文：敘事性讀者劇場→
**　　　　　　改編成論說性讀者劇場→演出→創作論說文。**

　步驟一：戲劇欣賞，選定改編的讀者劇場《老陶匠的秘密》。
　步驟二：小組進行集體創作，將讀者劇場劇中所選定的題材（空白、斷裂、菁華處）進行討論並創作，待小組創作完畢後進行讀者劇場的演出。透過小組討論可讓各小組成員發現從一齣戲當中，每人所注意的、經歷的部分都不同，所以在小組創作時將每個人所注意的成分，加以集結、協調

並編排成為新的作品，其中必定會加入自己的人生經驗或是課程中所學得的知識再演出。讀者劇場的表演對學習者來說，相對於相聲劇與舞臺劇及故事劇場是最容易的。因為在演出時不需要製作布景、道具、服裝……等，也不需要背稿，只要將小組已寫定編排好的稿子帶上臺，以自己所理解的，用聲音及表情表演出來就可以了。它不需要意象演出、也較不用挖空心思想諧趣的對白，只要能將小組討論的題材結合生活經驗後加以詮釋，再說明，運用聲音、表情及手勢來加強說理的和表現就可以了。而觀眾也能輕易的了解演出的內容（因為同班同學會有相類似的生命經驗與思考）。因此，安排學習者從戲劇中取材討論再演出，對學習者而言是一種思考價值的分析與激發；當欣賞他組的演出時，對於不同的論點與詮釋，也都能有不同的火花可供激盪，對於學習者的創意、思考與感受，都能相互檢視與刺激。

步驟三：個別創作論說文。從戲劇欣賞到集體創作並發表，學習者在過程中必能與他人的論點有所激盪，同時也會喚起童年時的經歷，在獲得新經驗的同時也點醒舊經驗。而這就是寫作戲劇化教學的最重要的目標：在提升並增強人生體驗，進而增進寫作能力。因此，由學習者經由集體創作中去重組、衍生或回憶而產出新的文章（論說文），必能再將「經驗」深植腦海並轉化為文字；也就是論說文就是作者的觀念表達與溝通。所以倘若能在完成一連串的教學活動後進行論說文寫作，對於學習者適才的想像力、觀察感受力或是受到「觸發」而生對生命價值的感受度，對其寫作的論點都能再加深許多。

讀者劇場劇本改編成論說文的教學實作，以敘事性讀者劇場《老陶匠的秘密》作改寫範例：

> 敘述者：在十六世紀的時候，新疆省有一個少數民族叫烏茲別
> 　　　　克……國王有許多寶藏，中他最喜歡的是一只古董花瓶，
> 　　　　國王把它供奉在宮殿中一個金色的架臺上，常常觀賞它細
> 　　　　緻的圖案和美的色彩……可是有一天，國王打勝仗回來，

（興奮地）老百姓好高興，吹起勝利的號角……唉呀，糟了！（驚慌）王宮裡金色臺架被震動後，那……珍貴的花瓶……花瓶……被震落下來，摔成碎片了！

國王：全碎了！全碎了！這就是勝利的代價嗎？我的花瓶，這麼珍貴的寶貝就這麼全碎了！老天爺！我寧可戰敗也不願失去它。

皇后：唉呀！怎麼會這樣？

國王：一定是哪一個人不小心碰倒了它！

皇后：不會的！剛剛大家都出去歡迎你勝利歸來的時候，還好好的在架子上。

國王：那一定是歡迎的號角鑼鼓聲震倒的！不管！無論如何一定要把它復原！跟原來的樣子一模一樣！

皇后：這怎麼可能？我看你還是想其他的辦法吧！

國王：不行，我要召集全國技術最高明的陶匠到宮裡來，我要他們把破碎的花瓶黏起來，一點也不能露出一絲一毫的痕跡，否則我就要了他們的命。

皇后：就算你殺了他們也是不可能的呀！我看算了吧！

國王：……來人哪！傳令下去，立刻召集全國技術最好的陶匠到宮裡來，不得有誤。

敘述者：到第二天，全國最好的三個陶匠，阿里、阿城、阿札便被找到王宮裡來見國王。

國王：各位先生，你們是全國最好的陶匠了！今天請各位來，是要幫我修補一個花瓶的。

……

敘述者：不久內宮的侍臣從宮中拿著一個布袋走了出來。他將布袋放在陶匠的面前，就將它打了開來。三個陶匠看到了那一袋碎片都禁不住的驚呼……

阿城：（惶恐地）國王陛下，花瓶都已經碎了，不可能復原的！

阿札：我從來沒修理過這種花瓶！它是花瓶嗎？

國王：（生氣的）還沒開始做就說不行！你們沒有試過，怎麼知道
　　　　不行？快想辦法，否則我立刻要了你們的命！

……

敘述者：光陰似箭，一轉眼一年就要過去了，陶匠們憂心忡忡的等
　　　　待，但卻沒有一點烏茲曼爺爺的消息。一年期限的日子終
　　　　於到了。這天清早，國王迫不及待的將陶匠們召集到廣
　　　　場，國王沒有看到花瓶，他失望又憤怒，就下令處死這些
　　　　陶匠……

烏茲曼：大王！我把您的花瓶修補好了，請您放了他們吧！

國王：真的！

……

敘述者：廣場上所有的人們看見了包裹打開後，不禁「哇！」的驚
　　　　嘆。真的！就是那只花瓶啊！國王接過了花瓶撫摸許久，
　　　　並輕輕的敲了幾下。

國王：真了不起呀！你救了我的花瓶，也救了這幾名陶匠！……

烏茲曼：……是我花了一年的時間，才做出和國王一模一樣的花瓶。
　　　　我所以守著這個秘密，完全是為了挽救那些陶匠的性命。

……

敘述者：烏茲曼爺爺的努力與善心終於救了那些陶匠……（張曉
　　　　華，2007：261～265）

將敘事性讀者劇場改編為論說性讀者劇場：

敘述者：在這個世界上，有許多「一失足成千古恨」的例子，所以
　　　　才必須要「三思而後行」。但是偏偏會有人反其道而行，
　　　　硬是要跟既定的事實作對，所以才會頻生事端，徒增煩惱。

國王：我昨天做了一個夢。（驚慌）夢見我最心愛的花瓶碎了。

王后：（安慰）您想多了，花瓶好好的怎麼會碎了？

敘述者：沒多久，一名大臣匆匆的跑進皇宮……

臣子1：（驚慌失措）國王！國王！大事不妙了！您的花瓶……

國王：（驚訝）怎麼了？怎麼了？快說！快說！

臣子1：您最心愛的花瓶被打碎了。

國王：（生氣）什麼？是誰？我要好好問問他，怎麼把我的花瓶打碎了！

（驚慌不安）我要砍了他的頭！我要讓他得到教訓……

王后：國王，息怒、息怒，您這麼生氣當心您的身子。

國王：這時我可管不了我自己了，我一定要讓打破我花瓶的人悔不當初。

臣子1：國王，僕人打破您的花瓶並非故意，您就大人有大量，別跟僕人一般見識了。

臣子2：是啊，國王，也請您想想，以您的富貴榮華，花瓶再買就有了。但是民心是無法用錢可以買的。

國王：哼！我是國王，我說的話誰敢忤逆我？

臣子1：國王，這不是忤逆您啊。

臣子2：國王，請您冷靜下來，我有幾個問題想請教您。

國王：你要問什麼？

臣子2：國王，當今世上什麼東西是您想要，而且也擁有的？

國王：哼！這還用問嗎？全天下都是我的。

臣子2：那麼國王，再請問您，這世界上有沒有您要不到的東西？

國王：嗯……

臣子2：這麼說吧，國王，請問從您登基到現在，您覺得最難到的事是什麼？

國王：人民。

臣子2：喔……此話怎麼說？

國王：我身為國王，努力的一切都是為了我的國家，可是無論我做得再好，人民總是有不一樣的意見，讓我很生氣。

臣子2：那現在？國王還是覺得人民不愛戴您嗎？

國王：我現在認清了一件事實，我不能讓所有的人民都喜歡我，但是我只要大部分的人民相信我，就足夠了。

臣子1：（討好的）是啊，國王，您的努力，已經讓越來越多的人民愛戴您了。

臣子2：所以國王您打算為了一個花瓶，抹殺掉長久以來為人民所付出的努力嗎？

改寫為論說文：

　　人有喜怒哀樂、事有輕重緩急，但不管是在什麼情況下，即使是燃眉之急、即使是怒氣沖沖，都得要「冷靜思考」。

　　俗話說：「一失足成千古恨」，而造成「一失足」的原因，大多是一時衝所造成的，等到鑄下大恨也後悔莫急。而我則以為，一失足也許會造成千古恨；但是一失言所帶來的殺傷力可不比一失足小，所謂「好話一句三冬暖，惡語一句六月寒」，任何一句話都可能影響一個一個人一輩子。所以身為國家元首，必須謹言慎行、小心行事；為人父母更要取信於人；凡身為人，都要為自己所說的每一句話負責。而要能在任何時刻都說出得體的、適合的話，關鍵就在於冷靜的思考。

　　冷靜可以讓我們的腦袋清晰，明辨是非，將平常所累積的道理經過思考得以轉化來運用，落實在生活、待人與處世上。這樣的道理古今皆然、凡人也都明瞭；但是確實是一項難題。畢竟能在慌亂或盛怒中仍能處世泰然、冷靜自若，確實非容易的事，這也就會牽涉到平日修養的工夫。但如果修養不夠無法達到此一境界？就只能奉勸各位，在盛怒、慌亂時，就執行閉嘴與離開的兩項工夫，別讓情緒沖昏了頭、混亂了腦袋也就管不住自己的嘴而造成憾事了。尤其是國家的高位者更應謹記，「一言興邦、也能一言亡國」的道理。

在讀者劇場〈陶匠的秘密〉中，是透過戲劇告訴觀眾（兒童）待人要善良與有恆，事情必定會成功的道理。但是在改寫為論說文時考量到，善良、有恆的處式態度道理對中學生而言已經是老生常談，倒不如藉由讀者劇場中的斷裂處，來銜接並增加「冷靜思考」對處世的重要性；特別在青春時期總是衝動行事的中學生，如果從〈陶匠的秘密〉中，國王盛怒時的口不擇言去思考後果，以現今言論自由的社會來說，所帶來的後果必定不堪設想。因此，從這個角度出發論說，較能獲得共鳴並溝通。

至於既然要學習寫文章，自是希望任何文章都能學習；寫作教學者，也期待學習者透過教學活動後，對於任何文體都能游刃有餘。所以教學活動依所針對的方向是將讀者劇場轉化為論說文；而教學活動二則是將論說文轉化為讀者劇場。

教學活動二：論說文→讀者劇場。

步驟一：以小組為單位，討論選定論說文作品，此篇論說文可以是小組成員的共同創作、某一成員個人的作品或是現成的論說文的作品。

步驟二：集體創作，將論說文作品的敘事與議論，作小組的討論、編排並與學習者的生活經驗結合後，將內容改寫為讀者劇場劇本並發表演出。

步驟三：各小組互相欣賞彼此的作品並討論優、缺點，以期相互學習檢討與改進。

步驟四：個別將由小組所創作的讀者劇場劇本，再重組、衍生或觸發新的感受或經驗，再進行論說文創作。

論說文改編成讀者劇場劇本的教學實作，以梁啟超〈最苦與最樂〉作改寫範例：

> 人生什麼事最苦？貧嗎？不是。失意嗎？不是。老嗎？死嗎？都不是。我說人生最苦的事，莫苦於身上背著一種未了的責任。人若能知足，雖貧不苦；若能安份（不多作份外希望），雖然失意不

苦；老、死乃人生難免的事，達觀的人看得很平常，也不算什麼苦。獨是凡人生在世間一天，便有一天應該的事。該做的事沒有做完，便像是有幾千斤重擔子壓在肩頭，再苦是沒有的了。為什麼？因為受那良心責備不過，要逃躲也沒處逃躲呀！

　　……

　　翻過來看，什麼事最快樂？自然責任完了，算是人生第一件樂事。古語說得好：「如釋重負」；俗語亦說是：「心上一塊石頭落了地」。人到這個時候，那種輕鬆愉快，直是不可以言語形容。責任越重大，負責的日子越久長，到責任完了時，海闊天空，心安理得，那快樂還要加幾倍哩！大抵天下事從苦中得來的樂才算真樂。人生須知道有負責任的苦處，才能知道有盡責任的樂處。這種苦樂循環，便是這有活力的人間一種趣味。卻是不盡責任，受良心責備，這些苦都是自己找來的。一翻過去，處處盡責任，便處處快樂；時時盡責任，便時時快樂。快樂之權，操之在己。孔子所以說：「無入而不自得」，正是這種作用。

　　然則為什麼孟子又說：「君子有終身之憂」？因為越是聖賢豪傑，他負的責任越是重大；而且他常要把這種種責任來攬在身上，肩頭的擔子從沒有放下的時節。曾子還說：「任重而道遠」，「死而後已，不亦遠乎？」那仁人志士的憂民憂國，那諸聖諸佛的悲天憫人，雖說他是一輩子感受苦痛，也都可以。但是他日日在那裡盡責任，便日日在那裡得苦中真樂，所以他到底還是樂，不是苦呀！

　　有人說：「既然這苦是從負責任而生的，我若是將責任卸卻，豈不是就永遠沒有苦了嗎？」這卻不然，責任是要解除了才沒有，並不是卸了就沒有。人生若能永遠像兩三歲小孩，本來沒有責任，那就本來沒有苦。到了長成，責任自然壓在你的肩頭上，如何能躲？不過有大小的分別罷了。盡得大的責任，就得大快樂；盡得小的責任，就得小快樂。你若是要躲，倒是自投苦海，永遠不能解除了。

（梁啟超，1978：1～3）

改寫成讀者劇場劇本：

> 敘述者：人生中一定有苦也有樂，有人說，人生的苦比較多，因為人本就是來人世間受罪的；但也有人說，人生是樂的，只要能從苦難的人生中尋找樂趣，這人生就一點也不苦了。
>
> 學生1：我說人生是苦，因為我們都是來受苦的。
>
> 學生2：我說能身為人就是樂的，因為我們主宰了一切。
>
> 學生1：人生中最苦的莫若責任未了。
>
> 學生2：人生中最樂的，就是責任已了。
>
> 學生1：為什麼背著未了的責任是最苦的？
>
> 學生2：為什麼責任完了就是最快樂的事？
>
> 學生1：因為責任是千金重擔一直壓在我們的肩上，久了就壓到心頭上，讓你老覺得心裡有塊大石似的，沉甸甸。
>
> 學生2：因為責任了了。代表的就是了無牽掛，心就可以自由自在隨心所欲，沒有什麼會擔憂之情了。
>
> 學生1：如果責任會讓人痛苦，那就把責任丟了，眼不見為淨，就沒有責任了。
>
> 學生2：責任不是丟了就沒了，是要完成了才是真正的沒有責任。
>
> 學生1：沒有責任的人都不會覺得有壓力，也就不苦了。
>
> 學生2：沒有背過責任的人，不會知道背責任的苦，不知道苦，又怎麼知道樂？
>
> 學生1：所以有責任的苦，是自己覺得苦。
>
> 學生2：所以當責任完成了，自己也就覺得快樂了。因為良心過得去。
>
> 學生1：那麼那些聖人的人生都是苦的，因為他們責任重大。
>
> 學生2：他們的責任都是以天下為己任，把整個天下背在肩上。
>
> 學生1：啊……那好苦啊！
>
> 學生2：不苦，他們很快樂。
>
> 學生1：背了全天下的責任哪來的快樂？

> 學生2：我們背的是小責任，盡了小責任，自然就會覺得快樂，這
> 　　　　是小快樂。但是聖人們背的是大責任，大責任盡了，他們
> 　　　　就覺得大快樂。
>
> 學生1：所以人生有苦也有樂。
>
> 學生2：責任帶給我們最苦與最樂。

從人生中的最苦與最樂切入，並不是對每一個人而言，最苦的是責任，最樂的也是責任完成。但是憑著從責任來切入，讓學習者有機會反思人生中的苦與樂；也讓學習者探索其責任在哪哩，再由讀者劇場演出作爭辯，對學習者是另一種的刺激及反思。

教學活動三：論說文（文言文）→讀者劇場→論說文（語體文）

本研究寫作戲劇化教學的對象是高職二年級學生，所以在新詩寫作舞臺劇化與小說寫作相聲劇化兩階段中的戲劇，對學習對象來說是一種新的刺激與高層次的經驗激發。但是到了散文寫作故事劇場化及本章的論說文寫作讀者劇場化就遇到了選材上的瓶頸。因為讀者劇場的主要對象是兒童，倘若仍依一貫的寫作教學方向來作教學活動，則無法找到相應且適合的題材，所以在本節的論說文寫作讀者劇場化教學方向中，教學活動的安排尤其是在選材上必須作改變。也就是倘若此寫作戲劇化課程的學習者是較高年級的中學生，在戲劇與文章相應的選材上就必須有所變更。因此本節新增了教學活動三，也就是試圖將文言文式的論說文取代讀者劇場的內容再改編為語體式的論說文，此種改編實際寫作已於本章第二節針對空白、斷裂與菁華分別去填補、銜接與發揮來創作，在此就不再贅述重複。

第八章　相關實務得印證

　　本研究所探討的寫作與戲劇的結合教學採取理論建構的方式，已呈現一套新的寫作教學模式，因此為使本理論證實有效，必須再採用實證研究來交互印證。這是因為本研究透過文類與戲劇的特性相互結合教學的提示，得自我檢測理論的效度與信度。因此，本章中關於新詩寫作舞臺劇化教學、小說寫作相聲劇化教學、散文寫作故事劇場化教學及論說文讀者劇場化教學等的倡議，並非邏輯性的結合，而是僅就文類與戲劇的特點角度來切入，以致根據理論所設計的實證活動就會涉及學習者接受程度、寫作能力的增強、教學活動設計與實施方式、及研究者所觀察、紀錄、訪談等，依所進行的各項分析，並且進行評估與檢測。至於進行檢測的方法，在實證研究進行中，則是以質性研究的深度訪談及參與觀察來蒐集相關可供證明的資料。

第一節　隨機印證

　　本理論建構的出發點是站在以目前坊間的寫作教學課程或書籍裡，對於國小、幼兒的作文教學資源相當豐富，從圖畫書、繪本、視聽教材……等不勝枚舉，但是卻很難找到中學生的寫作教學資源，就算有也都是「一成不變」的制式模式，如主題、舉例、優秀範本、說明、批閱說明；或是文類解釋、定義說明、應囊括的內容與議題、範本說明。這兩種主題型態並非不佳，但卻只能對於已有「一定」基礎或水準的中學生有效。對於寫作基礎原就不佳的學習者來說，在修完這類的課程或讀完這類的書籍後，提起筆來會有兩種情形：一種為奮筆疾書的產出一篇篇「異曲同調」或「異口同聲」的文章，同一個主題，寫出來的文章內容不脫範本與例子介紹，

沒有個人見解與看法，等於是填鴨式的寫作課程，學習者經過教學課程後仍舊沒有新的啟發或新的刺激；而另一種則依然難以下筆成文。此種類型的寫作教學所以很難有效，就是沒有追究出學習者的「難處」。

鑑於寫作教學的相關教材都有一定的水準，但卻沒有被探究出學習者所以無法「成文」的最大原因，要歸結於大家經驗太少。因為寫作就是說話，是一種溝通的方式與橋樑，是將過去自己的經驗與人分享、抒發的過程，因此倘若沒有相當的經驗來輔以寫作，當然也就難以下筆成文，因為他不知道要寫（說）什麼。所以藉由寫作戲劇化教學，透過戲劇來啟發學習者的想像力、創造力，可以重新喚起、回想經驗，更甚者可以製造新的經驗。因為戲劇就是人生，在人生中挑出一段或一個事件，都能再重新衍生新的經驗與想像，無形中將經驗再予以創造。所以倘若要「歸咎」現在學生寫作能力低落，其實原因就是生命經驗的不足，而這卻鮮少有人理解。因此本研究以戲劇結合寫作教學並實證，以說明藉由戲劇來創造並激發經驗。

由於我本身擔任高職學校的國文科教師，對於中學生寫作能力的提升一直在尋找適合的方式及方法，再加上又有課程時間與進度上的限制，所以必須以學校班級為實施教學的個案。再者，因為學生層級有國小、國中、高中職與大學的學生，本研究因任教關係，以我自己的任教班級也就是高職二年級學生作實施教學來取證，所以無法廣為取證。但是因為戲劇的功能是一種「團體的活動」，「創作戲劇時，都是要將各種素材，透過自身過去的經驗與對未來的構想，以團體合作、教師指導，所共同完成的」（張曉華，2007：18），所以我相信雖然本研究是以高職二年級學生為實施對像，但是透過參與戲劇、經歷戲劇的欣賞、改編、演出、創作的一連串過程，必定能將戲劇所吸收到的經驗轉化，進而化成文字書寫出來。這樣的教學模式適用於各層級學生的寫作教學。因為上面已提過寫作是一種經驗的抒發與溝通的橋樑，所以「經驗」是文章能夠「言之有物」的累積；而在學生層級中，依常理推測國小學生的經驗是最不足的，但是創意與想像確是最足夠的，所以倘若針對國小學生實施寫作戲劇化教學，以本研究中

的文類與戲劇特性為原則而依所結合的方式進行寫作教學，必定能將國小學童的想像經驗具體化、生活經驗抽象化，二者相互結合必能激盪出火花。至於中學生（包含國中與高中生）在生活經驗上仍不足，但是相較於國小學生已經有一定程度的經驗累積，天馬行空的幻想也仍存在，所以對中學生進行寫作戲劇化教學所能得到的成效應該是最好的，畢竟戲劇能在增加經驗之外又可以喚起舊經驗，戲劇演出的同時又能將其抽象的思考藉由具體化的動作或敘述展現出來，也就是能試著去製造意象。面對大學生使用寫作戲劇化教學的關鍵，自是在其已經累積了豐富的經驗，倘若是能將經驗透過戲劇觸發、衍生新的經驗並昇華為文字，戲劇就是一個將思考轉化為文字的媒介了。

　　所以就如上述，寫作戲劇化教學是可以廣泛使用在各個層級的學生、不同場域的教學環境，只要教學者能將適合的文類與戲劇作相應的結合，都可以多方的顧及到學習、樂趣及有效的教學成效。

第二節　印證的對象

　　本研究兼採實證研究，因此必須實際執行教學活動來驗證理論的有效；而我本身擔任高職學校二年級國文科教師，所以將嘗試戲劇融入寫作教學的課程中，實施寫作戲劇化教學，以為檢測成效。教學的地點就是教室。然而，教室這樣的場所對於活潑的、動態性質的寫作戲劇教學是否有影響？教室的氣氛營造是否攸關寫作戲劇化教學的成效？都是教學者本身應該要事先考慮的。至於在「教室場域與寫作教學」（林璧玉，2009：118～119），有關場域氛圍的營造，則有：師生互動、同儕關係、權力配置、環境影響及班級經營（情境布置）等。所以下列就根據這種場域的特性來說明選擇印證的對象的方式與原因。

(一) 師生互動：師生間的互動關係是課程教學相當重要的一個環節，尤其在教室這個固定的空間中，組成的分子就是教師與學生，而學習的成

效就有賴師生之間共同的經營，也就是師生互動的相互配合。所以我所安排的印證對象，選擇了高職二年級 E 科的學生。所以挑選這一班的原因就在於，擔任這一班的國文科老師已有一年的經驗，雖然學生在語文表現上並不出色，甚至有五成以上在文科的表現僅差強人意，而且程度上的差距也不小，但是一年來的相處，與學習者之間已有一定的默契，對班上每一個學生的程度也都相當清楚，所以在這樣的條件與基礎之下來進行活潑性、自主性與互動性較高的寫作戲劇化教學，應該是最為適合的。

(二) 同儕關係：學生同儕間的相處模式與氣氛，往往就會決定課堂上的氣氛，且會明顯的呈現在班級的風格上。如果同儕之間感情融洽，則課堂間的討論互動或秩序維持，都能較有效率，學生之間也能相互幫助，對於課程的進行與進度都能順利且有效果，這對寫作戲劇化教學的活動進行是不可或缺的環節。而 E 班的學生在同儕相處上是相互幫助、感情融洽的一班，雖然全班都是男孩子，卻也有細心、體貼的一面。基於上述的原因，所以選擇本班的學生來實施寫戲劇化教學。

(三) 權力配置：「權力之所以為權力，主要的特質不在於相對的可能性，而在於其絕對性。所以老師對於學生而言，具有體制賦予的權力，所以學校裡支配與被支配的現象被高度合理化……」（畢恆達，2006：5）在教室中，教師絕對是握有權力的人，畢竟一堂課五十分鐘有既定的課程進度與課程活動安排進行，教師倘若沒有在上課前作好規畫，勢必會影響整個課程的進行。而寫作戲劇化教學的課程，從課程前、課程中以至檢討，都得由教師作好完整的規畫，帶領學生一同參與進行，教師的課程支配權力是無庸置疑的。所以這也就牽涉到上述的師生互動了。雖然在教室內教師是必然握有權力者，但是在本課程活動進行中，仍需要適時的將權力下放並適時的收回，以便能在課程順利進行的同時，又能給學習者空間進行活動的參與。

(四) 環境影響：學習者學習與教學者進行教學活動的空間就是教室。對 E 班的學生來說，教室是可以讓他們放鬆的地方。因為對該班學生來

說，最重的課程壓力來自專業課程與實作，而專業課程的進行場所布滿的機械工具必須時時繃緊神經、安全至上，所以相較於專業教室的危機四伏，一般教室就令人安心多了。因此，本研究進行活動的環境就選擇一般教室，也就是在較能使其放鬆、心情愉快的教室空間進行教學活動。

(五) 班級經營（情境布置）：本活動進行的空間環境就是教室，在進行活動時必定會請學生事先將桌椅依照組別排定，也必須依組別入座。這樣的安排除了是活動的需要以外（以小組為單位進行討論與演出）；另一方面，也方便學生自由選擇組員來進行分組。以目前普遍教室中的配置方式，包括座位的選擇都不是學生可以自己決定的，但是寫作戲劇化的活動其實就是要刺激學生的創造力與想像力，所以必須要給他們一個適合發揮及思考的空間與位置。而我所挑選的 E 班也是較活潑好動卻又有一點害羞的班級，以這樣的空間配置，藉由同組好朋友的鼓勵、相互討論，在沒有戒心的情況下也就能比較放心的參與活動的討論、甚至能暢所欲言，這也是本研究活動安排的重要環節。

這五種學校場域與寫作教學的關係在本研究中都會有相當程度的運用，尤其本研究的實施對象是以學校環境作為學習場所的高中生，在獨立思考、活潑與自主性是會影響整個課程進行的成效與完成度，也是教學者與學習者彼此之間的溝通媒介，甚而因為學習者本身已經是高中生，所以在彼此之間或是小組之間的溝通媒介，也都需要透過下列的四種教學方法與上述的空間對寫作的影響相呼應。

至於在學習者方面，因為本研究涉及到文類與戲劇的結合、改編、演出與創作，所以必須分組來進行活動。分組時，我採用自由分組方式，僅規定各組的人數限制。此舉是考量到本研究的教學活動，最重要的就是要激發學習者的經驗，所以透過小組間的共同討論、共同改編演出及共同創作，都是小組成員間或小組與小組間的「經驗的交流」；況且戲劇的演出或是改編創作都必須要團體討論、團體演出，倘若小組成員間是由一群感情較好的或興趣較接近的同學所組成，在小組討論時彼此之間應會有更多

的共鳴發生，對於寫作或戲劇演出都會有較佳的團隊默契。當然不可否認的，讓同質性較高的學習者共同創作，在思想上是比較接近而難有反差較大以致影響創意的激發的聲音出現（因為創意就是無中生有、製造差異），因此而無法有效的激發創意；但是在本研究的教學過程中，小組與小組之間仍會有觀摩、討論及分享，這一部分就會讓學習者原本是小組成員間的經驗交流擴大，而成為小組「融合經驗」後的「再經驗交流」，以致經驗交流後的個人刺激與反思，所以也就暫且忽略前者的議題。

此外，高職學生的班級組成，學生是來自不同區域、四面八方，同學間彼此的生活經歷、環境背景本就不同，但選擇同一科代表的就是有共通的興趣與經驗，所以讓有同樣專業卻不同背景的人融合、彼此交流，其實本身就是一種無中生有、製造差異的創意結合，以致也就大可不必在意同質性組合的問題。

在這樣的前提下，上述的環境影響教學中所論及的氛圍營造，就可以跟下列四種教學方法靈活搭配：

(一) 講述法／成果導向法：相關寫作活動由教師支配。

此項教學法在本研究的運用目的，主要是在教學活動前的準備工作中，對於文類——新詩、小說、散文、論說文的說明及戲劇——舞臺劇、相聲劇、故事劇場、讀者劇場的介紹。其原因在於中學生對於此四種文類與四種戲劇其實並不陌生，當然也有曾經欣賞戲劇或創作文類的經驗，但是對於文類的定義多數僅停留在寫作的形式不同，倘若要同時創作四種不同的文類，大概就會「混為一談」了。所以在實施教學活動前一定要透過教師詳細解釋文類與戲劇的差異，更要說明此種教學活動的目標是要提升經驗、增進寫作能力，過程則端賴教學者與學習者共同進行。

(二) 自然過程法／低結構性過程導向教學法：相關寫作活動由學習者支
　　配、主動發起，並按照自己的速度進行寫作。

本研究的實施對象是高職學生，在寫作教學戲劇化中的活潑性、自主性與創意的發揮，關鍵就在於教師設定活動目標及活動進行方式後，整個活動的過程就由學習者來發揮、安排並支配（當然，整個活動流程的主導

權、時間控制、秩序維護等仍然是教學者的責任），主要目的是給予學習者空間來想像、回憶、溝通，依小組成員特性及步調來完成小組的工作（從戲劇中尋找題材、改編成戲劇及文本），使學習者有刺激、修改、分享、回饋、思考和重寫的空間。

(三) 環境法／高結構性過程導向教學法：相關寫作活動由教學者和學習者共同責任分擔。

此項的教學方法是最適合本研究的活動進行，相對於學習者來說，也會有較高的自主性。這樣的教學方法對於本研究的實施對象是最可以發揮的。因為高中生已能自我管理，再加上此項教學方法對於教學者與小組討論的實施是自然的「教學相長」過程，小組間的學習與回饋，對教學者而言也是另一種反思與分享。

(四) 個別化法／輔助式成果導向教學法：相關寫作活動由學習者向小老師或電腦學習寫作，並獲得回饋，強定以個別學習者為協助的對象。（張新仁，1992：23～24；周慶華，2007：98～99）

完成小組間的活動後，要讓活動延伸融會貫通並非只有在課堂內。活動中所得到的任何經驗與刺激都要個人好好的沉澱吸收，如此一來才能成為基礎，也才有機會成為另一種思想開展的利器。

上述四種教學方法對於本研究的活動安排或運用都能游刃有餘，這必須歸功於本研究的實施對象是高中生，而以其「經驗」是可以從事這些方式教學的，所以在各項解釋說明上能以較有效、快速的方式運作。當然，倘若是實施在國小或國中生時，也可以用相同的方式進行教學，只是教學者在可以主導的時間裡可能必須花費更多時間及心力來解釋文類與戲劇的。

但是不論實施活動的對象是國小、國中、高中或大學生，在帶領寫作戲劇化教學時都必須要有一番的「引導」，畢竟本活動並不是普遍甚至是較新的教學活動（尤其是中學生），所以教學者必須花費一番工夫來引導、引出興趣，才能有較佳的成效。林玫君在《創造性戲劇理論與實務》歸納出導入（或引導）的三種方式：

(一) 引起動機：在活動開始前，利用發問討論、音樂或一些道具，來引入將要進行戲劇活動的主題。

(二) 暖身活動：以簡短的遊戲、熟悉的短歌或帶動唱等活動，來集中參與者的注意力，培養團體互動的默契，並為稍後的活動作準備。

(三) 介紹故事：直接介紹故事也是一種方法，而且是用「講」的方式，使故事更加生動。(林玫君，2005：244) 此番的引導都是為了能使學習者跟上課程的腳步。雖說上述的三種方式是以兒童為主，但改變一下主題也可適用在中學生身上。畢竟中學生的精力尤其旺盛，在進行課程前得先將課程的安排作介紹並引發他們的興趣，好使學習者能事先知道「遊戲規則」，大家就「按表操課」。

在本研究的教學活動中，觀察者有兩種類型：

第一觀察者：E 班國文科教師。因為學校課程及教師的安排，無法有第三觀察者參與，研究者是教學者也是觀察者。

第二觀察者：E 班學生，共 32 名，由學生自行分四組，一組 8 人，編碼如下：

表 8-2-1　二年 E 班寫作戲劇化教學分組表

組別	組員 1	組員 2	組員 3	組員 4	組員 5	組員 6	組員 7	組員 8
第一組	A1	A2	A3	A4	A5	A6	A7	A8
第二組	B1	B2	B3	B4	B5	B6	B7	B8
第三組	C1	C2	C3	C4	C5	C6	C7	C8
第四組	D1	D2	D3	D4	D5	D6	D7	D8

第三節　印證的方式與進程

本研究「寫作戲劇化教學」透過戲劇與寫作的結合教學，除了對現階段中學生的寫作方式的反思之外，也希望透過較活潑、重視思考及討論的

活動過程作創意式的寫作教學。所以透過理論的建構後，必須開拓一番新的活動教學設計並執行，來驗證理論的有效性。因此，我在理論的建構原則之下，設計分別針對新詩寫作舞臺劇化教學、小說寫作相聲劇化教學、散文寫作故事劇場化教學及論說文寫作讀者劇場化教學等四種文體與四類戲劇相結合的課程。並且先透過活動實施的進程來反思教學者自己所要追求的目標及課程的安排與整體的呈現方式，再來進行教學活動設計。

（一）印證的進程（流程表）：

本印證共分有教學者的準備階段→教學者與學習者共同實施階段→教學者與觀察者的評析階段。流程表如下：

寫作戲劇化教學	準備階段	1	發現問題、尋找相關題材或文獻閱讀、尋求解決問題的答案。
		2.	構成研究主題。
		3.	文體歸類及選擇：新詩、小說、散文、論說文。
		4.	相應戲劇選擇：舞臺劇化、相聲劇化、故事劇場化、讀者劇場化。
			↓
	實施階段	1.	選定教學 & 印證對象。
		2.	設計主題：寫作與戲劇的相應結合。
		3.	設定教學時間與流程。
		4.	前測文章分析（一年級寫作的文章），擬定學習的難易度與目標。
		5.	設計新詩寫作與舞臺劇結合教學計畫。
		6.	進行新詩寫作舞臺劇化教學：《暗戀桃花源》。
		7.	第二觀察者寫作文本分析。
		8.	修正下一階段計畫。
		9.	設計小說寫作與相聲劇結合教學計畫。
		10.	進行小說寫作相聲劇化教學：《記得當時那個小》。
		11.	第二觀察者寫作文本分析。
		12.	修正下一階段計畫。
		13.	設計散文寫作故事劇場化教學計畫。
		14.	進行散文寫作故事劇場化教學：《小李子不是大騙子》。

	15.第二觀察者寫作文本分析。
	16.設計論說文寫作讀者劇場化教學計畫。
	17.進行論說文寫作讀者劇場化教學：《老陶匠的秘密》。
	18.第二觀察者寫作文本分析。
	19.實施後測寫作（共四次）。
	↓
評析階段	1.　第一觀察者觀察紀錄分析。
	2.　第二觀察者訪談紀錄分析。
	3.　第二觀察者寫作文本分析。
	4.　綜合各項資料分析。
	5.　反思理論的加強與修正。
	6.　撰寫研究報告。

圖 8-3-1　印證進程表

1.準備階段

　　著手進行寫作戲劇化教學前，對於文類的選擇著實有一番的「天人交戰」，思考的點有：倘若以站在升學考試的觀點來思考，希望在繁重的課程中進行較活潑且創新的教學活動，除了能解放學習者被教科書壓榨的想像力以外，而且還能使僵化的思想透過戲劇有不一樣的啟發，自然就希望用此一寫作教學規畫能一舉兩得。在創意教學活動之餘，還可以針對升學考試的文體作加強。但是現今的升學考試，雖然多以記敘文為主流的考試文體，但再深入觀察會發現，大多數的考試並不會規定要用何種文體來創作，寫作的關鍵分數仍然是在寫作內容的充實度、創意度與啟發；再來，撇開升學考試不談，寫作的能力不啻也是說話、表達的能力，不論是學習者日後的求職信函、各項考試、或是人跟人之間的書信來往與溝通交談，無不是以寫作當基礎。既然如此，那麼寫作的文體就會包羅萬象，視情況而定了。所以綜觀來看，也站在學習者的角度思考，以宏觀的眼光來決定教學的文體，那麼教學的設計與範疇就應該是能含括各種文體；透過寫作教學課程後能對各種文體的寫作知道要「為誰寫」、「怎麼

寫」、「寫什麼」，因此寫作教學應該是能教各種文體，使學習者會寫任何文體才是。

　　因為教學時間的限制無法針對每一種文體作實際的教學與寫作，所以在文體的選擇上就以大方向的歸結成新詩（抒情）、小說、散文（敘事）、論說文。所以有這樣的區別是因為新詩的主要成分就是在抒情，而倘若只是泛泛的傷春悲秋，那麼也只是淪為淺俗的抒情罷了。但是新詩著重的是意象的安排，況且意象的安排又會涉及到文化、學派與風格的影響，所以讓意象與抒情結合，則情緒的抒發就能有更深一個層次、甚或是更高一層的抒解，而非表面上的抒情。小說其實就是敘事與對白的結合所構成的情節的發展，說到底小說就是人生的縮影，藉由小說的敘事說明故事背景，就像敘事散文一般必須在有限的時間與字句中將話給說清楚，但倘若只是泛泛的說話，就又沒有吸引人的地方，所以再加上對白所構成的幽默諧趣，會讓小說添上生動的姿采。至於本理論中的散文是只取被歸類在敘事性散文裡的（因為散文有抒情性散文及敘事性散文），但相較於新詩的抒情，抒情性散文在情感上的抒發就無法像新詩般的有味道，所以有關散文的安排就僅著重在敘事性散文，而以描述、詮釋並啟發作為散文教學的主軸。有了抒情、敘事、對白後，還要有一點論說的成分，以致於在教學中又設計了論說文。論說是一種「理解」與「主張」的過程，所以必須理解一項道理（或真理）後還能延伸出自己的主張，以理服人。因此，本研究的文體選擇上涵蓋了抒情類——新詩；對白與描述類——小說；敘事類——散文；說理議論類——論說文，廣泛的包羅各種文體的特性及寫作形式，相信能使學習者透過此四種文體的學習去衍生寫作。

　　至於在相應的戲劇上，必須思考的是戲劇的適用性。在第三章已詳細說明，戲劇與文體的結合主要是在二度輸出上。文章寫作是一種輸出；戲劇演出也是一種輸出，倘若將兩種加以結合運用，就會形成二度輸出，所輸出的「產品」也就相對的更具有創意性。當然，戲劇與文類的結合端看教學者的連結與使用程度，各種文類都可以廣泛的跟各種文類相結合，所以本研究文類與戲劇的結合是非邏輯的結合，完全是採取戲劇的

本質與文類的特性作相應的結合，以使學習者能更快速的經過戲劇的過程產生刺激與經驗結合來輸出文章。以致在本研究中就取舞臺劇的意象營造來與抒情的新詩作結合；取相聲諧趣的對話來與小說作結合；取故事劇場的溫馨、夾敘夾白來與敘事性的散文作結合；再取聲情美表現的讀者劇場來與論說文作結合以打動人心。這是本研究在戲劇與文類結合自我的「邏輯性」，是取其二者的特色與本質交互使用與映襯，以達到寫作教學的效果。

2.實施階段

我在進行本研究時，就已設定研究的對象，也就是高職二年級學生。除本身任教高職學校的原因外，也因為所選定的觀察對象從一年級就是我的任教班。在一年的寫作教學中，一直努力要提升其寫作能力，但是在搜羅各種教學方式及適合的題材時發現，對於高中生的寫作教學活動設計都是制式的、一成不變，在一年的寫作指導課中，即使嘗試用不同的寫作題材引導寫作，但是成效依然不彰。尤其是對低成就的學生而言，寫作課就是枯坐課，常常不知該如何下筆，更遑論寫作；而程度較佳的學生即使長

表 8-3-1　二年 E 班前測文本分析歸納

文章／程度	上	中	下
文章形式	可以明確知道並寫作出各種文體與形式。	可以分辨寫作的文體，但形式仍混淆。	無法分辨文體，會混淆寫作的文體形式。
文章結構	段段分明。	容易混為一談。	無法有結構。
文章內容	較充實切題，但豐富度不夠、情感也欠缺。	能夠切題，但同一論點或情感不斷打轉。	容易偏題，情感與內容都不足。
文章創意	較少。	有創意但無法引起共鳴。	沒有創意。
生命經驗	能引用到文章中，但點到為止，無法深入詮釋。	能引用到文章裡，但僅在一個事件或經驗的描述。	白話的經驗描述，無法與題目作適切的結合。

篇大論一番，也仍不免是制式的內涵，在內容上沒有新意與創意，寫作出來的文章與範本大同小異，可見原本的（坊間的、制式的）寫作教學成效有限。但是經過一年的相處，對於學生的程度與個性都有一定的了解，所以選定由這 E 班學生來進行寫作戲劇化教學，其成效對我（研究者、觀察者與教學者）及第二觀察者（學習者）來說，應該是最容易發現與判別的。因此，我僅在進行第一次的寫作戲劇化教學前，進行一次文章寫作當作前測，再佐以其一年級的文章作比較分析。

在教學活動設計上，我以戲劇為主分別進行四種戲劇（舞臺劇、相聲劇、故事劇場、讀者劇場）搭配四種文類（新詩、小說、散文、論說文）的寫作教學。在戲劇的主題上，因為舞臺劇與相聲劇有較多樣與多元的題材可供選擇，且對象是針對年紀較成熟的一般成人為主，因此在題材上，不論是愛情、親情、友情、校園生活、人生經驗等，都較能適用於學習者並產生共鳴。因此，在舞臺劇及相聲劇上我選擇《暗戀桃花源》及《記得當時那個小》作為戲劇題材來引發學習者在愛情與親情；在人生與志向的題材上，試圖激盪出生命的經驗與火花。但是在故事劇場與讀者劇場中，因為主要的觀眾設定在兒童，所以在選材上較無法引起學習者較高層次的經驗，但卻可以藉由故事劇場與讀者劇場的特質，來回想兒時經驗，進而引發或延伸出新的經驗，所以選擇以《桃花源記》改編的《小李子不是大騙子》及論說點重在人格品行的《老陶匠的秘密》作戲劇題材來引發生命觀與人生價值觀的經驗呼應。

在每一次的寫作戲劇化教學活動時，我都以第四章至第七章的理論建構與教學步驟原則來進行小組的共同演出與創作文本或劇本；並且在團體創作後，再進行個人的文本創作，他們可以根據教學活動中的集體構思與其他各組的分享中，尋找靈感或激起個人本身的經驗。至於觀察者我，則從活動進行時的觀察與學習者的創作文本中來進行資料的搜集與分析教學活動的有效程度。

3.評析階段

　　在進行至少四次的寫作戲劇化教學活動後，也就進行至少四次的文本創作當作後側來檢驗教學活動成效並能修正下一階段的教學活動與選材。因此，每一次的教學活動都能涵蓋到準備階段、實施階段與評析階段，並藉由觀察紀錄、訪談紀錄綜合分析所得的資料。

（二）印證的方式

　　本研究的印證方式是藉由實際的寫作戲劇化教學課程的設計及進行，實地操作以印證效用。其中因為四種文類與四種戲劇相結合，上面已經說過這是本研究所選用的「邏輯性」結合，所以在教學活動設計上則試圖把四種文類與四種戲劇結合教學在同一個教學活動設計中處理，以為示範。倘若有其他戲劇與文類的結合，也可依此範例進行寫作戲劇化教學活動，屆時教學活動設計就必須依一種文類與一種戲劇的結合分別作教學活動設計。而因為每一次的教學活動只有二節課時間，在時間中必須進行戲劇觀賞、集體創作、演出、分享及個人創作，所考慮的就是避免學習者下筆艱難的窘境，可以給予寫作的靈感，因為有過程的差異、創意的激發與集體的分享等「過程的差異」來產生靈感；況且因為時間有限，為使內容緊湊而豐富有創意，因此各組產出的創作或個人創作應以短篇為佳。寫作戲劇化教學活動設計如下：

表 8-3-2　寫作戲劇化教學課程教學活動設計

單元設計	寫作戲劇化	教學對象	高工二年 E 班
設計者	林怡沁	教學人數	32 人
教學場地	二年 E 班教室	教學時間	共 2 節課，100 分鐘。
教材來源	1. DVD：《暗戀桃花源》、《記得當時那個小》。 2. 網路資源搜尋：《小李子不是大騙子》、《老陶匠的秘密》。 3. 教學者選材：新詩、小說、散文、論說文範例。 4. 相關戲劇及文類的專書參考資料。		

教學資源	1. 單槍、電腦。 2. 前測文本、後測文本、後測問卷。 3. 小組稿紙、個人創作稿紙。
教學目標	1. 學習從戲劇中尋找題材。 2. 進而能從生命經驗來抒發情感與並找尋寫作題材。 3. 能多方觀察並留意生活週遭的經驗。 4. 提升寫作內容的豐富度與創意度。 5. 從戲劇、寫作中喚醒並衍生新的生命經驗。

活動名稱	教學活動內容	時間	教學目標	教學評量
戲與文的對話	一、準備活動 （一）教師 　1. 從前測的文本中分析程度，並選擇適用的戲劇與文章題材。 　2. 準備戲劇題材：四部 DVD。 　3. 準備四類文本給學生回家閱讀。 　4. 已分組名單及編號。 （二）學生 　1. 閱讀四類文章範例。 　2. 各小組先搜集愛情、友情、親情等相關資料或最近發生的新聞事件。 　3. 依照分組名單入座。 二、發展活動 （一）活動一：文類與戲劇結合教學 　1. 討論新詩的特性。 　　教師提問：什麼是新詩？新詩與其他文體在寫作形式或內容上有什麼不同？ 　　S： 新詩就是一句話一行，其他的文體不能。 　　S： 古代的詩要押韻，新詩不用。 　　S： 新詩就是唸起來有節奏。 　　S： 新詩應該都是發洩情感才叫新詩。 　　S： 有些新詩寫的讓人看不懂。 　　S： 對，就是會用很具體的東西表現很抽象的情感，先前老師有說過。 　　S： 新詩的用字遣詞都很美。 　　教師總結： 很好，大家對新詩都有一定的認識，而且也知道新詩是美感的表現。其實新詩並不是用一句話一行來分開，應該是用情緒、節奏、韻律來分隔為一	30	1. 了解文類的特性。 2. 了解戲劇的特性。 3. 清楚文類與戲劇結合的原因及特性。	小組從戲劇中尋找題材並討論。

| | | 行。新詩的確大多是抒發情感的，但是情感並不是容易可以被體會的，所以會有用具體的東西來描述抽象的情感。至於同學說有些新詩看不懂，其實新詩有一個很重要的成分，就是「意象」。如果新詩是要抒發情感，那麼我要試著寫出什麼樣的氣氛或描述，來讓讀新詩的人看懂心情，所以意象是新詩相當重要的因子。

2.討論舞臺劇的特性：播放《暗戀桃花源》精采片段 5 分鐘。
　　教師提問：那麼我們再來討論一下什麼是舞臺劇？你覺得看舞臺劇時，會帶給你什麼樣的感受？
　　S：舞臺劇就是不能 NG 的戲，演員都要很會演。
　　S：我看過的舞臺劇都很悲傷，看完心情很不好。
　　S：我發現舞臺劇的布景會跟著內容轉換。
　　S：服裝和道具、擺飾都是，好像很多人在裡面很忙。
　　S：看舞臺劇跟看電視不太一樣，舞臺劇演員就在我的眼前演給我看，沒有字幕有些話我會聽不懂，但是我還是看的懂。
　　S：對，我看電視不會哭，不過我看過一部舞臺劇卻很感動而且也很好笑。
　　教師總結：很好，大家都有看舞臺劇的經驗，也能受到感動。其實舞臺劇就是一齣不能 NG、沒有框架的電視劇，而且舞臺劇的演員必須直接把腳色的情緒和整個環境的氣氛感染給觀眾，所以必須花很多心血來「製造氣氛」，這也就是意象的製造和表現。

3.新詩與舞臺劇結合。
　　教師提問：所以現在如果我們將一首新詩用舞臺劇的方式表演，或是將一部舞臺劇寫成新詩，你們覺得如何？
　　S：怎麼可能，新詩應該要跟詩歌朗誦結合吧！
　　S：對呀，新詩都很短耶！
　　S：可是新詩是要抒發情緒的，情緒怎麼演？ | | |

	S：	不過老師剛剛說，新詩要營造意象，舞臺劇要製造氣氛，所以應該可以吧！		
	教師總結：	答對了，就是因為新詩美感和舞臺劇的氣氛都是一種意象的營造，也就是一首好的新詩要有新詩的美、新詩的味，舞臺劇要把心情傳染給你，也要有氣氛，這也是一種意象，所以我們可以結合新詩和舞臺劇的原因就是因為它們都要製造意象。		

4.討論小說的特性。

教師提問：再來我們來說說，你們都有讀過小說，你在讀小說時候，你看到了什麼？

S：我喜歡看恐怖的、驚悚的小說，起的好的話，讀起來真的毛骨悚然。

S：對，好像我再看的小說真在我眼前演一樣。

S：而且我會想像小說裡的人長什麼樣子。

S：還有它是用什麼語氣說話。

S：所以我喜歡看《哈利波特》，電影裡的哈利跟我想的很像。

教師總結：非常好，可見同學小說都讀了不少，對小說都認識。其實小說就是要有敘述跟對白。敘述是在告訴你發生事情的時間、地點、人物。同學說讀驚悚小說會毛骨悚然，就是因為小說裡的情節、人物都把你吸引進去了；而且大部分的小說都會有意想不到的結局，讓你讀完會心一笑或拍案叫絕。這些都是一篇精采的小說構成的要素。

5.討論相聲劇的特性：播放《記得當時那個小》精采片段 5 分鐘。

教師提問：看完了相聲劇，你覺得相聲劇跟剛剛的舞臺劇有什麼不同？看相聲劇給你什麼感受？

S：相聲劇就二個人或三個人，站在臺上講話，不像舞臺劇有布景、音樂、道具。

S：而且相聲很好笑，他們說話的藝術很高，都

	是拐著彎罵人，如果不了解當時的背景的話說不定還聽不出來。		
	S：剛剛的舞臺劇看了會讓人很悲傷，不用講話就覺得很悲傷，可是相聲一定要講話，才會好笑，不過有聽過悲傷的相聲嗎？		
	S：而且相聲還要模擬調侃的人的聲音，就算不用說是誰，光從他學的樣子就可以猜出來了。		
	教師總結：很好，大家都有抓到相聲的菁華。其實相聲就是說學逗唱的基本工夫。相聲演員要將諷刺、幽默的口語對白說給觀眾聽，來獲得我們的共鳴；而大家會覺得好笑，就是因為你聽懂了。所以你會發現，相聲講的內容都跟我們的生活、社會息息相關。換句話說，原本你很生氣的一件事，相聲就用諷刺的、諧趣的語言說給你聽，你聽完哈哈大笑，心情就好多了，因為有人跟你一鼻孔出氣。說諷刺的話、學講的人物、逗你開心、唱好聽的歌，這就是相聲用明白的、淺顯的話說來替你抒發心中的氣憤，你自然就會覺得開心。		
	6.小說與相聲劇的結合。		
	教師提問：所以我們將小說和相聲劇結合，你覺得原因是什麼？		
	S：應該是都有對話吧。		
	S：可是舞臺劇也有對話，而且也比較像故事，為什麼不要舞臺劇跟小說結合？		
	S：因為相聲沒有美吧，因為新詩是美的。		
	S：舞臺劇本身就是故事了，為什麼還要改編，沒有創意。		
	教師總結：有小組說中老師的想法了。大家都說的有道理，其實小說跟舞臺劇也可以結合啊！不過我們剛剛說過，小說精采的地方就是人物的對話，而剛剛播放的相聲，你們覺得好像的不也是演員的對白！所以小說與相聲劇的結合就是取決在精采的對白所造成的		

滑稽與諧趣，這樣寫出來的小說才有天外飛來一筆的意想不到和諧趣感。而這也就是我們要將小說與相聲劇結合的原因。至於剛剛有小組說小說跟舞臺劇結合沒有創意，這的確是其中一點。不過其實任何戲劇都可以跟任何文類相結合，只是老師取用戲劇跟文類的特性相結合，大家才可以更快的了解文類的特性，也就比較能知道該怎麼寫出一篇精采的文章要具備什麼樣的特性。

7. 討論散文的特性：
　　教師提問：再來談談我們大家最熟悉的散文吧！你們覺得散文應該有什麼特性？
　　S：散文特色就是沒有特色。
　　S：對，所以我們每個人都會寫散文。
　　S：散文就是你想說什麼你就寫什麼。
　　S：可是散文好像很好寫，可是我卻還是沒辦法寫出好的散文。
　　教師總結：其實散文就是一種「所見所聞所感」的抒發，把你所看到的、聽到的、感覺的述敘下來，然後再根據你的所見所聞說說你的啟發或感動，所以有人說散文是心得、是遊記其實也沒錯。但是一篇好的散文在描述之外，更要有啟發性。譬如你對於一件事情的經過，你已經感受過了所以你有何感覺，也就是你要將你的經驗描述出來後，將你的經驗分享抒發之後，還要記取經驗。因此，再講的深一點，其實散文是前現代派（寫實派）的代表，就像寫實派的畫家會將他看到的風景畫的栩栩如生，那麼散文家就要將他的經驗說的、描述的很生動，冷靜的、清楚的將你的經驗描述出來，跟讀者分享，就是一篇精采的散文了。

8. 討論故事劇場的特性：播放《小李子不是大騙子》精采片段 5 分鐘。

| | | 教師提問：我們已經讀過陶淵明的〈桃花源記〉，而這改編給小朋友觀賞的故事劇場，你覺得故事劇場的特性是什麼？
S：這是小朋友看的，我覺得好像回到童年了。不過它跟舞臺劇好像。
S：對呀，應該只差在他們的臺詞比較多，而且比較歡樂，喔，還有旁白。
S：對，他們有旁白，為什麼要有旁白，舞臺劇都沒有。
S：他們的道具和音樂都很可愛，就是要給小朋友看的。
教師總結：沒錯，故事劇場的觀眾大多是小朋友，所以剛剛有小組提到好像回到童年，所以說不定你們在童年已經看過很多我們現在課本裡的故事，只是你忘記了。不過，故事劇場有旁白的原因是因為，它原本是廣播劇，就是在只能透過廣播傳出聲音來的，所以有很多動作和經過是不能用演員的聲音來說的，以致要有旁白幫忙說明現在的背景和人物的動作。現在大家知道了故事劇場是廣播劇般到舞臺上的。也因為有旁白就形成了夾敘夾白的表演方式，所以它非常適合小朋友觀賞，你們大朋友也看的懂啊！
9. 散文與故事劇場結合。
教師提問：我們討論了散文也看過了故事劇場，如果我們將這二者結合起來會如何？
S：我猜，應該試散文和故事劇場的特性吧！
S：什麼特性？散文是寫自己的經驗，可是故事劇場不一定是我經驗。
S：是因為散文大家都看的懂，而且故事劇場大家也都看的懂嗎？
S：應該不只是這樣吧。
教師總結：大家很會舉一反三喔！是啊！將散文跟故事劇場結合的確也是因為這兩種的特色很接近。我們剛剛說過，散文的特色就是個人的經驗描述和感受，是屬於寫實的、敘事的，而故 | | |

事劇場的特色是邊敘述邊表演，所以
是夾敘夾議的溫馨劇場。當你們在寫
散文時，因為散文是寫自己的經驗，
所以寫來是一邊敘述當時的事情，也
一邊說你當時的感受，跟故事劇場的
夾敘夾白是異曲同工之妙啊！再加
上故事劇場的溫馨劇，散文屬於小品
的親切感，其實是一樣的，所以將散
文跟故事劇場相互結合，可以很明顯
的看到他們共通的地方。

10. 討論論說文的特性。

教師提問：討論完大家熟悉的散文、小說、新詩
　　　　　之後，來談談論說文的特性是什麼？

S： 論說文就是在說教，很無聊。

S： 論說文就是要說服別人他的觀點吧！

S： 而且論說文看不到好笑的、有趣的故事或例
　　子。

S： 我也不太會寫論說文，而且要正反論說，不
　　小心會自打嘴巴。

教師總結：嗯，從大家的回答可以知道大家對論
　　　　　說文也是有概念的。其實論說文就是
　　　　　要將理講清楚，然後再將他的主張說
　　　　　給你聽，試著說服你去相信他的理跟
　　　　　他的主張。不過大家都以為論說文是
　　　　　要去反駁或去反對別人的論點。其實
　　　　　不然，看你是站再哪一個角度看。論
　　　　　說文有一種是你純粹要說自己的理
　　　　　解，將你所認知到的理解說給別人
　　　　　聽，這就不會涉及到去反駁別人的論
　　　　　點；當然，今天如果你有一個主張，
　　　　　而這個主張剛好跟某一人是持相反
　　　　　的論點。那麼你就比需要去反駁他的
　　　　　論點，只是要注意的是，我們是對事
　　　　　不對人，我們所反駁的、批判的是他
　　　　　對某一件事的看法而不是他這個
　　　　　人，所以論說文寫作時要避免作人身
　　　　　攻擊才是。

11. 討論讀者劇場的特性：播放《老陶匠的秘密》
　　精采片段 5 分鐘。

		教師提問：看完讀者劇場後，你有沒有發現什麼樣的表演形式叫做讀者劇場？		
		S： 跟相聲劇很像，不過他們的對話不是很好笑。		
		S： 演員很像在朗讀還是在朗誦詩一樣。		
		S： 對，他們的抑揚頓挫很清出楚，聲音有點假假的耶！		
		S： 所以讀者劇場就很像很多人一起朗讀、一起演講，只有聲音和一點手勢吧！		
		教師總結：答對了！讀者劇場其實就是用朗誦的形式作表演，它不能有動作、服裝、背景，但卻要讓你去感受所要表達的意思，所以必須要有抑揚頓挫的聲音來表現人物的情緒。用聲音來表演，我們把它叫做聲情美。用聲音、用表情來說故事，所以他必須依照不同的人物個性發聲，依照人物不同的情緒作聲音表情。雖然你看不到豐富的背景或服裝，可是你卻可以從聲音中感受故事發展的高潮迭起，這就是讀者劇場的特色。		
		12. 論說文與讀者劇場結合。		
		教師提問：最後我們試著將論說文與讀者劇場結合。依往例，來討論一下二者結合的原因為何？		
		S： 一定是因為論說文就是在辯論，所以要有一群人、一堆聲音來互相辯論。		
		S： 這樣是吵架吧！不是辯論，而且讀者劇場也沒有吵架。		
		S： 如果論說文會辯論的話，那就開辯論大會就好了。		
		S： 一定是老師說要有創意，所以才要讓論說文跟讀者劇場結合。		
		教師總結：有一組說對了一半！沒錯，創意在寫作中是很重要的。不過大家的想法都很好，反應很快。是啊，如果論說文的論點要反駁的話，直接開辯論大會就好了，為什麼要用讀者		

人生如戲，戲如人生。	劇場，說不定還辯不贏！其實，將論說文與讀者劇場結合的原因就是要取讀者劇場的「聲情美」特色。 大家想一想，今天你要說服別人相信你，你卻用大吼大叫、爭的臉紅脖子粗的要別人接受你的看法，你覺得可能嗎？如果我們試著用生動活潑的聲音來說給別人聽；用理來說服人、用美麗的生動的聲音表情來打動別人，不是更好、更有效率。 （二）活動二：文類與戲劇相互改編教學 　1.戲劇改編成文類。 　　在看過戲劇並討論文類與戲劇結合後，請試著將你們所看的戲劇，一起來填補空白、銜接斷裂或發揮菁華，小組改編成文本。每組改編一種戲劇。 　　（1）第一組：舞臺劇→新詩 　　　以表演劇坊《暗戀桃花源》為範本改編。 　　　停止了 　　　一切好像都停止了，風和雨 　　　你和我　的心 　　　都停止了 　　　都停止了嗎 　　　風和雨　停了 　　　但是你和我的心 　　　恐怕是停下來了 　　　至少，我對你的思念 　　　停不了 　　　停了…… 　　　停了…… 　　　該停了 　　（2）第二組：相聲→小說 　　　以相聲瓦舍《記得當時那個小》為範本改編。 　　　志向永遠逃離不了命運的捉弄，不，是掌控，但是志向卻永不向命運低頭。 　　　志向：「雖然我必須屈服於你，但是我依然保有我的驕傲。」 　　　命運：「不，因為沒了驕傲你才會見的到我。」 　　（3）第三組：故事劇場→散文。 　　　以《小李子不是大騙子》為範本改編	35	1.能在戲劇中尋找題材。 2.透過集體創作將劇改編成文本。 3.透過集體創作將文本改編為戲劇。	1.集體創作戲劇劇本。 2.集體創作文本。

| | | 我想我再也回不去了，那個夢想中的桃花源。
　　走在久違的街道上，記憶中的小學母校仍然矗立在街道旁，進了校門口，記憶中的那棵大榕樹依然更茁壯了，「嗨」我舉起手跟大榕樹打聲招呼，「真是好久不見了。」再往前走，眼前是一排教室，臀部坐在小小的椅子上、手放在小小的桌子上，桌上還留有不知道是哪位頑皮的孩子寫下的「勿忘筆中人」，啊⋯⋯跟他的字跡好像呢！黑板上是上完課擦拭的痕跡，老師的辦公桌上有一落作業簿，啊⋯⋯我好像也很久沒有寫過「作業」了。
（4）第四組：讀者劇場→論說文
　　以《老陶匠的秘密》為範本改編。
　　俗話說：「一失足成千古恨」，而造成「一失足」的原因，大多是一時衝所造成的，等到鑄下大恨也後悔莫及。而我則以為，一失足也許會造成千古恨；但是一失言所帶來的殺傷力可不比一失足小，所謂「好話一句三冬暖，惡語一句六月寒」，任何一句話都可能影響一個一個人一輩子。所以身為國家元首，必須謹言慎行、小心行事；為人父母更要取信於人；凡身為人，都要為自己所說的每一句話負責。而要能在任何時刻都說出得體的、適合的話，關鍵就在於冷靜的思考。
2.文類改編成戲劇。
在看過戲劇並討論文類與戲劇結合後，我們也練習將戲劇改編成文類的小組創作的，現在試著將你們各組所閱讀的文類範例，用填補空白、銜接斷裂或發揮菁華的方向改編成劇本。每組改編一種文類。
（1）第一組：新詩→舞臺劇
　　以席慕蓉〈一棵開花的樹〉為範本作改編。
　　樹：我伸直身子，希望他可以看見我。
　　花：我努力的為他綻放美麗，讓他可以欣賞我。
　　道路：你們的努力辛苦，為誰？
　　樹：我還是伸長手臂，希望可以讓他遠遠的就看見我的美麗。
　　花：我還是奮力的支撐著自己，餞他可以經過看到美麗的我。 | | |

道路：你們的努力辛苦，為誰？

樹：樂浪燒著我的身子，我還是勉力的支撐自己，身長雙手，要他可以看我一眼，哪怕只是一眼，就好。

花：我依然綻放一身的美麗，但是我已經無法再為他支撐下去，我不想放了他，但是他竟然就將我輕易的放手。

道路：我還是佩服你們的努力，所以不忍心的提醒你們，秋天要來了。

樹：我無法伸直我的雙手。

花：我無法綻放我的美麗。

樹：他還是看不到我。

花：他的眼裡沒有我。

道路：他，永遠只是匆匆趕路。

（2）第二組：小說→相聲

　　以賴和〈一桿稱仔〉為範本作改編。

秦得參：大人，要買菜嗎？新鮮呢！

巡警：恩……你賣的菜確實比較新鮮。

秦得參：是啊，大人，城市人吃的若不是上等的是吃不合胃口的。

巡警：那這花菜怎麼賣？

秦得參：大人，您要我賣的菜這是我天大的幸運啊，怎敢跟您報價收錢啊！

巡警：不，按規矩還是得稱稱看啊，否則怎知你怎麼做生意的？

秦得參：唉！大人，別這麼說，我幫您挑最好的，哪，才一斤十四兩呢！您很客氣啦！

巡警：啊！才一斤四兩，你的秤沒問題吧！

秦得參：當然啊，大人，本來是兩斤的，我便宜算您了，這可是大人要才有的……

（3）第三組：散文→故事劇場

　　以琦君的《髮》為範本改編。

旁白：媽媽自己梳的鮑魚頭像老太太似的，跟姨娘的美麗一比，真是差多了，害得爸爸對媽媽的髮型直皺眉，琦君趕緊告訴媽媽去……

琦君：媽媽，您要不要換個髮型？

	母親：（停下手邊工作看著琦君說）為什麼？妳覺得不好看哪？ 琦君：才不是！ 母親：那怎麼突然要媽媽換髮型？（摸摸琦君的頭髮說） 琦君：媽媽梳的髮型沒有姨娘漂亮。 母親：（笑容一愣，轉趨皺眉、哀傷）媽媽年紀大了，本來就不漂亮啊！（繼續忙著手邊的工作） 琦君：才不！媽媽很美。 母親：媽媽是鄉下人，不配去梳那種摩登的頭，戴那講究的耳環。 琦君：為什麼？ 母親：（聲音愈說愈低）而且就算梳了摩登的頭，戴了講究的耳環，他就會回來了嗎？ 　(4) 第四組：論說文→讀者劇場 　以梁啓超〈最苦與最樂〉為範本改編。 敘述者：人生中一定有苦也有樂。有人說，人生的苦比較多，因為人本就是來人世間受罪的；但也有人說，人生是樂的，只要能從苦難的人生中尋找樂趣，這人生就一點也不苦了。 學生1：我說人生是苦，因為我們都是來受苦的。 學生2：我說能身為人就是樂的，因為我們主宰了一切。 學生1：人生中最苦的莫若責任未了。 學生2：人生中最樂的，就是責任已了。 學生1：為什麼背著未了的責任是最苦的？ 學生2：為什麼責任完了就是最快樂的事？ 學生1：因為責任是千金重擔一直壓在我們的肩上，久了就壓到心頭上，讓你老覺得心裡有塊大石似的，沉甸甸。 學生2：因為責任了了。代表的就是了無牽掛，心就可以自由自在隨心所欲，沒有什麼好擔憂的了。			
成果驗收 與分享	（三）活動三：成效檢討 1.各組改編戲劇演出：每組演出5分鐘。	30	1.能演出 各組所	1.各組戲劇 演出。

	2. 各組改編文類分享：每組分享 2 分鐘。 3. 各組針對戲劇演出與文本分享作綜合討論，7 分鐘。 　教師提問：戲劇和寫作的結合，在大家的表演和分享中都表現的可圈可點，請大家一起來討論你自己或是他組的優缺點。 　第一組：我們的新詩和舞臺劇結合，要找出新詩的美來和舞臺劇的意象結合，對我們來說是很大的考驗。不過因為我們覺得新詩的意象美讓空白都很有味道，剛好《暗戀桃花源》的悲劇愛情意象讓我們很好發揮，再加上剛好有組員失戀，所以我們就把它的愛情故事結合《暗戀桃花源》的江濱柳搬到舞臺上。 　第二組：我覺得第一組演的很好，很有失戀的哀傷味道。我們覺得要將相聲改成小說算容易，但是小說要改成相聲就很難，因為我們很難找到諧趣的句子可以像相聲劇裡一樣好笑，場面變的很冷，只有我們知道笑點在哪裡。 　第三組：故事劇場因為有旁白，所以我們覺得比舞臺劇好演很多，演不出來的就交給旁白去交代，所以感覺好像把同學當小朋友了（同學點頭如搗蒜）。所以我們的演出大家都看的懂，這還蠻驕傲的。 　第四組：我們羨幕第三組可以有動作和旁白，我們只能用朗誦的，不過還好是論說文，所以我們把它說的鏗鏘有力，最後還呼口號！所以應該有把同學說服吧！ 　教師總結：這次的創作大家都盡心盡力，表現也很大方出色，而且都有把握文類與戲劇結合的重點，像新詩舞臺劇化的意象；小說相聲劇化的諧趣對白；散文故事劇場化的溫馨及夾敘夾白；論說文讀者劇場化的聲情美。有些文類或戲劇比較難發揮，像是第一組的新詩和第三組的散文，不過同學的表現都不錯，尤其是把文類改成戲劇演出表現都很好，表演的很精采。只是在戲		分配的改編戲劇並演出。 2. 能將戲劇改編成文本。 3. 能與小組討論並分享經驗共同創作。	2. 各組文本分享。 3. 個人創作文本。

	劇改成文類方面，大多是挑選菁華處，比較少空白和斷裂的填補與銜接。不過大家第一次表現就很出色，相信經過了這次課程的集體創作與分享的過程，都可以激盪出你們的寫作靈感。 4. 個人創作：從戲劇的空白、斷裂、菁華及小組的集體創作與他組的分享中，尋找題材創作。		

第四節　實地觀察與訪談

　　本研究在理論建構後，仍需要以質性研究中的深度訪談法及參與觀察法來作實務檢證。在一般實證研究上可以採用的有量化研究與質性研究。量化研究是指研究結果可以被複製的程度或測量程序的可重複性；而質性研究則隱含著外在信度和內在信度等雙重意涵。所謂外在信度，是指研究者在研究過程中如何透過研究者地位的澄清、報導人的選擇、社會情境的深入分析、概念和前提的澄清及確認、蒐集和分析資料方法的改進等作妥善的處理，以提高研究的信度；而所謂內在信度，則是指當研究者在研究過程中同時運用多位觀察員對同一現象或行為進行觀察，然後再從觀察結果的一致程度來說明研究值得信賴的程度。而這些可以綜合透過三角交叉檢查法、參與者的查核、豐富的描述、留下稽核的紀錄和實施反省等來確保它的可信度。（高敬文，1999：85～92）此外，質性研究還隱含著內在效度和外在效度等雙重意涵。所謂內在效度，是指質性研究者在研究過程中所蒐集到的資料的真實程度以及研究者真正觀察到所希望觀察的；而所謂外在效度，則是指研究者可以有效的描述研究對象所表達的感受和經驗，並且轉譯成文本資料，然後經由厚實描述和詮釋的過程，將被研究對象的感受和經驗透過文字、圖表和意義的交叉運作程序予以再現。（胡幼慧主編，1996：142～147；潘淑滿，2004：92～97）從上述關於質性研究的定義可見，本研究的檢證程序就是要藉由研究對象在進行寫作教學時所

呈現的感受、文本，由研究者我來加以分析，並且在教學活動進行中實施觀察與記錄研究對象（也就是第二觀察者）的感受與反應，來對本研究的理論作妥善的、有效的澄清。因此，本節以此方法加以闡述、蒐集、分析、說明來印證內外在信度和內外在效度的程度，也就是試著將理論藉由教學活動來印證效度與信度，達到理論與教學實務的結合及運用。

　　至於「深度訪談法」，是指一種「避免數字、重視社會事實的詮釋」，所以可以進一步的將它分成結構性訪談、半結構性訪談及開放性訪談三種：

(一) 結構性訪談：是指由教學者針對活動實施的進行過程設計問題，再由訪談者依問題作答。這種的訪談方式只能由書面上的答案來推測訪談者的學習成效。

(二) 半結構性訪談：依現場學習者的學習情況作觀察，並在教學活動結束後進行問卷訪談。這樣的訪談方式能「對訪談問題作彈性的調整，使得受訪者在訪談過程中受到的限制較少，對研究者想要深入了解個人生活經驗或將訪談資料進行比較，都比較適合運用。」（潘淑滿，2004：140～145）所以本研究在教學過程中，以一個教學者、研究者與觀察者的身分，進行半結構性的深度訪談是最適用於本研究的印證方法。

(三) 開放性訪談：以活動實施的教學者來進行觀察，依現場反應作問題提問與觀察分析。

　　因此，我的研究資料分析步驟，是依循教學進行中的觀察、資料蒐集、閱讀、轉譯及訪談來尋求教學方式的修改及反思，步驟進行及內容如下：

（一）觀查與資料蒐集

　　在教學活動進行中，透過教學者（也是觀察者）提問，來觀察學習者的反應程度，及對活動內容的參與度，甚至能在學習者的回答中知道其對文類及戲劇了解的程度。再經過一連串的過程裡，也能觀察到各組成員的討論度、改寫度、參與度，尤其是在小組演出及改編文本分享的過程中，也是學習者之間的互相觀察。教學活動進行的連貫動作是教學者與學習者共同的觀察，是集體性的觀察。等到活動結束後的個人創作（是在經過一

連串活動後的經驗回饋與文字轉化）及訪談時，能讓學習者有反思的時間。這些都是教學者的珍貴資料可以用來進行下一階段教學活動設計的修正與反思。

（二）資料閱讀

本研究的寫作戲劇化教學活動，在活動進行中會產出各小組集體創作的劇本及文本，以及各小組的演出內容及表演方式；教學活動後個人還會有自己的創作二度產出。這些大量的資料與文章作品必需要教學者（研究者、觀察者）來琢磨閱讀，以了解寫作戲劇化教學帶給學習者的刺激及進步的程度。尤其在本章第二節及第三節中，已詳細說明印證對象在第一年以一般的寫作方式予以指導後，所產出的文章分析作為前測；而現在進行式的寫作教學活動所產出的作品作為後測來加以驗證。

（三）資料轉譯

本研究在實務印證上的資料，有學習者的前測作品、教學者（研究者、觀察者）的觀察紀錄及訪談紀錄、學習者後測作品，這些資料綜合閱讀分析後，則需要加以轉化為文字資料進行三角檢測，來檢證我的理論架構及信度與效度。在資料的轉譯中，也能時時的加以循環思考，讓教學活動設計與理論緊緊相扣、時時呼應，方能將理論實踐。

（四）資料編碼

蒐集的資料繁多，尤其是學習者的作品與訪談紀錄，必須加以編碼整理。因此，在實證上採主題方式編碼，也就是四種文類分別與四種戲劇結合的四大類型活動為主，將活動後的作品及記錄編碼，以便歸納分析。

（五）反思與校正

在經過資料的蒐集分析與實地觀察訪談後，我試著以客觀的眼光來分析資料與作品所呈現的內容和聲音，並適度的修正教學模式與訪談的方

向，從學習者的角度來思考進行的活動與接受、理解的能力，使資料較具有效度與可信度。

以下就依本教學活動進行的主題來呈現第一參與者（研究者）的教學觀察紀錄及教學後的半結構性的實地訪談紀錄，訪談者為隨機抽樣。

（一）觀察紀錄

所以有寫作戲劇化教學的研究，契機就在於每每碰上寫作課程時，運用許多的方法引導寫作，但是當寫作時間開始時，卻常看見半數的學生托腮苦思，不知該如何下筆。又或者在披閱作文時，能切題的文章卻了無新意、千篇一律；偏題的文章也時有所見，最常出現寥寥幾句不斷原地打轉、內容空洞，更遑論有創意，這也就累及學習者的口語表達。所以在尚未實施寫作戲劇化教學前，對學習者在寫作及口說部分的觀察心得是：

> 以二年E班的寫作能力，是較低成就的，文章在記敘文上無法有根據、散文內容空洞、新詩通俗沒有美感、論說文的論點沒有創意，文章寫作上只是泛泛的說明，用字遣詞不精確、時有辭不達意或情溢乎辭的狀況發生，文章口語化嚴重。
>
> 至於在口語表達上，確能將重點表達，但僅止於一到二句，無法廣泛的推敲、解釋與說明。
>
> （觀一摘 2011.03.01）

因此，在寫作戲劇化教學課程的目標，是期望透過教學的討論、經驗分享、經驗再造、演出、寫作等一貫的課程學習後，能加強經驗以增進口語表達上的豐富詞彙與充分表達、文章的情感抒發及論點的充實、擴展與創意。

1.新詩寫作舞臺劇化教學

在進行新詩舞臺劇化教學時，學習者對新詩的認知普遍停留在抒發情感、節奏的韻律上，倘若只是泛泛的討論新詩結構與內容對學習者沒有很

大的幫助,所以透過舞臺劇的欣賞來讓學習者具體感受意象的氛圍,再加上課前的新詩範例閱讀,二者相互結合後讓小組集體討論。在討論時發現學習者多數會先從意象作集體的探討,小組成員也會互相提供相關的經驗來印證意象,再藉由所認知經驗的意象中去改編戲劇並演出,演出時也能試圖將舞臺劇與經驗中的意象相互結合。有了這樣的經歷,當學習者在新詩寫作時也能注意將新詩的意象營造出來,藉由字詞來抒發。

> 新詩寫作舞臺劇化教學過程中,學習者對於舞臺劇的欣賞相當專注且深入,能從片段當中擷取空白、斷裂與菁華,但是在改編與演出中發現,學習者較能抓住菁華處的意象再加以發揮。而舞臺劇的演出摻雜許多多媒體的運用,這點學習者都能充分發揮,尤其在意象的演出時,能運用想像力,企圖讓觀賞者可以感受到他們所營造的氣氛。而各小組討論的過程中,各組所關注的點雖不同,但是所接收的心得感受就大同小異,再輔以各小組的經驗發揮,所改編成的戲劇與文類也就精采許多。
>
> （觀一摘 2011.03.07）

> 在學習者的個人新詩創作,披閱新詩作品時發現,原本只重在新詩的節奏韻律之外又添加了意象的發揮,這是進行寫作戲劇化教學後,學習者在新詩創作上最大的差別。資質較好的學生在意象的營造上有較顯著的發揮及情感的抒發;程度中等的學習者在新詩創作上也試圖將詞句抽象化;程度中下的學習者在意象的營造上,雖只能用形容詞再加以具體的描述以製造情感的氛圍,但是在整體的寫作上有較明顯的進步。
>
> （觀一摘 2011.03.08）

2.小說寫作相聲劇化教學

　　在進行小說相聲劇化教學時，學習者對於小說創作是躍躍欲試。因為學習者平日最愛閱讀小說，尤其是驚悚的恐怖小說，所以到不需花費太多的時間說明小說的創作。相聲劇所強調的諧趣、諷刺、重複的特色，尤其喻含諷刺這一點，多數學生都能聽出言外之意；對於諧趣的對白相當有模仿的興趣。所以在討論時，不待教學者提醒，就能試著運用經典的、諧擬的對白來編戲劇。在演出時，學習者對於只要說學逗唱的演出較有表演的慾望，況且觀眾都是同學，所以表現也就落落大方又能以有趣的對白來製造笑點。

> 學習者非常善於模仿諧趣的對白，尤其在討論時一起激發出的對白都相當精采，小組成員也會互相彼此耍「無厘頭」；而當「無厘頭」的對白發揮在相聲劇改編演出時，都能逗的觀眾哈哈大笑。當然，學習者所說的、學的、唱的都是青少年所關注的議題，如學業、穿著、人際關係、師生、教育議題……等，可以發覺到其經驗的發揮及想像力的創造。
>
> （觀一摘 2011.04.11）

> 學習者的小說創作，以有上臺表演的學習者寫得較精采，尤其是有二名學習者平日說話就常能引人發笑的，在經過上臺演出後，創作小說，一方面鋪陳情節又能再以一句諧趣的對白收尾，可以看出課程對其小說創作的影響與啟發。
>
> （觀一摘 2011.04.12）

3.散文寫作故事劇場化教學

　　散文是學習者較常接觸的文體，但是故事劇場則是不屬於青年世界的戲劇，所以在教學前必須花較多的時間說明故事劇場，在內容傳達與演變及特性上，對於與散文的結合也花費較多的時間解釋。所以故事劇場內容

的選擇上就以〈桃花源記〉的改編戲劇為首選，因為是其較熟悉且接觸過的內容。進行小組討論時，多以描述一個故事情節去衍生對白，且較能擷取斷裂或空白處進行改編；可能是故事劇場的內容能喚起其童年的記憶，在演出時又能藉由旁白來說明情節，肢體動作及背景的交代也就比較容易發揮。

> 學習者能將藉由戲劇將回憶或經驗重新喚起，所以教學時的戲劇是以故事劇場的片段與一段溫馨的廣告片相輔，可見得內容的重要性，再加上故事劇場是較溫馨的小品演出，搭配學習者的人生經驗來演出都能呈現較佳的效果。而學習者也在參與演出中，回溯自己的經驗並重新演繹，詮釋起來有一番不同的味道，對學習者與教學者都有不同的啟發。
>
> （觀一摘 2011.05.09）

> 在學習者的散文創作中，看到很多經驗的敘述和心得的啟發，學習者在散文中甚至提到他遺忘已久的記憶再被重新喚起的震撼感，讓他的情緒起伏很大也久久不能釋懷。他們也會重新檢視自己對生活的態度與生活周遭、家人關懷所帶來的體驗，這是本研究教學所帶來的附加價值，教學者我也為此感動不已。
>
> （觀一摘 2011.05.10）

4.論說文寫作讀者劇場化教學

　　論說文一向是中學生最害怕的文類，尤其是在其閱讀量少的情況下，很難有具體的事證或論點來說明。但其實對中學生來說都已具備正確的價值觀，而二年 E 學生在價值觀與想法上是較正向的，所以實施論說文寫作讀者劇場化教學時，只要能將其論點開展、擴大，就能有一番視野；且由讀者劇場來輔助，就是要藉由聲情美的表現以確立論證。而小組討論時，每個組員提供一個具體的或創意的論點來作論說的依據或例證，也是一種無形的創意製造和經驗擴大。

學習者對於讀者劇場的反應是所有戲劇中較冷淡的,可能是讀者劇場的聲情美表現要相當強烈,因此對中學生來說會有面子顧慮的問題;也有學習者反應國中、國小時候有類似的演出,覺得是兒童的表演。所以在演出時,聲音的表情雖有但較不明顯,但至少有抓住說理的原則演出。其中一組的說理用詞是正、反論辯,一群正方、一群反方,用詞很有創意有趣,舉例也相當豐富,表演起來獲得相當大的好評。

（觀一摘 2011.06.13）

學習者的論說創作如同預期般,深受某一組創意演出的影響,充滿了趣味的例子舉證。但也因此,論說文的論點說明較不嚴肅,卻又能就事論事,具有創意的觀點來論說,可見小組間的分享相當重要,這是只靠教學者單方面的引導是做不到的。

（觀一摘 2011.06.14）

（二）訪談紀錄

1.新詩寫作舞臺劇化教學

(1) 經過討論和欣賞舞臺劇後,將新詩和舞臺劇結合,在你的認知中,新詩和舞臺劇有達到結合嗎?

有啊,我本來以為新詩應該比較像歌劇,因為感覺比較有詩意;不過經過老師講解然後再欣賞舞臺劇後,我覺得新詩和舞臺劇真的有特性上的結合。

（訪 A 摘 2011.3.07）

我比較能體會新詩跟舞臺劇結合的原因了,有抓到這二個的重點。

（訪 B 摘 2011.3.07）

我是覺得好像有一點，因為意象很玄，有時候我覺得有意象，可是還是有一點說不出來什麼是意象；不過舞臺劇我會想到新詩，尤其是那種淡淡的氣氛。

（訪 C 摘 2011.3.07）

我是有一點知道為什麼二個要結合的原因，不過還是很難。

（訪 D 摘 2011.3.07）

(2) 將新詩和舞臺劇結合，有沒有提升你的寫作能力？

有，讓我們觀賞舞臺劇，並且親身體驗演出寫新詩，讓我們在寫作時更能描繪出意境。

（訪 A 摘 2011.3.07）

我比較能體會怎麼寫新詩。

（訪 B 摘 2011.3.07）

能了解到舞臺劇的方式和內容後，我再寫新詩的時候自然有靈感。

（訪 C 摘 2011.3.07）

舞臺劇裡的內容好像變成我的範本，有時候有一些意境我不知道用什麼詞來寫，我就會拿剛剛的舞臺劇裡的臺詞當參考。

（訪 D 摘 2011.3.07）

(3) 經過舞臺劇化由小組團體合作，將劇中的空白、斷裂、菁華一起來填補、銜接發揮，並演出，是否能增進你的寫作經驗？

我們小組不斷的腦力激盪，都是自己想出來的，所以自己演起來也比較有感覺；等到要寫新詩的時候，我們更知道要寫什麼、要注意什麼。

（訪 A 摘 2011.3.07）

改編和表演的時候，我們小組就會創造出很多想法，寫新詩好像就可以比較能聯想了。

（訪 B 摘 2011.3.07）

我們組算很團結，有一起找題材改編，會讓我有比較多的想法。

（訪 C 摘 2011.3.07）

每一位同學的想法都不一樣，跟我想的也不一樣，所以我就可以去聽組員的想法而加進我的新詩裡面。因此，我的新詩有很多是我們組在討論的時候聽到的，不一定是我的經驗。

（訪 D 摘 2011.3.07）

(4) 透過自己和其他小組的演出和改編新詩的欣賞，你覺得有增進你下筆的速度和寫作的靈感嗎？

我們組和他組的演出在比較的時候，我們覺得進步很多，因為自己演可以置身在情境中，感覺很好；別組演出的優缺點我們也會學起來趕快修正。所以我覺得看完別組會比較好，因為有比較。等到自己要下筆時，我就寫的很順暢。

（訪 A 摘 2011.3.07）

自己演對很多內容都很有印象，改編的時候就有很多東西可以加進去；看別組演我就有發現其他組的想法和點子跟我們不一樣，會很驚奇。而且有改編過，所以要寫新詩的時候就會有很多想法，寫作文的速度變快了，不必想很久。

（訪 B 摘 2011.3.07）

我覺得多學多看很有幫助，自己的想法好像有進步很多，就是知道自己要寫什麼；而且我會看到自己跟別人的落差。不過要寫新詩的時候，好像有很多是同學的想法，不是我的。

（訪 C 摘 2011.3.07）

我覺得每一個人的想法都不一樣，為我的文章多添很多東西。

（訪 D 摘 2011.3.07）

2.小說寫作相聲劇化教學

(1) 經過討論和欣賞相聲劇後，將小說和相聲劇結合，在你的認知中，小說和相聲劇有達到結合嗎？

有啊，因為相聲裡面有很多詞都很有趣，可以改編到小說裡的對話。所以應該是有本質上的結合。

（訪 E 摘 2011.04.11）

我覺得相聲也是在說故事，所以它們也要敘述和對話，所以小說和相聲結合應該很適合，幾乎一樣吧！

（訪 F 摘 2011.04.11）

我覺得小說和相聲劇結合很適合，可是這樣就會把小說寫的很好笑，因為要學相聲的說學逗唱。

（訪 G 摘 2011.04.11）

我覺得小說比相聲還要容易懂，相聲有些講太深的我就不太懂，所以沒辦法跟小說作結合。

（訪 H 摘 2011.04.11）

(2) 將小說和相聲劇結合，有沒有提升你的寫作能力？

有啊，因為小說跟相聲是一樣的嘛，我可以從相聲裡面的斷裂和菁華去改編，加上我的想法，就變成一篇小說了，還變好用的。

（訪 E 摘 2011.04.11）

我的小組裡面有很多改編都是從相聲裡去找題材的，不一定是只有菁華的地方，而且我在看相聲的時候有發現它講的平常生活會發生的事情一樣，所以我就比較知道去哪裡找題材來寫小說。

（訪 F 摘 2011.04.11）

老師給我們看的小說也是有一點好笑的，所以跟相聲的好笑搭在一起，我在寫小說的時候也想要怎麼寫才可以跟相聲一樣好笑。

（訪 G 摘 2011.04.11）

我聽相聲聽的很辛苦，不過我覺得如果我可以全部看完而不是片段的話，應該就可以從裡面找題材去寫小說了。

（訪 H 摘 2011.04.11）

(3) 經過相聲劇化由小組團體合作，將劇中的空白、斷裂、菁華一起來填補、銜接發揮，並演出，是否能增進你的寫作經驗？

有，我喜歡相聲，因為很好笑，可是相聲幾乎都講滿了，要找空白和斷裂的地方比較難，所以只好從菁華的地方來改編。大家一起想，也會出現很多好笑的句子來，所以我在寫小說的時候也都很好用。

（訪 E 摘 2011.04.11）

我們小組在演相聲的時候，就會儘量找跟我們差不多的生活題材來改編，所以我在寫作的時候就會想我平常發生什麼事可以改編成小說。此外，我覺得我寫小說的功力有進步。

（訪 F 摘 2011.04.11）

我覺得我們這組的笑點跟相聲劇裡的很像，我們想填補空白，可是好像變成菁華改編一樣，不過至少最後還是很好笑就好了。我的寫作喔，我覺得我的小說有比較幽默一點，不過要小說好笑還蠻難的。

（訪 G 摘 2011.04.11）

我雖然相聲聽的很吃力，不過我們小組討論的時候同學有再跟我說一次，我覺得聽懂了也很好笑啊！還好有小組討論，我從同學那裡聽到很多想法，才可以寫小說。

（訪 H 摘 2011.04.11）

(4) 透過自己和其他小組的演出和改編小說的欣賞，你覺得有增進你下筆的速度和寫作的靈感嗎？

當然有，我從其他組的表演裡面也有抓到很多個不錯的句子，然後覺得似曾相識。如果把句子在修飾一下，就可以寫成小說了。而且每一組都有不同的特色，跟我們這組的特色互相交流，都是不錯的經驗啊，寫小說的時候都可以用。

（訪 E 摘 2011.04.11）

看到其他組的相聲我會發現我們這組不好的地方，如果來不及改，我就只好在小說裡面去修，所以演完相聲就對自己說過的話非常有印象，又看到別組的表演也很好，寫小說就比較知道要寫什麼了。

（訪 F 摘 2011.04.11）

我覺得看了很多東西、聽了很多點子，我就比較知道要寫什麼。可是好笑的好像都被用光了，所以我就沒有寫比較好笑的，跟別人就不太一樣，這也是創意的一種嗎？我不知道。

（訪 G 摘 2011.04.11）

看到別組的演出，我覺得我好像比較懂了，因為同學講的會跟我們平常很像，他們講好笑的地方我就聽懂了。不過要我寫小說還是有點難。

（訪 H 摘 2011.04.11）

3.散文寫作故事劇場化教學

(1) 經過討論和欣賞故事劇場後，將散文和故事劇場結合，你覺得散文和故事劇場有達到結合嗎？

看故事劇場好像回到國小時候還是幼稚園，這樣一比我還覺得舞臺劇比較好看，害我想到小時候的事。不過可能因為故事劇場講的就是平常聊天都會說的話，如果散文也是在講自己的經驗，那我覺得很合啊，會想到以前喔，有回憶的效果。

（訪 I 摘 2011.05.09）

我也是覺得散文就是寫我們自己的事情跟想法，所以回憶很重要，要常常注意才行。看故事劇場也會有回憶，想到我們以前在讀這一篇課文的時候。結合，都有想到以前的回憶。不過應該是寫散文的時候也會有敘述和對話，跟故事劇場很像吧！

（訪 J 摘 2011.05.09）

有吧，老師給我們的散文有敘述跟對話，故事劇場有旁白來說故事，演員來演，所以性質上應該是一樣的吧。

（觀 K 摘 2011.05.09）

老師給的散文很有感觸，看故事劇場是想到以前讀〈桃花源記〉的時候，所以有想到要結合一起。不過如果散文用故事劇場來演，應該就比舞臺劇好演多了。

（訪 L 摘 2011.05.09）

(2) 將散文和故事劇場結合，有沒有提升你的寫作能力？

都有勾起我的回憶。而且我想到，如果寫散文的時候像寫故事劇場一樣，有描述和對話，可能會比較生動。（老師好像有說喔）。所以

我覺得我以前的散文都在講我怎樣我怎樣,現在我會再加入另一個人跟我對話,這樣就比較不會那麼自以為是了。

(訪 I 摘 2011.05.09)

散文就是在抒發自己的經驗。以前我都覺得寫散文不知道要寫什麼,不過有了故事劇場以後,我會想加入對話再來描述,這樣可能就比較好寫。我也會比較去回想有什麼比較值得跟大家分享的事,散文就會比較好寫一點。

(訪 J 摘 2011.05.09)

我很喜歡老師放的廣告和故事劇場,很感人,所以我想到我也有這樣的經驗,可是以前都不會寫,現在我知道我要怎麼寫了,把我的經驗寫出來。

(訪 K 摘 2011.05.09)

我喜歡感人的影片。所以我會去回想自己的經驗,寫成感動人的散文。而且對話也可以描述劇情,很不錯。

(訪 L 摘 2011.05.09)

(3) 經過故事劇場化由小組團體合作,將劇中的空白、斷裂、菁華一起來填補、銜接發揮,並演出,是否能增進你的寫作經驗?

我們小組有很多感觸,大家都一起回憶以前發生過感動的事情,跟故事劇場的那種親情是一樣的,所以我們就有很多想法可以演。我們還想加一點創意進去,所以我們就不要演人,演動物或植物,他們也會有親情。所以我的散文就把我的經驗放在狗狗身上,讓小狗來說我的經驗。

(訪 I 摘 2011.05.09)

我們小組想要用不一樣的方式來填補空白，所以要一直想以前的經驗之外還要有想像力，這樣我在寫散文的時候才會有比較感人的地方。

（訪 J 摘 2011.05.09）

我把我的經驗跟組員分享，大家覺得可以改編來發揮菁華，所以我就一直回想把很多經驗全部想出來，這樣演起來就有感同身受的感覺，我在寫散文的時候也就可以寫的比較動人。

（訪 K 摘 2011.05.09）

我們小組看完故事，有想到我們讀〈桃花源記〉的內容，兩個合併之後再改編，還不錯。會有畫面，因為是自己的經驗，所以好像在重演一樣。

（訪 L 摘 2011.05.09）

(4) 透過自己和其他小組的演出和改編散文的欣賞，你覺得有增進你寫作的經驗嗎？

其他組的經驗可以變成我們的經驗，所以寫的時候就會很快，因為知道自己要寫什麼。而且這些經驗本來是只有我自己的，不過從其他組的分享我會有比較不一樣的啟發跟感想。

（訪 I 摘 2011.05.09）

我們小組和別的小組的演出和改編，讓我在寫散文的時候比較抓的到方向和目標，也會有特別多的感觸，對我幫助很大，也會有不一樣的省思。

（訪 J 摘 2011.05.09）

因為我們組演的就是我提供的經驗，所以我只要再修飾一下就可以了。不過我還會從其他組的演出去抓我要的句子或點子來充實我的散文。

（訪 K 摘 2011.05.09）

有一組演的跟我的經驗重疊，所以我感觸很多。我覺得散文就是寫自己的經驗和感觸，所以會比較好寫，我也覺得我的散文寫的不錯。

（訪 L 摘 2011.05.09）

4. 論說文寫作讀者劇場化教學

(1) 經過討論和欣賞讀者劇場後，將論說文和讀者劇場結合，你認為論說文和讀者劇場有結合嗎？

我覺得都是在單方面的論述，所以有結合。因為論說文就是要說服別人相信自己的想法，讀者劇場也是一直在強調我們的想法，所以應該是有結合的。

（訪 M 摘 2011.06.13）

用說的讀者劇場就是一直強調重點，聲音也有抑揚頓挫好像在演講，所以跟論說文很像，只是我們都是在說理而已。

（訪 N 摘 2011.06.13）

我覺得讀者劇場聲音要用朗誦的，說的時候有點不好意思。不過論說文是要說理，所以要由淺入深，把它用在讀者劇場上效果不錯，所以應該有結合吧！

（訪 O 摘 2011.06.13）

我覺得讀者劇場很像小朋友演的，我覺得說的好像在演講一樣。不過論說文用其他的方式演，應該也演不出來，所以用讀者劇場是比較適合的吧！

（訪 P 摘 2011.06.13）

(2) 將論說文和讀者劇場結合，有沒有提升你的寫作能力？

我可以清楚的分析自己的論點，說出來之後自己會感覺可不可以服人，這樣在寫作論說文的時候，我就知道用什麼情緒表現去寫我的論說文。

（訪 M 摘 2011.06.13）

我在寫論說文的時候會一步一步布局，慢慢的由淺入深將我的主張寫出來。

（訪 N 摘 2011.06.13）

有，我知道每一段該要寫什麼，就是結構上比較清楚。

（訪 O 摘 2011.06.13）

就是將論點一條一條說出來、寫出來就好了。

（訪 P 摘 2011.06.13）

(3) 經過讀者劇場化由小組團體合作，將劇中的空白、斷裂、菁華一起來填補、銜接和發揮並演出，是否能增進你的寫作經驗？

其他組的表現很好笑，還呼口號喔！不過我覺得這樣很好，又不是說理的表演就一定要硬梆梆的，像他們那樣也蠻有趣的，所以全部小組的發表我印象最深的就是他們，用可愛的、輕鬆的方式說理。他們的聲音也是有小有大、高低很明顯，所以會抓住同學的注意力，聽他們在說什麼。我會想把我的論說文用這種情緒來寫，必較可以打動人吧！

（訪 M 摘 2011.06.13）

我覺得我們小組的理說的很好，不過看到其他小組就覺得，我們只有在說理上面花了很多心思，但是聲音的表現不夠，所以就沒有那麼動聽，感覺平平的。不過其他組的表現很好，我又學到很多，我也比較知道要怎麼寫論說文才可以打動人心。

（訪 N 摘 2011.06.13）

我們組用比較搞笑的方式來說理，沒想到還不錯。不過我們雖然是搞笑，但也只是聲音表現比較明顯而已，可見得聲音很重要。所以我寫論說文的時候，除了會注意結構，我還要注意用情緒來說理。

（訪 O 摘 2011.06.13）

大家的分享我覺得學到很多東西，也有加強我很多的論點，讓我的論點和舉例不會太少。

（訪 P 摘 2011.06.13）

(4) 透過自己和其他小組的演出和改編論說文的欣賞，你覺得有增進你和寫作的靈感嗎？

比較不會偏離主題，而且有吸收到很多個論點和例子當證據，尤其是讀者劇場很在意聲音的表情。雖然寫沒有辦法有表情，可是我可以用文字的強烈度來表現，對我來說寫論說文變的很簡單了。

（訪 M 摘 2011.06.13）

我發現論說文光是說理是不夠的，還要有情緒和表情，演過之後我比較有心得。寫的話，我很想把情緒寫進去，這點就還要想一下。

（訪 N 摘 2011.06.13）

我會對它的結構就是分段的內容比較清楚，而且論說文其實不難寫，只要有根據有條理的說就好了；而且我覺得我比較會說了，因為我從其他組學到很多說理的內容。

（訪 O 摘 2011.06.13）

有進步吧，因為我知道要寫什麼。雖然有很多都是老師或同學講的，不過我要把它變成文字，所以多多少少還是有加強我的寫作能力吧！

（訪 P 摘 2011.06.13）

從上述的訪談紀錄當中可以轉譯出，學習者對於寫作戲劇化教學的接受度很高，原因可能是因為本研究的學習者是中學生，對文本的寫作方式已經具備一定的認識，對於戲劇的演出內涵也有一定程度的經驗可跟它相呼應。所以將寫作與戲劇結合可以拉出學習者平日的生活經驗作為寫作的題材；而戲劇中的內容不但可以增加經驗，還可以給予靈感來發現或改編，對於學習者的寫作能力、口語表達能力都有很大的進步。因此，上述資料加以分析後得到下列結果：

（一）新詩寫作舞臺劇化教學

1. 接受度：學習者（研究對象）對於新詩寫作舞臺劇化教學的接受度尚可，原因在於新詩的美感與舞臺劇所營造的意象等知識經驗，對中學生來說尚不足，學習者確實可以體會什麼是美感、什麼是意象，但是對於營造意象就是一個難題，所以只能用「美的感覺」來體會。

2. 反應度：學習者在新詩寫作舞臺劇化教學的反應很熱烈，因為舞臺劇是較複雜的、多媒體運用較豐富的表演方式，而對於「愛情」的主題也相當有興趣，所以可以有很熱烈的討論和想像，演出時也能善用多媒體的工具試圖營造意象的氛圍。

3. 產出度：新詩的寫作透過與舞臺劇結合的戲劇方式進行，讓學習者增進生命的經驗與對意象的體會，新詩的產出較富有美感。但是在前面已說過，對於意象的營造尚不足，所以在新詩的描述上仍會有通俗感。

（二）小說寫作相聲劇化教學

1. 接受度：相聲是說話的藝術，學習者對於能將話講的這麼有趣又有深度的相聲感到相當佩服和有趣，但是相對的對於學習成就較低的學習者來說就成了比較大的難題。但是雖然聽的慢卻也能聽懂；尤其是在小組討論時再進一步的深談，也會引發不一樣的模仿和經驗的再造。

2. 反應度：相聲所表現的是生活周遭的大小事，這一點讓學習者相當驚訝於原來生活經驗也是寫作靈感的來源，所以開始思索曾經歷過的事，引發許多的共鳴。這一點由小組討論中讓教學者可以有很明確的體會。學習者在討論過程中呼應彼此經驗，並尋找出適合的當作題材，還演出相聲，反應相當熱烈。

3. 產出度：小說是平日學習者較愛閱讀的文體，所以透過相聲劇讓學習者體會對話的精采度會使整個小說活躍起來的認知後，學習者的小說中會出現較驚人的對白，可以想見相聲所激盪出的創造力。

（三）散文寫作故事劇場化教學

1. 接受度：故事劇場的觀眾是兒童，原以為學習者的接受度不高，但因為搭配的文體是散文，所以能將其經驗回溯，使其回想童年時期的回憶，再藉由回憶的描述來啟發；再者，因為所挑選的故事劇場是由〈桃花源記〉改編，是正規課程的一部分，因此能引起共鳴。所以故事劇場在慎選主題的前題下作為中學生的寫作引導教材，也是可以的。

2. 反應度：散文所寫的就是經驗，所以此一文類最能獲得學生的喜愛與共鳴。而透過故事劇場的引導，使學習者能「見識」到倘若只是純敘述的口吻寫作散文，則文章就失去了生動感，必要的對白仍會是散文精采的關鍵，也就避免淪為話說從頭卻自說自話。

3. 產出度：散文的產出相當豐富，因為散文是學習者的經驗回溯與分享，尤其在小組討論與分享中，對彼此的經驗都會有所衝擊而激盪出火花，所以在散文的產出上多了一分的感動與觸發。

（四）論說文寫作讀者劇場化教學

1. 接受度：讀者劇場化教學是學習者相較所有戲劇中，較不喜歡的戲劇表演，因為主要表現是以兒童為主，表現方式對學習者來說是不適的；再加上必須藉由聲音表情來論述，對青春期的學習者而言是

「面子」的問題，接受度較低。但是透過小組的演出，甚至全組一起上臺表演，膽子無形中就大了點；且有部分小組用較輕鬆的方式來詮釋論點並演飾讀者劇場，獲得相當高的共鳴，發展出另一種創意的表現。

2. 反應度：此戲劇演繹方式反應度較低，仍需藉助團體的力量（也就是每一個人都要出場）來達到效果。

    3. 產出度：雖然在表演上的接受度較低，但是學習者仍然可以從表演的過程找到論點來論述，在論說文的寫作也不乏佳作。

第五節　成效的評估

「三角交叉對照策略，乃是透過綜合多個不同來源的資料，以確定一個定位點的作法。不同來源的資料可以用來相互參照、補充、闡明研究當中有問題的部分，藉由多種蒐集資料的方法，強化該研究的價值。」（引自江芷玲，2008：59）所以三角交叉法又稱為三角測量。這樣的測量法是指用三種以上或多種的來源資料作檢測與分析。因此，在本節的成效評估中，就採用第一參與觀察者（研究者、教學者、觀察者）觀察紀錄；第二觀察者文章寫作觀察紀錄；第二觀察者前側、後測文章寫作分析；訪談紀錄；第三參與觀察者（研究對象班級導師）觀察紀錄等五種方向來分析評估成效的結果。

（一）第一參與觀察者（研究者、教學者、觀察者）觀察紀錄

本研究在實務印證上，透過實際的教學活動及學習者的學習反應來觀察。整體上，學習者對於寫作戲劇化教學的寫作活動的接受度很高，因為對學習者來說寫作最難的地方就是下筆。倘若寫作只是讓學習者枯坐冥想，這樣的寫作效率並不高。寫作其實就是經驗的描述與抒發，所以透過

寫作戲劇化教學，用戲劇引起興趣、觀察、經驗的回溯、經驗的分享，讓學習者吸收到很多的資訊可供轉譯成文字，是寫作的第一步。

再者，學習者對於能從戲劇當中尋得靈感並引發其創意的思考，有很高的評價。從觀察紀錄中就可以得知，學習者對於戲劇與寫作的結合，是透過特性的結合，覺得可以引發思考和寫作的方向，更可以從戲劇和分享中獲得寫作文類的特質，並且可以試著從自己生命經驗中來發揮菁華、填補空白和銜接斷裂；又或者可以從戲劇、演出和小組討論分享中獲得他人的經歷，再試著與自己的經歷或認知結合，往往可以有不一樣的心得並且激盪出寫作的靈感。觀察紀錄已於第四節中詳敘摘錄，於此就不再多贅述。

（二）第二觀察者文章寫作觀察紀錄

1.新詩寫作舞臺劇化教學：舞臺劇→新詩

一首情詩

一個人獨自在夜裡

睡不著

我醞釀著一壺的心緒

想起我在小視窗裡滿滿的寫滿了

妳

我鎖上這篇預備送你的情詩

密碼提示：我愛妳

也許你永遠不會曉得

開啟的關鍵詞是

你的名

（觀 Q 摘 2011.03.08）

偷偷的

修飾過的言語

藏不住我對你的愛意

羞紅的臉

隱隱發熱

到此為止

為你寫的，愛情的序

妳與他熱情的氣氛

變成我最冷的空氣

（觀 R 摘 2011.03.08）

上述兩則新詩寫作，可以看出作者對愛情的期待與傷害，雖然愛情對二位作者來說是甜蜜的，但是甜蜜中卻又嚐到淡淡的憂愁。二則新詩用字詞來營造詩中對愛情的期待、等候、受傷，有作者的生活經驗（視窗式電腦視窗、密碼、熱情空氣與冷空氣）；也有意象的表達（序的意涵、心緒的具象化）是挾著淡淡悲苦的情詩。

2.小說寫作相聲劇化教學：相聲劇→小說

數字的組合

某天，小人物遇到小新，便問他說，你能用一到十編一個故事嗎？

小心用鄙夷眼光說：「簡單，聽好了。」

一天夜裡，兩個戀人，三更半夜所以四處無人，五指躁動又六神無主，兩人心中七上八下九九難以平撫，十點鐘響……遲到了！

（觀 S 摘 2011.04.12）

追隨足跡

小張當上警察的第一天，在街上遇見朋友小王。

小王：「哇！你當上警察了，恭喜呀！」

小張：「小時候我就立志，要追隨父親的足跡，現在，我總算完成心願了。」

小王：「喔！所以你的父親也是警察？」

小張：「不，他是小偷。」

（觀 T 摘 2011.04.12）

第一則小說，以數字編排出小說中二個人物、一個情節、以數字接近十的
衝突製造出意外的結局，原來一切都是在夢中，是簡單又諧趣的小說創
作。第二則用對話方式來講小說，雖然最後的結局起伏不大，但也是意料
之外，成就一則小小說的面貌。

3.散文寫作故事劇場化教學：故事劇場→散文

父子

　　傍晚，我總是會到海邊閒晃，看著來來往往的人群，大家的臉
上都洋溢著笑容。忽然，我在人群中看到了一個父親帶著兒子一起
釣魚，我看著出神，回想到以前。

　　爸爸熱愛釣魚，他最喜歡帶我們全家到海邊釣魚、烤肉、戲水，
看著爸爸把釣桿握在手中用力一甩，就可以把魚線甩的遠遠的。小
小的我看著爸爸釣魚的背影，又高又大，對我來說，爸爸就像一座
山，即使天塌下來爸爸也一定會替我們撐著。爸爸曾經對我說：「等
你長大，爸爸把我最愛的魚桿送給你，你不要忘了找爸爸一起釣魚
喔！」

　　回憶總是特別美，現在的我長大了嗎？我不確定在爸爸心中我
是不是長大了，但是我知道爸爸老了。離家在外求學，我也好久沒
有跟爸爸出去釣魚了。有一天，我一定要帶著漁桿跟爸爸說：「爸，
我們去釣魚。」

　　好懷念，爸爸釣魚的背影。

（觀 U 摘 2011.05.10）

爸爸的肩膀

爸爸的肩膀是結實的，是全世界最可靠的。

記得小時候，最喜歡靠著爸爸的肩膀，雖然硬硬的並不舒服，但是我卻總是可以安心的睡著。曾經到爸爸的工地送飯給爸爸，遠遠的就看到爸爸工作的身影，當我走近一看，爸爸肩上一邊一個扛著水泥袋，對我來說是說不出的帥氣瀟灑又強壯，卻也才明白，爸爸扛的不只是水泥袋而已，他粗壯的肩膀要扛起的是整個家。

最喜歡爸爸下工之後問我：「今天好嗎？」這句話總是跟著爸爸的肩膀藏在我心裡。時間一滴一滴的流逝，爸爸已經滿頭頭髮，但是他的肩膀依然扛著整個家，是我最安心的肩膀。

（觀 V 摘 2011.05.10）

兩篇散文都不約而同的選擇爸爸作為文章題材。第一篇以爸爸釣魚的背影來闡述對父親的依賴和思念，在以一句「爸，我們去釣魚」作為想對父親回報、孝順父親的心意，一句簡單的話，說出父子之間無法斷裂的關懷及思念。第二篇用爸爸粗糙又寬大的肩膀，扛起整個家來說明對父親的感謝，對學習者來說爸爸雖然辛苦又勞累，但是身在這樣勞動家庭的孩子，卻可以從父親的工作的身影中體會父親的辛勞，心中也以父親為榜樣。兩篇散文都能以敘述配對白的方式呈現父子之間的情感思念和感謝，是溫馨的小品之作。

4.論說文寫作讀者劇場化教學：讀者劇場→論說文

有禮社會

有禮貌，對我們自己本身及整個社會都是必要的。

在職場上，面對上司、工作、責任，常常壓的人喘不過氣。雖然有的人能力雖然不佳，但是做事態度好有禮又謙虛，不怨天尤人，這樣的人在職場上能夠獲得上司給的機會，也就會有較大的成長與學習空間。相反的，如果缺乏好的態度、有禮的行事，即使能力再

好，也不會受到重視，因為不會有人給他機會、更不會受到同事的幫助，而造成腹背受敵的情況。

有禮社會是我們必須共同努力的目標，更要培養自己有禮的態度，從自己做起，因為有禮之人也必是有責之人。

（觀 W 摘 2011.06.14）

有禮社會

在中國歷史上，有一個字佔了很大的地位，它不僅影響了每一個朝代，也貫徹在無數人的心中，「禮」中國的根本。

在古中國的社會上，禮是做人的基本，我們的社會是有禮社會，因此有「禮儀之邦」的稱號。但是現今的社會，禮好像變的越來越渺小，變的不重要了。在新聞中，層出不窮的社會新聞，不管是中指蕭、翹腿姐、或是否哥，都是無理之人，以為大聲就是有理，卻忘記這是無禮又自私的行為。

我們是不是忘了、忽略了禮，不再顧慮別人的感受。凡是以自我為中心，這種自私的行為的人越來越多，也使我們的社會越來越無禮。而讓禮被忽略的兇手，就是我們的思考方法，大多以自我為中心，不再顧及別人的感受，所以禮也就慢慢離我們遠去。

要回到有禮的社會，就先從我們開始改變，不但要改變自我為中心的思考模式，更要多一分體貼、關心別人的心，發揮禮的精神，讓我們恢復有禮的社會。

（觀 X 摘 2011.06.14）

論說文就是說理，理要明確並能旁徵博引。第一則論說文從待人處世及職場說起禮對於每一個人的重要性；第二論說文則從中國傳統美德說起，並能舉實例證明現今社會對禮的疏忽，古今相照，就事論事，是作者的反省與思考，應也能引起讀者的反省與思考。

（一）第二觀察者前側、後測文章寫作分析

我說

我愛你愛的死心蹋地

妳說

妳愛我愛的不想分離

千言萬語說不出彼此的心意

只想陪著妳

不管聊天、逛街、看電影

只要不分離

只要在一起

就可以見證彼此的真心

（前觀一摘 2011.03.08）

誓約

對妳的思念

綿延不絕

對妳的愛戀

轟轟烈烈

我們

是美麗的火燄

燃燒

直到童話結局的那一天

星空是我們唯一的誓約

為我們刻下

永恆的承諾

（後觀一摘 2011.03.08）

下雨天

　　下雨天給人的感覺總是兩極化，不是很好就是很糟，其實偶爾下點雨也不賴，但不要下大雨。

　　下雨天雖能做的事很少，不過很多動物和植物和農作物，往往都希望下雨，因為下雨天可以讓他們有充足的水分，這樣它們就會長大……

（前觀一摘 2011.05.10）

下雨天

　　雖然很多事會因為下雨天而無法成行，但是當我心情不好時，我會化身為植物，盡情的讓雨打在我身上，忘掉一切的煩惱；當我仔細看，雨過天青的天空加上七彩的彩虹，這是上天的傑作，是送給我們的禮物。用另一種想法感受下雨天……

（後觀一摘 2011.05.10）

有禮社會

　　何謂有禮社會？有禮就是互相尊重、禮讓，不要像某個教官以為大聲就贏，人是有語言的，要用語言溝通，動物才是用大小聲吵架。

（前觀一摘 2011.06.14）

有禮社會

　　在這個社會上，無論是哪一個地區，都會充斥著兩種人：無禮和有禮。雖然目前臺灣的社會仍舊有無禮的人，他們的無禮行為已經引起許多反彈，也造就更多的正義人士挺身而出，用有禮的語言來溝通，讓社會的人們學會互相尊重與禮讓。

（後觀一摘 2011.06.14）

從所摘錄的六篇作品，其實是三位學習者在寫作戲劇化活動前與活動後所寫的作品。從摘錄的文章中可以明確的發現，在尚未進行寫作戲劇化教學

前，第二參與觀察者（學習者）的新詩相當口語化，寫的是經驗，卻是不加修飾的經驗，沒有詩的美感與意象；相對之下，第二則新詩能用童話、星空、火焰，來營造熱烈的、相戀的意象，濃烈的情感仍存在，但又多了一分的意象美。第二則散文，同樣是下雨天，前篇不但過於口語化，又只能說出好處，單純的敘述卻又無法明確的敘述；直到第二篇的下雨天，可以試著去欣賞事物的另一面，並且能用較優美的詞句作修飾，在敘述上較多樣且豐富，能體會大自然的美而且去欣賞，這都是文章寫作的進步。第三則論說文則犯了論點浮濫且又涉及人身攻擊，就第七章所說論說文應是對事不對人的，所以只是情緒的抒發而非論說文；但是經過教學後，所寫出來的論說文能站在客觀的、有論點論證的立場來說明禮的重要性，不啻是一種進步。

因此，可以分析出第二參與觀察者（學習者）在教學活動前後，在新詩上寫作上能增添出意象美；在小說寫作上能製造意外結局與諧趣；在散文寫作上能有依據的、豐富的敘述再夾以對白製造溫馨的場景及啟發；在論說文寫作上能以明確的論點輔以創意的例證及說理的情緒來增強立論的強度。

（二）訪談紀錄

在第四節中詳細摘錄學習者對於寫作戲劇化教學的感受、心得，大抵說來學習者在不同的文類與不同的戲劇感受不同、喜好程度也不一；但就整體來看，學習者是抱持著可以接受且富含有創意的、活潑的、增加寫作能力與經驗的教學方式，也就是抱持著正面的態度及能開心的學習來面對此一教學活動。而訪談紀錄中也多次發現，學習者對於這樣的教學活動可以激發寫作的靈感與經驗製造，正與本研究的理論本質不謀而合。

（三）第三參與觀察者（研究對象班級導師）觀察紀錄

本研究在實務檢證中，因為課程的安排，所以無法搭配另一名同領域的教師作為第三參與觀察者，但為使研究的印證能更加客觀與有效度、信

度，所以請不同領域但與第二觀察者也能有相當程度的觀察與接觸的班級導師擔任第三參與觀察者。

1. 在上學期中您覺得班上學生在寫作及語文表達上如何？

> 我班上的學生坦白說程度只是中下；當然基礎的語文表達是可以的，但是如果再更進階或再多一點，可能就做不到。這可以從他們的週記看出來，每次他們的週記都短短二、三句就沒了，請他們寫多一點，他們會說話都講完了，還要講什麼？平常發言也都是平常的語言，所以可以想像他們的文章寫得如何了。

（觀三摘 2011.03.01）

2. 我們已經完成二個文類及戲劇的寫作教學，您覺得學生整體上在寫作週記時的用字遣詞有改變或進步的地方嗎？有沒有進步較明顯的學生週記？

> 最近披閱週記，有學生用新詩寫他失戀的心情。我雖然是工科的老師，不過我可以從詩裡面感受到他很難過的心情，其實真的是一首很美的詩。而且普遍來說篇幅都有加長了，而且都有段落，有的會編故事，把當週的新聞編進去。尤其有一、二個學生，以前週記都只寫一行的，最近都寫得蠻多的，而且能夠把他的過去一週發生的事情、上課的情況，雖然還是很白話，不過寫的蠻有趣的。

（觀三摘 2011.04.12）

3. 您覺得經過寫作課的學習，學生在課堂上的發言也就是口語表達的部分，有沒有整體性的進步或改變？有特別凸出、顯著進步的學生嗎？

> 課堂上的口語表達，他們的回答會很快的抓住我的重點，再用他們的話說出來。不過都是一般的表達，我覺得比起週記倒是沒有太明顯的差異。不過有幾個平常不太發言的學生，最近講的話有比較多

了，尤其是在班會上發言的頻率變多，而且有條有理的，有一個還
會舉例子，所以我想應該是有進步。

（觀三摘 2011.05.10）

4. 在這一個學期的課程中，站在一個導師的角度觀察，從學生週記、〈閱
讀逍遙遊〉寫作、課堂發言、口語表達上，您覺得學生是否有改變？

我覺得學生的週記和〈閱讀逍遙遊〉是很明顯的進步，對於發生過
的事或看一本書的心得都寫得比較豐富，尤其是較好的幾位，口語
表達上會很流暢，其他同學是在開班會時發言比較順暢，也比較愛
跟我爭辯。

（觀三摘 2011.06.14）

　　從上述的五種方向來評估，整體說來學習者對於寫作不再那麼「敬而
遠之」，也能將課堂中所學的文章寫作發揮在其他不同的地方，不但不會
躲避作文，還能自動的作文。至於在寫作內容上，透過寫作戲劇化教學使
學生了解寫作的題材從何處尋找、寫作的形式與內容應該發揮的地方都能
有寫作的目標和方向，從第二觀察者的四種文類寫作、第三參與觀察者的
觀察、甚至是週記上，都可見端倪。本研究的實務可以證明是有效的。

第九章　結論

　　理論的建構與成形是肇因於難題的發現,而寫作戲劇化教學的理論建構就是要解決此一難題而發展出來的,在本研究的尾聲略作回顧。

第一節　寫作戲劇化教學建構與印證成果

　　本研究所建構的一套寫作教學系統,是有感於在大眾的關注下發現最近幾年學生的寫作能力不論寫作的內容或形式都日漸下降,而全力於檢討並重視升學考試寫作方面的測試成績;而我作為一個研究者因擔任高職學校國文科教師,對於課程活動的安排最感到吃力也無力的就是寫作課程。在遍尋坊間寫作指導教材後發現,針對兒童的寫作教材相當活潑且種類繁多,但是再深入探尋針對中學生尤其是高中生的寫作教學教材,卻都是千篇一律的範文事例、佳言錦句提供及批閱的角度,此外無其他。這樣的寫作指導教材應該是基於對中學生應具備有一定的寫作能力而設定的,用意也是在於因為寫作就是經驗的書寫與擴展,而認定中學生應有一定的生活經驗與閱讀量可供作寫作題材,而有了千篇一律的制式教材、以及制式的教學方式。但是再探究寫作能力日趨下降的原因,不正是學生的生活經驗不足以提供作寫作的題材、或是在寫作時無法善用生活經驗,更甚者是沒有經驗導致沒有下筆的題材之外,又沒有足夠的閱讀量。這些原都是寫作的必要條件,但在欠缺這些條件下,寫作就成了中學生愁眉苦惱、教師也深感無力的課程了。因此,在提升寫作能力的啟發下,以回溯並再造經驗為方向開展一套寫作戲劇化教學的課程,期能解決目前寫作課程的困境。

　　如今理論建構已完成,並且依據理論的方向與原則進行了實務檢證以印證理論的效度與信度,茲將要點分述如下:

（一）緒論

以一個教學者的立場出發，在提升寫作能力的前提下進行寫作戲劇化教學。至於透過戲劇來引導寫作教學的原因在於，戲劇是能增加經驗的途徑。因為寫作就是說話，將曾經歷過的事件加以描述解釋，而戲劇協助學習者回溯經驗使其有寫作的題材與方向；再者戲劇也能再造經驗，使學習者在戲劇中體驗各種經驗來創造寫作題材。而且戲劇必須要演出，表演就需要說話及肢體語言，所以無形中就是一種寫作，只是形式不同而已。所以在本章中闡述相關理論建構的動機及目的。

但是因為教學時間的限制及跨學派文類、跨學派戲劇以及文類與戲劇包羅甚廣、不勝枚舉，以致無法廣為舉證，只能就文類的四大類型（抒情性的新詩、綜合性的小說、敘事性的散文、論說性的論說文）來與四種相應的戲劇（舞臺劇、相聲劇、故事劇場、讀者劇場）作結合作為研究的範圍，而構成一套寫作戲劇教學的系統。

（二）文獻探討

在遍尋相關參考文獻上發現，近年在寫作教學的風格與方式，已不再是一成不變，對於各項資訊及方法的運用，都能有效提升學生寫作的意願及興趣，同時增強文章的用字遣詞。但是倘若再細究相關著作，卻發現多著眼在兒童的語文或閱讀課程，與戲劇結合的種類不多，對於本研究所要探討的戲劇與寫作結合更少有相關研究，尤其是針對較高年級的中學生所設計的寫作課程。因此，沒有一套適合且能延伸教學，使效果延續及增強的教學設計，以致沒有成果可以參考。

有鑑於寫作教學是目前不論哪一個階段均備感頭痛的課程，且對於高年級的學習者有較少的教學活動設計，所以活潑的戲劇課程融入寫作教學，再加上高中職學生相較於國中小學生已累積有較多的生活經驗，對於搭配戲劇的扮演所延伸出來的寫作活動，應能更有效的提升寫作與表達能力。因此，有必要建構一套具普遍性的戲劇化寫作且具創意的教學理論，來扭轉寫作教學的格局。

（三）寫作戲劇化教學的界定

「學生的反應，彼此間的互動、注意力、觀察力、肢體與聲音的表現、敘事技巧、感官的靈敏度，以及情感的敏銳度，都會因為身在團體中，而發展的更迅速。」（史波琳〔Viola Spolin〕著，區曼玲譯，1998：69）因此，在寫作戲劇化教學的界定中，必須透過團體的經驗、戲劇演出、集體創作來進行一連串的寫作課程。而這必須將文類的學派加以界定、戲劇的類型予以選擇，因為它們都會影響寫作戲劇化教學的成效；況且寫作的思想內容也會涵括個人的知識經驗、審美經驗及規範經驗，這會導致在文風的呈現與戲劇演出時表現的差異，因此而有創意的發生（因為無中生有、製造差異就是創意的表現）。

至於寫作無非是要「樹立起權威性才有助於經濟利益的謀取（傳播機制願意接納並代為炒作而讓作者獲利）以及教民化眾的行使（接受者或受教者凜於作者的見廣識精或情深行篤或才藝卓絕而甘願臣服）。」（周慶華，2001：38）因此，在寫作前必須先知道「為誰寫」、「寫什麼」、「題材」這三個面向，否則寫作就只是沒有對象、也沒有方向的表面敘說而無意義。有了此一向度的考量後，再將寫作與戲劇作相應的結合，寫作內容就會有層次，相對的也就深度廣度都備齊了。此外，寫作戲劇化的結構是基於在寫作的內容與形式雖受文化與學派影響而互異，但藉由戲劇來引發寫作的靈感，就是「製造差異」；從戲劇的角度出發寫作則是「無中生有」了。而「製造差異」、「無中生有」就是創意，也就構成戲劇化寫作教學的理論基底。

（四）新詩寫作舞臺劇化教學

將戲劇活動融入寫作教學，只是藉由戲劇的內容與形式來增進學習者的反應，並不需要非常逼真的演技或專業的舞臺效果。也因為戲劇演出是在教室而非一般的舞臺，所以將教室的舞臺當作戲劇演出的舞臺，就能刺激學習者在戲劇演出時所要製造的情境。換句話說，它除了可以藉由學習者本身的語言表達及肢體動作來呈現，更能刺激學習者的思考進而達到提升寫作能力的教學目標，並由戲劇來豐富學習者的心靈與思考。

　　新詩最耐人尋味的就是意象的營造與表達，但最令人費解的也是意象的營造，所以透過舞臺劇的多媒體如語言、聲音、動作、氛圍將意象由抽象轉為具體的表演來呈現，對於學習者在新詩寫作上的意象創造有一定的概念。而舞臺劇的演出也是所以戲劇中較為複雜的呈現，有助於「意象」的抽象概念昇華；況且舞臺劇除了藉由聲光效果來營造意象的氛圍外，更需注意觀眾的反應。倘若只是在自說自話，那麼就無法將意象傳達。這也就是本理論要將新詩與舞臺劇結合的原因。因為新詩是抒發情感的，是呈現美感的，所以倘若只是作者活在新詩的世界裡，卻無法將情感傳給讀者，又或者只在意情緒的鋪陳卻遺漏意象的美感表現，這就忘了前面說的文章是「為誰寫」的道理。

　　因此，藉由新詩與舞臺劇的結合，達到意象與美感的知識經驗、審美經驗的內具，進而提升學習者在新詩寫作的能力，並讓舞臺劇的多媒體運用（包含布景、道具、服裝……）激發學習者的創意思考，企圖在寫作的題材中無中生有或製造差異。

（五）小說寫作相聲劇化教學

　　角色是小說中相當重要的成分，透過小說人物角色的對白、動作、神情的描寫，可以讓小說更加生動。而相聲劇則是藉由諧趣的對白，可以打造製造差異的生動與諧趣，將二者加以結合則是取決於諧趣的、諷刺的對白成分。將小說歸類在綜合性的文體，是基於小說涵蓋了所有文類的特色，如敘述、說明、對白、抒情……等是一個相當複雜的文類，但倘若細看小說的構成就是人物、情節、衝突與意外結局。其中又必須以人物和情節來貫通整篇的小說，倘若都只是泛泛的敘述或對白，則小說讀起來也就沒有精采或拍案叫絕的地方了，所以小說的敘述結構必須包含了敘述與對白約以 3：1 的比例來構成。而往往小說的對白又是能畫龍點睛的關鍵處，所以藉由相聲諧趣的對話，也就是相聲中涵蓋了說與笑，而「『說』奠定了相聲藝術的表現方式；『笑』奠定了相聲藝術的精神」（何三本，1997：213）將相聲「說」的藝術運用在小說中的對白來增進人物的生動感；也運用「笑」的成分增添情節的豐富，因此就可以善用相聲中的說、學、逗、唱來提升小說寫作的諧趣對白與情節，進而寫作創意的小說，提升寫作能力。

（六）散文寫作故事劇場化教學

　　故事劇場的溫馨、諧和性，雖不似舞臺劇有誇張的對白與動作，卻能與抒情散文強調敘事性、敘事散文強調小說性等作夾敘夾白的演出。故事劇場是廣播劇走出錄音室的小格局，站在舞臺上的變形，而不變的仍是溫馨的小品故事呈現，運用口技音效、演員的對白及口白說明，與舞臺劇的演出形式相類似。雖然故事劇場沒有舞臺劇較繁複的道具及多媒體的聲光效果及意象營造，但是溫馨、輕鬆的小故事及口白的說明解釋，讓觀眾可以將所聽的故事情節、所看的故事畫面與腦中描繪出來的畫面互相結合，使觀眾可以更清楚的明白故事的發展經過。而每一個動作經過聲音的潤飾與口白的說明與故事情節的串聯，都讓觀眾對於戲劇演出的內容與形式有深入的了解。

　　所以將散文與故事劇場結合的原因是在，散文是最普遍使用的寫作文體，可抒情可敘事（在本研究中較強調敘事的部分，因為抒情性文體以新詩的表現最為強烈），而散文的敘述是要藉由事件的描述說明後能打動人心來呈現溫馨動人的地方，因此藉由故事劇場的溫馨小品的演出，包含演員肢體動作、對白、旁白的描述、音效等，都能使觀眾在腦海中構成畫面，無疑也就能拉近觀眾的距離以感動人心。而散文所寫的是所有文類中最親近於寫實的前現代派，是一種親身經歷的經驗書寫，而故事劇場講究的也是前現代派寫實的表現，二者加以結合運用不但能回溯學習者的生活經驗，而且還能激起兒時的回憶加以重整或衍生，對於在散文寫作題材上就能加以闡述；將故事劇場的「邊敘述邊表演」與散文的「想像性與寫實性」結合，是一種妥適忻然的結合。

（七）論說文寫作讀者劇場教學

　　讀者劇場的表演是藉由朗誦的音韻美來敘述或說理以打動人心，同理論說文的議論性強，更須以理說服人，但一般卻多流於僵硬刻版，所以將論說文與讀者劇場結合，透過聲音、姿態使論說文的僵硬祛除，以聲情美輔助來演繹論說文。

論說文是一種理解、觀念、主張的描述、詮釋與評價，透過這三者來加以分析理的論點及印證，因此論說文是「非文學統稱為說理性文章（有的稱為論說文或議論文或論述文或說明文）；它不像文學需額外加工（如開發意象、諧和韻律和善用敘事技巧之類），只要把『理』說清楚或說透徹就行了。」（周慶華，2001：207）可見論說文就完全要站在理的角度來說服人，且相形其他文類是條理的卻不近人情的，所以論說文都呈現嚴肅的、句式結構複雜的說理性文章。但是嚴肅的、複雜的、條理的文句不代表就能有說服人的成效，倘若只是在陳述自己的主張而沒有和讀者對話，那麼論說文的說理就失去了功效，只淪為「自說自話」罷了。而讀者劇場則是藉由聲音表情來表達，所以「口語詮釋是讀者劇場的核心。讀者利用聲音表情詮釋劇本，讓聽者觀眾有如身歷其境。」（Neill Dixon. Anne Davies. Colleen Politanp 著，張文龍譯，2007：15）

讀者劇場無疑也是一種表演藝術，甚或接近中國的口傳說唱藝術，所以演出前必須提供演員劇本。至於論說文與讀者劇場的結合理由在於，讀者劇場的演員必須先行吸收劇本上的劇情，再試著用自己的意思、聲音表情來詮釋與評價，這是一種論點的吸收與詮釋，並轉譯成自己的意見再表現出來，此一特點正與論說文的表現是相同的。再者，藉由讀者劇場的聲情美來提升說理的生動與成效，試著運用聲音表情、語言的抑揚頓挫來強調說理的部分進而深入觀眾心裡，所以演員將文本加以詮釋和傳遞，並能符合也認同論說者的意思與評價。因此，以論說文的「論辯」立場來與讀者劇場結合，就是基於說「理」要打動人心才有效益，否則也只是紙上談兵。而讀者劇場的朗誦方式，將論理憑藉著聲音且是優美的、抑揚頓挫的說理來打動人心，為說服人的力量增強許多。這也就是論說文與讀者劇場相互結合的原因。

（八）相關實務印證

本研究在寫作與戲劇化的結合教學採取了理論建構方式，呈現一套新的、不同的寫作教學課程，因此為使本理論證實有效，必須再採用質性研究交互印證。尤其是本研究透過文類與戲劇的特性相互結合教學之外，更

需自我檢測理論的效度與信度。所以第八章中關於新詩寫作舞臺劇化教學、小說寫作相聲劇化教學、散文寫作故事劇場化教學及論說文讀者劇場化教學等的文類與戲劇結合教學並寫作，而實務檢證的成效分述如下：

1.新詩寫作舞臺劇化教學

新詩的意象與美感，藉由舞臺劇來感受，對學習者的感受較強烈，也能夠領悟何謂意象的營造，在新詩寫作時，不但能從舞臺劇中回溯經驗也可以尋找空白、斷裂與菁華處尋找題材寫作。

2.小說寫作相聲劇化教學

相聲是說話的藝術，學習者對於能將話講的這麼有趣又有深度的相聲感到相當佩服和有趣，相聲所表現的是生活周遭的大小事，這一點讓學習者相當驚訝於原來生活經驗也是寫作靈感的來源，所以開始思索曾經歷過的事，引發許多的共鳴，使得小說創作對白活躍與生動諧趣。

3.散文寫作故事劇場化教學

故事劇場的觀眾是兒童，原以為學習者的接受度不高，但因為搭配的文體是散文，所以能將其經驗回溯，使其回想童年時期的回憶，再藉由回憶的描述來啟發。而散文所寫的就是經驗，透過故事劇場的引導，讓學習者將經驗組而衝擊激盪出火花，在散文的產出上也會多了一分的感動與觸發。

4.論說文讀者劇場化教學

讀者劇場透過朗誦方式來表達聲情美，用較輕鬆的方式來詮釋論點並演飾，對學習者間可以獲得相當高的共鳴，也發展出另一種創意的表現；而學習者可以從表演的過程找到論點來論述，並著墨於聲情美的運用經由文字詮釋，可以將論點更加打動人心。

總說本理論建構是一連串的寫作與戲劇的相應結合構成，建構成果如下表：

表 9-1-1 本研究理論建構成果

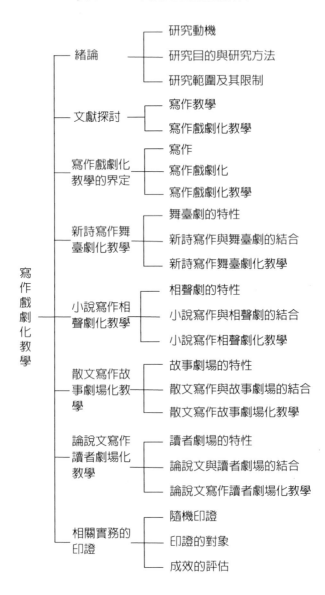

第二節　未來研究的展望

　　本研究在理論建構上是一種新的系統與創意的教學，但是因受限於文類繁多且戲劇的萬象，無法一一的廣為結合教學來檢證，只能羅列四種文類與相應的戲劇，且是依研究者的邏輯選為舉證，並且是同一學派且同一系統中作寫作戲劇化教學，這是本研究構成時略感到可惜的地方。對於未來，本議題尚有許多可以延伸建構的理論，茲分述於下：

（一）擴充教學範圍

　　本研究在文類上選擇抒情式的代表新詩、敘事式的代表小說、說理式的泛代表論說文及兼抒情式和敘事式的散文四種文類作研究對象的寫作界定，除了網路文學各文類還在試驗中不取，主要是基於抒情式雖有歌謠，但普遍來說在使用上不夠廣泛，而新詩在寫作上則較廣泛且多數人比較有機會接觸；敘事式的選擇，則以立意、角色較明確且能生動表現的小說為優先考量；而說理式文體則毋庸置疑當屬論說文了；此外，也兼取抒情散文和敘事散文（合稱散文）以呼應現實流行的寫作。本研究最終目的是為提升學習者的寫作能力，在文類選擇上必須考慮學習者的學習意願、接受度以及可運用度來調整教學內容，因此以新詩、散文、小說及論說文是目前使用上較廣、內容上也可以深求的文類來進行寫作教學的提議。

　　在戲劇的選擇上，本研究僅選擇舞臺劇、相聲劇、故事劇場、讀者劇場四種，雖然仍有其他戲劇，如廣播劇、歌劇、歌舞劇、默劇、假面劇、偶戲、雙簧……等，但本研究的理論必須藉由實務來印證信度與效度，教學的時間、環境、場地等限制，迫使本研究只選四種文類來相印證。而本研究所選文類與戲劇作結合的限制，例如新詩寫作除了舞臺劇外，也可與歌舞劇、讀者劇場結合；或是小說除可與相聲劇外，也可與舞臺劇、廣播劇、雙簧等結合，但本研究強調必須是文類特性與戲劇特性的結合之外，

還得考慮寫作反映出創造性／創意性的寫作，所以才有相應的四種文體與四種戲劇，其他在本研究並不討論。

　　這樣的理論建構搭配隨機檢證（實務印證），雖非絕對有效，但相信可以是高度有效。而在學習者的寫作能力只涉及寫作的創意性與內容的豐富性，也就是上述人生經驗的延伸與擴大，對其文章寫作的其他要素，如修辭能力、文章結構能力……等，在本研究也不涉及。

　　綜合以上本研究的限制，其實可以廣泛的把各種文類如神話、傳記、說明文、公文、書信……等，與其他的戲劇上作相應的結合。不同的文類與不同的戲劇作相應的結合，教學者可以在運用上將其特性、形式、風格……等變項加入考慮，理當也都能擴大或再造學習者的生命經驗，增進其寫作能力。

（二）旁及跨學派與跨系統

　　在文類與戲劇的選擇上，在本研究中都有考慮到文類與戲劇在學派上的相應，如前現代、現代、後現代派的文類與前現代、現代、後現代派的戲劇相應，這會影響到寫作內容及思考面上的進展與開闊，例如現代派的小說除可與現代派的舞臺劇相應之外，還可與前現代派、後現代派的舞臺劇相結合，反過來也是，所呈現的境界與寫作的層次就會有不一樣的開展。如：

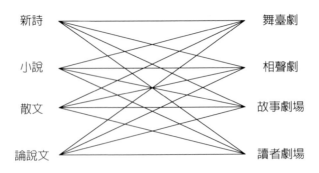

圖 9-2-1　本研究四種文類與四種戲劇的可彈性結合

　　依上圖所示，四種文類與四種戲劇結合能衍生出十六種不同教學模式，但本研究受限於實務印證是採用隨機檢證以致無法一一列舉。

　　相同的，除了學派方面無法一一舉證外，在跨系統方面也是研究者的教學範圍內無法一一涵括的。文類與戲劇在跨系統上會有不同的表現方式與思考方向（詳見圖 3-2-1），倘若將每種文類的文化系統與相應系統的戲劇一一演繹，或是在文類與戲劇上選擇跨系統的相應結合，又將會衍生出不同的寫作內容與教學方向。所以我基於理論的建構與自我實務檢證上的運用，無法一一概括進來。

　　因此，未來在學派與跨學派；文化系統與跨文化系統上的文類與戲劇的相應結合，都可以繼續開展及運用，這對寫作教學理論的建樹又會是一個新的開展。

（三）其他

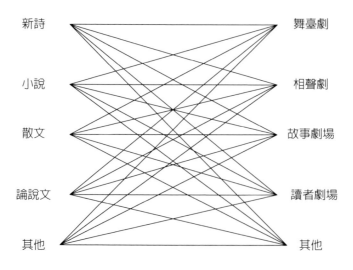

圖 9-2-2　各種文類與戲劇的結合

　　如上圖所示，在文類的選擇上除新詩、小說、散文、論說文外，尚有各種文類如網路小說、後設對象論說文、說明文⋯⋯等，在戲劇上除了舞臺劇、相聲劇、故事劇場、讀者劇場外，也還有其他類的戲劇如廣播劇、歌劇、默劇、假面劇⋯⋯等，都可以再擴及嘗試結合，對於教學者、學習者，應該會有不一樣的思考空間及創意的寫作。

　　本研究在寫作戲劇化教學上嘗試將寫作與戲劇結合，以達到活潑的、創意的教學目標來增進學習者的生活經驗以提升寫作能力上，不但要增進文章優質的內容，也期待要有創意的文句表現，所以本研究將四種文類與四種戲劇的結合已達到上述二者的成效之外，也帶給學習者活潑的創意式的教學，在增進寫作能力的同時也創造新的經驗供寫作取材。至於本研究來不及開展的文類與戲劇的結合，仍會嘗試將不同的、新興的文類與各式各樣的戲劇作結合教學，畢竟對教學者和學習者來說，無非是希望透過寫作戲劇化教學活動就能了解各類文體的寫作形式與思考方向，寫出精采的各類文體也是「眾所期盼」。

　　面對未來資訊快速的社會，可以想見各類的文體和戲劇會不斷的推陳出新，但是唯一不變的寫作能力依然會是每一個人必備的基本能力。倘若透過本研究的理論來開展和運用，任何人都可以此為模式作寫作戲劇化教學及開拓，相信在創意式的思考與經驗的回溯與再造供寫作取材之外，也能刺激想像能力的發揮，開展不同的寫作向度。這正是本研究的展望中最大的目標與期待。

參考文獻

王偉忠、陳志鴻（2009），《這些創意不是亂講——王偉忠團隊的 13 堂獨門創意課》，臺北：天下遠見。

王基倫等（2011），《高職國文》，臺北：東大。

王國維（1969），《宋元戲曲考》，臺北：藝文。

王雲五主編，王逸注（1965），《楚辭》，臺北：商務。

天舒、張濱（2007），《大師級的幽默》，臺北：創意年代。

方祖燊（1995），《小說結構》，臺北：東大。

方祖燊（1975），《散文結構》，臺北：蘭臺。

中華書局編輯部編（1996），《毛詩正義》，臺北：中華。

文麗芳（2005），《國小童詩寫作教學研究——以六年級體育班為例》，市立臺北教育大學語文教育學系碩士論文，未出版，臺北。

北京大學中文系文藝理論教研室編（1981），《文學理論學習資料》下冊，北京：北京大學。

史考特‧費茲傑羅（F.Scott Fitzgerald）著，柔之、林惠敏、鄭天恩譯（2009），《班傑明的奇幻旅程》，臺北：新雨。

史波琳（Viola Spolin）著，區曼玲譯（1998），《劇場遊戲指導手冊》，臺北：書林。

史帝文‧貝斯特（Steven Best），道格拉斯‧凱爾納（Douglas Kellner）著，朱元鴻等譯（1994），《後現代理論：批判的質疑》，臺北：巨流。

卡勒（Jonathan Culler）著，李平譯（1998），《當代學術入門—文學理論》，香港：牛津大學。

司馬遷（1979），《史記》，臺北：鼎文。

安‧拉莫特（Ann Lamott）著，朱耘譯（2009），《關於寫作：一隻鳥接著一隻鳥》，臺北：晴天。

朱光潛（2001），《名家談寫作》，臺北：牧村。

朱榮智（2004），《文學的第一堂課》，臺北：書泉。

朱勒・凡爾納（Jules Verne）著，顏湘如譯（2002），《環遊世界八十天》，臺北：商務。

朱國能（2003），《文學概論》，臺北：里仁。

朱艷英（1994），《文章寫作學》，高雄：麗文。

朱自清（2002），《背影：朱自清文集》，臺北：德威。

向明（1988），《水的回想》，臺北：九歌。

江芷玲（2008），《越南新移民跨文化語言學習策略研究》，臺北：秀威。

何三本（1995），《幼兒故事學》，臺北：五南。

何三本（1997），《說話教學研究》，臺北：五南。

何三本（2003），《幼兒文學》，臺北：五南。

何琦瑜、吳毓珍主編（2008），《教出寫作力》，臺北：天下雜誌。

何勝豐（2007），《最受歡迎的 100 個行銷故事》，臺北：德威。

何曜先、曾莉婷、鈕承澤（2010），《艋舺》，臺北：臺灣角川。

何寄澎主編（1993），《當代臺灣批評文學大系・散文批評卷》，臺北：正中。

余光中（1974），《白玉苦瓜》，臺北：大地。

余光中（2006），《余光中詩選一九四九——一九八一》，臺北：洪範。

杜十三（1986），《地球筆記》，臺北：時報。

里夫希茨（原名未詳）編，曹葆華譯（1966），《馬克思恩格斯論藝術》第四卷，北京：人民文學。

吳趼人著，王孝廉等主編（1984），《晚清小說大系二十年目睹之怪現象》，臺北：廣雅。

吳丹寧（2005），《國小議論文寫作教學之探討與實踐——以臺中縣一所國小高年級為例》，新竹教育大學人資處語文教學碩士論文，未出版，新竹。

利奇（Geoffrey N Leech）著，李瑞華等譯（1987），《語義學》，上海：上海外語教育。

李家同（2010），《大量閱讀的重要性》，臺北：博雅。

李家同（2011），《從 28 篇精典演說學思考——李伯伯帶你看大人物怎麼想》，臺北：圓神。

李元洛（2007），《詩美學》，臺北：東大。

那妲莉・高柏（Natalie Goldberg），韓良憶譯（2002），《心靈寫作──創造你的異想世界》，臺北：心靈。

周慶華（2001），《作文指導》，臺北：五南。

周慶華（2002），《故事學》，臺北：五南。

周慶華（2004a），《文學理論》，臺北：五南。

周慶華（2004b），《語文研究法》，臺北：洪葉。

周慶華（2004c），《創造性寫作教學》，臺北：萬卷樓。

周慶華（2007），《語文教學方法》，臺北：里仁。

周慶華（2008），《從通識教育到語文教育》，臺北：秀威。

周慶華、王萬象、許文獻、簡齊儒、董恕明、須文蔚（2009），《新詩寫作》，臺北，秀威

林保淳、殷善培、崔成宗、許華峰、黃復山、盧國屏，淡江大學中國語文能力表達研究室編（1997），《創意與非創意表達》，臺北：里仁。

林弘志（1981），《諾貝爾文學獎全集貝克特》，臺北：書華。

林玫君（2005），《創造性戲劇理論與實務》，臺北：心理。

林璧玉（2009），《創造性的場域寫作教學》，臺北：秀威。

金基德、金汶映（2004），《春去春又來》，臺北：木馬。

姚一葦（2008），《戲劇原理》，臺北：書林。

俞元桂主編（1984），《中國現代散文理論》，桂林：廣西人民。

俞翔峰（2009），《西方戲劇探源》，臺北：幼獅。

瘂弦（1994），《散文的創造》，臺北：聯經。

洪炎秋（1995），《文學概論》，臺北：中國文化大學。

胡幼慧主編（1996），《質性研究：理論、方法及本土女性研究實例》，臺北：巨流。

施並宏（2004），《情境教學論在國小作文教學的實踐與省思──以竹北市光明國小三年級為例》，新竹教育大學進修部語文教學碩士論文，未出版，新竹。

姜淑玲（1996），《對話式寫作教學法對國小學童寫作策略運用與寫作表現之影響》，花蓮師範學院國民教育研究所碩士論文，未出版，花蓮。

姜龍昭（2003），《戲劇編寫概要》，臺北：合記。

紀蔚然（2008），《現代戲劇敘事觀》，臺北：書林。

契訶夫（Anton Chekhov）著，劉森堯譯（2000），《海鷗‧櫻桃園》，臺北：桂冠。

翁書郁（2006），《小組討論融入作文教學實施模式之研究——以花蓮縣明恥國小三年級為例》，花蓮教育大學語文科教學碩士論文，未出版，花蓮。

孫惠柱（1994），《戲劇的結構》，臺北：書林。

梁啟超（1978），《最苦與最樂》，臺北：偉文。

孫際垠，（2011），〈散文語言的質樸與華麗〉，《閱讀與寫作》，3 期，1～2。

梁實秋（2002），《名家談文學》，臺北：牧村。

席慕蓉（2010），《新世紀文學家：席慕容精選集》，臺北：九歌。

高行健、方梓勳（2010），《論戲劇》，臺北：聯經。

高敬文（1999），《質化研究方法論》，臺北：師大書苑。

夏丏尊、葉聖陶（2009），《文心——寫給青年朋友的三十二堂中文課》，臺北：大雁。

夏丏尊、葉聖陶（2011），《文話——寫給中學生的作文與閱讀指導》，臺北：大雁。

徐稚芳（1995），《俄羅斯文學中的女性》，網址：http://www.eng.fju.edu.tw/，點閱日期：2011.03.31。

徐靜儀（2006），《童話電子書創作教學研究——以某國小五年某班為例》，臺北市立教育大學語文教育學系碩士論文，未出版，臺北。

徐麗玲（2007），《國小二年級感官作文教學活動》，國立臺北教育大學語文與創作學系語文教學碩士論文，未出版，臺北。

浦安迪（1996），《中國敘事學》，北京：北京大學。

索發克里斯（Sophocles）著，胡耀恆譯（1998），《伊底帕斯王》，臺北：桂冠。

莎士比亞（William Shakespeare）著、方平譯（2000），《新莎士比亞全集第二卷喜劇》，臺北：貓頭鷹。

陸正鋒等箸（1979），《極短篇‧第一集》，臺北：聯合報。

陸潤棠（1998），《中西比較戲劇研究：從比較文學到後殖民論述》，臺北：駱駝。

許文章（2001），《故事圖教學對國小六年級學生記敘文寫作表現與組織能力之研究》，花蓮師範學院國民教育研究所碩士論文，未出版，花蓮。

陳宜貞（2003），《「創造思考教學」應用於國小六年級作文課程的教學研究》，臺中師範學院語文教育學系碩士論文，未出版，臺中。

陳怡靜（2002），《國小六年級學童在寫作歷程中後段認知行為之行動研究》，屏東師範學院國民教育研究所碩士論文，未出版，屏東。

陳家帶（1999），《城市的靈魂》，臺北：書林。

莊慧秋、王小棣、黃黎明（2010），《酷馬》，臺北：時報。

張培恒等編（1992），《韓愈詩文》，臺北：錦繡。

張月美（2006），《繪本融入限制式寫作教學之行動研究》，花蓮教育大學語文科教學碩士論文，未出版，花蓮

張杰、蕭映主編（2009），《寫作》，北京：北京大學。

張香華（1985），《愛荷華詩抄》，臺北：林白。

張健（1989），《世紀的長巷》，臺北：文史哲。

張新仁（1992），《寫作教學研究》，高雄：復文。

張春榮（1999），《極短篇的理論與創作》，臺北：爾雅。

張愛玲（2001），《張愛玲典藏全集》6，臺北：皇冠。

張愛玲（2007），《色，戒》，臺北：皇冠。

張曉華（2007），《創作性戲劇教學原理與實作：藝術與人文學習領域統整教學的方式》，臺北：成長基金會。

梅家玲、郝譽翔主編（2002），《臺灣現代文學教程：小說讀本》，臺北：二魚。

馮其庸（2000），《紅樓夢校注》，臺北：里仁。

馮翊綱（2000），《貓道的怪客》，臺北：幼獅。

馮翊綱（2000），《相聲世界走透透》，臺北：幼獅。

馮翊綱（2010），《惡鄰依依》，臺北：聯合文學。

黃英雄（2003），《編劇高手》，臺北：書林。

黃武忠、蘇桂枝編（1992），《優良舞臺劇劇本簡介》，臺北：文建會。

黃美序（19997），《戲劇欣賞：讀戲、看戲、談戲》，臺北：三民。

黃瑞枝（1997），《說話教材教法》，臺北：五南。

琦君（1969），《紅紗燈》，臺北：三民。

曾西霸主編（2000），《粉墨人生：兒童文學戲劇選集 1988～1998》，臺北：幼獅。

曾仰如（1985），《形上學》，臺北：商務。

曾瑞雲（2002），《國小三年級實施看圖作文教學之行動研究》，嘉義大學國民教育研究所碩士。

游喚、張鴻聲、徐華中編（1998），《現代散文精讀》，臺北：五南。

雷夫・艾斯奎[Rafe Esquith]著，卜娜娜、陳怡君、凱恩譯（2008），《第56 號教室的奇蹟：讓達賴喇嘛、美國總統、歐普拉都感動推薦的老師》，臺北：高寶。

楊牧（1989），《一首詩的完成》，臺北：洪範。

楊素花（2004），《國小六年級寫作教學運用創造思考教學策略之行動研究》，臺南大學教育學系課程與教學碩士論文，未出版，臺南。

詹秋雲（2006），《自然觀察融入童話寫作教學研究：以中和國小五年級學童為例》，新竹教育大學語文學系碩士論文，未出版，新竹。

葉聖陶（2010），《給中學生的十二堂作文課》，臺北：如果／大雁。

熊公哲著譯（1988），《荀子今著今譯》，臺北：商務。

廖玉蕙（2010），《文學盛宴　談閱讀，談寫作》，臺北：天下雜誌。

福勒（R.Fowler）著，袁德成譯（1987），《現代西方文學批評術語》，成都：四川人民。

維基百科（2010），〈蝴蝶君〉，網址：http://zh.wikipedia.org/wiki/，點閱日期：2011. 03. 31。

維基百科（2011），〈相聲〉，網址：http://zh.wikipedia.org/wiki/，點閱日期：2011.07.09。

新浪網（2011），〈話劇《莎姆雷特》──劇情簡介〉，網址：http://ent.sina.com.cn，點閱日期：2011.07.06。

臺北教育入口網（2011），〈論說文〉，網址：http://www.tp.edu.tw/composition/r/essay/，點閱日期：2011.07.22。

魯迅（2010），《吶喊》，臺北：風雲。

潘淑滿（2004），《質性研究：理論與應用》，臺北：心理。

蔡佩欣（2003），《創思寫作教學對國小低年級學童寫作能力的影響》，臺中師範學院語文教育學系碩士論文，未出版，臺南。

蔡淑菁（2005），《戲劇策略融入國小六年級寫作教學之行動研究》，臺南大學戲劇研究所論文。

劉佳玫（2006），《創造思考作文教學法對國小五年級學童在寫作動機及寫作表現上的影響》，屏東教育大學教育科技研究所碩士論文，未出版，屏東。

劉素梅（2006），《國小三年學童實施故事結構寫作教學之研究》，臺中教育大學語文教育學系碩士論文，未出版，臺中。

劉梓潔（2010），《父後七日》，臺北：寶瓶。

鄭明娳（1992），《現代散文類型論》，臺北：大安。

鄭明娳（1989），《現代散文構成論》，臺北：大安。

蔣勳（2010），《生活十講》，臺北：聯合文學

賴聲川（1999），《賴聲川：劇場》，臺北：元尊。

隱地編（1991），《爾雅極短篇》，臺北：爾雅。

謝金美（2008），《閱讀與寫作》，高雄：麗文。

駱昆鴻（2004），《放牛班的春天》，臺北：春天。

魏伶娟（2006），《創造思考教學策略應用於童話寫作教學之研究》，新竹教育大學語文教學碩士論文，未出版，新竹。

魏德聖、藍弌丰（2008），《海角七號》，臺北：大塊。

簡政珍（2004），《臺灣現代詩美學》，臺北：揚智。

聶珍釗主編（2000），《外國文學作品選四 20 世紀西方文學》，武漢：華中師範大學。

Anselm Strauss and Juliet Corbin 著，徐宗國譯（1997），《質性研究概論》，臺北：巨流。

E 散文網站──余光中，（2008），〈重遊西班牙〉，網址：http://dcc.ndhu.edu.tw/essay/yu-guangzhong，點閱日期：2011.7.18。

Jonothan Neelands & Tony Goode 著，舒志義、李慧心譯（2005），《建構戲劇──戲劇教學策略 70 式》，臺北：財團法人成長文教基金會。

Neill Dixon. Anne Davies. Colleen Politanp 著，張文龍譯（2007），《讀者劇場──建立戲劇與學習的連線舞臺》，臺北：財團法人成長文教基金會。

Robert L. Lee 著，葉子啟譯（2001），《戲劇概論與欣賞》，臺北：揚智。

附錄

教師觀察紀錄編碼表（第一參與觀察者）

觀察者	資料類型	時間	地點	記錄方式	編碼
第一參與觀察者（研究者）	觀察紀錄	2011.03.01	辦公室	摘記	觀一摘2011.03.01
	觀察紀錄	2011.03.07	教室	摘記	觀一摘2011.03.07
	觀察紀錄	2011.03.08	辦公室	摘記	觀一摘2011.03.08
	觀察紀錄	2011.04.11	教室	摘記	觀一摘2011.04.11
	觀察紀錄	2011.04.12	辦公室	摘記	觀一摘2011.04.12
	觀察紀錄	2011.05.09	教室	摘記	觀一摘2011.05.09
	觀察紀錄	2011.05.10	辦公室	摘記	觀一摘2011.05.10
	觀察紀錄	2011.06.13	教室	摘記	觀一摘2011.06.13
	觀察紀錄	2011.06.14	辦公室	摘記	觀一摘2011.06.14

訪談資料編碼表

主題	資料類型	對象	時間	記錄方式	編碼
新詩寫作舞臺劇化教學	訪談	各組抽樣	2011.03.07	摘記	訪A摘2011.3.07
	訪談	各組抽樣	2011.03.07	摘記	訪B摘2011.3.07
	訪談	各組抽樣	2011.03.07	摘記	訪C摘2011.3.07
	訪談	各組抽樣	2011.03.07	摘記	訪D摘2011.3.07

主題	資料類型	對象	時間	記錄方式	編碼
小說寫作相聲劇化教學	訪談	各組抽樣	2011.04.11	摘記	訪E摘2011.04.11
	訪談	各組抽樣	2011.04.11	摘記	訪F摘2011.04.11
	訪談	各組抽樣	2011.04.11	摘記	訪G摘2011.04.11
	訪談	各組抽樣	2011.04.11	摘記	訪H摘2011.04.11

主題	資料類型	對象	時間	記錄方式	編碼
散文寫作故事劇場化教學	訪談	各組抽樣	2011.05.09	摘記	訪 I 摘 2011.05.09
	訪談	各組抽樣	2011.05.09	摘記	訪 J 摘 2011.05.09
	訪談	各組抽樣	2011.05.09	摘記	訪 K 摘 2011.05.09
	訪談	各組抽樣	2011.05.09	摘記	訪 L 摘 2011.05.09

主題	資料類型	對象	時間	記錄方式	編碼
論說文寫作讀者劇場化教學	訪談	各組抽樣	2011.06.13	摘記	訪 M 摘 2011.06.13
	訪談	各組抽樣	2011.06.13	摘記	訪 N 摘 2011.06.13
	訪談	各組抽樣	2011.06.13	摘記	訪 O 摘 2011.06.13
	訪談	各組抽樣	2011.06.13	摘記	訪 P 摘 2011.06.13

文章寫作觀察紀錄編碼表（第二參與觀察者）

觀察者	資料類型	時間	地點	記錄方式	編碼
第二參與觀察者（學習者）	觀察	2011.03.08	教室	摘記	觀 Q 摘 2011.03.08
	觀察	2011.03.08	教室	摘記	觀 R 摘 2011.03.08
	觀察	2011.04.12	教室	摘記	觀 S 摘 2011.04.12
	觀察	2011.04.12	教室	摘記	觀 T 摘 2011.04.12
	觀察	2011.05.10	教室	摘記	觀 U 摘 2011.05.10
	觀察	2011.05.10	教室	摘記	觀 V 摘 2011.05.10
	觀察	2011.06.14	教室	摘記	觀 W 摘 2011.06.14
	觀察	2011.06.14	教室	摘記	觀 X 摘 2011.06.14

第二參與觀察者前側、後測文章寫作分析觀察紀錄編碼表

觀察者	資料類型	時間	地點	記錄方式	編碼
第一參與觀察者	觀察紀錄	2011.03.08	辦公室	摘記	前觀一摘 2011.03.08
	觀察紀錄	2011.03.08	辦公室	摘記	後觀一摘 2011.03.08
	觀察紀錄	2011.05.10	辦公室	摘記	前觀一摘 2011.05.10
	觀察紀錄	2011.05.10	辦公室	摘記	後觀一摘 2011.05.10
	觀察紀錄	2011.06.14	辦公室	摘記	前觀一摘 2011.06.14
	觀察紀錄	2011.06.14	辦公室	摘記	後觀一摘 2011.06.14

社會科學類　PF0106　東大學術 47

寫作戲劇化教學

作　　者 / 林怡沁
責任編輯 / 林千惠
圖文排版 / 郭雅雯、陳姿廷
封面設計 / 王嵩賀

發 行 人 / 宋政坤
法律顧問 / 毛國樑　律師
出版發行 / 秀威資訊科技股份有限公司
　　　　　114 台北市內湖區瑞光路 76 巷 65 號 1 樓
　　　　　電話：+886-2-2796-3638　傳真：+886-2-2796-1377
　　　　　http://www.showwe.com.tw
劃撥帳號 / 19563868　戶名：秀威資訊科技股份有限公司
　　　　　讀者服務信箱：service@showwe.com.tw
展售門市 / 國家書店（松江門市）
　　　　　104 台北市中山區松江路 209 號 1 樓
　　　　　電話：+886-2-2518-0207　傳真：+886-2-2518-0778
網路訂購 / 秀威網路書店：http://www.bodbooks.com.tw
　　　　　國家網路書店：http://www.govbooks.com.tw

2013 年 1 月 BOD 一版
定價：390 元
版權所有　翻印必究
本書如有缺頁、破損或裝訂錯誤，請寄回更換

國家圖書館出版品預行編目

寫作戲劇化教學 / 林怡沁著. -- 一版. -- 臺北市：秀威資
訊科技, 2013.1
　面；　公分.
BOD 版
ISBN 978-986-326-029-5(平裝)

1.漢語教學　2.寫作法　3.戲劇

802.71　　　　　　　　　　　　　　　　101021801

讀者回函卡

感謝您購買本書，為提升服務品質，請填妥以下資料，將讀者回函卡直接寄回或傳真本公司，收到您的寶貴意見後，我們會收藏記錄及檢討，謝謝！如您需要了解本公司最新出版書目、購書優惠或企劃活動，歡迎您上網查詢或下載相關資料：http:// www.showwe.com.tw

您購買的書名：_____

出生日期：_____年_____月_____日

學歷：□高中 (含) 以下　　□大專　　□研究所 (含) 以上

職業：□製造業　□金融業　□資訊業　□軍警　□傳播業　□自由業
　　　□服務業　□公務員　□教職　　□學生　□家管　　□其它_____

購書地點：□網路書店　□實體書店　□書展　□郵購　□贈閱　□其他

您從何得知本書的消息？

　　□網路書店　□實體書店　□網路搜尋　□電子報　□書訊　□雜誌

　　□傳播媒體　□親友推薦　□網站推薦　□部落格　□其他_____

您對本書的評價：(請填代號　1.非常滿意　2.滿意　3.尚可　4.再改進)

　　封面設計____　版面編排____　內容____　文／譯筆____　價格____

讀完書後您覺得：

　　□很有收穫　□有收穫　□收穫不多　□沒收穫

對我們的建議：_____

_____

_____

_____

11466
台北市內湖區瑞光路 76 巷 65 號 1 樓

秀威資訊科技股份有限公司 　　收

BOD 數位出版事業部

....

（請沿線對折寄回，謝謝！）

姓　　名：＿＿＿＿＿＿＿＿　年齡：＿＿＿＿　性別：□女　□男

郵遞區號：□□□□□

地　　址：＿＿＿＿＿＿＿＿＿＿＿＿＿＿＿＿＿＿＿＿

聯絡電話：(日)＿＿＿＿＿＿＿＿＿　(夜)＿＿＿＿＿＿＿＿＿

E-mail：＿＿＿＿＿＿＿＿＿＿＿＿＿＿＿＿＿＿＿＿＿